宅男的末世守則

5

完

目錄頁
CONTENT

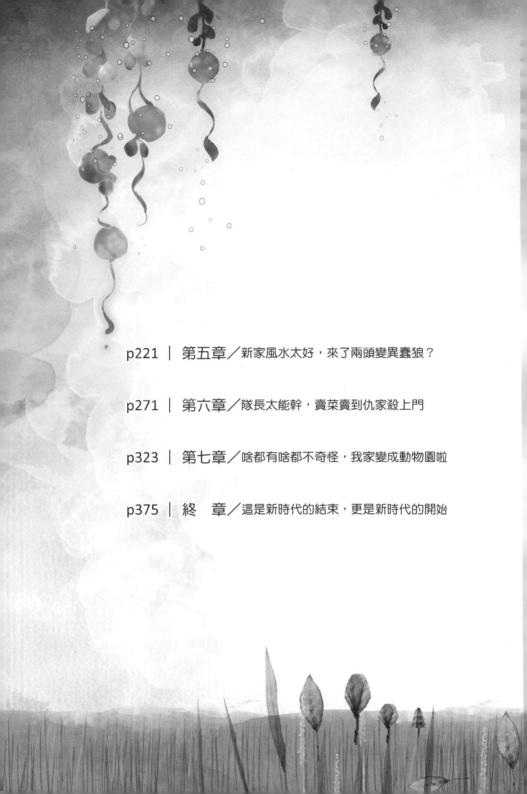

第一章

新危機！變異動物傾巢而出

「汪汪！」村中傳來狗叫聲，果然如羅勳等人預料的，幾隻身上滿是腐肉的喪屍狗從那裡衝了出來，而自家的小傢伙居然就這麼迎了過去。

「該死……」這隻死狗，一個打四五個，牠以為自己是超狗不成？羅勳一邊咒罵，一邊掏出弩箭。嚴非也從車身抽出一片金屬板，朝著遠處幾個喪屍狗的方向射過去。

小傢伙吠叫兩聲，幾個喪屍狗猝不及防，被突如其來的重力壓倒在地。

這麼好的機會，別說是羅勳等人，就連小傢伙也不會放過，就見牠後腿一蹬，衝著其中一個喪屍狗的大腿狠狠咬了下去。

這幾個喪屍狗雖然沒有異能，但不知道在外面晃蕩了多久，實戰經驗哪是小傢伙這樣的小宅狗可比的？僅是一個翻身，就把小傢伙給反制住了。

羅勳手中的弩箭「哆」一聲射中其中一個喪屍狗，嚴非射去的金屬板也瞬間裹住剩下幾隻，將其捏死在其中，至於小傢伙……在地上和喪屍狗滾來滾去，一會兒你壓我，一會兒我壓你，打得好不熱鬧……

羅勳和嚴非無奈對視一眼，即使希望小傢伙能增長實力，增加實戰經驗，可畢竟是自家孩子，哪能看著牠受欺負呢？驅車上前，嚴非趁著那個喪屍狗壓到上面要咬小傢伙的時候，一塊金屬板射去，直接把喪屍狗的腦袋削掉了。

大戰歸來的小傢伙耷拉著耳朵，垂著尾巴，慢慢走到車旁，看起來很是頹廢和委屈。

羅勳哀嘆一聲，是不是他的錯，把條好好的黑背給養成了吉娃娃？

宅男小隊的車子停到了旁邊，宋玲玲凝水幫小傢伙沖洗傷口，免得殘留喪屍病毒。

羅動取出傷藥幫小傢伙包紮傷口，叨念道：「你說你，跑出去幹什麼？以後老實在車上待著。你的異能是屬於後勤系的，用不著衝在第一線。」

不知道羅動在說什麼的小傢伙，能感覺到羅動在關心他，甩著尾巴往他懷裡蹭。

其他人正在挖幾個喪屍狗腦袋裡的晶核時，村中再次有了動靜，幾個幾近裸奔的喪屍揮舞著手臂，咆哮著跑了過來。

好久沒見到喪屍的眾人，此時說不清是興奮還是驚恐，齊刷刷將手裡的武器端了起來，朝著剛進入射程的喪屍們就是一通掃射。

小傢伙見到那群喪屍，「嗖」一下子竄回車上……這是一遭被蛇咬，十年怕草繩嗎？

不知道是不是這比較封閉，還是之前大部隊路過的時候沒有帶著這些喪屍一起玩，這裡的喪屍幾乎都是一級、二級的，沒什麼戰鬥力，眨眼間就被大夥兒解決了。

回到各自的車子，駛向目的地油漆廠。

工廠裡還關著兩個鑽不出來的喪屍，將其放倒之後，眾人略微挑揀了一下，就將他們需要的油漆搬上車廂，可惜的是，油漆的數量有限，只能帶回去將就著用。

回程的時候，進入剛才經過的村子搜尋，找到了一些五金工具和農具，以及完好無損的冰箱冰櫃，接著等嚴非又搜刮了一遍金屬材料，這才繼續往來時路出發。

這個村子附近有不少樹木，其中有不少已經枯死，宅男小隊正需要大量的木頭用來栽種蘑菇，便順勢挖了好幾棵，放到同時找到的幾輛卡車上。

羅動等人這次出來的目的基本達成，一行人帶著滿滿幾車東西往回趕，傍晚的時候，找了一塊空地，讓嚴非搭出一個金屬臨時小屋，連著幾輛車子都一起圍了進來。

眾人圍坐在火堆旁，羅勳抱著孩子餵奶、換尿布，其他人忙活著收拾東西準備晚餐，章溯忽然坐到他的身邊問：「晶核以後要怎麼解決？」

「晶核？」羅勳眉頭皺了起來，「現在暫時沒什麼好辦法，實在不行的話，就只能想辦法在基地裡找人換……不過，能換到的有限。」

現在外面只有零散的喪屍到處活動，大多數的喪屍都混進了喪屍潮，跟著大部隊四處遊蕩。喪屍潮那種恐怖的規模不是普通人能對付得了的，想當初他們傾整個基地之力都只不過是勉強守住，直到喪屍潮退去才能出去撿晶核，換成只有他們十來個人的小隊……小規模的喪屍還能招惹，要是真遇到了喪屍潮，他們還活不活了？

大家都有些鬱悶，想當初他們打晶核那打得有多痛快，比其他幾個小隊聯合起來都有效率，現在呢？喪屍一旦集結，他們也只有避開的份了。

「可以想些辦法，比如製造陷阱什麼的，等喪屍潮過去，再看看有沒有收穫……」羅勳說著，將吃飽的小包子豎抱起來拍奶嗝，「就怕喪屍潮中真有會指揮的喪屍，把咱們的陷阱破壞了，再說，喪屍潮是流動的，陷阱是死的……這種事只能碰運氣，還得小心不能讓路過的人掉進去。」總之，麻煩多多，投入和收穫不成比例，還得仔細規劃。

「要我說，先把咱們的基地搞定再說別的。如果真能拓展種植面積，增加糧食蔬菜的產量，就能拿去基地換晶核了。」王鐸摟著章溯的肩膀想安慰他，卻換來一記白眼。

宅男小隊中有一半的成員是異能者，靠著種菜換晶核，得種多少菜才夠用？可暫時沒有別的辦法，只能先擱下日後再議，反正缺晶核的不止是他們，西南基地也一樣很缺。

「話說回來，上次基地防守喪屍潮成功後，沒發下多少晶核吧？」李鐵忽然想起這事。

眾人無奈對視。上次喪屍潮退去後，每個參與守城戰的人只意思意思得到了一小部分晶核的獎勵，至於其他的……都被某些人留下內部消化了吧？在那次喪屍潮之前，軍方的兌換處還能換到不少晶核，價格還算公道，後來就沒地方換了，後期他們和部隊的聯繫也中斷，羅勳他們更是一直忙著其他事情，暫時沒有找到合適的兌換管道。

在野外休息了一夜，眾人沐浴著晨曦上路，中途不再耽擱，終於回到他們的新基地。打開地下通道的大門，將車子、卡車全都開了進去。在封閉好大門前，羅勳他們測量了一下金屬板上的面積，準備回去做個可以偽裝成地皮的東西回頭鋪在上面，每次都讓于欣然在大門關閉前用沙土遮擋入口不是什麼好辦法。

車子開到通道末端，眾人才鬆了一口氣，紛紛爬下車來，準備先洗個澡再繼續上工。回到各自的房間，洗完澡的羅勳趴在鋪在地上的被褥上，轉著一枝筆，正在筆記本上寫著什麼。嚴非推門進來，一邊走一邊擦著頭上還未乾的水，坐到羅勳身邊，「忙什麼呢？」

羅勳托著下巴，盤算著道：「我在想……外面的空地這麼大，是不是乾脆利用起來？反正咱們還有不少太陽能板沒用上。現在也不缺金屬板材，不如把整個廣場都圍起來，做成一整層可以栽種作物的空間。外面的變異植物長得那麼高，能把咱們這棟樓遮住大半。咱們只要做好偽裝。別說路過的人，就是衛星拍到了也發現不了什麼，屋頂還能用來晾曬東西。」

「可以啊……」嚴非湊過去，幾乎壓在羅勳的背上，看他的筆記本上還沒畫完的圖，上面標註了附近幾處建築的位置，羅勳把這些建築都連成一片，「這樣很節省空間，就是咱們需要再多弄一些金屬材料回來。」
嚴非說著，手扶上羅勳的後腰。
羅勳正在轉筆的手頓了一下，隨即繼續轉動，「這個不成問題，咱們在有建築物的地方轉悠一圈就能弄到不少，這次還在外面埋了一些……」
「嗯，這樣可以把整片地當成一個整體來加固，再塗油漆掩蓋。」
羅勳忽然停住轉筆的動作，仰頭看向嚴非，背上的那隻手已經從他衣服下襬探了進去，正在他的背脊滑動。眨眨眼，羅勳故作無辜地道：「白日宣淫？」
「有意見？」嚴非挑眉。
「……孩子還在呢。」羅勳口中這麼說，人已轉了過來，翻身躺在厚厚的被褥上。
「他睡著了，我剛看到了。」嚴非俯下身，頸後多了一隻手，將他拉了下去。
最近一直忙進忙出，兩人許久沒有親熱過了……
原本說好的休息半天，眾人莫名奇妙就休息了整整一天。
有人一覺睡到了傍晚，有人則在忙活不可言說的運動。
次日清早，羅勳默默在心裡決定，務必讓嚴非將房間的隔音層做好。
揉揉痠軟的腰，他板著臉，領著眾人到地下室開工。
他們今天要做的事情很簡單，也是先前在西南基地裡做過的，就是鋸木頭種蘑菇。
量好地下室種植架的寬度，五人組負責鋸木頭，羅勳和嚴非則進入種植用的房間仔細檢查那些種植架，準備給它們提升高度。

這些種植架都是貼著地面被固定住的，上面還掛有專門用來播種、收割的各種設備，想要對這些設備、架子進行改動十分費事，但這難不倒嚴非這個金屬系異能者。

「你先研究透這些種植架的構造，之後咱們需要拓展種植空間，或者想在上面加上一層的話，需要按著它們的規格來做，正好能用上這幾套設備。」

這個房間中的播種、收割機都和普通農用的不一樣，體積小些，效率也遠遠小於一般農用的設備，卻能剛好卡著這些種植架，應該就是專門為了這個房間設計出來的專用器材。

嚴非點頭，先用金屬系異能探測，確定在提高種植架後如何處理才能讓那些設備正常運轉後才對羅勳道：「構造不難，和當初你在家裡設計的種植架類似，不過更科學一些，外面的溝槽應該正好是讓這幾臺設備運行時滑動用的，複製起來不難。」

羅勳鬆了一口氣，「抬高後往下面加種蘑菇的架子也沒問題？」

「沒問題。」嚴非笑著搖頭，抬頭看向高高的天花板，「倒是上面澆灌的設備有些棘手，實在不行，就換成咱們在家用的那種……」

「還有一個辦法。」羅勳笑了起來，看向上面交錯的金屬管子，那些管子交織的位置都有噴頭，是用來澆灌的設備，「可以在上面加一排種植架後，出水口直接做到架子的底層，讓上面澆灌的水直接漏下來給下面這層的作物……不過，這麼一來，上下兩層澆灌時的水量就有些不好控制，咱們回頭再研究一下吧。」

既然移動金屬架子沒問題，那兩人自然就不用客氣，馬上就可以開工。他們前天搬回來的金屬材料此時都堆在種植間的空地上，嚴非找到長長的，看似連在一起的種植架連接處，直接抬起一段，在下面加入一些金屬支撐起來，讓整個房間的種植架都抬高了七八十公分左右。接著，他們就開始按照當初在西南基地裡面的時候似的，製作起了如金屬抽屜一樣的，可以推入種植架下的蘑菇箱。

這次他們沒準備只用木頭來種蘑菇，決定一部分換成木屑來種。當然，木頭栽種的還是要保留，畢竟木頭使用的時間要長過木屑，但木屑能種出來的數量肯定要多些。

這些金屬抽屜可以從左右兩側各抽出一半，方便眾人操作，只是這次做的是布滿網眼，一眼就能看清裡面東西的金屬抽屜，而不是西南基地中那種兩層金屬箱子套在一起遮掩別人耳目的金屬盒子。這裡可是他們的隱藏據點，當然怎麼方便怎麼合適怎麼做，不用如同還在西南基地中一樣，每做一件事就要考慮那麼多，還得擔心被外人看到。

宅男小隊帶回來的東西很多，尤其是金屬材料，除了兩個巨大的金屬球，還在幾輛沒裝滿東西的車上塞了不少，只是，給地道的金屬牆壁加厚，又改造過一層種植間，沒再將這間多加一層種植架，就發現金屬材料已經用光。

想到還有很多地方需要用金屬材料加工，大家就覺得心疼。

「明天我們再出去一趟，這次我跟嚴非去，另外再有兩個人跟著就行。」

今天花費一整天的時間，其他人都還沒處理完家中那堆木頭，羅勳決定分兵兩隊。他們搞清了這次要去的地方的狀況，只去四個人也能夠應付。

「我和王鐸跟你們一起去吧。」章溯攤手，「反正我的異能對鋸木頭沒什麼用處。」

李鐵幾人一臉糾結地盯著他——是，他的異能對鋸木頭沒啥用處，可是用來製作木屑誰能比得上他？隨便用小型龍捲風捲起一塊木頭轉啊轉，沒多久那木頭就成渣渣了。

「行，明天一早咱們四個人出去，這次開那輛大卡車和一輛小卡車，爭取除了搬金屬材料回來外，再至少拖上一個裝著太陽能板的箱子。」羅勳琢磨了一下，點頭同意。

羅勳他們早早睡下，第二天又早早爬起來，開著兩輛車子離開新基地。目標很明確，大量的金屬材料和地底裝著太陽能板的箱子，以及順路的話，還能再挖幾棵樹回去。

兩輛車子一前一後，羅勳和嚴非開著大卡車，車前是章溯和王鐸駕駛的小卡車開路。依舊按照先前走過的路行駛下去，途經他們埋箱子的地方。經過嚴非的檢查後，兩輛車便繼續往太陽能板廠所在的方向行駛。

「咱們還得再找找其他可能有大量金屬的地方，現在咱們的小基地裡無論要做些什麼東西都需要用到……」羅勳開著車，聲音中有些無奈。

嚴非安慰道：「這個不難，就算找不到金屬集中的工廠，去市區周邊轉轉也能找到不少，我記得附近還有鐵路、高架橋什麼的。」

就連西南基地在後來尋找金屬的時候也將目標放到這兩個末世前使用金屬的大戶上面，何況羅勳他們？

「也行，這些東西倒是好找，咱們把這一帶的東西收集完再說吧。」羅勳頓了頓，表情又一次無奈起來，「這次回去，還得讓何乾坤他們幫著找找附近有沒有生產玻璃的工廠……」

要修整地上的種植間，需要很多玻璃，就算他們可以做成全封閉的，用金屬造房子，也不能完全不裝玻璃，哪怕弄幾塊當點綴。

兩輛車四個人在半路上過夜，然後繼續向目的地前進。四周的荒野積雪越來越少，從前些天難得能看到一些斑駁的褐色土地，到如今難得能看到殘餘的積雪，似乎不過是轉瞬之間天地就發生了這種自然而然的變化。

兩人邊開車邊吃乾糧，這是羅勳前些日子為外出做的，特意用家中數量不算多的油炸出來的鍋巴。酥酥脆脆的，十分好吃，當乾糧是不錯的選擇。

新的小基地有廣大的種植面積，他們可以種各種米麥、大豆等東西，到時糧食和食用油自然有了保障，完全可以供他們肆意使用。

就在他們即將抵達太陽能板工廠附近時，「轟隆」聲響起，地面微微顫動……

「老、老大，那是什麼東西？」王鐸有些發顫的聲音從對講機中傳來，羅勳還沒回答他的話，就聽到章溯那有些冰冷，咬著後槽牙的聲音也從裡面傳了過來：「有東西往這邊來了……好像還不止一個。」

「什麼東西？有多少？」如果再遇到喪屍潮的話……

羅勳腦中的念頭還沒轉完，一行人就發現引起這些震動和噪音的罪魁禍首。

一隻巨大的灰色兔子在前面一蹦一跳地逃跑，那兔子的體積足有小卡車那麼大，牠的身後追著一頭只有牠體積一半大小的狗……

為什麼這種體型的狗在追著比牠足有一倍高的兔子呢？

羅動他們還沒想明白這件事，就又聽到「轟隆」一聲響，那隻狗已經撲中兔子，兩個動物滾成一團，居然將不遠處的太陽能板工廠撞塌了一個大洞。要是牠們一路滾過來，自己開的車子非得被牠們撞翻不可。

「老大，是不是有兔肉吃了？」對講機中忽然傳出王鐸興奮的聲音，沒等羅勳回答，就聽王鐸繼續嚷嚷著：「老婆老婆，咱們又要有肉吃了，這次說不定還能吃上狗肉！」

羅動有些疑惑，這兩口子到底誰對肉的執念更深一些？

可不管怎麼說……

「咱們……要不試試看？」

羅動心動了，過年前他們打到的那隻羊，吃到現在就連羊骨頭也被他們利用上了，雖然大家存著的還有那麼一些冷凍肉，可這都是因為怕吃完了就沒了才刻意留下的。短時間內再沒有別的收穫，他們可就又要回到了只能吃素的日子。唔……當然，也不能說完全沒有肉，他們至少還存有風乾處理過的肉，可那些肉和鮮肉完全不同。

在場的四個人全都很心動。

嚴非點頭，「再靠近一些上次咱們埋金屬的地方，現在沿途收集到的金屬不夠用。」

這條路他們前後走了好幾次，每次路過的時候都會順手搜刮金屬材料，雖然車上也載著一些以備不時之需，但數量有限，對付這兩頭巨大的動物顯然不足。

通過對講機和章溯兩人溝通了一下，四個吃貨附體的人瞬間達成一致——什麼砍樹找金屬，先解決了肚子的問題再說。

兩隻變異動物打得難分難解，仔細觀察才發現，灰兔的兩顆門牙巨大且尖銳，此時全都是血，從變異狗身上咬下來的，而且牠身上的灰色皮毛不是末世前那柔軟的皮毛，而是十分柔韌，連變異狗都未必能咬透的那種。

變異狗也不是那麼沒用，羅勳他們一時沒辦法看出牠的品種。變異狗在翻滾時發覺自己在體力上似乎沒變異兔占便宜，頓時眼睛一亮，一陣紫色的電光從牠的身上迸射，將變異兔電得渾身直打顫。

就在羅勳他們準備布置陷阱時，眼睜睜看到被電得發麻的變異兔蹬了幾下腿，然後在牠的身邊冒出一排地刺。

「……土系巨怪兔子大戰雷系變異狗。」羅勳的嘴角抽搐了兩下，用有些驚嘆的視線看向隊裡的兩名異能者，「咱們……能打得過嗎？」

自家這兩位可不是超人，真的能打得過嗎？

章溯皺起眉頭，「兔子還好說，雷系的變異狗……」說著，看了嚴非一眼，「這個屬性和你老公正好相剋，不怎麼好對付。」

「打個出其不意還是可能的，實在不行就把牠驚走。」

嚴非一臉淡定，可實際上他和章溯一樣，生出了想和這兩隻變異動物戰鬥的衝動。他們可是整整一個冬天沒動彈過了，異能也好，反應也好，可都是需要長時間訓練的。懶怠了這麼久，練練手也不錯。

「行，那就試試。」羅勳咬牙，取出弩箭調整角度，準備隨時應對可能出現的情況。

「這兩隻變異動物的體型很大，你們兩個和牠們保持距離，咱們引怪。」嚴非說著，將從地底下抽出來的金屬攤在地上，現在沒有于欣然在，有些陷阱做不出來，但就算只有他自己，也是一樣可以打到獵物。

兩名異能者悄然向前摸近，羅勳和王鐸躲在一棟建築後舉著弩小心觀察著工廠附近兩隻變異動物的戰鬥。變異兔的異能是土系的，對於雷系有一定的抵抗性，雖然依舊會被麻痹，但在被變異狗找到合適的角度咬死之前，變異兔就能奮起反抗。

章溯找了個隱蔽的角落，開始對著變異狗和變異兔發射風刃。他射出的風刃很刁鑽，不是直直飛過去的，而是在兩隻變異動物身側、身後繞上半個圈。

兩隻變異動物一開始還以為是對方在攻擊自己，等反應過來，發現那沒有間斷的攻擊在對方停下動作後還不停向牠們打來，這才意識到附近有了其他敵人。

狗鼻子是十分靈敏的器官，比兔子更早辨別出了人類的味道，兔子卻能在第一時間豎起土牆，遮擋風刃的攻擊，但那些風刃就像活了一樣，就算土牆遮擋住了一部分，剩下的風刃仍繞過了土牆，繼續追著牠打。

變異兔的土牆沒辦法徹底將自己包裹起來，就算牠能被土裹住抵擋一陣子，卻也不能一直躲在土牆中，所以在發現自己的異能對於這些騷擾沒用後，牠毅然決然調頭就跑。

倒是變異狗，似乎在末世後遇到過人類，故而在辨別出幾人的味道後，猶豫了一下，就向著章溯的位置奔過去。

章溯立即撤掉一部分攻擊，提升自己的速度，跑向另一個方向，而剩下的用來追在變異兔身後的風刃依然不停地騷擾著牠。

羅勳和王鐸立即提起弩，對著變異狗開始射擊。王鐸的準頭略差些，羅勳則幾乎每一箭都能打到變異狗最弱弱的地方，比如喉嚨、眼睛、脖頸……

末世後經過變異的動物往往皮糙肉厚，變異狗尤其如此，別看牠身上有被變異兔啃破的傷口，可實際上羅勳射向牠眼睛的攻擊都被牠及時躲過去。

不過，這麼一來，到底阻撓了牠繼續追擊章溯的行動。

就在變異狗的動作停下的同時，奔向另一個方向的變異兔忽然發出巨大的「咕咚」一聲，讓距離不遠的幾人全都感受到腳下的地面震了三震。

羅勳和王鐸滿懷疑慮，動靜怎麼會這麼大？而一直關注著變異兔的章溯和嚴非都不由自主地抽動了幾下嘴角。

兔子逃命時會怎跑？等等，跑？跑什麼跑？兔子不都是用跳的嗎？距離近些的話還會半跑半跳著移動，可一旦真的準備逃命時，牠們可都是拔腿就跳，管後面追的是什麼呢？反正危險了就跳唄。

於是，變異兔在受到章溯威脅的時候，也採取了這一逃命方式，向著另一個沒有風刃的方向飛速跳過去，可牠並未跳進嚴非準備的金屬陷阱中，而是一頭跳進了被抽出金屬而變成一個只在上面有一層薄土層的大坑中……

嚴非的反應相當迅速，操控金屬撲了過去，直接削斷了變異兔的脖子。

聞到血腥味，發現變異兔瞬間不見的變異狗，立即放棄追趕著的章溯，理都沒理會躲在一旁放冷槍的羅勳和王鐸，轉頭夾著尾巴就跑，半點猶豫都沒有，不過是眾人愣了下神的時間，牠就已經跑得沒了蹤影。

羅勳四人第三天就返回了新基地，快得讓留在基地的徐玫等人十分驚詫的是……

「兔子？你們居然打到兔子了？」

羅勳無奈笑道：「因為多了個牠，所以我們沒辦法搬回那堆太陽能板，只能等下次了，還有木頭也沒能弄到多少。」

「沒事沒事，有肉吃就行！」

「就是，正好家裡的肉都快吃完了！」

「兔子肉怎麼吃好？」

「還有兔子毛呢，可以做……呃，這個兔子的毛怎麼這麼硬？皮也好厚啊……」

一隻變異兔子把大家肚子裡的饞蟲都勾了出來，雖然兔子肉沒那麼美味，往往是和什麼肉一起燉，燉出來的就會是什麼肉的味道，本身沒有豬、牛、羊之類的肉鮮香，可也比沒肉吃要好太多了。

剝皮、風乾、晾曬、開膛、分解，將整隻兔子處理完，得到的肉沒有看起來的那麼多。兔子的皮毛在其體積上占了很大的比例，尤其冬天剛過還沒換毛，再加上兔子身上骨頭多，大多是瘦肉……除了留下一些準備今天晚上加菜之外，剩下的兔肉也裝滿了一個新冰櫃。

「……怎麼吃？」一群人圍在冰櫃旁，眼巴巴看著徐玫特意留下來的一條兔腿，這一條前腿就夠他們今天晚上大吃一頓了。

「做麻辣兔肉吧。」羅動建議：「兔肉做成麻辣的比較有味道……當然，也可以做成不太辣的。」想起家裡還有個于欣然在，小朋友吃不了太辣的東西，他這才連忙改口。

徐玫笑了起來，「這麼多肉呢，不是只能做一種菜，做一道麻辣兔肉，做一道紅燒兔肉，再炒幾個菜不就行了？」

眾人大聲歡呼，現在他們不在西南基地，想做什麼料理都不用擔心被人聞到找上門。別說麻辣的，就算天天吃燒烤、涮羊肉都沒問題。

麻辣口味是羅動的偏好，徐玫和宋玲玲雖然也會做，但做出來味道沒有羅動做的道地，尤其某人的抗嗆辣油煙體質堪稱驚人，這讓徐玫和宋玲玲望之卻步。

一盤麻辣兔肉炒得紅辣鮮香，一端上桌就吸引了全體成員的眼球，尤其這條兔腿切出來的大塊肉不帶骨頭，每吃一口都是滿滿的肉香，解饞又下飯。大夥兒就跟幾百年沒吃過肉似的，顧不得形象，人人抱著白飯悶頭猛吃。

紅燒兔肉也很受歡迎，于欣然吃不了辣，便就著白飯吃紅燒的。

兔腿的大骨頭則熬出一鍋鮮濃的熱湯來，眾人將飯菜掃蕩一空，這才慢條斯理地喝湯。

李鐵半攤在椅子上，喝著熱湯感慨著：「要是咱們能養點什麼多好啊……」

「不是有鵪鶉嗎？」他身旁的吳鑫沒眼色地反問。

何乾坤大叫：「鵪鶉也是肉，可那點肉實在不夠吃啊！」

家中的鵪鶉在需要吃的時候大家還是會宰殺一些的，不過一般情況下捨不得，幾個月會殺一次，一次幾隻就很不錯了，再多……他們可捨不得，還得留著下蛋呢。

那點肉夠做什麼？也就在大家打來的肉吃得差不多時才會用牠們打打牙祭。

「對啊，咱們可以考慮要不要養點什麼動物。」

李鐵他們的話引得一眾吃貨全都興奮起來。

「要是能養上幾隻像咱們這幾次殺掉的變異動物一樣的動物，到時殺上一隻就夠咱們吃好幾個月了！」

「對啊對啊，現在這些變異動物多實惠！」

看著一群人如此興奮，羅勳不太想潑他們冷水，可看他們甚至有馬上動手準備養動物的窩時，就不得不出聲了：「咳咳！」見眾人都向他看來，似乎在期待他拍板定案似的，他瞬間覺得壓力倍增，「那個……養變異動物什麼的……不是不可以，可總得考慮到牠們的戰鬥力和體型吧。」他無奈指指四周，「小一點的，末世前的動物咱們這裡還能養養，可那些體型變得超大的變異動物，你們覺得咱們這兒能養幾隻？」

章溯已經把自己那碗湯喝完，此時一臉自然地端過王鐸剩下的半碗，「個頭長得越大，吃的就越多……拉的更多。」

這句話險些讓剛吃飽的眾人把晚飯再吐出來。

好吧，養變異動物確實不那麼實際，就算大家真想養，最好也先找些沒變異的普通動物來養，但如今這個世道……還是等他們能找到普通動物之後再考慮吧。

宅男小隊這次離開西南基地時並沒帶上家中那些小鵪鶉和麵包蟲，一來是東西太多，二來是怕半路遇到什麼意外讓牠們全都凍死，所以眼下這隻變異兔子算是解決了大夥兒很長一段時間內肉類的來源問題。

吃飽喝足後的第二天，羅勳再度發布新的任務，請何乾坤幫忙查出附近有沒有能找到玻璃的地方。羅勳他們這次出去時，本來時想把太陽能板生產廠牆上鑲著的玻璃弄回來，卻遇到了倒楣的變異兔和變異狗，這兩個傢伙一通亂撞，太陽能板的廠房幾乎全被折騰塌了，事後根本找不到半塊完好無損的玻璃。

羅勳兩口子去收拾種植間裡的架子，李鐵帶人處理新搬回來的木頭，處理好就放進箱子中培育菌菇。這活兒他們做得很熟練了，效率自然很高。

何乾坤找到了可能有玻璃的工廠，在他們上次去的地方附近。再次確認新基地中暫時沒什麼需要大家留守忙活的工作後，一行人驅車出行了。

這次的目標和上次差不多，還是以木頭、金屬、兩箱太陽能板為主。至於玻璃……玻璃廠的距離稍遠些，他們暫時抽不出時間過去，只好暫時放一放。

足足四天的功夫，他們才滿載而歸。

這次雖然沒再好運地打到什麼變異動物，卻遠遠看到了一些之前不知道藏在什麼地方的變異動物的蹤影。那些動物們有些從很遠的地方匆匆跑過，有些則盤踞在昔日的建築群中。牠們的體型、外表、生活習性大多和末世前有了不小的差別。羅勳他們這次出來還有其他事情要忙，沒時間也沒辦法去找這些動物的麻煩。

不過，在知道春天到了，附近出現更多變異動物的蹤跡後，眾人還是很高興的，畢竟這些傢伙既然會在附近活動，之後他們就有機會抓住，補充家裡冰箱裡的存貨。

回到新基地後繼續忙活。

這次的收穫不少，尤其是金屬材料，除了兩個巨大的金屬球外，還有不少塞到車上各處縫隙中的。兩個裝滿太陽能板的大鐵箱也帶了回來，這會兒正擱在地道中準備等先忙完兩間種植室的工作後，再搬上去掛到朝陽那側的牆壁上。

一大清早，眾人爬起來後悠閒洗漱完，便又回到地下室開始一天的工作。于欣然帶著小傢伙守著小包子，這三個孩子被放到地下一層被收拾出來的小隔間中，那裡是準備改造成種植間的，只是目前的種子數量不多，有對門的一個就暫時夠用。

于欣然帶著小傢伙在房間中玩了一會兒，寫完徐玫安排的作業，就蹦蹦跳跳跑了出來，拉著正在忙活的宋玲玲道：「媽媽，我餓了。」

「是餓了還是饞了？」距離中午還有一段時間，宋玲玲聽到她的話就知道她在想什麼。

「餓了，也饞了。」小丫頭說得理直氣壯，「我想吃草莓奶油冰棒，小傢伙也想吃。」說著，還特意拉過跟在她身邊的小傢伙幫她一起說服宋玲玲。

「只許吃一根，等著，我去拿過來。」

所謂的草莓奶油冰棒是自從有了奶油果，家中草莓又盛產到吃不完就會壞掉，兩位女士想出來的主意，反正家裡冰櫃多，把草莓打碎，加上奶油果就能給孩子做出這種好吃又健康的水果冰棒，比什麼零食都好。

家裡還有很多她們做出來的草莓醬，這些都是孩子的零食、大人解饞的好東西。

于欣然歡天喜地跑回小房間，她知道在大人們忙活的時候，自己得要帶好狗狗、看好弟弟，所以很快就回去盡自己的「責任」。

大家正在忙碌的時候，樓梯那裡傳來匆忙的腳步，李鐵幾人正在悶頭忙乎，就見宋玲玲臉色蒼白地跑了進來，「快，快上去，好多鳥！」

「鳥？喪屍鳥？」所有人瞬間緊張起來。喪屍鳥有多可怕他們早就領教過了，怎麼才這麼短的時間它們就又回來了？

「不知道，天上有好多！」宋玲玲深吸一口氣才把話說順溜了。

「我去叫羅哥他們。」

地下一樓的種植間修整過了，羅勳他們兩口子正在地下二樓。

聽到這個消息，兩人匆匆跑上樓，從窗子向外一張望這才發現，問題並沒有他們以為的那麼嚴重……或者說，他們這裡暫時不會出什麼問題。

外面的天空確實黑壓壓如烏雲罩頂般飛著數量眾多的鳥，那些鳥們的體型看起來也十分驚人，但那些鳥們目前對於眾人所處的地方沒有任何興趣，彷彿只是路過。

羅勳拿著望遠鏡看了一會兒，這才鬆了一口氣，低聲對眾人道：「是變異鳥，裡面還有一些體型相對正常的可能是普通鳥，但也有可能是小傢伙這樣體型沒發生改變但會異能的變異鳥，我懷疑……」

「懷疑什麼？」大家很給面子地接著問道。

「我懷疑牠們可能是候鳥。」

羅勳不記得上輩子有候鳥如此大規模從基地上空經過，也或許是他們目前所處的位置正好是這些候鳥遷徙的途徑，而西南基地所在的位置稍偏些？

眾人齊齊安下心來，就聽羅動再度提醒大家：「既然這幾天外面有候鳥經過，咱們最好暫時不要出去，就算要回西南基地，也要等到牠們離開這附近再說。」說著有些無奈地聳肩，「還記得咱們遇到的第一隻變異動物嗎？那就是一隻變異鳥。變異生物們的性格多少都有些變化，牠們或許會主動攻擊人類，所以這幾天咱們還是小心一點為好。」

眾人紛紛點頭，就算他們眼饞天上飛過的那群可以用來做「烤小鳥」的美食，也得有命享用才行。如果只有落單一隻，異能還是大家能對付的那種就算了，但這麼一大群……就跟遇到喪屍潮一樣，誰敢去螳臂當車？

羅動的擔心果然不是無用的，當夜色降臨之後，果然有些變異鳥或因為體力，或因為本來就在這個緯度生活，零零散散降落下來，其中還有兩隻就降落在眾人所在的田地附近。

天氣轉暖後，最近的田野間陸續冒出翠綠的嫩芽，有些地方明明冰雪還沒消融，但草地上和樹枝上卻鑽出了代表春天的嫩綠。

或許是這附近原本就是農田的緣故，無論是田間小路還是昔日的農田上都有點點綠意，可除了這些綠意，更多的還是那些猙獰的魔鬼藤。

幾隻變異鳥降落下來，似乎沒見識過魔鬼藤的恐怖，居然湊到了魔鬼藤邊上，並且好奇這些植物能不能吃。招惹這些恐怖生物的後果很明顯，當那隻傻鳥湊到田邊的時候，所迎接的就是一場大戰。

羅動他們在發現了變異鳥的蹤跡後，便悄悄放輕眾人在家中活動的動靜，盡量不引起外面過路變異鳥們的注意。嚴非將儲存著的將近一半金屬抽到地上，把原本就圍繞在三層小樓外的金屬架子加厚以增加防禦，而且在眾人回到地下室忙活的時候，總會留出一兩個人時刻關注著上面的情況。

羅勳道：「回頭找找看什麼地方能弄到監視器，咱們弄回來一些裝到外面各個角落去，這樣就不用這麼費事盯著了。」

何乾坤立即掏出筆記本，把這件事記下來。

在地下忙活的好處是很安靜，就算地面上植物大戰變異鳥的戰況再激烈他們也聽不到，但同樣的，因為見不到外面的陽光，一整天下來，如果不是被人提醒，他們連現在是幾點了都未必會知道。

拖著沉重的身軀爬上樓，悄悄觀看外面的動靜，確認沒有哪隻變異鳥一時興起飛到他們的這片空地附近來，這才各自去洗澡休息吃些東西準備睡覺。

這個曾經的教學樓中有浴室，卻是公共浴室。所有的設備都完好無損，只要宋玲玲將水加滿，其他人改一下電路，用蓄電池供電就好。更讓他們欣喜的是，這裡有兩個大浴室。雖然女生的浴室很小，卻也足夠男女分開洗澡。

就是這裡沒有浴缸，只能淋浴，讓習慣了泡澡的羅勳有些失落，而另一方面，王鐸每次都強烈要求他家的女王殿下在大家都洗完後再由他陪同去洗。他的心情大家都理解，但這種行為還是挨了李鐵他們幾人數次白眼——就算一起洗，我們也不會對你家那口子產生什麼不良想法，你以為誰都是基佬啊？

其實嚴非也不太喜歡羅勳跟其他人一起洗澡，不過他不會傻得像王鐸似的隨便說出口，等折騰好地下室，再開始搗鼓大家的房間時，他們就能在臥室中裝浴缸了。辦公室改建的臥室面積很大，裡面可以劃分出不同的區域。

吃飽喝足，眾人回到各自的房間。這大晚上的雖然明知道有厚重的窗簾和外面的金屬架子遮擋，可所有人還是不太敢點燈，外面的變異候鳥大軍還在頭頂上飛著呢。

「睡吧，明天早點起來去地下室。」嚴非關掉房間中所有的光源，站在窗前悄悄拉開簾子，確認外面沒什麼情況，這才鑽回被子。

兩人相擁在一起，被子裡很暖和，小傢伙趴在旁邊睡得很香，小包子則被放在金屬做成的圓弧狀搖籃裡。

大夥兒睡到半夜兩三點，就被外面巨大的動靜驚醒。

羅勳先是迷茫了一下，再次聽到外面傳來的聲響，這才猛然坐起身，「怎麼了？」

嚴非也不清楚，他也是剛被吵醒。

兩人趕緊到窗邊向外看去，發現不知道什麼時候，一隻巨大的變異鳥落到了緊挨著小樓空地的魔鬼藤中去了，現在正在和魔鬼藤搏鬥。

變異動物和魔鬼藤打起來不稀奇，問題是，那隻變異鳥有火系異能，牠一邊掙扎一邊不停地噴吐火焰。

如果火焰只單單噴進魔鬼藤就算了，居然有一團火燒到了旁邊的小樓。那棟樓就是羅勳他們頭一次衝進這裡後住過的小屋，那裡是一間專門用來放農具的屋子。慶幸的是，裡面所有能用的工具都被眾人搬到地下室去了，可讓人頭痛的是，和它緊挨著的房子就是停放農用車輛的大車棚，一旦燒起來，後果可想而知。

「怎麼了怎麼了？」大家全都從睡夢中掙扎著爬了起來。

羅勳兩人抱著小包子帶著狗跑出來，「徐玫，妳試試能不能把那些火勢控制住。宋玲玲，妳和小欣然幫忙滅火。」沙子加水，一般的火勢就都能得到控制。

羅勳穿上外套，對其餘的人道：「咱們去大門口那裡看看，嚴非已經將變異鳥那側的牆壁用金屬都封死了，就算有火燒過來，問題也不大。」

再次慶幸他們白天時怕出意外，將地底的金屬抽出一部分附著到外面的金屬架子上。只要改變那些架子的形狀做成牆壁，就能防止一般攻擊。

一夥人跑到大門口，徐玫勉強控制住火勢，沒讓火燒到其他地方，于欣然和宋玲玲則很快就將那個房子的火撲滅。

變異鳥的掙扎越來越慢，動作幅度越來越小，漸漸的沒有了力氣。

幾人都躲在大門後，用嚴非留出來的孔洞觀察外面的戰況，看到這一幕，羅勳忽然心裡一動，「要不要試試看能不能搶過來一部分鳥肉？」

「搶鳥肉？」一群人眼睛瞬間發亮。

羅勳點頭，「對，能搶過來多少是多少。變異植物雖然有些也有毒，可這種魔鬼藤卻只會吸血，應該不會給獵物體內注射毒素，它們殺到一半的獵物咱們應該也能吃。」

眾人立即摩拳擦掌。

湊在一起商量了一下，主要負責動手的還是小隊中的異能者。宋玲玲抱著于欣然，嚴非用金屬造出一條甬道，雖然不長，但用來阻隔被變異鳥們從天上發現他們蹤跡還是很好用，更重要的是，這東西也同樣能阻擋變異植物的攻擊。

徐玫凝出火球，擊向纏住變異鳥的藤蔓。章溯的風刃招呼過去，于欣然揚起變異植物所在位置的沙土，混在火球之中，用沙土纏住那些枝蔓。

嚴非做出一張金屬網，罩住那隻斷氣的變異鳥的半個身子。

幾人一同發力，居然……拉過來了。

眾人愣了愣，回過神來的羅勳立即下令：「撤！」搶到了還不撤，等什麼呢？

一行人連忙從甬道向回跑，後面的枝蔓在夜幕中搖曳卻搆不到他們的位置，只能拉扯著剩下的半隻變異鳥迅速分解吸收……

「居然真的搶回來了？」

跑回樓中，大家還有些不可置信，過了好半天才大笑起來。做了半天心理準備，他們甚至都做好了要與變異植物大戰的準備，結果竟然這麼輕易就搶回來了。

「我用金屬網暫時裹住獵物了，明天早上檢查沒問題的話再來處理。」嚴非說道。

「大家都回去休息吧，今天晚上真是夠折騰人的。」羅勳長長吐出一口氣來。

雖然大家心裡都很惦記著大門外的那隻大鳥，可也很清楚，這麼黑的天，這隻鳥又是從變異植物的嘴裡搶到的，誰知道會不會帶什麼髒東西？要是沾染上了喪屍病毒，又或者有什麼喪屍化的小動物藏在牠身上……還是現在這樣處理最安全。

一群人不太安穩地睡到天亮，然後個個迫不及待起床來到一樓大廳，站在大門口嚴非新搭出來的，從大門向外延伸了些的金屬甬道中，看向那隻昨晚搶回來的變異鳥。

「好像是隻大雁類的鳥……」羅勳不太確定地道。

在場沒人對這種動物有研究，能大致分辨出是一種水鳥就很不錯了。

嚴非操控著金屬提起變異鳥的一隻爪子倒吊，接著開始抖動牠的身體。

在昨晚的混戰中難免有什麼東西沾在這隻鳥的身上，比如變異植物斷掉的藤蔓。

劈里啪啦，地上果然多出了些亂七八糟的東西。

穿著各種防護服的眾人將大鳥圍住，檢查過牠身上所有的傷口，這才鬆了一口氣。

「沒問題。」

「傷口顏色正常，應該可以吃！」

「羽毛裡挺乾淨的，沒有帶著什麼不該有的東西！」

「今天晚上有鳥肉可以吃了吧？」

「這傢伙可是火系異能啊，徐姊有福了！」

自從上次章溯吸收過變異羊腦中的晶核後，大家就已經確認了，變異動物腦中的晶核雖然巨大，但一般都是二級左右的晶核，只是裡面含有的能源量巨大，幾乎可以把一個要衝級的異能者所需要積累的異能一次性推到頂點。等推到頂點，再找到高一階的晶核，就能順利衝級了。這顆火系晶核正好可以讓徐玫吸收，等再找到五級晶核，她就能升到五級了。

確認變異鳥本身沒問題，眾人便歡天喜地開始拔毛分解。

羅動帶著于欣然，指指那些從大鳥身上抖下來的東西，「欣然把那些東西弄到一起，然後丟進那些植物裡吧。」他們不太確定那些抖落下來的東西中都有些什麼，最安全的處理方式就是哪兒來的回哪兒去，于欣然的異能處理起這些雜物要更合適一些。

小丫頭點點頭，操控著地上的泥土沙化，將那些東西「兜」進沙中慢慢向外轉移。

「等等，我看一下。」羅動忽然看到什麼，連忙讓于欣然將東西弄過來。

一堆破爛東西散落在羅動的面前，他拿著一根嚴非做的金屬棍扒拉兩下，斷裂的變異植物殘骸、泥土、鳥毛，以及……他的目標物。

見羅動從裡面捏出一個東西，于欣然睜大眼睛好奇地看著。

羅動將那東西攥在手裡，又扒拉了幾下，果然，又找到兩個。

「欣然，咱們去挖寶。」羅動興奮地道。

「挖寶？」于欣然歪著頭，指著羅動找到的東西，「挖這個？」

「對。」

一夥人忙忙碌碌地將肉全都裝進冰櫃，徐玫按照之前的老規矩，留下一大塊胸脯肉，準備中午或者晚上給大家添個菜。

嚴非在大廳裡轉了一圈沒找到羅動，連忙幾步走回大門口的甬道。

一大一小蹲在甬道盡頭，羅動正指著某個方向對于欣然道：「對，就這麼弄過來……」

「你們在做什……」嚴非的話說到一半，看到羅動腳邊那一小堆東西，瞳孔瞬間收縮了一下，「這些……是從哪兒弄回來的？」

羅勳笑著回頭，摟住笑得歡快的小丫頭，「欣然挖寶挖回來的。」

不一會兒，眾人圍坐在一樓廚房大廳的桌子旁，一個個兩眼冒光，看著桌上的東西。

「這些是在變異鳥抖落下來的東西裡找到的。」羅勳帶著于欣然一起洗完手走回來。

「裡面有晶核？」王鐸忍不住問道。

羅勳點點頭，捏起一顆彷彿未經打磨的藍寶石一樣的晶核，「對，我在裡面找到了三顆晶核。我就想，附近沒看見過喪屍的蹤影，這些鳥在天上又飛了很長一段時間，這些晶核一抖就會掉下來，那是什麼時候在哪兒沾的？」

羅勳說著看向窗外，「我就試著讓小欣然幫忙弄回一些泥土，不要抖掉上面附著的東西，結果就找到了這麼多。」

桌上放著一小堆東西，正是之前大家出基地殺完喪屍後得到的晶核，而放在眾人面前的晶核有大有小，從一級的到四級的都有。

「這麼說來，這些魔鬼藤雖然會『吃』人、變異動物和喪屍，但它們唯獨不吃晶核？」

「天啊，那這些變異植物下面會積累下多少晶核啊？」

所有的人都驚呼起來，滿臉激動地對視著。

羅勳深吸一口氣，指著外面，「別忘了，咱們現在在這些植物的最裡面，隨便找找就能找到這麼多，要是靠近外面路邊，會有多少晶核？」

光上次的喪屍潮，這些變異植物就弄死了多少個喪屍？

想到這裡，在場的人都滿懷期待。

羅勳笑著對大家做了個安撫的手勢，「這件事是個細緻的活兒，咱們還得考慮到太靠近中間的部分小欣然的異能搆不到，不方便拿，所以咱們先利用空閒的時間每天過去找就好。」說著，他兩眼迸發出喜悅的光芒，「看來真的得多在附近種些變異植物了……」

這東西好啊，能幫忙殺喪屍，攔截變異動物，阻隔其他路過的人窺探這裡的祕密，還不會消耗晶核，簡直就是看家護院的利器。

羅勳只恨自己手中的水稻、麥子的種子太少，光自家吃還未必夠用呢，何況還要分出去一些來種變異植物？至於等變異植物們自己繁衍……他不太清楚魔鬼藤怎麼生長的，上輩子更是不可能對此有什麼深入的研究，所以這些事只能慢慢來了。

有了更多的魔鬼藤，就等於這附近以後再有喪屍潮路過，大家將會收穫到更多的喪屍晶核，比他們出去打晶核還來得有效率。

不過，在這之前他們得想想，要怎麼才能拿到田地中間的晶核。

于欣然的異能操作距離是有一定限制的，而且有些地方沒辦法看到，她就更不好進行細緻的操作，這點和她的年紀比較小，控制力相對薄弱有關係。

于欣然的極限操作距離差不多將近十米，對於一般農田來說還算夠用，可是對於那些長度較長，形狀不規則的地就不好辦了，而圍繞在羅勳他們所在位置的田地就是這麼不規則。

「咱們可以先將兩邊的晶核收集過來，裡面肯地多少會有沙系晶核，等丫頭再升一級之後說不定就能搆到了。」吳鑫說道。

「對，這個辦法好。」

光是羅勳和于欣然找到的那些晶核就有各種顏色，幾乎什麼系的晶核都有，說不定真和吳鑫建議的一樣，把附近能夠得到的晶核篩選一下，就能湊夠讓于欣然異能升級的晶核數。

只是不知道這些晶核中到底有沒有五級的，或者說，之前路過的喪屍大軍中到底有沒有出現過五級喪屍？

羅勳對此持保留意見，但辦法都是人想出來的，也許不用等到于欣然升級，他們就能想出將藏在變異植物深處的晶核弄出來的辦法，而現在他們能弄到這些力所能及，可以搆到的晶核就已經很不錯了。

天上的候鳥群此時依舊看不到尾巴，羅勳他們擔心讓于欣然只和一兩個人一起行動會遇到什麼危險，商議後決定，這幾天白天他們都抽出一小時左右，派出戰鬥力較強的幾人給小丫頭保駕護航，先在空地四周找晶核。剩下的時間依舊要忙活地下室的工作，這樣也算是勞逸結合，還能保證大家的安全，工作和挖寶兩不耽誤。

由於有著來自天空的威脅，羅勳他們沒敢有什麼大動作，每次離開小樓外出收集晶核的時候，都會頂著嚴非做出來的金屬，彷彿舉著一把大傘，大傘的後方還連著一條可以供大家隨時跑回去的金屬通道。

收集晶核的時候很麻煩，一方面要小心不被天上的變異鳥發現，另一方面還要擔心不要進入變異植物的攻擊範圍。魔鬼藤的枝蔓很長，大夥兒每次外出都要先探探目標範圍內魔鬼藤的攻擊極限在哪裡，然後才敢帶著于欣然過去。因為這一原因，所以于欣然的極限收集範圍不得不再度縮短。

就算只能在裡面收集，就算極限範圍縮短，就算因為種種原因他們暫時不敢考慮用于欣然異能之外的方法來收集晶核，可這短短的幾天，他們也收集了足足幾千顆晶核。

從最低級的透明晶核到高級喪屍、變異動物的晶核應有盡有。

在發現晶核後的五天內，大家每天抽出一個小時的時間，卻弄出這麼多收穫來……不得不說，這片變異農田還真是好東西，下面還不知藏了多少「寶藏」。

在最後兩天的時間中，天上路過的遷徙候鳥大軍漸漸北去，除了一些零散落在沿途的之外，幾乎全都離開了這片天空。

候鳥的遷徙似是某種預兆，羅動他們在頂樓觀察附近情況的時候，發現附近出現了越來越多的其他變異動物的蹤跡。整個世界像是活了一般，那些綠意盎然的植物，那些形狀各異的變異動物，似乎才是這個世界真正的主人。

「明天就是三十一號，東西都收拾好了吧？」

所有的晶核都分類清點好了，將各系的分給了隊裡的異能者後，剩下的晶核也都按照人數均攤到大家身上，只留下一份當作小隊共有財產。整個隊伍中，就連小傢伙和才出生沒多久的小包子也得到了一份，可惜的是，他們現在還不知道小包子的異能到底是什麼系的，所以只能把一些奇奇怪怪，一時辨別不出來的晶核暫時留著給他。

眾人在篩選的時候，終於找到了幾塊和當初小傢伙吸收掉的那塊晶核顏色相似的晶核，拿給小傢伙，讓牠玩了半天，才發現牠一邊玩，一邊舔的時候，那些晶核就會越舔越小。

果然牠也是需要晶核補充異能的，只是這傢伙挑食得很，只要同系帶顏色的，那些透明的一級晶核，牠沒有半點興趣。

所有人都表示自己已經準備就緒，老實說，他們在這裡生活了一段時間，這裡的自在和輕鬆與在西南基地中完全不同。雖然中間有過候鳥飛在頭頂的威脅，但那時大家只要回到地下室去，想做什麼就能做什麼，絲毫未有半點不自在。

冰櫃裡凍著的有兔肉、鳥肉，想怎麼吃就怎麼吃，就算天天吃燒烤也沒人會管他們，這與在西南基地中連吃頓好的都要偷偷摸摸完全不同。

似乎是心態的轉換吧，如今他們這次回去西南基地反而有種去的才是臨時落腳的地方，而這裡才是他們真正的「家」。

「這次回去咱們需要多帶些東西回來。」羅勳說著，手指輕輕在桌面敲了兩下，「咱們這次開卡車回去吧。」

一個小隊四輛車子，再加上一輛卡車，應該夠他們拉不少東西回來。他們找到的卡車原本沒有貨廂，是嚴非後來做了一個放在上面的，看起來倒是跟貨櫃車很像。

「這次回去咱們也不能什麼都不帶，至少要在車裡裝些東西做做樣子，不然萬一露餡兒也不好。」李鐵舉手發言。

羅勳點頭，看向身邊的嚴非，「我們昨天做了點東西，今天再弄點放上去應該能充數。」

「什麼東西？」眾人一頭霧水，他們怎麼沒見昨天羅勳他們搗鼓過什麼？

嚴非笑笑，順手用房間中的一些金屬材料做了個不鏽鋼模樣的盆子，「我做了一些這種東西，還有些占地方但一般人不會要的金屬架子，放在車裡，半路遇到什麼危險，這些還能用來當武器。」他本來沿途就要帶著些金屬防身，只是之前這些金屬都是直接壓縮好放在車裡備用，現在把這些東西的形狀改了改罷了。

「這個法子好，不用硬裝上什麼東西充數。」

眾人準備好回去時會吃到的乾糧……沒錯，以前是出來前要準備乾糧，這次換成回去的時候準備乾糧了。

嚴非趁著眾人忙活的時候，給每輛車子裡都塞了些金屬架子，類似服裝店中陳列衣服用的那種金屬架子，晾衣服的金屬杆。這些東西占地方又沒什麼大用處，丟在車裡正正好。

次日清早，封好地道出入口，一行人開著五輛車向著西南基地前進。

因為卡車裡面的空間不小，他們乾脆將兩輛小一點的車子丟進去，這樣還能集中火力，萬一路上遇到危險，方便大家反擊。

半路上在野外度過一晚，羅勳他們一號上午就開回了西南基地大門外。最近似乎外出的人數變得比之前更多了些，回城出城的車流量變大，更讓他們眼前一亮的是，前方某輛車上馱著的，明晃晃就是一隻變異動物。

「現在已經有人能打到變異動物了。」羅勳心裡有點激動，這樣他們就算偶爾在西南基地裡面吃肉也不會太顯眼。

「那個好像是軍車。」嚴非觀察了一下說道。

「可能是，不過這證明基地已經知道變異動物的肉能吃了。」羅勳笑笑。

等到宅男小隊的車子來到大門口進行登記時就發現，他們讓嚴非提前做出來的金屬架子之類的東西，真的起到了不小的作用。

「檢查車上的東西？」羅勳瞪大眼睛，有些不解地反問。

工作人員臉上雖然帶著一些不耐煩，但還是解釋：「基地的新規定，上個月二十號發布的命令，以後回基地的車輛，帶著東西都要檢查，小包的東西拿下來在那邊過一下安檢就行，車子裡得讓人看一眼。」

「為什麼？」羅勳上輩子這會兒已經沒再出過基地，自然不知道那時有沒有這個規定，而這輩子……這還是頭一次聽說。

「怕有人帶什麼髒東西回來啊！」工作人員翻了個白眼，「要是有人偷偷夾帶喪屍的屍體回來投毒怎麼辦？」

「難道基地裡有人投過毒？」羅勳瞬間被這消息帶偏，連忙打聽。

「不清楚，我說你們到底檢不檢查？不讓檢查就不許進基地。」工作人員明顯怒了。

「那就檢查吧。」羅勳無奈與嚴非對視一眼。

所有人帶著自己隨身的包裹下來，到一旁的安檢機器掃描了一下。這些東西裡除了一些乾糧、武器外，基本沒有別的什麼，車中更是一堆金屬管子之類的東西。見他們這裡沒什麼實惠的東西，上車檢查的工作人員都沒細看，只瞄了幾眼就算了。

等宅男小隊將車開回自家所在的社區準備上樓時，王鐸偷偷湊到羅勳身邊道：「羅哥，我看見後面的車進來，有人上去檢查的時候從車上順了點什麼下來。」

羅勳的動作一頓，看向嚴非，「幸虧你做的都是大件東西，沒做多少瓶瓶罐罐。」

一行人慢慢爬上十五樓，這次回來反而有種陌生的感覺。來到十五樓的時候，金屬門沒什麼問題，反而是回到十六樓的時候……

「靠，誰把玻璃打碎了？」

不僅僅是一兩個屋子的玻璃碎了，幾乎所有屋子的玻璃都被人砸碎。

嚴非迅速查看屋頂上的陷阱，黑著臉道：「屋頂有人上去過，陷阱也被觸動了。」

「檢查看看有沒有少什麼吧。」羅勳壓抑著怒氣，對眾人說道。

他們離開前怕有人闖空門，將外面的金屬罩子密度做小，讓人沒辦法伸手進來，掛在牆上的金屬板子就算能搆到，外人也取不下來，可就是這樣，居然還是有人將玻璃打破。

巡視了一圈，除了羅勳家因為是鋼化玻璃只有兩扇玻璃被敲得出現滿滿的裂痕外，幾乎每一戶都有至少兩塊以上的玻璃被打破，更有兩間屋子放在窗口的作物被人用東西勾過。

「雖然不知道玻璃是哪天碎的，但我懷疑應該就是咱們回來前的這一兩天。」一群人這會兒全都氣不打一處來地湊在一起開會，羅勳說完後，停頓了一下才解釋道：「他們肯定已經發現咱們家裡有什麼東西，不可能之後不想辦法回來繼續偷裡面的東西，或許他們打破玻璃後會觀察兩天情況再行動，那樣不如這兩天晚上咱們盡量不弄出光亮，如果什麼時候有人過來偷東西也不用對他們客氣，而且這次出去時，盡量將東西全都帶走。」

帶走，全都帶走，還留在這裡做什麼？受什麼窩囊氣？他們不是吃多了撐的，種滿這幾間屋子的東西難道要等小偷來全都給他們嗎？

「羅哥，要不咱們乾脆退掉一半的屋子？那些破任務做不做也無所謂。」韓立氣得直磨牙，現在基地中連他們家的安全都不能保障了，他們還做個屁任務，等人上門來偷嗎？

「至少這個月的要做。」羅勳的臉色正了正，「如果有人要來偷東西，萬一他們打聽到咱們退了一半的房子，知道咱們有人回來了，恐怕也會提高戒心。暫時留個『家裡還有人住』的假象，至少等咱們找出是什麼人來偷東西再說。」

他住的那個屋子用的可都是鋼化玻璃，要不是嚴非出於安全考量，覺得露臺的玻璃面積太大很危險，在裡面做了兩層細密的金屬網罩在玻璃外，這才得以避免被人破壞，不然露臺上的玻璃被人弄破，發現裡面的東西……可想而知，他們的家會被禍害到什麼地步。

此外，他們種的那些東西也要盡快移出基地，這裡只留個能臨時住幾天的屋子就行。這次回來發現自家玻璃被人砸破之後反倒更堅定了他們搬離這裡的決心，當然，至少他們也會最後留有一兩個屋子，當作他們每次回來時的臨時據點。這是他們最後的底線，不然他們寧可讓于欣然沙化掉這兩層樓，也不會留給別的隨便什麼人撿便宜。

回到基地的第一個晚上，什麼事都沒發生，或許是因為樓下停著的那些車。宅男小隊的車子恐怕同社區的人都認得，那輛卡車雖然是新弄回來的，可旁邊跟著的還是他們的車。

羅勳他們便趁著一早一晚下樓的機會，由嚴非將金屬盒子包裹著的生長到一半的作物陸續運送下去，放進車中。家中不少蔬菜都已經成熟，該採摘的採摘，一時吃不完，不好帶出去的就乾脆聯絡以前的客戶，看他們是否需要，趁這兩天賣給那些人。

又過一天，羅勳果然收到了任務通知。這一次的任務是要求他們進入市區去找一定數量的棉布、棉被之類的東西，還給出了目標地點。

眾人商量了一下，決定這次的任務乾脆用晶核來頂替。任務地點距離基地有一段距離，就算他們到了那裡，那裡還有沒有要找的東西還未可知，不如用晶核抵掉任務，反正他們的晶核現在比較富裕，每人出一些，從公用的裡面也出一些就夠了。

第二天早上，大家帶了一批金屬盒子下樓，放進卡車中，隨後便浩浩蕩蕩去任務大廳，交過任務，順便在外面打聽基地裡的八卦，再看看能不能換些晶核回來。他們弄到的晶核中有不少都是他們用不到的，這會兒正好交換一些自家小隊用得上的。

正在交易大廳附近轉悠的時候，羅勳口袋裡的手機忽然響了起來。

「是宋玲玲打來的電話。」宋玲玲帶著于欣然、小包子、小傢伙在家中看家，此時她來電話說不定是家中發生了什麼事。

「羅哥，有人上屋頂，吊著繩子探下來了，手裡還拿著長鉤子！」宋玲玲的聲音有些興奮，不等羅勳說什麼，一口氣繼續道：「剛才我還沒發現的時候，小傢伙就聽到了。那些人才剛吊下來，牠就用了異能，那些吊下來的人帶在屋頂拉著他們的人全都摔到樓下去了。」

十六樓啊……可想而知，那些人如今會是什麼模樣。

羅勳微微愣了一下，「屋頂上還有人嗎？」

「可能還有一兩個，不過看到那些人都掉下去了，好像也跑了。」宋玲玲幸災樂禍，「我猜暫時不會有人再過來……你們現在回來嗎？」回來看熱鬧嗎？

羅勳琢磨道：「我們先不回去，妳繼續觀察情況，就裝作家裡沒人，不知道那些人是怎麼掉下去的，順便看看還有沒有什麼人過來。」

如果家中一直沒人出門，那些人說不定以為是自己的同伴失手摔下去的，說不定還能釣出更大的魚。羅勳可沒這麼好心，趕著回去給那些小嘍囉收屍。

轉悠了一圈，羅勳和嚴非就帶著蔬菜，到和人約好的地方交易。

「好久都買不到你們家的菜了，之前打電話給你們也打不通。」來人一邊翻看著羅勳他們帶來的蔬菜，一邊打聽：「你們不會也出去做任務了吧？」

羅勳含糊地應道：「之後你們要是想要買菜，就給我們發簡訊吧。」說著又嘆道：「你們也知道，現在要是不出去，光在基地裡種菜能種出多少來？能種菜的地方也有限。」

對方沒有懷疑羅勳的話，只當他們也是每個月出基地做強制任務，「可不是嗎？我們隊裡除了後勤能留下，別人每出去一次就是把腦袋掛在褲腰帶上。不光在市區裡面會遇到高級喪屍，最近又蹦出那麼多變異動物……」

羅勳隨口問道：「前些天我們回來的時候看到一輛車上拉著一隻變異動物……」

「聽說那東西能吃，不過我們沒打到過。雖然基地裡的專家已經說過變異動物能吃，可誰能保證那東西身上不會染上病毒？何況又不好打。」

外面確實有變異動物出現了，可那些動物的體型那麼大，還會異能，沒有兩把刷子，誰能保證在打死對方的同時自己能安然無恙？就連羅勳他們也幾乎每次都是利用一些另類的方法才能打到變異動物回家開葷。真正面對面，硬碰硬，沒有重火力協助，他們可不敢保證自己就一定能殺死那些變異動物。

「老大，我們已經到了，正在觀察……外面圍了一圈人，但沒人往裡面湊。」羅勳的手機響起，他走到一旁剛接通，就聽到裡面傳來王鐸壓低的聲音。

「你們也看熱鬧就好，等等看有沒有人過去給那些人收屍。」羅勳的聲音平淡，和王鐸確認過家裡那邊的情況，就收起手機走回嚴非身邊。

家裡遇賊，羅勳他們不可能真的完全不顧忌，畢竟宋玲玲和兩個孩子外加一條狗還在家裡呢，所以他們乾脆兵分幾路，自己和嚴非跑來賣菜換晶核，李鐵和徐玫幾人逛街，看看有沒有用得到的東西。王鐸和章溯兩人穿得比較嚴實，正好回去社區，混在人群中看熱鬧。

那些人被小傢伙一個重力壓制，從十六樓摔下去會有什麼結果？就算是有異能的人，不死也會半殘，王鐸兩人正可以趁機躲在旁邊看看有沒有人來找那些摔下來的人，又是什麼人在背後盯上了自家，順便還能發揮王鐸的特長，打聽八卦。

至於宋玲玲和孩子們？乖乖在家待著就好，兩層樓中那麼多的房間，羅勳他們今天早上離開前就在各個房間窗內再加了防護層，她們現在很安全。

來買菜的隊伍陸續到來，交易過後又匆匆離開，羅勳打聽到，有些隊伍已經試著用晶核等東西從一些獵殺到變異動物的隊伍手中買肉，確認了那些肉可以吃，味道還不錯。

等到跟李鐵他們碰頭，李鐵幾人也說有看到市場上有人在賣變異動物的肉，只是賣的攤子很少，許多人都是圍觀，真正花錢買的人很少。

「我看了一下，是變異狗肉。」何乾坤有些遺憾地舔舔嘴唇，「本來我們想買一塊，可他們賣的太貴了，一斤肉要十顆二級晶核。我們又想到家裡的小傢伙是狗，咱們買狗肉回去，怕牠會生氣，就算了。」

「十顆二級晶核？」羅勳搖頭，最近喪屍的晶核反而不是很好打到，變異動物的肉稀罕歸稀罕，卻值不了這麼高的價。

「換到咱們需要的晶核了嗎？」嚴非問道。

「換到了一些，不過量不多。」李鐵搖了一下手中的袋子。

「能換多少算多少吧，咱們該回去了。」羅勳低頭看了一眼手機。王鐸時不時發過來幾條簡訊說明那邊的情況，現在據說有軍方的人過來將那些不知死活的人全都拉走，章溯悄悄跟了上去，暫時沒有什麼後續。

羅勳幾人今天出來的時候開著兩輛車，眾人分成兩撥開回家。車子進入社區，回到樓下就見圍觀的人幾乎散去，有些地方還有血跡，但不明顯。

王鐸已經回到樓上，羅勳他們停好車，帶著換回來的晶核等東西一起上樓，無視還留在附近看熱鬧的人打量的目光。

回到家中，才一打開鐵門就聽到王鐸逗小丫頭和小傢伙的聲音，于欣然笑得直打滾。見羅勳他們回來，王鐸揮揮手問道：「都賣掉了？」

「嗯，賣完了。」羅勳幾人各自拉開椅子坐下，于欣然鑽到徐玫的懷裡撒嬌。

羅勳問王鐸：「你剛才打聽到什麼消息了嗎？」

王鐸提前回來自然是因為他那天生的八卦屬性，有章溯那武力值爆錶的人跟在他身邊，兩人就算遇到什麼狀況，也完全可以應付。

王鐸說道：「聽說咱們家的玻璃是差不多二十九號晚上或者三十號凌晨被打破的，住在附近的人半夜聽到動靜，第二天早上看到地上有玻璃碎片，咱們其中一個屋子的窗簾還被拉出來一多半。有人白天偷偷跑上來，把咱們那條被鉤出去的窗簾拉扯下來弄走。」

說到這裡，王鐸的臉色有些難看，「看熱鬧的人不知道咱們家裡有什麼東西，但現在社區裡都在傳，說咱們家裡有很多糧食和物資，要不怎麼會用那麼多金屬罩子圍著？據說這種傳言從好早之前就有了。」

畢竟是頂樓，還是足足兩層樓都有類似的裝修，怎麼可能不引人注意？之前只是因為羅動他們一直都在基地裡生活，有動了心思想去打他們家主意的都被收拾了，這才一直無事。

這次羅動他們離開的時間比較長，又被探路的人盯上了，他們這一動手，社區裡的謠言自然再起，還都傳到別的社區去了。

王鐸長著一張正氣臉，相貌還算容易辨認，可他們這個隊伍的人都太宅了，之前就算有鄰居和他們接觸過，可大多數的人記住的還是如章溯、嚴非這樣外表出色的人。其次周圍的人知道的是這個隊伍中有幾個大美女，最後最讓周圍人容易辨認的反而是何乾坤這個胖子，認得出王鐸的反而比較少，何況他今天還特意多穿了些衣服，戴著帽子，還有一副不知哪兒弄回來的眼鏡。

王鐸拍拍趴在一旁的小傢伙的頭，「不過，今天被小傢伙這麼來一下，謠言雖然還有，可估計暫時沒人敢過來送死了。」

羅動微微嘆息一聲，搖頭道：「這回最多只能嚇住他們幾天，如果有人看到過咱們屋裡的東西，早晚還會有人過來。」

宋玲玲皺起眉來，「能不能讓別人根本進不了咱們的屋子？」

就算他們的房子很長一段時間不住人，就算他們決定把所有的東西都搬出基地，這裡只當成臨時落腳的地方，他們也不願意隨隨便便被人窺視。

羅勳看了身邊的嚴非一眼，嚴非挑眉對眾人道：「徹底封死。」說著，看向陽臺的方向。這裡是十五樓宋玲玲和徐玫住著的房間，可她們客廳中的玻璃、陽臺上的玻璃都被人從外面打破，「把門、窗都用金屬封死，等咱們回來再打開。」

「像現在這樣不也算是封死了？你是說，把這些金屬欄杆做成鐵板嗎？」李鐵問道。

嚴非搖頭，「外面那些金屬欄杆可以撤到窗上，金屬層也能做厚些。家裡的金屬不少，尤其是牆壁地板上的，咱們可以把它們的厚度做到像地道牆壁的那種厚度。」

將金屬板做成至少十公分以上的厚度，一般的暴力手段就都失去了作用。

「就這麼辦吧。」羅勳拍板，「咱們之後就算回來也住不久，這次因為多了輛卡車，爭取把所有能帶走的東西全都帶走。咱們只留下樓上兩三間屋子裡已經做好的地暖地板，其他房間的地板可以都撤了，做成門窗。」

這樣一來，除非來的人也是金屬系異能者，否則誰想進來都不容易。

約莫半個小時後，章溯回來了，他進門在狗腿子王鐸的服侍下脫去外套。

「沒找到，軍方的車子直接拉那些人去了火葬場。」章溯一邊說一邊走到桌旁，拿起自己的杯子喝了口水，「我在火葬場那邊又等了一會兒，沒見到有跟蹤的人就先回來了。」

羅勳沉吟著推測道：「要麼來的人只是試水的小嘍囉，要麼就是背後的人不敢出來，暫時認慫……」說著，看向眾人，「咱們沒功夫和他們耗下去，收拾東西，在一兩天內把所有要帶的都打包好，實在不行就臨時改造，加大車上的空間。」

眾人齊齊點頭。這次回來，基地中的氣氛讓他們受不了，習慣了在自己地盤的自在，再回到這個牢籠般的基地，簡直就像是在他們的脖子上架上了一把刀。每走一步，想要做些什麼都會難受得很。

他們已經搬走不少東西，除了剩下的物資外，更有大量正在生長的作物需要移走，這些可都是馬上就要收穫的糧食作物……只要再等不到一個月，這些糧食就已經可以收割了。

羅勳本來猶豫著是不是乾脆等糧食收割完再走，現在他們不確定是什麼人盯上自家，自家種著大量馬上就能收割的糧食作物的消息有沒有傳出去。如果在發現他們的人被幹掉，確認他們搶不到自家東西的話，對方會不會乾脆把這個消息放出去？

別看現在基地裡面種了大量的糧食作物，私人家中能種下這麼多的糧食作物絕對是很讓人眼紅的事。一旦所有人的目光都轉過來，就算羅勳他們還在家裡也未必能保住這些東西。

熟成的蔬菜基本都被處理了，他們在外面的新基地已種下不少蔬菜，這次回去再等上一陣子就能又有收穫，可家中那些還在生長著的麥子、稻子卻不能擠壓，只能保持原樣暫時封在金屬盒子中帶走。就算嚴非將下面的貨車加高後能放下兩層也沒辦法全都帶走，何況他們還有別的東西要帶。

「明天一早我去看看能不能租或者買一輛大卡車回來。」一眾人忙活到半夜，卻發現他們如果想將東西全都搬走，要麼過兩天再回來一次，要麼就得至少再有一輛卡車。

嚴非思索了一下，「有辦法。」

「什麼辦法？」羅動眼睛一亮，連忙問道。

「咱們先出基地，將東西放到新基地後馬上再回來一趟，這樣就可以將剩下的東西全都拉走。」一見羅動皺眉，嚴非笑道：「除了這個法子外，還有一個思路，那就是咱們先出去，將車子停在附近隱蔽的地方，把卡車和一輛小卡車的車廂和其他車子留在原地，咱們開著那兩輛空車再回來一趟。」

外面路上有的是車底盤和車輪車架這類東西，他們車上還帶著備用的車輪呢，讓嚴非做成底盤拖在車後，另外各自再拉上一個貨櫃並不困難，就是這麼一來，回去的速度會減慢不少，一旦路上遇到危險，大家逃起命來比較麻煩。

羅動的眼睛一下子亮了起來，「這個法子好，就這麼辦吧。」

次日清早，趁著天色昏暗，羅動他們將最後一批東西搬上車子，開出了大門。

和入城時不同，出城時的車子不需要經過檢查，更沒人懷疑會不會有人將大量的物資帶出基地——這不是傻嗎？現在外面這麼危險，大家都是出去找物資，還從沒聽說有人傻傻地把物資帶出去的。

就算有些人有心離開西南基地，可誰知道附近距離最近的基地有多遠？路上危不危險？會不會遇到什麼意外情況？其他基地就一定比西南基地要安全要更好嗎？

羅動他們出城時，簡單得彷彿打個哈欠，人就已經身處圍牆之外了。

將車子停放在一處有著不少高高低低的建築隱祕處，嚴非為留守的人建好一個金屬的保護殼，嚴非、羅勳、章溯和王鐸四人就再度開著空車趕回西南基地。

進入基地需要收取五顆晶核的入城費，這些晶核對於羅勳他們來說不算什麼，也幸虧如今進出門時的登記冊子依舊是要手寫而不是用電腦登記的，不然對方肯定會很奇怪。

打開車門，見羅勳他們的車廂空蕩蕩的，那些人用古怪的視線瞥了羅勳他們四人幾眼，不過看到他們只有四個人，又用恍然外加鄙夷的目光掃過他們，便不再理會。

外出的人不是每一個回來時都能有所收穫，更有一些在半路上遇到了高階喪屍、變異動物什麼的，那更是可能一路狂奔逃命回基地，有些人還會在身後拉著些「尾巴」。如羅勳他們這樣兩手空空的人比較常見，不過這些人鄙夷羅勳他們的原因卻是，沒本事還開著這麼兩輛大車，可見是眼大肚子小沒能耐的人，而且他們還只有四個人，說不準一起出去的同伴都死在了外面也說不一定。

羅勳他們沒理會別人是怎麼想的，他們的目標只有一個，回家搬剩下的物資。開走沒多久的車子又開了回來，除了一些喜歡守在社區裡看熱鬧打聽消息的人外，沒人注意到羅勳他們的動靜。

羅勳他們走之前將要帶走的東西全都打包好，集中到了同一個屋子裡面，現在只要將這些東西收到嚴非做出來的金屬盒子裡就好。搬運這些金屬盒子是嚴非的工作，他們要盡可能集中處理這些金屬箱子，用最快的速度將箱子裝車帶走。

只有羅勳他們四人回來，就算加快速度，有些東西因為外面本來就有金屬層包裹著，嚴非可以調動異能來操作，他們的速度依舊無法太快。

搬完剩下的東西，天色已經變得昏暗。

羅勳看著屋裡一些實在沒辦法帶走但也不怕放的物件，長長鬆了一口氣，「就這樣吧，剩下這些東西沒意外的話，下次咱們回來再拿走。」

「嗯，我開始封屋子了。」嚴非調動周圍的金屬，封堵連同牆壁在內的所有地方。

這裡是羅勳和嚴非此前一直住著的一六〇四，大家商量過後一致決定，如果沒辦法保證所有房間都徹底封閉，不如只封住其中一部分的空間，留作日後臨時落腳休息的地方。

這樣的房間他們一共選出兩間，一間是李鐵他們居住的一六〇一，另一間就是有著樓中樓的一六〇四。其他的房屋嚴非僅是用金屬做了一層相對較厚的金屬防護層，只有這兩間，他幾乎將剩下的金屬都堵在了四壁，只留下中間存放著東西的空間。

這樣一來，這麼厚的金屬牆看你們怎麼打開。

靠著從變異植物那裡找到的金屬系和普通系晶核補充能量，嚴非很快就將所有該封的屋子全都封好。兩人轉身下樓，章溯和王鐸正坐在車中等著兩人。

「弄好了？」

「嗯，走吧。」羅勳抬頭最後看了一次自家那已經看不見金屬罩子的牆壁，心中有些感嘆，這是他上輩子夢寐以求的小窩，可惜這輩子他雖然得到了，卻無法保住這裡。他們不過離開了二十來天，再回到這裡的時候，玻璃就被人打破，要是這次再離開，下次回來誰知道這裡會變成什麼樣子。還是按照嚴非的方法封住，好歹以後他們還能有個落腳的地方。

開著車子駛出基地的大門，因為是傍晚，整個天井中就只有他們這兩輛車子。最近基地外面沒有什麼喪屍的蹤影，所以他們出城的時候不用向以前似的還需要等別的隊伍湊到一定數量再放行。

天色越來越暗，就在天上只剩下彎月稀星的光芒時，他們終於順利跟其他隊友會合。

「回來了回來了！」

「是他們的車子吧？」

「沒錯，你看，是咱們那兩輛車。」

金屬層中的眾人興致高昂，見羅勳他們回來，連忙給他們盛上晚飯。

「都弄好了吧？」李鐵幾人笑嘻嘻地迎了過去。

「嗯，好了。」羅勳在宋玲玲備好的水盆中洗手，收拾家中那堆東西挺累人的。

「你兒子今天下午總哼哼唧唧地哭，才剛睡著，應該是沒見著你們的緣故。」徐玫將小包子一把塞到羅勳懷裡。

羅勳抱住孩子，無奈地看向嚴非。

這明明是嚴非的兄弟，叫兒子還不亂了輩分？

嚴非倒是沒聽出語病，接過自己的和羅勳的晚飯。晚飯是用羊肉和白米、青菜煮的羊肉粥，味道香濃，正適合這時候入口。

羅勳低頭看看懷裡的小包子，被徐玫塞過來時孩子已經醒了，此時睜著水汪汪的朦朧雙眼哼唧了兩聲，見抱著自己的是羅勳便沒哭鬧，又閉上眼睛睡著了。

「出來時沒什麼事吧？家裡那邊沒什麼事吧？」

羅勳四人吃晚飯，其他人便好奇地打聽。他們從昨天晚上折騰到現在，多半會有人注意到。徐玫這些留在這裡的人，就怕羅勳他們回去時會遇到什麼人來找麻煩。

羅勳他們忙著吃飯不急回答，倒是王鐸抹了把嘴，開始解釋：「沒遇上什麼人，也沒出什麼事，就是我們上下樓搬東西的時候，有幾個住戶探頭探腦地偷看。」

羅勳嚥下口中的熱粥，「房子都封住了，除了說好的那兩間，別的房間都只封門窗。」

吳鑫笑了起來，「這就好，他們總不會從打破屋頂進去吧？」

他的本意是說笑，可話一出口卻發覺在場的人都沉默了，心裡打了個突，連忙擺手：「我是開玩笑的。」

嚴非神情不變，「要是他們真有本事掀開屋頂，咱們也只能認了。」不然還能怎麼樣？他們已經盡最大的能力保護那幾個房間了，要是別人還能想到辦法進去，那樣的話，無論他們是否還住在基地也只能認了。

次日清早，一行人早早起來，開著車子往新基地趕去。卡車後，一輛小貨車拉著一個裝著底盤、車輪的金屬車廂，一隊人浩浩蕩蕩向著新基地前進。

因為多了不少東西，所以行駛的速度勢必要比來時慢不少，直到月亮爬到頭頂，他們才頂著睡意來到新基地的地道入口處。

檢查過附近的情況，將車子開進地道中，嚴非留在最後封門。直到一路開到地下室的入口，進入地下室，確認沒什麼異狀，眾人才鬆了一口氣。

原本應該處理那些馬上就要熟成的作物，可大家實在撐不住了，一個個揉著眼睛回到各自的房間準備睡覺。

羅勳爬進被子裡面打了哈欠，連眼睛都睜不開了。嚴非查看了一下小包子的狀況，確定他睡得沉，這才脫下外衣，準備抱著自家老婆入睡。小傢伙則是趴在搖籃旁的褥子上，窩在那裡睡上了。

外面不知哪個方向驀地傳來「嗷嗚」的叫聲，羅勳和嚴非瞬間睜開眼睛。

小傢伙豎起了耳朵，上半身繃直，緊張兮兮地盯著窗戶外面。

羅勳爬起來抱住小傢伙拍拍牠的頭，警告道：「不許叫。」那動靜聽起來離得不遠，要是聽到這裡有狗叫聲，誰知道會不會跑過來？

新基地附近有大片變異植物的農田，可要是因為這邊有狗叫害得外面那些野生的不知是狗還是狼的動物進了變異農田……怎麼說也算是小傢伙的半個同類，人家又沒惹到自己，他們現在也不缺肉，犯不著去打人家。

小傢伙平時就很少叫，自從上次跟喪屍狗對戰過後，明白自己和那些外面動物的區別，被羅勳摟著似乎也理解了自家主人的意思，便只是搖了一下尾巴，很明智的沒有出聲。

嚴非走到窗邊，悄悄拉起厚重窗簾的一角，向外看去。

「嗷嗚！」又是一聲響起，房間中的兩人一狗連呼吸聲都輕了不少。

嚴非忽然對羅勳招招手，羅勳連忙起身湊了過去。

「看那兒。」

順著嚴非指著的方向，羅勳依稀看到遠處有黑影在動。那黑乎乎的東西塊頭不算太大，還沒等羅勳仔細辨認，就見另一個黑影撲了過去。兩個黑影滾到了一起，沒多久又分開，一個跑一個追，與其說是在戰鬥，不如說是在玩。

「……路過的野狗？野狼？」關注了一下，發現那兩個黑影打歸打，鬧歸鬧，卻沒有跳進路旁的農田，羅勳微微鬆了一口氣。

「可能，不關咱們的事，先睡吧。」

外面那種拉長音的嗷嗚聲不再響起，只是兩隻動物打鬧時偶爾會傳來小小的吠叫聲，有些像狗叫，又有些像狼叫。羅勳分不清楚，也沒什麼功夫理會，只要不招惹自己這邊就好。

次日早上起來，就沒看到那兩個黑影的蹤跡。大家有很多事要忙，沒有時間出去打探。

昨天回來的時間比較晚，等到大夥兒起來的時候已經是上午十一點左右，眾人匆匆吃過不知是早飯還是午飯，抹抹嘴巴才去到地下室。

那些放著作物的箱子做了通氣孔，免得作物悶死。這會兒依舊要靠嚴非主力處置金屬架子，他將架子一個個拆下來放到推車上，其他人將這些架子分別放入兩層種植間中。

宅男小隊栽種的糧食作物不少，但比起兩層種植間來說還是小巫見大巫，不過是將這些架子暫時弄到空地上就能擺放開，再澆灌一些水，讓它們恢復兩天精神就能繼續生長了。

擺好種著作物的架子後，又將從家裡搬出來的，裝著蘑菇木的架子依次掛好，總算能保證這些作物的正常生長。

「這批麥子和水稻最多再有一個月就能收割了。」

做完了最要緊的活兒，大家就累得沒力氣處理車上的物資，這會兒正坐在廚房裡面等兩位女士的晚飯，外加開個臨時會議。

羅勳思索了一下，繼續說道：「這些作物先讓它們這麼長著，咱們明後兩天先把家裡的東西收拾好，所有的東西都歸位，看看什麼用得著，什麼用不著，家裡還缺什麼，再集中精力出去幾次，把缺少的金屬、家具、玻璃什麼的全都弄回來。」

從西南基地帶出來的，日常會使用到的東西確實不少，但大家如果想長長久久在這裡生活，還要生活得舒服，勢必需要更多東西。當初住在西南基地裡，只有羅勳家的家具物品是齊全的，其他屋子裡使用的要麼是從外面換到的，要麼是嚴非用金屬製作出來的代替品。既然現在這個地方是未來棲身的地方，就要再填充不少東西進來。

嚴非的異能再好用，也不能真的讓他一個人製作所有的東西吧？何況，還有不少東西用金屬做出來的沒有真正的家具好用。

這次搬家，羅勳沒能帶來自家的沙發、茶几，卻把那張特大號床組帶了過來。要知道，他住的那個屋子的裝修雖然是人家屋主弄出來的，可裡面的家具卻是他當初一件件花錢買回來的。其中最合他心意，也是唯一不是為了方便偽裝而購買的家具，當屬這張大床了，無論如何他都要把這個怨念物搬出來。

聽到羅勳這麼說，其他人紛紛表示他們也有不少東西需要添置，等有精神的時候會列出來，等到出去搜集物資的時候一併尋找。

這次回西南基地順便侵入軍方伺服器，下載了不少資料的何乾坤，更是摩拳擦掌，準備好好查查距離最近的，能弄到所需物資的地方。

「咱們這回出去先找什麼東西？」

洗漱完畢，羅勳和嚴非總算將自家的大床搬了上來，現在兩人正舒舒服服躺在上面，裹著柔軟的被子依偎在一起商量之後的事。

羅勳思索了一下，說道：「還是先找金屬板材吧，附近有一些城鎮，市區周邊有小縣城，等何乾坤他們找到合適的地方，咱們還得尋些電器回來。冰櫃什麼的，雖然家裡有，可這東西要是放在外面風吹雨淋時間久了，容易壞掉，不如咱們先弄回來再說。還有空調……現在天氣開始變暖，等到了五月就會熱起來，咱們這些房間雖然也有空調，可我先前試過，有好幾臺都壞掉了……」

聽羅勳絮絮叨叨數著需要的東西，家裡要怎麼裝修之類的，明明是話題發起人的嚴非，忽然改變主意了。夜深人靜，有舒服的大床，旁邊只有睡著的嬰兒和狗……

他當機立斷，翻身壓住人堵住嘴，所有的事等明天起來再說，晚上是睡覺的時間。

接下來兩天，宅男小隊全體成員，包括于欣然和小傢伙在內，所有人全部上工，將帶回來的東西放到各個房間中。各人歸各人的，公用的放到公共倉庫，亦即一樓大廳，反正這地方現在暫時沒什麼用。

好不容易把東西全都歸位，設定好地下室每日澆灌的頻率、水量、日照時長，安置好小鵪鶉和麵包蟲、蚯蚓的生活環境，眾人再三檢查，加固過門窗，這才重新整裝，開上他們的車，穿過地道，浩浩蕩蕩向目標方向行駛而去。

第二章

宅男小隊變身全能住宅改造王

宅男小隊的新據點添加了不少東西，羅動等人這兩天又在育苗間中發了些糧食作物的種子，準備等過幾天統一種下，所以這趟出來，除了金屬材料外，還需要收集一些木頭，盡量將所有架子下面的金屬抽屜全都塞滿蘑菇木。

新家亟待改建的地方有很多，需要非常多物資，想要整得舒服，要花費不少的精力。

羅動他們這次選定了某高架橋，旁邊有鐵軌，距離他們的新家不算太遠，周圍的建築也不多，應該不會遇到什麼危險。

出發時，一行人特意觀察過附近的狀況，確認沒有看到前幾天半夜狼嚎的變異動物，這才放心驅車離開。因為距離不遠，所以他們很快就能返回。

沿途兩旁有末世前就種上的各種綠化用樹木，其中枯死的至少占了一大半，剩下那些沒枯死的大多開始發新芽，或者開起了奼紫嫣紅的花朵。

大家記下這些樹木的分布位置，便直奔高架橋，不過三個小時左右就到達了目的地。

嚴非的異能等級提升後的結果就是，他們不用接近那些建築物，站得遠遠的，金屬材料就會被他從牆體、石塊中抽出來，向著他們所在之處飛來。

「剛才來的路上，我看到路旁種了不少桃樹、梨樹，咱們分出兩輛車來裝這些果樹。」羅動指著來時路交代。這些果樹生長的時間不算長，最多兩三年，移植回去，說不定今年就能結果，再等個一兩年，這些樹就能盛產水果了。

「好啊好啊，這樣就有水果吃了！」眾人的眼睛都亮了起來。

羅動家中雖然有些樹苗，可是空間有限，高度有限，栽種時間也有限，所以直到現在能正常長出水果的基本還是那些草本、爬藤的，比如草莓、西瓜，還有就是去年的檸檬也開花結果了，就是那果子太酸，他們都用來榨汁，或是切片曬乾後沖水喝，用以補充維生素。

現在要是能尋到更多種類的水果種在基地裡面……一想到不久的將來果實纍纍的情景，大夥兒的口水就要滴下來了。

兩個巨大的金屬球跟著車隊滾，眾人沿途返回，順便挖枯死的樹木，將車上的空位裝得滿滿的。有于欣然的異能幫忙，沙化掉樹根的泥土，挖樹變得很簡單。

開到羅勳先前說過的桃樹、梨樹的位置時，眾人才發現，這裡應該是一片果園，外面的是桃樹和梨樹各占一半，裡面還有蘋果樹和櫻桃樹。

因為氣候的緣故，這些果樹的開花時間普遍稍晚，目前果樹上的各色花朵才剛綻放沒多久，更多的是掛在枝頭的花苞。

羅勳仔細觀察了一下果園，確認裡面沒有具攻擊性的變異植物的蹤影，這才拍拍自己看中的一棵樹，「不用挖太多回去，不然咱們也種不下，等到把大棚建起來，裡面再用來種這些東西，現在一種挖個七八棵就行。」

反正果樹放在這裡又不會跑，至於會不會被人發現當柴火砍了……這裡距離西南基地還有很長一段距離，那些人就算來了，與其拔這些潮濕的新鮮果樹，還不如把目標放在那些枯萎死掉的樹木來得實惠。

羅勳挑選的都是沒有變異的果樹，他不確定這些果樹變異後會結出什麼樣的果子，再說變異還有良性和惡性兩種，他可不能保證長得看似正常的變異果樹就一定是良性變異，別帶回去好不容易開花結果了，結出來的果子卻根本不能吃。

一群吃貨歡天喜地挖果樹，搬上車時格外謹慎，免得把樹上的花朵碰掉。每掉一朵花，他們將來就有可能少吃一顆果子哩。

為了保護果樹，嚴非將車廂改造，下面做出網格狀的金屬架子，正好每個網格上可以卡住一棵樹，樹木豎著放進去，這樣就算一路運送回去也不會碰壞上面的花朵。

裝完果樹，沒等眾人回到車上，地面就隱隱開始震動。

「怎麼回事？」

「有什麼東西在跑！」

「不會又是變異動物吧？」

他們來的路上曾遠遠看到過變異動物，牠們的體型頗大，會在地上爬行。他們沒有靠近觀察，故而不知道是什麼動物。

這會兒動靜越來越大，顯然就是衝著這邊跑來的。

「上……」羅勳話音未落，就發現奔過來的動物速度快得驚人，「噗通」一聲就跳到果樹林的另一端。

還沒等他們看清來的到底是什麼東西，又一隻外形相似，體型相似的動物也跑了過來，一頭撞在先前那隻變異動物身上。兩隻體型巨大的變異動物就在一群渺小的人類面前，在這片綻放著各色花朵的果樹林裡滾來滾去……

「靠！幸虧咱們已經把想要的果樹都挖起來了！」看著那些被這兩隻巨大的犬類般的變

異動物壓倒，眾人忍不住暗自慶幸。

「走，動作輕點。」羅勳依舊沒能看清那兩隻變異動物的模樣，看體型，身高大約兩三米左右，這對於這些只有兩三年樹齡的果樹來說，是足以致命的。更何況，變異動物在體型變大的同時，往往會變得皮糙肉厚，更是不會怕這些樹木折斷後扎到牠們的皮肉。

一行人匆匆上車，踩下油門，加速離去。那兩隻變異動物雖然發現了眾人，卻似乎對他們沒什麼興趣，又或者牠們已經吃飽，所以對塞不了牙縫的「零食」沒什麼興趣。

無論原因是什麼，那兩隻變異動物不來招惹他們最好不過。羅勳等人開著車子，連停下來休息吃午飯的時間都省略，一路加速開回他們的新家。等到車子全都開進地道，封住地道入口後，這才大大地鬆了一口氣。

「剛才距離太近了吧？還好牠們沒滾到公路上。」韓立心有餘悸地拍著胸脯。

「那天晚上在外面吠叫的，不會就是那兩隻吧？」何乾坤忽然緊張兮兮地問道。

「有可能。」羅勳不確定，「那天晚上我們隱約看到了兩個影子，只是不太確定是什麼，畢竟天色太黑沒看清楚。」

「先別說那兩隻變異動物了，咱們午飯還沒吃呢。」徐玫低頭看錶，隨即對眾人攤手，「現在都下午四點半了。」

將帶出去的乾糧全都取出來，一行人先回到一樓食堂準備起飯菜。

男人們圍坐在飯桌旁等飯，兩位女士在廚房忙活。

「你們覺得，過兩天咱們出去還會遇到那兩隻變異動物嗎？」羅勳眉頭微微皺著。

眾人面面相覷。

「這個……」

「不好說。」

「有可能吧？這兩隻變異動物要真是半夜外面鬧騰的那兩隻，那就是這幾天牠們一直都在這兒，說不定窩就在附近。」

「羅哥，你說下次咱們出去要不要乾脆帶塊肉骨頭，遇到牠們就丟出去？」

羅勳翻了個白眼，「要是牠們吃過一次就記住了，以後咱們每次出去牠們都跟著怎麼辦？等咱們手裡沒肉骨頭，牠們是不是就該吃咱們了？」

「……這倒是個問題。」

「只能等下次再說了。」

「就是啊，那座高架橋上還有那麼多金屬板材，不去太可惜了。」

「唉，說到可惜，真是可惜了那片果林，還不知道有多少果樹能留下來……」

還好那種變異動物目前看來只有兩隻，他們之後想去那邊的話，還是能過去碰碰運氣。要是有很多隻……他們哪有那麼大的膽子過去？

徐玫和宋玲玲很快做好了飯菜。家中不少食物早就被加工成了方便攜帶的食物，這會兒只需要弄些湯湯水水，熱熱乾糧，再炒個青菜或肉菜就好。

吃飽喝足，一群人回到地下室去處理帶回來的東西。

果樹被依次種進金屬盆裡，勉強塞進地下室剩餘的種植空間。這些東西等地面上的大棚搭蓋好後，可是要跟羅動家露臺的那些植物一起種上去的。

另外，各種金屬材料幾乎把地道塞滿，等嚴非恢復精力就能用它們改造整個房子。

大約三四個小時過後，眾人趁著飯後消化的功夫，將帶回來的東西全都搬運完畢，才一個個奔進浴室洗澡，然後各回各房休息睡覺。

第二天，嚴非按照計畫決定先把運回來的金屬材料弄到地面上去，繼續加固這幾棟建築的外牆。房子的外牆雖然有一層金屬防護架，但先前的金屬數量有限，嚴非並沒敢特別提煉這些金屬，怕會不夠用，所以防護效果比較普通，至少章溯和徐玫的異能經過幾次轟炸後都能對這些金屬架子造成影響。

現在嚴非要做的就是做出即使飛來一隻變異鳥，也不會把這個架子壓塌；即使偶爾有路過的變異動物閒著沒事噴口火，也能保住不讓裡面的房間受到毀損。

這個難度堪比當初在西南基地中改建金屬圍牆的難度，好在嚴非的異能提升到了一定程度，做出的金屬強度、韌度都更加強勁，只是比較耗費時間。

嚴非負責改造樓外的圍牆，這只是第一步，之後還要二次加固地道中的金屬牆壁，就連地下室四壁都要用金屬進行加固。

徐玫和宋玲玲帶著李鐵和韓立進一步處理大家帶回來的物資，進行分類，歸類整理。

何乾坤拉著吳鑫回到他們的臥室開電腦尋找周邊可能有物資的地方，他們需要的東西種類太雜，量也比較大，兩人決定這次要以新基地所在位置為中心，重新繪製一份具體的物資分布圖，以及標註大家去過什麼地方，拿走過什麼東西，還有沒有剩下什麼物資。

羅勳拉上于欣然、小傢伙，再加上章溯當保鏢，王鐸當跟班，順著嚴非為幾人做出的甬道到地上一樓處，靠近變異植物收集晶核。

他們這次回來直到現在還沒抽出時間收集晶核，眼下正好利用這個時間先找出一部分回來，要是能順便挖到某些系的五級晶核就更好了。

眾人分工合作，忙得熱火朝天。羅勳幾人圍在甬道盡頭，正在進行各種嘗試，看哪種方法能找出數量更多的晶核，比如讓于欣然沙化，再讓章溯造一陣風什麼的。沙子比晶核輕多了，就算有于欣然的控制，每次也都會吹得彷彿要颳起沙塵暴似的。

再比如讓小傢伙試試重力的控制，無奈每次于欣然把晶核「抓」起來後，都會被小傢伙連沙子帶晶核一起「壓」下去。

折騰了半個多小時，大家發現，還是讓小丫頭慢慢收集就好，效率比他們胡鬧要好。

「附近的土要是都沙化了的話，這些變異植物會不會被弄死啊？」王鐸忽然問道，轉頭眼巴巴地看向羅勳。

羅勳愣了一下，隨即搖頭道：「沒事，小欣然現在沙化後的土壤並不會流失養分，只要咱們每次整完一塊地方，再讓宋玲玲過來幫忙下場雨就好了。」

家裡有各系異能者就是方便，遺憾的是，他們的異能種類還是有些單一，如果能再有土系、雷系之類的異能者就更好了。

「這個好大！叔叔，又是個大的！」于欣然蹦躂起來，伸起兩隻肉嘟嘟的小手，操控著沙土「捧」著一塊大得驚人的晶核過來。

那璀璨的火紅色讓眾人的眼中都閃過一絲驚豔。

「居然是火系的，徐姊有福了！」之前那隻變異兔的土系晶核暫時還留在手中，準備等基地中對於變異動物的晶核的接受度變高些再拿回去找人兌換。

王鐸一臉欣喜地抱住那顆足有他腦袋大小的火紅色晶核彎腰往地上放的時候，羅勳口袋裡的手機響了起來。這裡是接收不到西南基地的訊息或電話的，而且出於保密考量，羅勳他們並沒有用在西南基地的手機，而是先前外出時在某個手機店摸來的。

經過李鐵等人的努力，終於在新基地裡架出區域網路，可以使用改造的網路通訊軟體。羅勳接起電話便聽到裡面傳來何乾坤的聲音：「羅哥，你們快回來，有重大發現！」

何乾坤不止打電話給羅勳，還通知了徐玫、嚴非，眾人此刻都圍在電腦前。電腦螢幕上是一張照片，照片裡密密麻麻的，彷彿一條黑色湧動的長河，流淌在白茫茫的大地上。

「……這是什麼？」大家有點懵，白色是很好辨認的雪地，黑色是什麼？

何乾坤一語不發，滾動滑鼠開放大照片。這是一張衛星拍攝的照片，照片角落有編號。隨著照片一點一點放大，反應較快的人眼睛隨之睜大。

「這是……喪屍潮？」

何乾坤點頭，轉過頭看看身後幾人，又一臉神祕地點開另一張照片及一個檔案，「這些是我這次回西南基地時下載的，剛才找資料的時候想起這個檔案夾放了些比較重要的資訊，就順手翻了翻，結果就看見這些東西。」

他清清喉嚨，指著剛打開的檔案，「咱們之前不是奇怪路過咱們門口的那些喪屍往哪兒去了嗎？其實，它們都……出國了。」

是的，出國了。

當初路過新基地的喪屍潮一路向西，走過A市西面幾個大大小小的城市，踏上西方的沙漠，彷彿一支不撞南牆不回頭的隊伍，向西走出亞洲，經過中東，朝歐洲大陸前行……

眾人一時想不太明白何乾坤的意思。

「還有沒有別的喪屍潮？」羅勳是最先回過神的，雖然喪屍隊伍中確實似乎有什麼東西在指揮，但他個人感覺，指揮這個隊伍的恐怕還是喪屍而不是人類。喪屍中就算有了智慧型喪屍可以統領喪屍，但它們的本質卻還是喪屍，行為模式依舊是依照喪屍的那一套來。

「有，不過規模有大有小。」何乾坤顯然很興奮，立即翻出另外幾個檔案，「基地那些人現在只是搜集到了一些資訊，還有分析報告，並沒有歸整到一起……」說著，他又打開了幾張照片，「這裡是南邊的一股喪屍潮，數量沒有路過咱們這邊的那股大，不過也不算小，此外還有小規模零散的……要不是之前是冬天，到處都在下雪，這些喪屍潮又一直在前進，不仔細找根本不好從地圖上找出來。你們看，這裡應該是南方的一個基地，這些喪屍應該是在圍城。還有這個……是印度的，雖然那邊沒雪，可你們看看這些，這些密密麻麻都是喪屍，比咱們國內的喪屍密度還高。」

照片拍攝的位置比較零散，相關的文獻資料也東一份西一份，其中不時夾雜著幾張寫著各處基地的消息。別說羅勳他們，就連何乾坤這些人看著也頭暈，忍不住抱怨著：「他們也不找些專門整理資料的人來整合一下，就這麼東一個檔西一個檔全都塞在裡面，剛才還有好多檔案直接丟在資料夾外面，我跟吳鑫整理了好半天呢……」

羅勳思索了一會兒，忽然問道：「這些檔案咱們沒辦法在這裡架個鍋自己接收嗎？」

新基地的樓頂原本就有個衛星訊號接收器，可能是以前用來接收衛星電視用的，李鐵他們檢查過確認那東西沒壞，就是不知道能不能接收到軍方的訊號。

李鐵一拍大腿，「能！我們知道軍方收衛星訊號的波段，就是鍋的大小、方向什麼的，肯定得調整一下，還有加密問題……」幾個專業人士立即湊在一起商量起來。

嚴非說道：「那東西只要我能分析出成分就能做出來，一會兒我上去看看。」說著他看向羅勳，「你要接收這個是為了監控喪屍潮？」

羅勳見他一聽就明白了自己的意思，不由笑了起來，「小股的喪屍咱們能對付，但有大股喪屍潮在附近活動，或者就衝著咱們所在的方向過來的話，咱們那陣子就不能離開或者走得太遠。能提前發現它們，對於咱們來說實在太重要了。」

他們現在得到的這些訊息全都是回西南基地後從軍方資料庫中「偷」來的，本身就是二手資料，等他們發現資料上的內容時已經不知過去多少天，失去了時效性。如果能在家中接收到這些訊號，那才是真正能為己所用。

他又問道：「咱們接收這些訊號，會不會被西南基地發現？」

幾人再次討論了一下，李鐵搖頭，「問題應該不大，除了咱們基地之外，我們知道還有其他許多基地也在通過衛星訊號交流、接收各種訊息，還有一些不是基地，但末世前就有設備可以收到訊號的地方，因為某些原因，在末世後也能持續收到訊號。只要彼此之間不進行交流或主動發出訊息，就沒什麼問題。」

羅動這才放下心來，「這就好。這件事目前不算太急，距離咱們最近的喪屍潮短時間內到不了這裡，喪屍比較集中的地方只要咱們不去招惹，它們就未必會主動過來。你們抽出幾個人，每天輪流處理這件事就好。」

大家終於鬆了一口氣，他們之前住在外面時最擔心的就是，一旦遇到大規模的喪屍潮來襲，他們能不能頂得住？又或者外出時突然遭遇喪屍潮怎麼辦？他們不可能每次都像上次似的那麼好命，附近正好有一大片變異農田可以躲進來。若是能提前預測到大規模喪屍潮移動的規律，對於他們來說更有安全保障。

然而，計畫再次出現變化，嚴非上屋頂找出之前就有的接收衛星訊號設備研究了一下，發現利用家中現有的器具和金屬材料就能仿製出來，當下按照李鐵他們幾人的要求，做出了幾個大小不同的接收器來，至於要怎麼使用，還得等他們研究完畢再說。

嚴非繼續去加固外面的金屬防禦層，羅動也和章溯兩人帶著于欣然回到金屬甬道那裡收集晶核。徐玫興高采烈地抱著巨大的火紅色晶核回房間藏著，才又拉著宋玲玲去收拾東西。

李鐵幾個大男生正在商量接收衛星訊號和解密的事，大家很體貼地讓他們去進行腦力活動。王鐸除外，他依舊跟在章溯身邊當跑腿苦力。

折騰了一整天，晚上眾人湊在一起開會，各自說了今天的工作進度。

徐玫道：「東西太多太雜，我們今天只把廚房的瓶瓶罐罐整理好，羅哥先前做的那些鹹菜罈也都分類放好了。一樓的窗簾都掛上了，可是不夠用，二樓的沒得掛。這些事情都比較瑣碎，每次回來抽點時間總能收拾好，何況咱們回頭還得把屋內重新改建呢。」

嚴非對於金屬材料的數量依舊不滿，「外面的金屬精煉過後，在原有的基礎上會減少到原來體積的三分之二左右。地下室、新挖的地下室、密道的牆壁都需要加固，家裡的金屬絕對不夠用，我估計把咱們昨天去過的那座高架橋和旁邊的軌道、A市內的路段部分全都弄回來還差不多，這還沒算上給房間內裝水暖需要用到的數量。」

之後就是李鐵幾人對於衛星訊號研究的好消息了：「我們今天下午把嚴哥新做出來的接收器架上去試了一下，確定能夠收到訊號。」說完，他故意抬手壓壓，示意大家先別歡呼，「不過接收器只能架在金屬架子外面，架在裡面幾乎收不到什麼訊號，嚴哥做的架子對訊號的阻隔太大了……其實可以多做幾個，萬一被路過的喪屍、變異動物弄壞了，就能換上新的。」

最後就是今天收穫最大的，由羅勳指揮，于欣然動手，章溯保駕護航，王鐸當跟班，小傢伙圍觀的這支尋寶隊伍的成果。

看看桌上堆積如山的各色晶核，羅勳無奈攤手，「數量太多了，沒來得及分類……」

好吧，他們是今天收穫最大的。

眾人又花了一天的功夫調試新搭起來的衛星接收用的接收器，收拾家中雜物，加固防禦層，撿晶核分類。接著，宅男小隊再次開著車子外出，奔赴目標地點，繼續尋找金屬材料回來強化他們的小窩。

一路上提心吊膽，擔心遇到上次那兩隻肆意撒歡的犬科變異動物，所幸他們運氣不錯，一直走到上次的果園也沒發現牠們的蹤跡。可惜果樹被壓倒一大半，幸好還有不少殘存的，依舊滿樹鮮花，開得熱鬧。

這一路上，他們倒是遇到過一些變異動物，離得遠的就不用說了，有些就在路邊晃蕩，好在那些變異動物沒什麼攻擊性，就像末世前路邊晃蕩的小貓小狗麻雀之類的。

當然，他們遇到的麻雀個頭有大有小，小的就是末世前麻雀的體型，大的差不多能長成公雞那麼大，真難為牠們長得這麼圓潤還能飛起來。

可惜無論路邊的麻雀有多肥嫩，羅勳他們都沒時間下車去打這些誰知道有沒有什麼古怪異能的變異動物。家中冰櫃凍著的、屋頂下掛著的，還有各種冷凍、風乾、醃漬的肉呢，足夠他們一半個月內打牙祭，暫時用不著惦記著路邊的美食。

直接奔赴目的地，往返於自家和高架橋兩邊跑，時不時還會在路過一些地方的時候順手挖棵用得著的樹木花草回家，這一折騰就是足足十來天的功夫。

他們跑出去整整五次，這五次幾乎每一次都是以大量的金屬材料為主，車子裡的空間則裝的都是各種乾枯的樹木，最後總算勉強收集到了足夠數量的金屬用來改造新基地。

地面上的主樓、車庫、穀倉、農具倉的外牆，被反覆精煉過後的金屬架子徹底罩住。

地下室的牆壁、天花板、地面鋪上了精煉過的金屬層，以防有什麼東西從土中鑽進來。

那條長長的地道此時也被嚴非再度改造，同樣加大了牆壁的厚度和結實程度。

做完這些，收集回來的金屬就消耗了大約三分之一。羅勳這兩天正在畫設計圖，準備將整棟樓的房間都改造成像西南基地的小窩，鋪設水暖地熱金屬地板。

不僅是這裡，地下那兩層種植空間在他檢查過設備後打算改造溫度調節儀器。原來的東西先進是先進，但控制的儀器太過精密，一旦出了問題，沒有配件的話，根本沒辦法維修，還不如改成這種他們隨時都能監控、修繕的設備。

最後是外面的空地，羅動他們準備等將所有房間的水暖全都搞定後再動手處理，將空地用金屬包裹起來，鑲嵌玻璃蓋成花果類的大棚。

他們準備將金屬大棚延伸蓋到變異植物的邊緣，羅動他們此前做過實驗，將做好的金屬物丟到變異植物旁邊，它們雖然能對嚴非數次精煉過的金屬物造成一定的損傷，但這些金屬放著不動，變異植物就會無視掉。這對於羅動他們來說是個好消息，他們可以安心將金屬牆搭蓋到變異植物邊界，只要牆壁夠厚，變異植物感知不到牆壁另一邊的人，就不會對金屬牆壁進行攻擊。

羅動帶著于欣然將靠近內測的地皮篩了一遍，他們並沒有搜刮地皮的範圍，可就算如此也篩出了多得讓人目瞪口呆數量的晶核，誰知道在末世後這裡埋葬過多少喪屍和變異動物的屍體？這些晶核足夠他們消耗好長一段時間，大家暫時沒有繼續深入尋找，順便給于欣然放個假，讓她帶著小傢伙在小樓裡面到處玩耍。

接著，羅動等人正摩拳擦掌準備開始新一輪的工作，那就是從西南基地中帶出來的那些麥子和水稻終於全都成熟了，到了收割的時候。

「這臺是收割機，這臺是烘乾機，這臺是給稻稈打捆的設備。」羅動拍拍放在地下一樓的兩臺設備，「嚴非把種植架子改造一下，就能直接用它們來處理糧食了。」

「這可比去年秋天咱們收割糧食的時候方便多了。」

「上面放農具的屋子裡還有去殼機呢，等一下把糧食乾燥後就能運到上面去殼，麵粉可以直接用機器磨出來。」

若說羅勳最看重這個新基地的哪裡，毫無疑問，就是這裡的農用設備十分齊全。

或許是這所學校比較有錢？又或者有什麼專門的資金贊助？反正不管這裡的農田到底有多少畝，學校在此實習的學生到底有多少個，這裡的設備都齊全得讓人咋舌。所有用得到的和用不到的，這裡全都有。雖然有些設備是小型的，效率不高，但這些小型設備對於羅勳他們來說反而正正好。

「羅哥，上面還有壓麵機，可以做麵條、乾麵，咱們回頭要不要試試？反正這次收割的大多都是小麥。」何乾坤眼睛發亮地問道。

「行啊，就是咱們沒有多少食用油，可以少做出一些等回西南基地或者去遠些的地方收集物資的時候帶上。」羅勳笑著點頭，「不過得多留出一些種子來，等整理好這次收穫的作物後，咱們必須再在地下室開闢出一些空間用來專門種糧食作物。」

去年秋天收割的水稻到現在幾乎沒剩多少，如果不是羅勳他們有各種蔬菜、馬鈴薯及玉米等可以替代糧食作物，白米早就被吃光了。

幸虧他們抓到了一隻變異兔，再加上家中存下的臘肉、風乾肉，伙食才一直很不錯。

目前用來種糧食作物的房間只有一個，面積不過一畝地。這一畝地對於宅男小隊來說只是剛剛好能供半年伙食，得至少再開闢出一畝以上的種植面積才能讓大家過得比較寬裕，還能在回西南基地時買賣糧食、蔬菜什麼的。

羅勳說完留種子的事情，見眾人興奮得連連點頭，又繼續說：「咱們還得留出部分種子，用來種植魔鬼藤。」

他們這幾天已經能通過衛星訊號不定期收到各地的衛星照片，以及其他基地通過衛星訊號向別的基地發送的各種消息。其中羅勳他們所在位置附近的衛星照片也有一小部分，羅勳從那裡確定過附近變異農田分布的狀況。附近的變異植物面積不小，他可以利用這點進行一些改動，人工配置一些變異植物將這些農田連成一片。

魔鬼藤的幼苗期幾乎沒有太大的殺傷力，培育起來比較簡單，這是他們用來保護自家小窩的手段之一，越快完成越好。這樣一來，他們可增加地底種植面積，只要不種到沒有魔鬼藤，靠近公路的空地上，就算附近有金屬系異能者路過也發現不了他們。

「對了，羅哥，咱們還得接著刷油漆吧？」

他們這幾天一邊由嚴非負責搭建金屬架子，保護牆壁，一邊會抽出部分人手給外面那些金屬牆隨便刷些綠色、黑色、棕色等斑駁的顏色充當保護色，這從衛星傳回來的地圖上看起來很有遮掩的效果。

「要的，等這批糧食處理好，咱們分出幾個人去刷漆，其他人接著處理那些木頭……要忙的事情太多……」現在又到月底了，想了想，羅勳又道：「這幾天就算了，過兩天咱們如果離開的話，還得看看有沒有什麼動物能打幾隻回來，放到冰櫃中冷凍。」

家裡的兔肉快吃完了，既然要多留出一部分種子用來繼續栽種糧食作物，那還得留出一部分種子種成變異植物，下半年的口糧勢必會比較緊張，得再多種些番薯、馬鈴薯和玉米，並且多找些肉回來。多吃幾次烤肉，既能解饞又能省糧食。

歡天喜地收割糧食作物，李鐵幾人用推車推到電梯上運送到地上一樓，再拉到隔壁專門處理糧食作物的糧倉中。這裡除了儲存糧食，還放著各種專門用來處理的設備。在這兩棟樓之間，嚴非做出了一條金屬通道，以防有什麼動物闖進來找大家的麻煩。

一袋袋麥子、稻米被去殼，麥子再被磨成粉，糧食的清香飄散在空氣中，讓所有人都不由自主露出了滿足的笑臉。

乾麵的設備用起來比較麻煩，得用食用油配合加工，羅勳他們嫌費事暫時沒用。徐玫和宋玲玲倒是清理出了壓麵機，能揉麵、切麵。當天晚上，他們就用剩下的羊骨熬出來的老湯下麵吃，配上小香菜小香蔥，那滋味鮮美難言。

「這下咱們這季收穫的麵粉正好能用它們來處理，比手工做要省事多了。」

大家每天需要忙的事很多，徐玫和宋玲玲兩人也不是天天都有時間有精力去做飯，就連羅勳也是一樣，他已經很久沒動手做過飯菜了。

「廚房裡還有一臺饅頭機。」宋玲玲兩眼放光，「我和徐姊不太會發麵，之前做出來的饅頭一開鍋就會縮，現在家裡也沒酵母了……」

羅勳倒是會用老麵發酵，不過還是那句話，他沒時間做這些。聽到宋玲玲的話，羅勳不得不打消她的積極性：「就算用饅頭機做饅頭，也得有能發酵的東西才能做出來……」

宋玲玲臉上的笑容僵了一會兒，轉頭看向徐玫，彷彿沒聽到羅勳的話似的，「徐姊，咱們明天要不要試試那臺做乾麵的機器？」

羅勳無奈攤手，「妳們明天研究吧，咱們正好也換換口，不然每次出去不是煮粥就是帶做好的乾麵餅。做出乾麵後，在外面弄個湯就能下麵吃了。」

那種機器做出來的東西其實就是速食麵，只是調味料得自己配，口感和普通的速食麵不同。他們做出來的是純麵粉的麵條，不像末世前某些廠家會往裡面加亂七八糟的東西。

對於一群吃貨來說，沒有什麼比能增加伙食多樣性的設備更讓他們開心的了，如果說還有什麼比這個更讓人值得高興，那就是糧食的豐收，以及打到某些肉量很多的變異動物。

宅男小隊將糧食作物處理好，稻稈、麥稈拿來生火及做肥料，堆放到了儲存糧食的糧倉中，留出一些放在廚房生火，其他的視情況決定，畢竟如今不缺製作肥料的藤蔓或葉子。

搞定糧食作物，羅勳看看時間，無奈地發現馬上又要到月底了，他們還能在新家待上幾天，幾天後最好再回西南基地看看情況，如果之後的小隊任務越來越困難，他們也只能暫時放棄隊伍的編制和那幾間掛在小隊名下的屋子。

「這幾天咱們先將一樓的地熱管和地板鋪好，下次回來後再出去幾次，把何乾坤和吳鑫找到的那幾個地方都轉一圈，拉些東西回來。」羅勳對眾人建議道。

他們要忙的事情很多，何乾坤拉著吳鑫搜索，找到了不少可能有所需物資的地方。

一些能從衛星地圖上找到的訊息雖然能大致判斷某些地方可能有物資，但那裡在末世後到底是個什麼樣子，大家沒去過就無法確定，但在結合衛星照片印證，就能大致判斷出來，至少能看出那個位置的建築物有沒有被破壞，不然他們白跑一趟事小，還有可能遇到大股的喪屍。現在能接收到衛星照片，便能推斷出他們要去的地方喪屍數量會不會造成威脅，至少有小規模的喪屍潮是可以提前看出來的。

定下行動計畫，之後要做的就是依次實行。

羅動帶著大夥兒先將一樓需要鋪設地暖的房間中的東西全部搬出去，打掃乾淨房間後，嚴非就拿著羅動畫出來的設計圖鋪設管道和金屬板。這些事情他在西南基地裡沒少做，對於流程十分熟悉，利用四月最後幾天的時間，就將一樓所有房間的地板都鋪設好了。

整理行裝，帶著提前一天做好的乾糧和金屬材料，還把新家種出來的綠葉蔬菜一併裝進車中，並沒開著那輛改造後的大卡車，只開著幾輛小車駛向西南基地。

「鹽、汽油……咱們這次回去主要換這些東西。」

汽油這種東西雖然在外面也能找到一些，可實際上基地軍方應該在末世初期沒多久就將距離較近的，有著大量汽油柴油的地點全都控制住，時間過去這麼久，外面那些七零八落的汽車裡就算還殘留汽油，多半也揮發得差不多了。

他們想弄些汽油回來，暫時只能在西南基地找軍方兌換。

「不知道現在兌換這些東西有沒有什麼限制？」

嚴非的眉頭微微皺起，這些天他們不是沒在外面找過汽油，可就算能找到，量也少得讓人牙疼。他們最近得經常外出搜集物資，一次出去就是至少五輛車，每輛車都得燒汽油，家中已經沒多少存貨了。

羅動的手指頭在方向盤上敲了幾下，看起來倒是沒有嚴非那麼嚴肅，「王鑫他們不是在地圖上找到了幾個末世前賣太陽能車的地方嗎？等這次忙完，咱們可以去那邊看看，汽油能換多少就換多少吧。」

也只能這樣了，至少得堅持到他們找到替代品前。

這次他們不急著回去搬東西，所以直到三十號才離開新家奔赴西南基地。在外面過了一夜，一號中午一行人才驅車來到基地大門口登記進城。

背包裡的東西不多，車裡也只有零零散散的金屬架子、木頭板子之類不值錢的東西，檢查物資的人看到後撇撇嘴角，一臉鄙夷地順走兩塊板子才放行。

羅勳他們雖然從後照鏡看到了，但也只能當作是進門費，眼不見為淨。

開車進入基地，又進入內城時，他們才將開出來的三輛車子停在路邊。嚴非進去轉悠了一圈，原本灰撲撲不起眼的車底板此時被打開了金屬蓋子，露出裡面水靈靈、鮮嫩嫩的各色蔬菜，放出來透氣，而車頂上也都各自有著一層金屬夾層，裡面放著的是他們大部分的乾糧以及要在基地中找人兌換的各類晶核。

這些是羅勳在出發前就讓嚴非做的手腳，沒辦法，他們能弄來這麼多新鮮的蔬菜，一次兩次別人或許會以為他們是在野外的菜園子之類的地方找到的，次次如此的話，時間久了肯定會惹人懷疑，更不用說他們帶著的那些晶核、肉類、乾麵。

「先回家，回去之後我再打電話給那幾個要買菜的小隊。」上次他就和那幾個還能聯絡到的，依舊需要蔬菜的小隊說過，自己再回來賣菜的話，應該是在五月初的這兩天。

這兩天正好是基地發布每月任務的時候，一般來說，要是沒有特殊情況，絕大多數的小隊這幾天都會在基地中。

「嗯，今天路上的車和人都不少。」

天氣轉暖，路邊的攤販數量再度變多，不少人在路邊做生意。這些人有的會弄上一輛破車，打開的後車廂放著各種貨品，有的會在地上鋪塑膠布，就這麼擺在路邊賣東西。

一行人這次只開了三輛車，排成一列向著自家社區所在的位置開去。進了社區，羅勳轉過一個彎，還沒等他將車開到平時停放的地方，就下意識一腳踩上了剎車。

「砰」一下，後車廂的小傢伙撞到椅背，一臉委屈地看向羅勳和嚴非。

「怎麼了？」嚴非也晃了一下，不解地問道。

羅勳瞪大眼睛，抬起有些抖顫的雙手指向上方。

嚴非順著他指著的方向看去，瞳孔猛然一縮——他們的房子，他們在十六樓的屋子此時居然有一半的牆壁塌了，露出裡面銀灰色的金屬……

兩人愣愣地看著上面那熟悉的房屋，從十六樓開始，連同他們當初十分喜歡的玻璃露臺在內，此時全都沒了……不，不能說沒了，只是，靠外的牆壁、玻璃牆都塌了，落在樓房的一側，一堆垃圾堆在社區的角落中。

「羅哥，怎麼了？」後面車上的李鐵和王鐸跑下來詢問兩人的情況，他們還沒注意到樓上的狀況，當看到羅勳指著上方，順著他的手看過去後，兩人同樣綠了一張臉。

「靠！誰這麼缺德？」

「……連十五樓的牆壁都被打破了，這他媽的還怎麼住人？」

「上去看看。」羅勳黑著臉，雙手輕顫。

這是他心血，他的家，從末世還沒到來前就一點一點布置好的小窩，原本他以為自己會在這裡過上一輩子，就算前不久找到了新的基地，準備解散小隊，他也沒準備放棄這個房子的使用權。他可以照基地如今的做法支付租金，每個月回來在這兒住上兩天。

現在他的房子居然被人拆掉了至少一半的牆，如果不是裡面還有大量金屬支撐著的話，誰知道這次回來後他還能不能看到這層樓。

停好車子，嚴非用異能將整輛車子封在金屬板中，看誰敢當著他們的面打歪主意。

匆匆爬上十五樓，不必先去看十六樓，羅勳他們就發現十五樓的幾個屋子房門全都被打開，其中一五〇二客廳的地板居然被人撬開了一個大洞。

十六樓中間那兩間的地板同樣如此，只有李鐵他們的屋子和羅勳他們的屋子因為地板上的金屬地熱沒有撤走，所以沒能被人打通。

深吸一口氣，羅勳板著臉站在自家房門前。

「欺人太甚！這群人簡直太過分了！」

在場的所有人都氣壞了，十六樓的屋頂沒事，地板卻被人掀開，這群人為了那點不知還在不在的物資還真是拚命。

羅勳忽然拿出弩箭，其他人見狀，紛紛掏出各自的武器。

「十五樓和十六樓的幾個屋子有人活動的痕跡……」羅勳的話還沒說完，就聽到十五樓那裡有動靜傳來。

轉身下樓，正好看見十四樓正對著一五〇二房間下方的那個洞，有人順著梯子爬上來。

那人上來時才看到羅勳他們，臉上閃過一絲愕然，剛剛張開口還沒發出聲音，羅勳冷笑一聲，質問道：「這個洞是你們打的？」

那人表情一變，大聲叫道：「樓上來人了……」與此同時，他抬起藏在地板下的右手，身子同時向下縮去，原來他手中拿著的是一把手槍。

他的手槍還沒瞄準，「哆」一聲，一枝弩箭便對著他正要縮下去的額頭射去。

「噗通！」

「啊……」

「快抄傢伙！」

「死了，死了……」

「不好，樓上的人回來了……」

樓下傳來亂哄哄的聲音，羅勳冷著臉，舉著弩，陡然想起，重生後他還沒見過血呢……

宏景社區邊緣的一棟樓房，在一號這天的中午發出接二連三的爆炸聲，猛烈的旋風捲著巨大的火光將十四樓的某間房子炸出一個大洞。

「轟轟轟！」

親眼見過、親耳聽過前幾天同一棟樓頂樓外牆倒塌聲音的人們，此時都悄悄圍在社區內外比較安全的地方偷偷窺視，一邊說八卦一邊看笑話。

腦子靈光的人很快猜到這裡有異能者在戰鬥，混亂大約持續了半個小時才停歇。又是十來分鐘過後，社區中開出幾輛車子。看熱鬧的人不確定這幾輛車子到底和剛剛的事情有沒有關係，所以只是遠遠打量著。

等這幾輛車子離開社區，大約又過了半個小時，確認裡面再沒有什麼動靜，眾人這才靠近事發的那棟大樓。

除了十六樓依舊半塌的牆壁，十四樓的一間屋子被轟出大洞，洞口處的牆壁都是灰黑色的，還飄起一股股濃煙，顯然這裡才發生戰鬥沒多久。

一個在上次頂樓牆壁倒塌後就看到過這棟樓具體狀況的人，指著頂樓那間塌了一半的屋子大叫：「那個屋子的金屬沒了！」

上個月這個社區流傳起一個謠言，據說這棟樓最上面兩樓的住戶存滿了糧食、布料和被褥，四個房子藏滿各種值錢的物資和糧食，又有人說這裡藏的都是晶核、汽油……

謠言越傳越廣，來這裡圍觀碰運氣的人越來越多，有些人從屋頂、窗外想爬去，卻被裡面厚重的金屬牆擋住。直到十四樓的一個房間被某個小隊的人強占，從十四樓的天花板打開了一個洞，爬到了十五樓裡……

知道這個消息的不止一個隊伍，其他隊伍在得知後也不甘心地過來要進去看看，可他們卻只看到整整一層空蕩蕩的屋子，裡面什麼東西都沒有。

這些人自然不甘心，他們又打破了通向上面那層樓的天花板爬了上去，可惜依舊沒找到什麼值錢的東西，可隨後發現這一層樓有兩個屋子沒辦法破開進去，就算強行打破大門，裡面也只有一整塊厚實的金屬板堵住。他們將兩個房間的牆壁打碎，看到的仍然是金屬板。

打不開的房間裡肯定有寶貝藏著，可是沒人能打破金屬板。

基地中有金屬系異能者，有些有門路的人聯繫到了軍中金屬系異能小隊的負責人，可人家一聽說需要打開的房間中堵的是不知道多厚的金屬牆後便當場拒絕了。誰也不是傻子，外人或許不清楚，可基地中這唯幾金屬系異能者一聽就能猜出這是出自什麼人的手筆。

同樣是金屬系異能者，彼此間本就有交情不說，只說如果有一天自己有什麼東西需要費力藏起來，如果被其他人發現，找來其他同系異能者打開的話，事後自己會是個什麼心情？人家屋子裡不管放的是什麼都是人家的東西，這些人強行闖入別人的家中，還想在軍方找人幫他們撬門撬鎖，這夢做得未免太美了吧？

因為只是中間人幫忙說和，所以軍方並沒說什麼，只是直接拒絕，可侵入這兩層樓的人卻不甘心，他們在確認了主人沒回來後，乾脆住到這裡，想辦法撬開金屬牆，好弄出裡面的東西。其他來這裡碰運氣的異能小隊中有些人脾氣火爆，直接站在屋頂用異能轟塌了角落房間的半堵牆，見依舊破不開金屬內壁，這才悻悻然離去。

直到今天，這裡的主人回來了……

站在物資兌換處，各小隊每個月兌換汽油的量是有上限的，羅勳他們就將這個月兌換的上限全都換購，將鹽也買到上限，這才去了任務大廳，登記解散隊伍。

自從西南基地下達新規，不得不解散的隊伍幾乎每天都會出現，尤其是月初的時候，面對難度越來越大的任務，規模小，背後又沒靠山的隊伍，幾乎沒有幾個能真正支撐下去。

羅勳正在填寫申請表，其他怒氣未消的隊友在旁邊抱怨：「真當我們是軟柿子啊，居然把別人家的地板打洞跑進來偷東西！」

「哼，應該還有別人，可惜……」

「拜託，還不是你把他們連人帶牆轟飛？就算我們想留活口問出幕後主使也問不到！」章溯斜睨了眼抱怨自己的李鐵，瞇起來的桃花眼讓李鐵打了個寒顫，「真想問，隨便抓個大樓裡的住戶都能打聽到，我可不信他們有誰是無辜的。」

宋玲玲無奈和稀泥，「沒問到就算了吧，真問出來，咱們也未必能挨個找過去。」

宋玲玲說的沒錯，眾人雖然沒看見當時的情況，可回想基地的幾次混亂，每當有人發現別人家沒人，就會進去搶東西，路過的人不僅不會阻止，還會跟著下黑手。

如今自家沒丟什麼東西，可既然有人這麼大張旗鼓過來又是打洞又是破壞牆壁，肯定會引來附近的人看熱鬧，這些人摻一腳的可能性不低，更有可能還有新區的異能者摻和。別說現在未必能打聽出來找過自家麻煩的人都有誰，就算能打聽到，他們也未必能真正找到人。

羅勳走了過來，「申請表交上去了，我一會兒打電話跟買菜的那些小隊聯絡，賣完菜咱們就離開這裡。」他已經沒有心情再待下去，多待一分鐘，都覺得渾身難受。

剛才確實是出了一口惡氣，卻還是覺得噁心得不行。

以前這裡像是末世中唯一的希望家園，如今卻讓他只想遠離。

上輩子時……

羅勳記不清上輩子有沒有過類似的情況，或許是自己接觸的圈子不同的緣故吧？雖然基地中什麼時候都不缺闖空門的人，可如這次這樣，暴力侵入的狀況他還真沒聽說過，難道是自己的錯？如果不是自己讓嚴非用金屬系異能把房子封得這麼嚴實，這些人就算打洞進來，只要見到自己家什麼東西都沒了，是不是就會調頭走人？

不，就算是那樣，也難保不會有人因為好不容易費力進來，卻發現是個空房子後洩憤地破壞自家的牆壁。

人在末世，以最大的惡意猜測別人是反射性的自保模式，可羅勳沒想到，他已經盡可能地用最大的惡意來猜測，現實還是給了他響亮的一巴掌。

眾人兵分兩路，羅勳和嚴非去賣菜，其他人逛市場換晶核，並購買所需的物資。

在天色黑下來的時候，宅男小隊開車出了基地大門。

他們已經放棄西南基地的那幾個屋子，基地在知道羅勳他們解散小隊後，也會收回那些掛在小隊名下的房子。如今的他們，就算回到這個基地，也沒有可以落腳的「家」了，要是不得不在基地過夜，就只能將就著睡在車中。今天卻是沒法睡車上，因為車上塞滿換回來的汽油和鹽，以及家中上次沒帶走的物資和金屬材料。

真的想要晚上睡得舒服一點，不如乾脆離開基地，在外面找個空地用金屬板圍住車子，現做一個臨時落腳的金屬房子。

看看，現在想要休息得好，基地還沒有外面讓他們住得安心，真是諷刺至極。

夜空中繁星點點，眾人在距離基地大約四個小時路程的地方露營。

將金屬牆架好，大夥兒圍坐在火堆旁的金屬沙發上，韓立看看一直沉默不語的羅勳，又瞄了瞄其他人，才低聲問道：「羅哥，咱們以後還回西南基地嗎？」

「回。」羅勳心裡空蕩蕩的，卻還是解釋道：「咱們以後可以拉著蔬菜、糧食回來賣，畢竟基地裡有不少東西是咱們在外面很難找到，甚至根本就找不到的東西。不過不用特意住在基地裡，一早進基地，找人找地方賣掉帶去的貨物，就像今天一樣，之後可以在兌換處換點東西，逛逛市場買需要的物資。」

他頓了頓，笑道：「咱們可以把卡車車廂修整一下，布置成能睡人的那種，以後要在基地過夜的話，就睡車上。時間寬裕的話，咱們就提前出來，像今天一樣在外面露營。」

聽到他這麼說，眾人鬆了一口氣，羅勳還可以理智思考就好。

這次離開基地後的夜晚是眾人所經歷過的氣氛最壓抑的一次，無論此前他們是否準備以新基地為主要生活據點，西南基地的那幾個屋子也都是他們原本的家園。

家園被人破壞，他們被迫離開原本的窩，誰的心情能好得起來？

次日清早，大家再度向著他們的新家，那個只要努力做好各種防護措施，就能徹底由他們自己做主的家園前進。

「回去之後，咱們先把東西放好，進城找找汽油或者電動車，然後就去找布料。」羅勳開車的時候忽然說道。

嚴非愣了一下，「布？」羅勳從昨天晚上到現在雖然依舊和大家交流，可他的態度明顯有點沉悶，會時不時走神，顯然是還沒從西南基地的家園被破壞的打擊中恢復過來。

「嗯，三樓和一樓都差不多修整好了，二樓卻還沒動工。家裡的厚布數量不多了，咱們得想辦法多找一些回來，不然二樓晚上都沒辦法開燈。」羅勳的眼睛忽地亮起，「可以在外面的金屬架上安一層金屬百葉窗，咱們回去之後試試看。」

「好，到時我先給其中一個房間安上試試。」羅勳能恢復過來，不再去想西南基地的事就好，自己多做些活兒沒什麼，反正這類東西當初在西南基地沒少做。

羅勳他們不清楚其他車上的人情況怎麼樣，但他們這輛小車中，氣氛終於變得和緩。羅勳負責開車，剛剛因為拉過臭臭在襁褓中哼唧的小包子被嚴非抱過去換尿布。

其實末世前羅勳在超市特賣的時候曾經買過一些紙尿褲——沒錯，就是他和某人第一次遇到時給某人用過的那個。

可惜當時他買的是成人的尺寸，給小包子用的話太大了，他當時本來是預備在某些特殊情況下，不能移動時自己臨時用的。

好在家中棉布數量很多，洗著用還能輪流更換，所以兩個奶爸每次外出都會帶上一堆足夠給孩子換的量，回家後再統一清洗，掛在太陽底下日曬消毒。

小包子才三個多月，比同齡的孩子顯得小些，看起來卻比他剛出生時強了不知多少倍。白嫩嫩的小手臂，黑葡萄似的大眼睛，紅嘟嘟的嘴唇，看來奶油果很有營養，居然把小包子餵得白胖健壯。

躺在嚴非的腿上的小包子正睜著一雙大眼睛，一隻肉嘟嘟的小手放在嘴邊，另一隻無意識地揮舞著，好奇盯著給自己換尿布的嚴非。兩個座位之間，小傢伙從後面將狗頭伸過來，吐著舌頭看看這邊看看那邊。

羅勳一邊開車一邊不時向他們看去，臉上帶著不自覺冒出來的幸福微笑，如鯁在喉的感覺這會兒終於消失不見。雖然沒有了親手打造的那個家園，但他有了新的家，還有著不會離開自己的親人。

至於之前的家園……他不是拿不起放不下的人，既然沒可能再回去，那就把那裡當成是去賣菜、購物及交換情報的地方吧。

羅勳他們這次出來前研究過最近收到的衛星地圖，徘徊在這附近的最大一股喪屍潮集體出國旅遊了，其他小股喪屍潮還沒過來，剩下的喪屍則幾乎徘徊在以前的市區中，所以短時間內他們外出時只需要擔心變異動物，不必害怕有喪屍潮突然來襲。

這段時間內外出，都是相對安全的。

在終於看到了新基地附近的那些變異農田時，還沒等眾人發出「終於回到家」的感嘆，一行人就被不遠處的情景震驚得表情僵硬，半天說不出話來。

「這、這是怎麼回事？」

「嗷嗚……」

羅勳的話音剛落，震驚到他們的那些東西後方就發出狼嚎聲，原來是他們前一陣子遇到過的那兩隻變異犬科動物。

「金屬盾！」羅勳來不及分析突發狀況，只能簡短地提醒嚴非。

他們從基地出來時，將家中剩下的金屬盡可能搬了出來，塞滿了車上剩餘的所有空間。等到離開基地，嚴非便將這些金屬抽出來揉成金屬球，跟著車隊滾動前進。

眼下金屬球被延展開，在車隊正前方形成一面金屬防護盾。

就在這時，遠處又傳來天搖地動的巨大響聲。

對講機中傳出王鐸驚慌的聲音：「那、那是豬？」

還沒等羅動回答，對講機中又響起興奮的聲音：「老大，豬肉啊！」

聽到何乾坤的聲音，羅動猛地看向旁邊的嚴非，兩眼不自覺地冒出綠光。

嚴非挑眉，看著朝他們狂奔過來的變異豬群。

……被兩隻變異狼追趕著的變異豬群。

這些豬也是變異了的，但個頭不算太大，平均體型不到兩米高，比兩隻變異狼略矮。不知是什麼原因，明明數量遠超過那兩隻變異狼的變異豬群居然沒有絲毫奮起反擊的意思，而是驚慌失措被兩隻變異狼趕得到處跑。

幸好這些變異豬雖然軟蛋了點，卻似乎知道路旁那些變異植物的厲害，並沒有直奔進農田，反而是順著農田旁的公路向羅動他們所在的方向衝來。

羅動見勢不好，將車盡量靠邊停住。

嚴非用金屬材料做出一個斜坡，讓變異豬群從公路的另一側跑過去。當然，等牠們跑來這裡的時候，肯定會有不小心撞上來的就是。

變異豬群奔跑的速度很快，眾人生出要吃豬肉的意念更快。用對講機吩咐幾句，羅動身邊的嚴非就做好了準備。後面車上的于欣然也在徐玫的指揮下，將不遠處的地面沙化出幾個大坑，當成陷阱。

「哼唧哼唧……」

驚天動地的聲音越來越近，大家都在心中暗自祈禱這次的計畫能夠成功。

就在變異豬群從羅動他們車隊旁飛速跑過，幾隻變異豬還慌不擇路撞上嚴非豎起的金屬板，即將越過車隊的時候……

地上憑空多出了金屬絆豬索，于欣然沙化出幾個大坑，章溯趁亂用風刃削豬蹄，其他人則拚命瞄準射弩箭……

「噗通！噗通！」

變異豬群中至少有幾隻中了陷阱摔倒在地，其他的同伴便踩著牠們的身體逃命，將牠們踩了個半死不活，根本沒辦法爬起來跑路。

一直跟在變異豬群後面的兩隻變異狼也來到了跟前。

先前離得比較遠，羅動等人沒有看清兩隻變異變動，此時牠們來到眾人的車邊，大家才感覺到沉重的壓力。那巨大的體型，那矯健的動作，那泛著幽幽綠光的眼睛……

所有人都沒再去理會變異豬群，反而緊握著武器，小心翼翼盯著兩隻變異狼。

兩隻變異狼也正望著被金屬板遮擋住的位置。

兩邊僵持了一會兒，地上一隻變異豬忽然掙扎著爬起來，卻驚慌地奔向與來時相反的路線，被守在後面的一隻變異狼撲上去咬住脖子。

那隻變異狼行動的時候，另一隻還在盯著羅動等人，見他們在自己同伴抓住變異豬後沒什麼反應，才一步步慢慢靠近那群躺在地上半死不活的變異豬，接著叼住其中一隻的後腿向後面拉扯過去。

等兩隻變異狼拖著獵物走遠，眾人才齊齊鬆了一口氣，驚惶不定地對視了幾眼。

「羅、羅哥，牠們不會回來了吧？」

「……可能吧。」羅勳不確定，他哪知道那兩隻變異狼在想些什麼。

「老大，還等什麼，拉回家啊！」

「肉啊，都是肉啊！」

羅勳回過神來，這才有功夫去關注地上那幾隻沒剩幾口氣的變異豬。

先前場面混亂，沒能數清楚到底有幾隻，此時刨去被兩隻變異狼叼走的，剩下的足足有六隻變異豬。

還等什麼？趕緊運回去啊！

車上裝著不少物資，車子的負重也有限，大家下車後殺掉兩隻變異豬，擱在車後臨時做的金屬板上，拖回地道，將物資和變異豬卸下，才又回頭將剩下的四隻變異豬搬回去。

「我覺得咱們這幾輛破車都快散架了。」

進入地道後，大夥兒兵分兩路，其中一輛車拉上部分物資和一隻變異豬載到地道盡頭，換卡車過來，與剩下的兩輛車拉上剩下的東西回去。

封好入口門，留下兩輛車子和徐玫三人、李鐵幾個。

「日後出去的時候，咱們就得看情況換車了，老大不是說要找太陽能車嗎？」

「希望之前找到的那幾個地方還有車子在。」

「就算沒有，在市區裡面找找別的車也行……」

幾個人一邊聊天一邊等其他人回來，沒多久就見一輛大卡車倒著開了過來。

「怎麼是倒著開的？」

眾人愣了一下，就見羅勳在開車，王鐸在後面指揮。

王鐸無奈朝四周指了指，「這點地方也得能調頭啊，不倒著開怎麼開回來？」

羅勳跳下車來，「咱們的地道還得再改造，至少能讓車子在裡面調頭。」

現在的地道小車還好調轉方向，大車就沒轍了。他們不清楚外面會不會有什麼東西，比如那兩隻變異狼會不會聞著味道過來找他們討要豬肉，所以還是別多開這麼一次門為好。

將剩下的變異豬裝到卡車上，再將剛才沒能拉走的雜物裝車，這才全體撤離大門口，直奔地下室。六隻變異豬像小山似的堆在入口，幾乎將地道入口都快要堵死了。

一群人看著這幾隻變異豬，不禁感慨：「幸虧咱們前些日子又搬回來好幾個冰櫃。」

他們每次出去收集物資時，路過小商店都會進去轉一圈。這些小商店別的東西或許都沒了蹤影，但往往會剩下架子、冰櫃這類東西沒人要。

尤其是這些小商店明明沒有多大，卻可能放著至少三四臺不同作用的冰櫃，每次他們都能搬回好幾臺。

「就算冰櫃放不下問題也不大。」羅勳摸摸下巴，戳戳身邊的一頭變異豬，豬毛硬邦邦的，每一根都像鋼針似的，「咱們還能做成臘肉、熏肉吊起來，可以放挺久的。」

「羅哥，咱們今天就吃燉豬肉吧？」

幾個吃貨湊在一起，兩眼放光地對羅勳閃著。

羅動按按豬皮，揮手道：「處理豬肉，把皮和毛一起扒了。」

「羅哥，連皮一起燉多香啊？」何乾坤不解地問道。

羅動搖頭道：「這些可不是末世前咱們吃的那種豬，末世前吃的豬肉基本都是不到一歲的小豬，這些豬在末世裡活了多久了，豬皮早就硬得燉不爛了。」

見眾人眼中還有疑惑，羅動笑了起來，「咱們留下一塊帶皮五花單獨燉一鍋，你們要是吃著沒問題的話，咱們就不扒皮了怎麼樣？」

反正現在天氣不熱，這些變異豬放在地下室一時半刻壞不了，等肉燉出來讓他們試吃過後再做決定唄。

將信將疑的一群人挑了一隻變異豬胸口的五花肉，除淨扎手的硬毛後，徐玫將其切成麻將牌大小的塊狀，帶到廚房加上家中自產的蔥薑蒜，以及羅動末世前收集回來還沒用完的花椒和桂皮之類的香料。

其他人趁著燉肉的功夫，開始整理帶回來的東西，羅動則計算起他們之後要在地底挖出多大的地下室，在哪個方向挖，各個房間種些什麼。

這次他們從西南基地帶出來的東西不太多，當初他們搬走的時候就帶走大部分的物品，只剩下一些桌椅板凳、被褥和大量的金屬材料。金屬自然有嚴非處理，暫時放到樓上的客廳中，其他物品各自用拖車堆到二樓的空屋裡。

豬肉燉了一個半小時，陣陣香味引得所有人都飢腸轆轆，跑到廚房門口探頭探腦。

羅動依舊趴在廚房的桌子上畫圖，聽到歡呼聲，抬頭就看見一群人圍著正端著鍋子的徐玫，將她護送到飯桌邊。

鍋蓋一開，香味四溢。

看著眾人眼冒綠光的模樣，宋玲玲忍不住說道：「家裡又不缺肉吃，至於嗎？」

「咱們都多久沒吃過豬肉了，妳得體諒一下我們的胃啊！」

要說香，還是年前大家打到的那隻變異羊的肉最香，可大家自從進入末世後，多久沒吃過豬肉了？這東西油水足，燉上一大鍋足夠大夥兒解饞呢，是滿身瘦肉的動物能比的嗎？

末世前因為營養過剩，大部分的人都不愛吃肥肉，可到了末世再看，他們多久才能吃上這麼一次肥瘦相間的燉肉？

徐玫打開鍋蓋，眾人迫不及待各自夾起一塊肉放進口中。

嚼嚼嚼……彼此對視一眼，繼續嚼嚼嚼……再看看依舊坐在旁邊寫寫畫畫的羅勳一眼。

「羅哥……你不吃？」韓立含糊不清地問道。

「等你們嚥下去我再吃。」

羅勳的話成功讓幾個已經不耐煩的人將口中一直嚼卻始終嚼不斷的皮吐了出來。

「不光皮不爛，肉也沒那麼嫩……還是說比較勁道？」

「徐姊，這肉怎麼燉的啊，根本沒爛！」

徐玫也正在努力和口中的肉皮爭鬥，聞言瞪了王鐸一眼，「都燉了將近兩個小時了，之前我燉兔子肉的時候早爛了。」

羅勳這才放下筆，笑咪咪地夾起一塊，「不聽老人言……」

「切……」眾人齊齊翻了個白眼，論年紀，他的歲數和李鐵幾人差不多呢。

「一會兒咱們剝皮去。」

「對，留下的皮子還能冬天做衣服禦寒。」

「就是就是，還有那些豬毛，不是可以做成豬毛刷嗎？」

變異豬肉的味道其實不錯，就是口感比預料中的韌些，尤其是豬皮根本咬不斷，但拋去豬皮的話，其他部位的肉還是很好吃的。仔細想想，從他們弄到的第一隻變異動物起，除了飛禽類之外的動物，他們似乎都是剝皮後才吃的，看來末世後的動物果然都變得皮糙肉厚。

還記得剛才大家想要切下這條五花肉的時候，那刀子也是捅了半天才戳進豬皮中，在看到那一幕的時候，大家就應該想到這東西的皮有多堅韌了。

終於正視豬皮厚度和韌性的眾人，吃過午飯，紛紛跑去幫忙剝皮，拆分豬肉。將剩下的豬血放光再剝皮，然後按照不同的部位放進冰櫃中冷凍。

內臟之類的全都掏出來洗乾淨，凍進專門的冰櫃中。內臟也是好東西，尤其是豬腸，有了這東西加上豬肉，他們就能做香腸、臘腸了。

最後是豬頭，一開顱才愕然發現……

「居然是白色透明的晶核？難道這些變異豬沒有異能？」

這些變異豬明明都變得這麼大了，竟是沒有異能？

「試一下，是一級的嗎？」羅動取出一顆晶核洗淨，遞給了嚴非。

嚴非伸手握住，隨即詫異道：「可以吸收，但能量濃度卻像是三級的。」

比之前他們得到的另外幾顆變異動物的晶核等級還高。

這種晶核已經達到三級晶核的能量濃度，可本身確是透明無色？

眾人面面相覷，這還真是古怪。

羅勳想了想，「牠們恐怕除了體型大些，真的沒有異能吧，所以一直躲著那兩隻變異狼。如果有異能的話，肯定會至少和牠們打一架的。」

「這倒也是，不過沒有異能卻到了三級……這種異變要怎麼算？」吳鑫一臉納悶。

其他人也表示不懂，這個末世的規律還真是有夠詭異的。

「不管怎麼說……」羅勳出聲打斷眾人的猜測，拍拍桌上的晶核，「六顆晶核，咱們小隊的異能者一人一顆。」

上秤測過晶核的分量，這六顆的重量差不多，約在五十克以內。

嚴非等幾位異能者一人分到一顆，還多出一顆。

于欣然摟住著小黑背的脖子，「還有小傢伙呢，正好六個。」

五人組笑了起來，「正好六個，反正我們不是異能者，拿了也沒用。」

自從發現周圍的變異農田中到處都有晶核在，大家對於晶核這種東西的熱情便降低了許多。就算發現特別大的，在分給指定系異能者後，其他人也都表示用不著特意分給他們同等重量的晶核做補償。小顆的，非小隊中同伴能用得著的晶核，大家分分就算了，但這種變異動物的大顆晶核，五人組加上羅勳都表示不用按照同等比例補償。

反正建設這個基地的時候出力最多的就是這些異能者們，多給他們一些也是應該的，大不了讓他們出力多打些肉回來讓大家吃幾頓好的就行。

羅勳最終代表小傢伙收下了那顆超大的晶核。

宋玲玲忽然問道：「要不要給小包子留一顆啊？」眾人都是一愣，她連忙解釋，「咱們不知道他是什麼系的異能，不過不管是什麼系的，應該都能用得上這種沒有屬性的晶核吧？」

羅勳皺起眉頭，看看手中的晶核，又看看小傢伙，心中有些猶豫不定。

章溯打了個哈欠，瞄了羅勳一眼，「反正不管給孩子還是給狗，都得你們兩口子負責，你們帶回去不就行了？」

這倒也是，羅勳和嚴非回家關上門商量就好。

眾人花了一下午的時間整理了兩個地下室裡的作物，吃過晚飯就回房睡覺，準備明天一大早趁著有力氣，外面天氣好，出去附近轉一圈，收集所需物資。

羅勳兩人回到房間後，先取出那顆大晶核，思索了一下，決定先交給小傢伙使用。等他們家包子長到能用晶核的時候，還不知道得幾年後呢。

可惜小傢伙只是湊到晶核旁邊聞半天，就噴著轉身，對羅勳和嚴非搖尾巴。

兩人對視一眼，「得，給包子留著等他懂事以後用吧。」

小傢伙不領情，就只能留給小包子或者嚴非需要的時候用。

將帶回來的東西收拾妥當，兩人滾到床上進行戀人之間難以言說的運動，順便發洩西南基地的家園被破壞的鬱悶。過了半天，羅勳才微微喘氣，看著天花板出神。

「想什麼呢？」嚴非摟著他，讓他枕在自己的手臂上。

「本來咱們離開之前，我是想讓小欣然沙化掉咱們那兩層樓的。」

「嗯。」嚴非對此沒有任何意見，生氣的人不止羅勳，所有宅男小隊的成員都很氣憤，因為他們在那裡花費了太大的心血。

「不過，想想還是算了。」羅勳很是無奈，「基地有土系異能者，咱們就算沙化掉那裡，之後有人要來住，或者基地回收的話，讓土系異能者隨便整一下就又能住人了。」

他們那裡畢竟是頂樓，採光性極好。對於如今基地全面使用太陽能的現狀來說，那個黃金角落絕對不缺租客。

嚴非側頭在羅勳的額頭吻了吻，「我走之前把牆壁裡的金屬抽走了一半。」

「啊？」羅勳愣了愣，不解地看向他。

嚴非又吻了他一下，「那屋子住人是沒問題的，但結不結實……」

屋子不結實會不會有什麼危險，他才沒那麼好心關注。那棟樓中的兩個屋子可是還掛在羅勳和嚴非名下，基地如果不經本人同意就回收租出去，那就別怪他們自找晦氣了。

次日清早，吃過早飯，帶上食物和武器，大家上車準備出門。

在進入通道前已經提前勘察過，視線之內沒看到兩隻變異狼的蹤影。

羅勳出發前選定了一條新路線，目的地依舊是通向高架橋的道路，只是中途會遇到一些相對集中的建築物。他們昨天檢查過這兩天新收到的衛星照片，確認附近沒有喪屍潮活動的跡象，這才選定了路線。

與此同時，他們也確認了靠近東南方沿海的地帶正有一小股喪屍潮在那裡活動，雖然它們前進的方向是海岸線，但不確定是否會調頭往A市這邊前進。如果有這種可能性，那他們就必須在那股喪屍潮來到之前，爭取收集到所有他們需要的物資窩回他們的小基地。

車隊行駛了四個小時，來到高架橋附近，但他們沒在此停留，而是順著高架橋一路向市區繼續前行，何乾坤他們從地圖上搜尋到一個新能源車的銷售點。

羅勳拿著地圖，一邊核對周圍破破爛爛的建築物，一邊辨識所剩無幾的商店招牌，「那家是乾洗店，我看看……對，再往前，在一家便利商店旁邊就是。」

驅車來到銷售點，眾人打量了一圈，發現附近並沒有停放著新能源車。

「進店裡看看，沒有的話，去隔壁便利商店中找找有沒有什麼東西能用。」羅勳不抱希望地對眾人道。

話音未落，不遠處的陰影中居然跑出幾個喪屍來。二級、三級的喪屍遠遠地就對大家丟出火球、水球，甚至有一個吐出了一記冰箭。

嚴非揚手豎起一面金屬牆，擋住這些攻擊後再一抬手，金屬牆瞬間化作一根根鋼矛射向那些搖搖擺擺跑來的喪屍們。

他們所處的位置沒有大批的喪屍，但這樣零散跑來找食物的喪屍卻不少。

一部分人負責清理跑來的喪屍，另一部分人快步進了銷售車子的商店。

商店位於商業大樓的一樓，店面不太大，怎麼看都不像是有車子在裡面的樣子，至於後門，這個商店沒有後門。

店裡略顯凌亂，大門的玻璃被打碎，顯然被人光顧過了。裡面沒有什麼可用的東西。飲水機上的水桶沒了蹤影，櫃檯的抽屜被翻得亂七八糟。

確認過店裡沒有喪屍，眾人仔細搜找了一圈，宋玲玲在一個抽屜裡發現一串鑰匙，「這是不是車鑰匙？」

羅勳看了看，「可能是，上面還有號碼牌，可……車呢？」

有鑰匙卻沒車，這算怎麼一回事？

大夥兒決定將鑰匙帶著，萬一發現了車子的蹤跡，到時還得回來找鑰匙。

一行人匆匆跑出去，直奔隔壁的便利商店。外面李鐵等人正拿著弩，和章溯一起負責警戒。零零散散的喪屍聞聲從各個樓房中跑出來，陸續嘶吼著奔襲而來。

幾人跑進便利商店，檢查過裡面沒喪屍才開始尋找物資。這家店同樣被人光顧過，裡面幾乎沒什麼完整包裝的物品，許多東西被翻得散落一地。

羅勳他們的目標不是這些放在架子上的商品，末世後那麼亂，基地建立後來市區搜集物資的人又那麼多，想也知道這裡面不可能找到什麼東西，他們的目標是後面的小倉庫。

在小倉庫中轉了一圈，一群人無奈地兩手空空走了出來。

「看來只能去咱們查到的批發市場、中轉站和倉庫之類的地方看看了。」羅勳很無奈，雖然預料到了，但這家商店的倉庫裡面空蕩蕩的還是讓人相當失望。

「沒關係，咱們把附近所有的批發市場、中轉倉庫都查過了，還有幾家物流公司的倉庫也都標記好了，肯定能找到用得上的東西。」見羅勳他們空手而歸，李鐵幾人安慰道。

又有幾個喪屍跑過來，被章溯的風刃削斷了脖子。

挖晶核，收集金屬材料，左右觀察了一下，羅勳等人上車又向前開了一段路，確認附近沒有要找的車子，這才不得不調頭從高架橋的另一側往回開。

開到他們來時路過的一個路口，對講機中傳出吳鑫的聲音：「羅哥，路邊院子裡那些被布蓋著的是不是車子啊？」

眾人連忙踩下剎車，向路旁一個院子看去。那裡看起來應該是一家飯店的前院，只是飯店的玻璃大門掛著撕掉多半的搬家通知，飯店的招牌也早就被拆掉了，恐怕是末世前就已經停業另租，可院子裡的角落卻有一條防水布一樣的東西蓋著疑似車輛的物品。

大家下車走過去，章溯造風掀起防水布，只見下面果然整整齊齊停著兩排新能源車間與車下沒什麼異樣，大夥兒眼睛發亮地湊上前。這就是他們剛剛去過的那家新能源車行宣傳的車子，都是小型的貨車，雖然不如卡車能裝東西，可這種車卻是電動的。

與太陽能車不同，它們本身不具有邊行駛邊充電的功能，卻是電力驅動的。他們可以自己往車頂上裝幾塊太陽能板，一邊開車一邊充電，還能帶幾個電池中途換著用。

「老大，咱們發了！」

「電動車啊，終於不用到處找汽油了！」

他們現在每次出門都彷彿有強迫症似的，在路邊看到一輛車都要過去查看裡面是否還有汽油，可惜現在這些丟在路邊的車子，汽油幾乎都空了，至於那些加油站更是因為電力不足，外加本身就是刷卡才能加油，根本沒辦法弄出汽油來。

當然，這對於羅勳他們來說不是問題，他們可以讓于欣然和嚴非聯手直接取油，無奈直到現在都沒能找到一處還剩下大量汽油的加油站。

一群人圍著幾臺電動車轉圈，觀察過後，他們發現部分車子的車頂凹凸不平，車子附近也有碎石散落著，他們不確定車頂是被什麼東西砸的，還是有什麼東西曾經掉到上面過。

所幸有嚴非在，車頂的凹陷完全不用擔心。

兩排電動車加在一起共十四輛，他們用不了這麼多車，而且末世後這麼久，這些車子的蓄電設備早就空了。不過，把這些車子都弄回去，壞掉一兩輛能有個替換的。好在這次出來的時候，羅勳他們不但開了全部的車子，還將卡車也開出來了。四輛小車後面各自拉上一兩輛電動車，剩下的塞進卡車車廂中。有嚴非的異能在，連車頂也能放電動車。還有多的便直接拖在卡車後面，十四輛車子就這樣一次全都拉了回去。

拖著這麼多輛電動車，羅勳他們沒再繞路去其他地方搜尋物資，只不過順路從路邊的商店中搬幾個冰櫃回去。這次去的地方距離新基地遠不少，等他們回到新基地的時候，天色已經徹底黑了下去。

車子一路行駛，路邊是鬱鬱蔥蔥的變異植物農田，害得羅勳他們只敢在路的另一側逆向行駛，怕這些變異植物將他們的車子拉進去。

沒等他們開到家，遠遠地就聽到狼嚎聲。

羅勳下意識踩了剎車，對講機中傳來其他人的聲音。

「老大，不會又是牠們吧？」

「可能是，等等看牠們在什麼方向。」

雖然上次近距離接觸時，那兩隻變異狼沒對大家做什麼，大家還是要小心為上，畢竟那天剩下的變異豬都被他們拉回去了，萬一這兩隻變異狼想起來了，找自家討肉怎麼辦？

正趴在後車廂睡覺的小傢伙猛地抬起頭來，好奇地向外張望。

沒過多久，眾人就發現兩隻變異狼的蹤跡，牠們正在一片綠地上嬉戲。一隻在地上滾，另一隻歡快地在牠身邊跳來跳去，每一下都跳得地動山搖。

確定那兩隻變異狼沒有獵食的企圖，羅勳才在對講機中通知眾人趕緊回家。

這次外出收穫十四輛新能源車、五個冰櫃和兩臺冰箱，外加兩個巨大的金屬球。除此之外，他們還在路邊一輛廢棄車輛中翻出一臺車載冰箱。這玩意兒也是好東西，有它在，大家再出去的時候，就能帶些需要冷藏冷凍的肉和蔬菜。

將所有的東西運進地道，羅勳很頭疼，「空間不夠了……」

除非他們能將地上的面積全都利用上，不然這些車子要往哪兒放？家中的冰櫃也很多，他們已經把二樓那些教室都清理出來，擺放滿滿一屋子的冰櫃，還有一個房間專門放著太陽能板和太陽能蓄電池，與外面那些太陽能板連接著。

可二樓那些教室裡的桌椅板凳、實驗器材都還在呢，他們現在沒找出那些東西合適的使用方法，只能暫時堆在一起改天再收拾。

「羅哥，要不明天咱們先挖好地下室，反正現在咱們又找回來這麼多東西，等有地方空出來再出去找別的物資？」李鐵見狀提議道。

「也只能先這樣。明天挖地下室，將那兩間地下室裡擠著的東西全都轉移進去，之後再去先前在地圖上找到的玻璃廠。」

市區裡有不少房屋的玻璃完好無損，只是那些玻璃太分散，得一家一家慢慢去清理，至少要等到他們有了閒置時間可以耗在外面的時候才能去找。

至於其他事情……暫時往後放放吧。

折騰了一天，大夥兒回到家中來不及收拾便一個個倒頭就睡。

次日清早，一群人再次回到地下室開始忙碌起來。

幾個大男生搬運著冰櫃和冰箱，將它們暫時丟進二樓的某間教室中。

「我剛才又改了一次設計圖，在這個位置加了一個停車房。停車房分兩層，建在地下二樓，跟地道緊挨著，以後每次回來將車停在這裡就行。這邊是連結兩間地下室原有基礎上的種植間，每個都有一畝左右，裡面的種植架可以跟原本房間裡的種植架相連，這樣就不用每次收割完一排架子上的作物就得挪動一次機器。」

羅勳對眾人解釋圖紙。

「這兩個方向也各自建造一個種植間，大小同樣各約一畝，一樓的這兩間用來專門種植一些變異水稻和變異小麥，二樓的用來種玉米、花生和大豆等出油的作物。地下二樓從主種植間擴展出去的空間，和原來的一樣，種植各種綠葉蔬菜，至於水果可以種到地上。」

他頓了頓，又道：「西瓜、檸檬、向日葵這些，家中今年開春的時候已經種下，等地上的種植間修整好就全都轉移上去。」

這類東西用不著種多少，就算種多了他們也吃不了這麼多。實在不行，還可以在地上加蓋一層，只是那樣一來，有可能會讓路過的人注意到，所以他準備暫時只種一層，何況他們還有地上的那間主樓，裡面也可以種些東西。

「行，沒問題。」

「今天就得看小欣然和嚴哥的了。」

羅勳思索了一下，說道：「地下室的事情需要抓緊，之後如果實在分不出人手，明後天我看看情況，是不是叫上幾個人單獨和章溯一起出去收集玻璃，剩下的人挖地下室。」

挖地下室的主力是沙系的于欣然和金屬系的嚴非，此外還需要幾個人幫忙將沙土轉移到地上進行晾曬。需要的人手不算太多，他們可以分出幾人外出尋找玻璃廠。

嚴非看了羅勳一眼，如果要出基地的話，羅勳肯定會跟著去，沒自己陪在他身邊，老實說嚴非很不放心，但從合理性上來說，這樣又是最合理的安排。

「看情況吧，如果忙得過來的話。」

聽到嚴非這麼說，羅勳也理解他的意思，敲了一下桌子道：「那就這樣……」

「隊長，鵪鶉變異了！」羅勳剛分派完今天的工作，就聽到徐玫和宋玲玲兩人的叫聲，于欣然也拍著手騎著小傢伙在一旁蹦蹦跳跳。

「鵪鶉？變異？」羅勳瞪大眼睛，連忙起身朝著安置著鵪鶉的房間飛奔過去。

鵪鶉們暫時被放到地下二樓的走廊上，嚴非用金屬造出一個隔間來，裡面的光照設備、換氣扇都十分完善。

羅動伸頭向隔間中張望，迎面一隻大鵪鶉撲騰著翅膀撲過來。他嚇了一大跳，一把抓住那隻鵪鶉，然後一人一鵪鶉大眼瞪小眼……

「……這是鵪鶉？」

「這體型都趕上那些麻雀了吧？和雞差不多大小？」

「比普通的雞小一圈，可這也不容易……這麼大的鵪鶉，牠們一頓得吃多少東西？」

羅動無言地放下那隻大鵪鶉，被驚嚇到的鵪鶉們擠成一團，腦袋縮在一起，一圈屁股對著門口的方向瑟瑟發抖……難道牠們突然變大後，連自己都嚇到了？

「……還得再空個房間出來專門養牠們。」

羅動不確定這些突然變異的鵪鶉有沒有出現異能，可看著牠們這副「鵪鶉樣兒」，就算牠們得到了再厲害的異能，恐怕也是沒膽量用出來的吧？不對，就算用出來了，被最先嚇到的恐怕也是牠們自己。

鵪鶉突發變異事件攪得眾人不得不再次改變今天的任務，大家匆匆忙忙清空了二樓的一間大教室，將這裡改造成適合鵪鶉居住的空間。幸運的是，鵪鶉中變異的只占了三分之一左右，剩下的還是正常體型，可是按照如今這勢頭看來，保不齊剩下的三分之二哪天也會跟著變異，不提前留出足夠活動的地方，大家都擔心原來的那個小隔間會被牠們擠塌。

新的空間被嚴非迅速造出一層金屬地暖，牆壁內側也裝上一層金屬牆壁，天花板吊起一排日光燈，最後再將此前晾曬好留著種作物的肥沃泥土均勻鋪灑到地上，並移植過來一些蔬菜，挖出一條人工河流供鵪鶉喝水，整個房間做得彷彿一個小型的生態公園。

于欣然和小傢伙興奮得不已，表示以後想在這裡和鵪鶉們一起玩。

可惜大家沒閒心去找鵝卵石，只用金屬鋪了一條環繞著整個房間的小路。改天有空了，倒是可以給小丫頭單獨建造這麼一個花園來，散養些鵪鶉什麼的也不錯。

折騰完這個有些麻煩的鵪鶉房間，時間已經過去整整半天，將那群突然變異了的鵪鶉們移到新窩後略微觀察了一下，確定一切正常，大家才拖著疲憊的身體回到一樓食堂吃飯。

「羅哥，之前不是說要把外面的地面都改造成適合種果樹的地嗎？要不要乾脆把那裡整成剛才那個房間似的，做成小花園？」吃飯的時候，王鐸靈光一閃，在這種彷彿花園一樣的種植園裡，跟自家女王殿下牽手散步，簡直再浪漫不過了。

羅勳思索了一下，點頭道：「行啊，反正那個地方得在有了玻璃之後才能修整，我找時間畫個設計圖。」

「好好好，得造個小山，小山上種滿桃樹！」

「種梨樹也行！」

「還有櫻桃樹！」

「不如多造出幾個小山坡，一個山頭一種樹！」

「還要小橋流水……」

「路邊的灌木可以用檸檬樹代替！」

「我記得羅哥有帶八角樹過來吧？有沒有花椒？」

「路邊可以用小蔥來美化，還有香菜什麼的……」

「蔬菜不是都要種在地下室嗎？對了，咱們再出去的時候，如果看到還沒變異的花花草草，移植回來一些不就行了嗎？」

「別忘了留出專門種向日葵和西瓜的地方！」

「這些好辦，種西瓜的地方得弄成沙土，澆水時別澆太多，水多的西瓜不甜……」

在安定下來之後，大家就開始盡可能享受生活了。

羅勳和嚴非笑著對視了一眼，他用筷子敲敲碗，說道：「地上一樓的事情還好說，參照以前的花園那樣建造一個就行，倒是大家的房間得仔細規劃。你們可以自己畫設計圖，咱們再慢慢商量改造。」

聽到他的話，眾人再度雀躍起來，何乾坤更是表示他記得以前整理檔案的時候似乎看到過不知誰弄進來的室內設計圖紙，他改天找找，大家可以按照那些設計圖改造。

中午的餐桌上，一群人聊得熱火朝天，到了下午還是得老老實實回地下室運土。

嚴非拆除地下室最內側那面牆上的金屬層，于欣然開始沙化那面牆壁，按照同樣的高度和寬度向著正前方不停沙化，沙化出來的泥土放到推車上的金屬框中，羅勳他們這些壯勞力就輪流用電梯往地面上搬運泥土。

于欣然帶著小傢伙一起看著小包子學寫字，徐玫和宋玲玲兩人處理二樓鵪鶉屋裡的收尾工作，在沒種滿蔬菜的地上補種上蔬菜，將麵包蟲裝進投餵箱中，還得把大小兩種鵪鶉分開，別讓大的攻擊小的。

挖坑大業持續了整整兩天，兩天內誰都沒時間外出找尋物資，直到第一個地下室挖夠了面積，金屬用了個四五成，地面上不會被變異植物搆到的地方鋪滿需要晾曬的沙土為止。

「……看來老天註定咱們要一起行動。」羅勳感嘆了一聲，無奈對眾人道。

「這樣更安全，明天早上咱們一塊出去唄。」

其他人沒什麼意見，搞定第一間大的地下室後，房間內堆放著的那些從西南基地帶出來的種植架都有了地方歸置，他們之後還得處理地下二樓的種植空間，等把地下二層擴建後，就要挖掘新的種植間來種其他作物了。

電動車已經用蓄電池充滿電量，稍微嘗試了一下，確定這些車子沒有任何問題，大家便愉快地決定這次出去就用這些貨車搬運物資。

這次外出依舊是四輛小車、一輛卡車。用卡車是實在沒辦法，畢竟電動車雖然方便，可到底容積不大，搜集某些數量龐大的物資時就有些不夠用。

雖然電動車有不小的車廂，可實際上容積跟麵包車差不多，能裝的東西有限。

簡單改造了要開出去的幾輛電動車的車廂，車載冰箱放到徐玫兩位女士的座車中，羅勳和嚴非的車子裡則造了個狗窩外加小包子的嬰兒床安在後座。此外，每輛車的車頂都裝上太陽能充電板，車裡也帶著蓄電池，可以一邊開車一邊充電。

有嚴非在，他們裝的太陽能板和正常車子改裝的狀況大不相同，他直接將板子融進了車頂，一旦遇到下雨天，就能用金屬來擋雨，極為實用。

一大清早，眾人奔赴另一條從沒走過的路。如今的路況越來越差，車子行駛在上面幾乎從頭顛簸到尾，尤其是附近的小路有幾條全都裂開，遍布細小的沙石。市區中的路況倒是還好，只要沒被人或者變異動物、喪屍的異能刻意破壞，車子就能正常行駛。

「我怎麼覺得那些變異植物好像變高了？」羅勳他們行駛途中會時不時用對講機聊天，畢竟每輛車才兩個人左右。

「好像是，不過也許是咱們車子的高度變低了。」

「王鐸他們兩口子開的卡車可沒變呢，王鐸，你覺得外面的變異植物有沒有長高？」

王鐸糾結了一會兒，「好像有……又好像沒有。」他身邊的章溯此時正閉著眼睛，雙手交叉在頭後養精蓄銳。章大美人的夜生活很精采，昨晚有些累著了。

車隊繼續前進，沒多久便上了另一條沒那麼破爛的公路，眾人終於不用再顛簸得彷彿坐電椅般。嚴非抱著小包子，孩子剛剛睡醒，咿咿呀呀揮舞著小手臂，似乎想玩些什麼。

羅勳一邊開車一邊逗弄孩子，嚴非則翻看著他裝在車窗前的平板電腦。這種東西在末世後反而容易找到，幾乎沒人會要。

螢幕上是一張張照片，是衛星這兩天剛剛發過來的，上面顯示出的是距離A市最近的一股喪屍潮，這些喪屍正是前些日子到達海邊的那一股喪屍，它們已經全都擠到了海邊，一往直前的隊伍此時因為大海的阻攔而變得有些混亂，不知道之後它們會乾脆一頭扎進海裡，還是會原地返回？

「要是喪屍們會跳海就好了。」羅勳隨口說道。

「不好說。」嚴非隨手翻看著照片，他們昨天晚上已經一起看過一次，今天出門前才又臨時拷貝到各個車上的平板電腦中。嚴非用金屬異能將平板電腦固定在車上，裡面裝著大家出門前做好的地圖、路線圖及各種資料。手機上當然也有，可平板電腦的螢幕比手機大，在開車時看起來更方便些。

「會跳海還是會調頭，過兩天就能看出來了。」羅勳聳聳肩，反正至少這附近暫時是安全的，他們只要抓緊時間修整好新基地，預備有可能出現的意外狀況就好。

嚴非的手忽然停住，眉頭微微皺起，指著自己看著的這張照片，「你看這張，照這張圖顯示，這支外國喪屍一直走下去，過一陣子也會進入咱們國家，有可能會路過這附近。」

羅勳連忙仔細看了看，有些嘆息道：「咱們國內最大的一股喪屍潮出去了，國外的也要來咱們這裡旅遊……這些東西到底怎麼樣才能滅光呢？」

「不知道它們一直吃不到人最後會不會死？」

「不知道……不過可以期待一下。」羅勳忽然笑了起來，「等人都被吃光了，吃不到人肉的喪屍再被活活餓死，這世界就清靜了。」

兩人沉默了一下，說不定老天爺真是這麼想的。看看現在的外面，滿地的綠意破開了前些日子的一片雪白，公路兩旁、市區中部分建築物都開始出現了鬱鬱蔥蔥的景象，或許這個世界只是在自我清理，清理掉整個世界的人類，還給其他生物一個安靜也說不一定。

玻璃工廠距離羅勳他們所在的位置有一段距離，等他們抵達的時候，只看到零散晃蕩的幾個喪屍，以及周圍的殘垣斷壁，外加一個相對完好的工廠。

「那邊有幾輛卡車看起來沒壞，不知道能不能拖回去開？」羅勳指著停放在工廠大門前的幾輛車，那些卡車明顯比自家改造的卡車大，可以弄回去替換掉自家的。

「等一下去看看能不能在車上找到鑰匙。」

其實他們半路上遇到過不少好車，比如性能更好的越野車、大噸位的卡車，但都因為沒有車鑰匙不得不放棄，只能抽走汽油，拿走車上的金屬板材。

將幾個遊蕩的喪屍幹掉，羅勳他們開車靠近那幾輛大卡車，還沒等他們去拉車門，其中一輛車的車廂中忽然湧出一群喪屍鼠。

第三章

喪屍潮來襲，全員警戒中

喪屍鼠衝出來的同時，紅色的火牆瞬間出現在宅男小隊一行人面前，可火牆畢竟沒有實體，喪屍鼠很快就衝刺穿越了火牆，隨後「砰砰砰」撞上了憑空出現的金屬牆。

不用羅勳指揮，所有隊員瞬間就做出了反應。

嚴非利用沿途收集的金屬材料製造出一面巨大的防護牆，從特意留出的孔洞向外觀察，羅勳看到另外幾輛卡車及工廠大門中不斷竄出喪屍鼠，不由沉下臉來，「做成防禦工事，工廠裡也有喪屍鼠，數量很多。」

眾人吃了一驚，李鐵幾人跑向大家的車子，將帶出來的武器、汽油、蘑菇汁全都搬了下來。嚴非迅速抽出前面的幾輛卡車及工廠周圍的金屬材料，于欣然從嚴非留出來的小孔操控著金屬牆外圈地面的泥土沙化。

不過十來分鐘的時間，金屬牆外便聚集了上千個喪屍鼠。

所幸嚴非已建成嚴密的金屬防禦工事，並預留出向外面沙坑中倒蘑菇汁、汽油的管道。于欣然也將防禦工事周圍的土地挖出一圈大坑，其他人則將車上的所有物品全都搬下來，做好隨時反擊的準備。

羅勳又觀察了五分鐘，確定遠處的倉庫不再有喪屍鼠跑出來，才對眾人道：「外面的沙坑現在沒辦法鋪金屬板，先用水槍朝下面噴一層蘑菇汁，管道留著一會兒再倒汽油。」

他們手上的汽油有限，雖然擔心蘑菇汁會對泥土造成什麼不良影響，卻還是只能先這麼處理。從上面向下淋，總好過直接透過管道將坑底倒滿蘑菇汁來得安全。

一人一把水槍，每人選定一個小孔，對著外面的喪屍鼠最密集的地方開火。

紅亮的蘑菇汁很長時間沒能派上用場，家中的變異蘑菇早就氾濫成災。種植的面積越來越大，導致這些蘑菇也越來越多。一開始大家還積極採摘，弄出汁液冷凍起來，但隨著這些蘑菇汁越積越多，他們卻找不到什麼地方使用，只好將多餘的燒掉，只留一部分備用。

如今遇到這批喪屍鼠，大家還挺感激它們來得及時，讓變異蘑菇汁有用武之地。

將帶來的蘑菇汁液消耗得七七八八後，再往坑洞中倒汽油。大火猛然燒起，將金屬外殼烤得通紅。眾人聚集到防禦工事的正中間，由章溯通過屋頂的「煙筒」一個勁兒更換著裡面的空氣給大家降溫。

「這次它們衝出來的速度太快，咱們都沒時間把金屬房子建大點，裡面真是熱啊！」何乾坤一邊不停拉著領口往裡搧風，一邊抱怨。

宋玲玲和徐玫偷笑，「乾坤啊，你真該減肥了。」

何乾坤的額頭都是汗，可整個屋子裡的人也就他看起來熱得不行，其他人都在章溯的小風吹拂下表示，雖然溫度偏高，但是暫時還能忍受。

何乾坤一臉無奈外加委屈，「都在末世這麼長久了，我也沒瘦下去多少。每天的活兒我沒少幹，東西也沒多吃多少，就是瘦不下去……」

他自己也覺得奇怪，怎麼這麼久了，他還是如此圓潤？

莫非他就算遇到饑荒也瘦不下來？

吳鑫伸手拍拍何乾坤的肚子，鄭重地說道：「其實他瘦了，這肚子比末世前那會兒消下去好多，至少瘦了有兩圈吧？」

其他人嘻嘻哈哈去拍他的肚子，「乾坤加油，再過兩年你的肚子就又能減下去兩圈。」別人減肥都是一個月，兩個月就能瘦下去幾公斤甚至十幾公斤的，到了何乾坤這裡得按年算，莫非這是一種詛咒？

燒烤喪屍鼠的盛宴一直持續三個多小時，眾人才從冒著熱氣的金屬牆中脫離出來。在那之前，宋玲玲還給這些金屬牆澆過一通水進行冷卻。

將四周喪屍鼠的屍體中的晶核挖出，用沙土填滿沙化出來的大坑，眾人這才再次小心翼翼地靠近那幾輛卡車。

這次他們讓嚴非用異能提前打開車門，並且探查了一下車中確認有無異物，又讓章溯用風系異能也跟著探索，確認卡車中沒有什麼東西，才敢再靠近。沒辦法，剛才一群喪屍鼠從車廂中湧出來的畫面實在太驚悚，他們不得不防。

「你們說，這些車……還能開嗎？」王鐸有些不安地看看車子內部，裡面的東西倒是完好無損，可剛剛那麼多喪屍鼠擠在裡面，誰知道裡面有沒有喪屍病毒。

羅勳皺著眉頭沒有馬上回答，而是轉到車尾指著後面的貨廂道：「看看裡面有什麼。」一行人抱著各自的武器遠遠站在貨廂門一定距離之外，生怕這門一打開，裡面再竄出一批喪屍鼠來。

依舊是嚴非負責開門，眾人在開門的瞬間紛紛舉起手中的各種武器，準備隨時應敵，萬幸裡面沒有再跑出什麼東西來……

「玻璃？」

「這些車居然是用來運送玻璃的啊！」

「廢話，停在玻璃廠前的卡車，不是用來載玻璃的，是載什麼的？」

貨廂門一打開，眾人就看到裡面一塊塊玻璃豎立排放著，每一塊都由木質的架子支撐，將車廂塞得滿滿當當。

所有的人眼睛都亮了起來，他們想這些東西想太久了。

他們齊齊看向羅勳，意思很明確——拉回去吧，一個都別留！

羅勳也不想放過這些好東西，有了玻璃，大棚就有望了，前提是要能全都運回去。

圍著那幾輛卡車轉一圈，羅勳指著車頭和車身相交的地方，「這是掛在車頭上的，如果重量不是太重，咱們一次就能讓兩個車廂連結在一起拖走。」

「那……車子能用嗎？」李鐵有些心驚膽戰地指指車頭的位置，那裡面可曾經藏了不知道多少的喪屍鼠啊……

羅勳笑笑，「清理一下問題不大，而且……得先找到鑰匙才行。」

是的，沒有車鑰匙，他們就算想拖走這些車也沒轍，還有汽油的問題，他們帶來的汽油已經用掉一部分，剩下的就算還夠回去，也不確定能不能堅持到下次回西南基地兌換。

幾人檢查了半天，確認這些車子中有一輛的車上就插著鑰匙。此外，他們還在一個此前殺掉的喪屍身上找到其中一輛卡車的鑰匙。

有了這兩支鑰匙，眾人精神振奮，決定將兩輛卡車的車座、墊子、皮套之類的東西全都扒掉。宋玲玲用水沖洗了好半天，確定過裡面的衛生狀況達標，大家才決定使用這兩輛車。

玻璃廠外停放著七輛大卡車，其中有三輛載玻璃，剩下的四輛有一輛只放了幾塊。

眾人商議後決定先進工廠搜索，確認裡面還剩下多少玻璃，有沒有小塊的能夠裝進他們開來車子裡。難得來這裡一次，他們得盡可能拉走需要的東西，不然下次來的時候，再遇到喪屍鼠，恐怕他們就沒多的汽油可以用來燒宅們了。

光靠徐玫的異能，得燒到哪輩子去？

進入玻璃工廠，大夥兒在裡面逛了半小時左右，確認這裡沒有別的喪屍鼠，而且庫房中果然還有不少還沒裝車的玻璃，甚至在一個小倉庫找到了幾大桶汽油，足以補充他們剛才消耗掉的量。

收穫頗豐的眾人，這才將幾大塊玻璃搬到外面半空的卡車上，又將汽油和小塊玻璃用工廠本來就有的架子裝好，塞進車廂中，這才心滿意足地開車回家。

他們拋棄了原有的卡車，換成容量更大的兩輛新卡車，並且每一輛卡車後面都多掛了一個車廂，一口氣就將四個裝滿玻璃的車廂一併帶走。

兩輛雙倍長的卡車、四輛小麵包車長度的電動車，再加上嚴非收集到的兩個巨大的金屬球，這個隊伍的規模頗為驚人。

車隊開回到新家附近時，遇到兩隻變異狼在旁邊滾來滾去。

兩隻變異狼遠遠看到兩個紅色的，彷彿毛毛蟲一樣的東西轟隆隆開過來，驚得從地上一骨碌爬起來竄到路邊的綠地上，遠遠對著眾人齜牙……這也不能怪牠們，誰讓羅動等人先前開的卡車是藍色的，容積相對小些，而且上面的油漆掉得七七八八的，一點都不起眼呢？而且之前那輛卡車也沒有這兩輛，四節連在一起的車子來得長。

一群人驅車通過兩隻變異狼所在的地方，那兩隻變異狼對著眾人張牙舞爪，做出威脅的動作，幾人不安地用對講機詢問羅勳。

「羅哥，沒、沒什麼事吧？」

羅勳聽不懂狼語，哪知道有事沒事，只是現在這種情況，他們如果停下車來和那兩隻變異狼對峙，問題恐怕會更嚴重。

拿出末世前對待野狗的態度，羅勳故作鎮定道：「咱們走咱們的，牠們最多也就在後面叫喚兩聲。」至於會不會追上來……牠們如果覺得牠們有著鋼牙鐵胃，能消化得了車皮的話，那就儘管追上來吧。

有了羅勳的話，眾人勉強將心放回肚子裡，車隊繼續向自家基地的方向前進。

也許是羅勳猜對了那兩隻變異狼的行為模式，也或許那兩隻變異狼現在不餓，總之，牠們只是在後面朝著車隊叫了幾聲，就趴在田間的綠地上玩耍，並沒有追過來。

好不容易拉著一長串東西回到自家的地道中，眾人囧囧地發現，他們的車只能暫時停在地道中，開不進去了。

地下室雖然擴建過，可用來儲物的倉庫和車庫都還沒建造。廣場上鋪了滿地都是需要晾曬的沙土，一樓和二樓臨時存放著收集回來的各種物件……新家沒有多少落腳的地方了。

半條地道被形形色色的車子塞滿，大家只能提前下車，步行回地下室。

這還真是……

「咱們明天先把車庫建造出來吧，還有地道也得擴建，或者至少弄出一個可以讓車子調頭的空間。」羅勳環顧了一圈，無奈地建議道。

「可上面暫時沒地方晾土了啊，之前晾的那些一會兒還得上去翻一次土，要再曬一天才能收起來。」李鐵彙報了地面上的情況，表示這計畫不太好實現。

羅勳搔搔頭髮，嘆道：「那咱們今天加個班，先把車上的玻璃搬下來，反正擴建的那兩個地下室還有空位，先放玻璃。明天再去一次，盡量把那裡的玻璃都運回來。」

於是，一群人連忙卸貨，次日清早又開著車子趕赴玻璃工廠，再次搬回一大堆玻璃。這次他們的運氣不錯，往返的路上都沒遇到那兩隻變異狼，不過外出折騰了兩天的一行人累得不行，回家後紛紛倒在床上蒙頭大睡。

第二天睡到日上三竿，眾人這才開始新一天的工作——收土，挖洞。

由於家中車輛數目暴增，羅勳打算好歹先把地下二樓的停車場搞定。一個停車場所挖出的沙土，再次把地面上的空地全都占滿，眾人商議後決定，沙土或者散到周圍那些變異植物中去，或者運到外面的農田中堆成小山。

沒辦法，誰讓他們需要挖的地下室比較多？雖然種植作物時也需要用土，可家中存下來的泥土數量已經足夠使用好一陣子，之後會越挖越多，多出來的沙土實在沒地方放。

從這天開始，眾人就過上「灰頭土臉」的苦力生活。

足足一個星期，他們挖好的停車庫終於能放進二十多輛車子。地道入口處一段距離後也擴展出了一個可以讓車子調轉車頭的空間，更順便挖好地下二樓的兩個地下室，嚴非每次帶回來的金屬材料也終於告罄。

「金屬這東西每次咱們雖然都能帶回來不少，可還真是不夠用啊！」

想想地面上還有個大工程等著，地下還有至少四間打底的地下室需要挖，羅勳就覺得有些噓唏。他所唏噓的無非是沒想到這麼個小基地對於金屬材料的需求居然這麼大。可其實仔細一想倒也正常，畢竟他們使用的金屬並不是單純用收集回來的堆砌起來就好，還需要將這些金屬進行精煉後才使用。這麼一來，需求自然很大。

嚴非忽然道：「下次在外面收集金屬材料的時候，我直接先精煉過再帶回來吧。」

是的，之前都忽略了這一點，他們可以在收集的同時將金屬精煉過，這樣就不用每次帶回來巨大的金屬球還得精煉下去將近三分之一左右才使用。

「方便嗎？」羅勳有些擔心地問道。精煉金屬需要消耗異能，他們在外面一邊收集一邊處理雖能節省空間，卻會增加嚴非的工作量。

「問題不大。」嚴非指指放在角落用來裝晶核的袋子，「現在不缺晶核，咱們出去帶上足夠數量的晶核就好。」

自從發現了變異植物下掩埋著的這些東西，宅男小隊就再也沒缺過晶核。羅勳他們這些天挖地道的時候，于欣然和嚴非都是放開了使用晶核。只要帶著足夠量的晶核，嚴非自然不用擔心後續無力。

羅勳笑了起來，看向于欣然，「看來過兩天咱們還得再去尋寶了。」上次殺喪屍鼠時確實得到了上千顆晶核，可喪屍鼠的晶核才多大，根本就不夠用，隨便分分就沒了。

于欣然眼睛亮了起來，露出甜甜的笑容，「尋寶比挖坑好玩！」

對於小丫頭來說，挖坑也是一種遊戲，可這種遊戲除了能弄到一堆沙子之外沒有任何好處，反倒是在變異植物周圍尋找晶核卻收穫豐厚，那些各種顏色亮晶晶的東西至少很養眼，小丫頭都愛鮮豔漂亮的東西。

「咱們要尋寶的話，是不是先從其他變異植物田裡開始找，最後再找咱們周圍的？」徐玫忽然提議。

「好啊，先從離得遠的開始，近的回頭再說。」羅勳表示贊同，家門口的又跑不掉，他們最後再慢慢處理就好。

次日清早，宅了一星期的眾人放風似的開著車子熱熱鬧鬧出了新家。

這次他們只開三輛電動車、一輛大卡車，車隊比之前精簡了些，他們的任務卻一點都不精簡。羅勳準備帶大家先去玻璃廠，那邊的卡車掛式車廂還有三個，工廠中也還有些玻璃。除了那些玻璃，他們還準備裝些設備載走，比如用來切割玻璃的機器。

至於製作玻璃的設備……那些東西體積龐大且種類很多，他們又不是專業研究這種東西的，只能忍痛放棄。

去取玻璃的同時，他們準備再挖些木頭回去。地下室都挖好了，到時有多少個種植間就需要用到多少木材，當然能弄多少回去就弄多少回去。

最後需要的東西就是金屬材料了，讓嚴非一邊精煉一邊收集就好。

車隊浩浩蕩蕩開到目的地，值得慶幸的是，他們抵達的時候工廠還保持原樣，外面零散的卡車、工廠裡面的玻璃和設備還都好端端沒被搬走。

將最後一批玻璃裝車，再將幾臺大家用得著的，不太占地方的設備也帶上。大家將外面剩下的掛式車廂挑選了一個掛到自家卡車後面，這才拍拍手上的灰，一個個心情大好地準備轉戰另一個地方收集金屬材料。

車子開上通向高架橋的道路時，坐在卡車副駕駛負責觀察附近情況的章溯，他的聲音突然從對講機中傳出：「東南方向似乎有車隊活動。」

羅勳連忙掏出望遠鏡向那個方向看過去，確實是車隊，是一支越野車隊，看那樣子好像是外出搜尋物資的小隊，一共有十輛車子。

「應該是基地的小隊，不是軍方的車子。大家拿好武器警戒。對方走的是另一條路，沒有意外的話，跟咱們沒有衝突。」

那隊人走的是另一條路，從前面的路口斜插進市區，只要他們沒有生出打劫半路遇到的其他隊伍的想法，羅勳他們就不會和那隊人起衝突。

事實證明羅勳的判斷是正確的，別看羅勳他們這邊沒多少人，可他們的車多，而且他們的車隊遠遠看起來很齊整——兩個大卡車紅色的車廂連在一起，三輛白色一式的電動車，看著就像是人數眾多，外出搜尋物資，有一定實力的小隊。這種都開同樣車子的隊伍，往往是同一個隊伍，比起臨時組在一起外出行動的隊伍來說，實力普遍強些，配合也更加契合，所以就算有人有打劫的念頭，也絕不會把主意打到他們身上。

最近喪屍的活動範圍變得比較集中，所以各個基地外出探險的人漸漸變得膽大了起來，只要大致知道喪屍都集中在什麼地方，這些人外出特意繞過那些地方就相對安全，故而大家外出時走得遠些，去更有可能能弄到物資的地方是很正常的。

羅勳摸摸下巴，看起來下次外出時得優先去一趟先前查好路線的倉庫和中轉站了。

沒多久眾人再度來到高架橋附近，嚴非收集橋上的金屬材料。出於安全考量，于欣然會將被嚴非收集走金屬的地方沙化掉，免得有人在橋上或橋下的時候因為沒有了鋼筋而導致橋體坍塌遇到危險。

一大一小配合得相當熟練，沒多久就搞定了。

「走，回家！」

工作順利完成，羅勳他們還順路將路邊的枯木塞進自家車中。這次外出要找的東西居然全都弄到手，早點回家還能做頓豐盛的晚餐呢。

一隊人興高采烈地往新家的方向趕去，現在天色還很早，太陽斜斜地將路邊的樹木照出一道道細長的影子。羅勳一邊標記著什麼地方有數量集中的枯木一邊開車，等他們接近自家附近時，章溯的聲音再次從對講機中傳來：「有變異動物，在咱們基地方向。」

「變異動物？多少？是不是那兩隻變異狼？」

那兩隻變異狼似乎就在他們新家附近活動，羅勳他們已經不止一次遇到過牠們，如果章溯只探查到那兩個傢伙，應該不會特意告訴自己，這才有此一問。

「不知道，數量肯定不止兩個……」

章溯的話音未落，地面上就傳來了隱隱的震動。眾人下意識將車子停在路邊，彼此對視了幾眼，心中都閃過了同一個畫面——一群變異豬在前面奔跑，後面追著兩隻變異狼。

沒人回答他的問題，可他話中的意思大家都明白。

「莫非又是……」王鏵問道。

嚴非默默將偽裝成三輛小卡車外形的金屬變化成金屬板豎在他們車隊外側，然後就見一支震天撼地的驚人隊伍向他們這個方向奔來。

「靠！這……這是牛嗎？確定不是牛魔王嗎？」李鐵的音量拔高，對講機裡還能聽到和他同車的韓立發出不知是興奮還是緊張的驚叫聲。

一群足有三層樓高，頭上犄角冒著寒光的變異牛，正往他們所在的方向狂奔過來。在牠們身後追逐著的正是眾人熟悉的，比野牛小了好幾圈的兩隻變異狼。

牠們真是不嫌命長啊，居然敢招惹這群體積驚人的變異牛！

變異牛的數量當然沒有前些日子大家見過的那群變異豬多，也就三四頭，可這三四頭變異牛居然能跑出地震的效果，可見牠們的體積之龐大，威勢之凶猛。

發現了羅勳他們的車隊，兩隻變異狼忽然改變了追擊的方向，更忽然從地底冒出幾根地刺，糾正那幾隻變異牛逃跑的路線，讓牠們更向著宅男小隊的位置奔跑。

得，這還說什麼啊？連變異狼都知道什麼叫借勢，相互合作了！

羅勳他們不可能傻站在原地等著被牛蹄子踢飛。

依舊是金屬斜斜撐出來的斜坡，讓變異牛擦著跑過去；依舊是陷阱、沙坑一起上。

這次變異牛路過，留下了兩頭倒在地上摔斷了腿的……

兩隻變異狼不客氣撲上去咬住其中一頭的脖子，等牠嚥了氣，也不理會羅勳等人，合力拖著這頭變異牛便向另一個方向，施施然帶著獵物離開，剩下另一頭半死的變異牛和地上被砸出來的大坑，以及目瞪口呆的羅勳等人。

「牠們……是不是故意把牛……朝咱們趕過來？」好半天才有人小聲地問道。

「有可能……以後出來回去的時候，一定得帶上足夠量的金屬，不然突然來這麼一下，咱們沒辦法自保，恐怕會被獵物活活踩死。」羅勳也是心有餘悸，說完之後，看向那頭還躺在地上蹬腿的小山一樣的變異牛。

這麼大的一頭牛夠那兩隻變異狼吃多久，羅勳他們不清楚，但這麼一頭牛卻足夠他們吃到過年。別忘了，他們家中還有好幾隻沒吃完的豬呢。再加上這傢伙，今年下半年都不用他們去打獵了。

嚴非用金屬做了個拖車，幾輛小車在前面拉著，將獵物帶進他們的基地去。

處理完牛肉，他們才意識到想要早點回家吃飯休息的願望悄悄流產了。

兩位女士切了塊牛腩去廚房，羅勳將肉和內臟全都凍好，晾上那張巨大的牛皮之後就在琢磨：「等這兩天忙完，咱們做點醬牛肉吧？還可以做點牛肉乾。」

家中冰櫃裡還凍著好多豬肉，這些肉凍太久也會壞，萬一再遇到那兩隻變異狼趕著獵物尋求眾人幫助，到時候他們家中的肉吃都吃不完。

何況家裡的鵪鶉變大後，鵪鶉肉的數量同樣呈幾何倍數增長。

「好啊好啊！」

「沒問題，做吧做吧！」

一群吃貨聞言全都興奮起來，紛紛表示要騰出肚子留著吃這些小零食。

兩隻變異狼意外帶來的牛肉，讓宅男小隊的飯桌上出現了變化，燉的、炒的，各種做法的牛肉料理迅速登上備選菜單。當然，前提是他們得有時間鑽研食譜，可惜最近大家都需要抓緊時間多出去幾次收集金屬。

這是因為一來家中的地下室工程、地面工程都等在那裡，需要趕緊建設出來。二來這幾天的衛星照片顯示，當初走到海邊的某股喪屍潮居然回頭了。

喪屍潮去到海邊後沒有傻乎乎地跳海，又或者潛入海中去探索未知的深海，而是調轉隊伍的方向，就好像球體撞牆後反彈回來一樣。

照著它們反彈的方向，再有一段時間恐怕就會來到這附近，到時無論是羅動他們所在的新家還是西南基地，多半都會再遭遇一次喪屍圍城。

更讓人頭疼的是，會路過這附近的喪屍潮不止這一股，連之前大家無意間注意到的，從國外進入國內的那股喪屍也會在不久的將來抵達這一帶。他們不知道他們這個小基地會不會被喪屍圍攻，但他們一定得在那之前做好萬全的準備，尤其是必須在那之前徹底封閉好地下室的各個房間的金屬牆壁，不能挖到一半，結果從土裡鑽進來一個土系喪屍。

另外還有地面上的建築，他們要麼徹底封閉，要麼就收拾乾淨別讓喪屍察覺出來，所以眾人再度轉變戰術，多出去幾次搜集金屬材料，準備迎接即將到來的喪屍潮。

短短不到十天的功夫，宅男小隊又出去了八趟，金屬疙瘩、枯木木材、開著花的各種沒變異的果樹，將新挖出來還沒往裡面塞種植架的房間幾乎全都填滿了。

最後一次外出的時候，他們更是路過某個末世前的加油站，在嚴非的探查下發現，地下埋著的油罐中還有不少汽油。

宋玲玲的水系異能自從升到四級以後便能操控任意液體，範圍也變大許多。他們只要將地面上的輸油管道弄出個缺口，她就能從裡面抽出汽油來。將抽出來的汽油裝進嚴非做的金屬罐中，這些汽油足夠他們使用很長一段時間。地底還剩餘的那些汽油，下次再來抽走。

自從宋玲玲的異能有了這個能力，他們再到廢棄的車輛想從抽油的時候，就都是宋玲玲出手了，保證抽得一乾二淨。

「明天就是月底，咱們還是明天一早就走，後天在西南基地待上一天，晚上前離開基地準備回來，怎麼樣？」眾人最後一次收穫頗豐地回到家中，在廚房的大長桌旁開會。

現在已經是五月底了，羅勳他們準備依舊在六月初的那幾天去西南基地一趟。這次去西南基地他們既沒打算去舊有的家園查看情況，也用不著兌換多少汽油回來，只是為了單純去那邊打探消息，順便賣賣菜。

他們雖然能通過衛星訊號收到不少照片和基地之間互通的訊息，卻不清楚基地裡面普通人的生活模式，總得時不時關切才好。

眾人對於羅勳的決定沒有任何意見，韓立有些擔心地問道：「羅哥，那些喪屍呢？會不會這兩天就過來？」

他們之所以緊張兮兮優先收集金屬回來搭房子、加固牆壁，主要還是因為衛星地圖上顯示出來的，向著他們這個方向前進的喪屍潮。要是外出一次就有可能會遇到喪屍潮，他們說什麼也不會願意在此時間內外出。

「短時間到不了，從它們前進的速度推估，它們要走到咱們附近還要將近兩個星期，咱們明天離開，大後天回來，時間還算是充裕。」

這也是羅勳為什麼敢趁著月初回基地的原因之一。

「那就沒什麼問題。」見羅勳這麼說，別人便也沒有意見了。

倒是何乾坤有些可惜地問道：「之前咱們查到的那些倉庫……」他們此前一直說準備去那些地方，因為喪屍潮的變道，不得不臨時修改了原計劃，現在想想實在有些可惜。

羅勳也很無奈，「只能等這次喪屍潮結束再抓緊時間過去看看了。」現在實在沒辦法，這算是外力因素，他們至少得在確保自家的安全之後，才有時間去考慮其他問題不是？

次日清晨，宅男小隊全副武裝啟程，向著西南基地的方向出發。

這次他們開著的是一輛大卡車，外加一輛以前的小貨車。大卡車不是最近新找回來的紅色的那幾輛，而是當初在玻璃工廠換車時丟在玻璃廠外，之後被撿回來的。

小貨車破破爛爛的，經過嚴非改造，還是可以使用的。

這次除了一些破架子之類的金屬器件外，車上還放了一些可以當柴火燒的枯木、從小作坊收集到的空油漆桶、學校的破桌椅板凳。東西不多，但晚上將這些東西堆到犄角旮旯後，車廂的金屬牆壁解開，就能露出裡面的被褥、枕頭、食物等東西。

大小兩輛車的地板比正常的厚不少，裡面藏的當然還是他們帶出來的蔬菜。

經過了一夜，一行人於次日清早來到西南基地大門口。登記好進基地，掃瞄過各人的背包，開車門讓工作人員檢查。

這回上車檢查的人明顯比之前幾次細緻多了，明明他們車上都是一堆破爛玩意兒，對方還是硬拿走一個空油漆桶、幾塊木頭，何乾坤幾人差點跟那些上車檢查的工作人員吵起來，最後檢查的幾個工作人員鄙視地道：「還給你們？行啊，還了就別進基地！什麼破爛東西，當老子稀罕啊！」

每次進入基地時，每個人要繳納五顆晶核不說，檢查車廂的人還會順手牽羊拿點什麼，而且羅動他們親眼看到，基地大門口真的有因為不願意給這群人「上供」而被硬生生堵在外面不許進入的人。

「真是的，都是什麼人啊？」

「之前基地也沒這樣啊，怎麼這幫人越來越腐敗了？」

眾人一邊抱怨一邊將車子開到能兌換物資的地方，他們這次進入基地還有一個原因，就是去買鹽。醃漬蔬菜、處理風乾肉類都離不開這種最重要的調味料。

等他們來到兌換處換東西的時候，再度遭遇二次打擊。

在今年第一波喪屍潮過去後，新的政權上位，將原來那腐敗的官僚主義徹底替換掉，導致不少面對公眾的部門風氣大改，所有的工作人員態度都變得比以前不知熱情多少倍，可現在呢？真正負責處理這些兌換物資的人再度擺出高傲的嘴臉，負責引導的工作人員往往會先拉住要來辦理業務的人推銷一通他們私下的業務。如果你想換東西，他們就說有私人兌換的門路，價格不知比從這裡兌換要划算多少，想盡一切辦法誆騙來到這裡的人跟他們走。

當一位負責引導的人拉著他們東拉西扯的時候，被羅勳乾脆俐落地回絕，轉頭直接去相關窗口辦理兌換物資。他傻了才會跟那些人走，誰知道會被帶到什麼奇怪的地方去？去了之後被反打劫，用爛東西強換晶核的事情比比皆是，還不如在大街上隨便找個固定攤位去換東西來得穩當呢。

從兌換窗口盡可能以個人身分換到最大限度的汽油和食鹽，又花費大筆晶核買了一些太陽能板、蓄電池，眾人才回到自家車上。

將東西裝車，又聯絡到有買菜需求的小隊，約定好碰頭的地方，羅勳他們將新鮮的蔬菜搬到約定地點，又將小貨車地板下面藏著的乾燥蔬菜交給徐玫幾人，讓他們拿著去市場看看能不能換到東西。

新鮮的蔬菜有保質期，羅勳他們就將吃不完的蔬菜曬乾收集起來，或者做飯時做成燉菜用掉，或者留著外出時吃，又或者留到現在帶到西南基地看看銷量如何。

過了沒多久，要買菜的人就過來了，先到的那兩個人一邊和羅勳他們說說笑笑，一邊套著近乎，聊了大約五分鐘，其中一個笑道：「我們這回要的菜很多，剛才買了不少東西車上裝不下了，要不你們幫忙把東西送過去給我們？不遠，就在那邊的社區裡。」

羅勳端著笑咪咪的表情，親切地吐出兩個字：「不行。」

那兩人一愣，沒等他們再說什麼，羅勳繼續笑著說道：「你們先把東西搬回去再過來拉菜吧，我給你們留出半小時，之後還有好幾撥人要過來買呢，要是超出半小時，那就實在不好意思了。」說著，他攤手地對兩人一笑，「菜放久了就賣不出價來了。」

那兩人表情變換了一陣子，眼睛不安分地左右打量著路邊過往的人，這裡是十字路口，人流往來很大。

嚴非神色不動地捏著一個金屬塊，三兩下就將其捏成匕首一樣的東西。

那兩人對視一眼，尷尬地笑笑，「我們先回去卸貨，等一下再回來。」

見他們匆匆跑進人流不見了，羅勳才遺憾地刪掉對方的聯絡方式，並在筆記本上記錄下來，說道：「又少了一個隊伍啦！」

傻子才看不出那兩人打的是什麼主意，或許是他們原來所在的隊伍解散了，也或許是原本負責聯絡的人離開隊伍了。不管原因是什麼，他們都不可能再跟這個隊伍進行交易。

之後再過來的小隊並沒能全都買走羅勳他們的蔬菜，幸好羅勳預計到這種情況，直接打開幾個箱子把菜擺了出來。過往的行人有不少人或一斤或半斤，零散購買了不少，耽誤了一段時間，便也陸續都賣出去了。

賣完菜，羅勳打電話給其他人。徐玫他們還在用乾菜換東西，並且順便找了個空位擺攤準備將乾菜處理掉。其他人或者逛街，或者換東西。

商量了下午碰頭的時間，羅勳和嚴非一起到市場上閒逛，見到什麼可能需要的東西，如果價格合適就換一些回來。

等到下午跟眾人碰面，發現大家還真淘到了不少東西。食鹽、太陽能板、蓄電池、給小丫頭穿的衣服鞋子，徐玫他們帶的乾菜也銷售一空。

「隊長，咱們家的乾菜銷路還不錯，不少人跟咱們打聽什麼時候還能買到，我說下個月初的時候有可能還會來市場賣。」徐玫笑著晃晃手中裝著晶核的袋子，又指指背包中放著的書本，「我們用乾菜還換到了一套小學課本呢，另外有幾本初中的、高中的，正好給小欣然用，將來也能給小包子用。」

大家雖然找到不少書本，但專門給孩子們的學習課本卻沒弄到多少，倒是作文參考書之類的找到不少，可那些東西總得有基礎打底才能看得明白。

何乾坤掏出一大包彩色筆，「我們剛才逛街的時候，看見有人賣這個，花了一顆二級晶核就全都換到手了。」

「還有還有，我們看到路邊有人在賣肉乾，不知是什麼變異動物的肉做的，咱們下次出來要不要也帶點臘肉來賣？」吳鑫眼睛發亮地說道。

羅動皺眉道：「這個不太好賣吧？肉是可以賣，可是賣起來太麻煩了，不少人根本就不敢買，尤其是做成成品的。就算看起來再正常，也難保有人會懷疑肉的來源……」

雖然喪屍動物的肉和正常、變異動物的肉差別很大，還是有不少人擔心自己買到假肉。就算真的要買，一般人也都愛買新鮮的，剛剛殺死的變異動物的肉。

乾菜沒有新鮮蔬菜賣得好也是相同的道理，別人不確定你的蔬菜曬乾前有沒有做過什麼手腳，自然不敢輕易購買，今天他們這是帶來的蔬菜數量比較少，不然哪能這麼快就賣完？

眾人齊齊嘆息一聲，這也是沒辦法的事，除非可以長時間開上一家雜貨鋪他們長期提供貨源，不然誰能保證每次來基地賣東西都能賣掉呢？

清點了一下東西，眾人將換回來的物資裝車準備離開西南基地。

等他們再次到達基地大門口的時候，就發現牆壁上貼了不少公告，都是新貼上去的。看了一圈，羅勳和嚴非對視一眼，登記出基地。直到天色擦黑，在遠離基地的，上次落腳過的地方安營紮寨，大家才提起這件事。

「剛才看到的基地新貼出來的公告，」羅勳站在火邊洗手順便說明：「上面說這個月八號之後所有的小隊都不許離開基地，有要外出的小隊一定要在八號前趕回去。」

「為什麼啊？」腦子沒轉過彎來的王鐸脫口問道。

「喪屍潮。」章溯單手托腮，斜睨了他一眼。

「對，喪屍潮差不多會在兩個星期左右到達這附近，咱們和西南基地都有可能在它們前進的範圍內。基地也能收到衛星照片預測喪屍潮前進的路線，八號之後不讓人出城提前做好準備，等喪屍潮到來的時候就差不多能準備好了。」羅勳說著，笑看大家，「這次咱們在咱們的新家度過喪屍潮，看看能不能守住，會不會有什麼問題。」

「好。」

「咱們的東西都在新家，還回西南基地幹什麼？」

「對啊，少咱們幾個，西南基地也不會出事，他們又都提前做好了準備。」

他們只有十來個人，新家面積不大，更不清楚那些變異植物的殺傷力，還不知道在面對喪屍潮時會不會有什麼狀況。這是一場考驗他們，考驗新家的最佳時機。幸好這波喪屍潮的數量較少，只要沒被緊緊圍死，單純路過的話，一兩天就過去了。

六月二日上午，眾人便驅車回到了新家。

出於安全考量，這次章溯探查路況的時候，並沒有把精力主要放在前進的路上，而是著重關注車後面有沒有跟著什麼尾巴。他們雖然有變異植物看門，地道可以直通新家，但他們可不想留給任何人留下他們新家的任何線索。

將換回來的東西卸下來，放到新挖出來的，臨時當作儲藏室的房間中，羅勳他們不急著休息便準備開始新一輪的工作。

他們已經在地下二樓挖出了兩個種植間、一個停車場，又在原有的兩個種植間的基礎上各自擴充出了一倍的空間，不過很顯然這些地方不夠用，大家準備在喪屍潮來之前，要麼再挖出幾個地下室，要麼優先將地面的工程搞定。

這兩個工作都十分要緊，當前眾人所猶豫的就是先做哪一個比較好。無論是哪一個，一旦做到一半，喪屍潮就來了，對於他們的安全都會有不小的影響。

有些發愁地坐在食堂長桌邊，羅勳分析著利弊：「地底的工程速度雖然不慢，可如果土系喪屍、喪屍鼠的動作比喪屍潮的速度快，咱們就有危險了。地面的工作也有問題，咱們修整完金屬房後必須得刷漆，刷漆只能人工操作，如果有人類的氣味留在金屬牆外，恐怕會吸引路過的喪屍……」

聽完羅勳的糾結，嚴非思索了一下，幫他做出決定：「那還是先進行地下的工程吧，可以優先將地下二樓的儲藏室挖出來，然後在地下二樓的基礎上再往下挖一層相同位置上的儲藏室和兩個種植間，這樣地下的金屬房都是相連的，也能順便給地面工程打地基。」

他雖然可以用金屬在地面上造房子，但這也是需要地基的，先將最深層的地下室搞定，再一層層向上搭蓋，免得頭重腳輕，引發什麼危險。

聽他這麼說倒也很有道理，而且為了穩妥起見，他們可以先將地下二樓的儲藏室搞定，再計算喪屍潮到達的時間和衛星照片的情況，決定是否要繼續建造新的地下室。

當天下午，眾人便開始行動。

依舊是于欣然和嚴非負責建造地下室，剩下的人當苦力搬運泥土。這次他們沒準備留著這些泥土放到地面上去晾曬，一來是家中留下的泥土足夠多了，二來是頻繁在地面上活動會留下氣味，誰知道那些變異植物會不會因為超負荷工作而攔不住那麼多的喪屍？

這次挖出來的沙土被眾人裝車，嚴非仿著卡車後面的車廂做出了巨大的車斗，每次裝滿兩大車斗，就驅車去外面倒土。

倒土的地方也比較隱蔽，是在田間一堆雜草處。這裡在末世前就有個小垃圾山，現在再倒進些土也不顯眼。

倒土的功夫，羅動他們還能帶著于欣然在距離新家相對較遠的變異農田附近收集晶核，既能放鬆精神，又能增加晶核收入，是兩全其美的好事。

建造一個地下儲藏室花費的時間不長，次日早上就挖好了，泥土也都運出基地堆到荒廢的農田去了。何乾坤幾人仔細檢查了一遍新收到的衛星照片，好用來判斷喪屍潮前進的路線和速度、規模，以及它們可能到達的時間。

這就好像是在玩避難遊戲似的，在自家住宅外種上塔防般能吃喪屍的植物，然後深挖地洞擴建各種功能性建築。

「這是咱們走的那天到昨天晚上收到的衛星照片，這幾張是從海邊回來的那波喪屍。」何乾坤他們將平板電腦上的照片調出來依次放大給眾人看，「應該還有至少一個多星期的時間才會來到咱們附近吧？咱們今天接著挖坑？」

羅勳仔細研究過那幾張照片，點頭道：「挖，今天挖地下一樓的。」

他們搬回來的金屬數量不少，如果不打造各類設備的話，足可以將幾個地下室的牆壁全都加固，甚至連地面工程都能搞定一部分。

不過羅勳他們準備等這次喪屍潮過去再考慮搭建地上建築，畢竟地上建築還得考慮到被衛星拍到。如果要建造，就得造得連衛星無意間拍到都不能讓人懷疑這裡是有人生活。

地下一樓的房間修整起來的難度不算大，尤其是在羅勳選擇的位置和地下二樓完全一樣之後，嚴非用金屬探入泥土中將範圍標記出來，于欣然按照那個標記的走勢挖土就好。

兩人合作挖坑的速度很快，唯一麻煩的就是他們需要將泥土通過電梯運到地下一樓，停在地道出口的卡車上。好在他們的人手不算少，大家輪流來還是很有效率的。

他們以一天一個地下室的速度搞定了兩個種植間、兩個儲藏室。這兩個儲藏室中，一個是接著地下二樓那個當作儲藏室的房間上面來建的，另一個則在停車場的上面，面積都不算小。如果有需要的話，也可以將它們改造成種植間。

將通風設備搞定，天花板的線路拉好，照明設施安裝完畢，就又花費了一天的時間。

嚴非單所有地下室、地道的金屬牆壁檢查過一次，確認牆壁的厚度一致，堅固程度一致後，這才將注意力放在地面建築上。再度加固了包括他們居住的主樓、糧倉、車庫等房間外的金屬防護殼，又將剩下一半的金屬轉移到地面上的建築中，以防萬一。如果有喪屍動物開始襲擊他們的家園，他就要給地面建築也加上一層殼子，免得出什麼意外。

這麼一折騰就折騰到了八號那天，和在西南基地看到的那個通知的日期相同的日子，羅勳他們也決定從這天開始不再離開新家。

他們確認過喪屍潮前進的方向，無奈發現，由於自家的位置比西南基地更偏南，會比西南基地提前兩天遇到喪屍潮。

為了減少喪屍對於自家的興趣，羅勳他們決定減少外出，盡量讓喪屍們聞不到附近的人肉味，降低它們對於徘徊這附近的興趣。

讓羅勳他們覺得奇怪的是，之前出沒附近的那兩隻變異狼最近這些天沒有了蹤影，他們出去的這幾次一次都沒再遇到過，不知道牠們是跑到其他地方閒逛，還是蹲在牠們的老巢裡面吃牛肉？又或者牠們發覺有喪屍大軍路過，所以提前跑遠躲避是非去了？

無論如何，宅男小隊都決定宅到底，過一過躲在家中避暑的日子。

是的，雖然天氣還沒到每年最熱的時候，可最近的氣溫卻慢慢升高。羅勳他們數次外出的時候，很苦逼忘記找空調回來。教學樓中雖然還有幾部空調沒壞，可如果喪屍路過，這裡有什麼古怪噪音的話，難免會引起注意。

好在羅勳當初在末世前光電風扇就買了好幾臺回家，此時一個房間放一臺，大家晚上睡覺時還是很涼快的。等到了白天，地下室可比地面涼快多了，何況地上他們雖然不好弄出太大的動靜，可地下室各個房間都裝有排氣設備，再加上滿屋子種著的各種蔬菜、糧食，到處都是綠葉，雖然光照會提升溫度，卻依舊溫度適宜，是很好的避暑房間。

「這幾天大家就暫時宅一宅吧，正好把新發出來的幼苗種上。」

那兩個擴建出來的種植間的架子都做好了，上面的燈具、灑水器也都搞定，羅勳的種田之魂再度點燃。之前他們雖然沒忘記種些東西，可因為要建造家園，當然不能把全部心思都放在這上面，讓羅勳總覺得哪裡不太對似的。

「羅哥，這次沒發過變異植物的幼苗吧？」

大家都忙著進行體力活動，育苗間的工作基本都是羅勳主要負責，平時是徐玫和宋玲玲兩人兼顧打理，別人都沒注意過裡面的動靜，此時韓立忽然想起這回事，連忙問道。

「沒種，那東西要是真種出來了，就得馬上移栽到上面去，在裡面留得時間久了，就可能有危險了。」羅勳又不傻，怎麼可能會不打招呼就種這麼危險的東西？

從西南基地帶出來的種植架，全都經過改造遷到新房間，按照新家原有的規格改建成了單層的。此時羅勳種花種草的興致大發，挑選出各種之前收穫後特意存起來的種子，分門別類放到育苗箱中發芽。

前陣子他們雖然也種菜，可種的幾乎都是很快就能熟成的綠葉蔬菜。生長週期較長的，除了水稻、麥子外，什麼都還沒種呢。反正最近不能出門，閒著不種更待何時？

吃過早飯，宅男小隊開始新一天的工作，並且每隔一段時間就有人去頂樓拿著望遠鏡觀望外面的情況，再順便看看電腦從衛星訊號中接收到的消息和照片。

地下室的日子雖然因為有燈光長時間照射不算是暗無天日，但真正身處其間肯定會分不清黑夜和白天。

嚴非用地下室裡剩下的金屬製作架子，一部分人將沙土加水和肥料調好放進種植架中，並且將蚯蚓、麵包蟲、鵪鶉，以及爛菜葉、菜根漚出來的有機肥埋到泥土裡，羅勳帶著剩下的人依次將發好的幼苗陸續種進種植架中。

泥土是從地底深處挖出來，經過晾曬的沙土，加上宋玲玲凝結出來的水，施加上這些肥料，就是最好的純天然的肥沃土壤。

為了防止喪屍動物、變異動植物爬進下水道，宅男小隊在正式住進這裡的第一天，就將下水道改造過了，還做出了一個化糞池。雖然味道不那麼美妙，但效果是好的。

種菜、種糧食作物的主力是羅勳及徐玫兩位女士，于欣然也幫忙種花種草。

一群大男生很快就將沙土水混合好堆到架子裡，再取來木屑，將提前培育好的蘑菇菌絲種到上面，放到下面的筐子中去。

說到特意培育出來的毒蘑菇，這東西產量太大，他們平時不遇到喪屍的話根本用不掉，羅勳他們便做了個實驗，用擠壓爛了的蘑菇汁去澆灌附近的變異植物農田。

他們選出了一小塊出來當成試驗田，結果被澆灌過蘑菇汁液的變異植物非但沒有像其他東西似的碰到這種汁液就枯萎腐爛，反而生長得更好了。

他們平時從變異植物田中尋找晶核的時候，會破壞掉植物根部的土壤水分，正擔心次數多了會不會對這些變異植物有損傷，如今發現了給這些變異植物施肥的方法，當機立斷澆灌了一遍周圍的變異植物。

當然，羅勳沒有腦袋一熱就大範圍將蘑菇汁澆灌下去，而是選定合適的位置，每天都觀察一下，做些測試，確定澆灌過蘑菇汁的變異植物不會對他們造成太大的威脅，不然萬一養出一群食人花，連金屬都能徒手撕碎，他們還怎麼活？

就目前的實驗結果來看，澆灌過蘑菇汁的變異植物只是類似於被施過肥，雖然漲勢旺盛了些，但沒有出現二次變異。

羅勳他們種作物種上癮，專門用來種糧食的房間還好些，裡面一共有兩畝左右，他們一半種麥子，一半種水稻，等上幾個月就能收穫了。

剩下的房間，除了留出來種其他種類的雜糧，如花生、玉米之類的東西，又搭起了菜棚子。爬藤類的植物順著兩邊的種植架攀附，將來還會橫著把幾乎整個天花板遮蓋住。

在爬藤類植物下面的種植架中，種了各式各樣的蔬菜，有生長速度最快的綠葉蔬菜、生長週期較長的辣椒等，還有需要搭支架的番茄。種類繁多，所有正在種菜的房間裡面都被這欣欣向榮的綠色幼苗所占據，看著就讓人覺得喜悅。

只是枯木的數量到底有限，金屬也不足以將所有房間的種植架都做出來，他們還得留出一部分放在上面預防馬上就要到來的喪屍潮，所以就只暫時著重修整幾個主要的房間。

十一號早上，眾人起床後的第一件事就是拿著望遠鏡觀察四周。昨晚他們已經從衛星照片上確認，喪屍潮果然會經過這一帶，然後北上殺向西南基地。

嚴非昨天睡前用外面金屬架子上的金屬板徹底封住了絕大多數的地方，只留下三樓一間準備給于欣然當作學習室的房間還能看到窗外的情況，做為這幾天觀察外面的通道。

「暫時沒動靜，應該還沒來，咱們先去吃飯吧。」羅勳仔細觀察了一圈。晴空萬里，只有少許雲彩飄蕩在天際，太陽還沒徹底升空，周圍看起來都是那麼的寧靜與美好。

既然暫時沒問題，眾人便先將心放回肚子裡，來到一樓食堂吃飯。

因為怕被外面路過的喪屍發現，所以緊閉門窗，又用金屬封死，半絲光線都透不出去，也照不進來，故而一樓此時黑漆漆的，想在食堂吃飯還得打開大燈。

外面的太陽能板這兩天是不敢再露出去運轉的，好在隊伍裡別的不多，蓄電池管夠。此前天氣好的時候，他們除了每天消耗的電能外，剩下的蓄電池都陸續被充滿電量了，現在家中電池裡的剩餘電量足夠他們這麼過上一兩個月。

早餐是小米粥加醬菜、鹹菜，外加幾個香氣四溢的蔥油餅。

眾人悶頭吃飯，準備吃完之後回到地下室工作。地下室的種植架還沒搞定，有些爬藤類的幼苗這幾天開始生長，幾乎一晚一變，他們得把亂爬的處理好，纏繞到正確的位置，實在淘氣的還得用繩子稍微綁那麼一下。

眾人在這類地方使用的「繩子」不再是傳統意義上的線繩、棉繩，而是之前晾曬乾了的稻稈、麥稈做的。他們沒養豬牛羊，這些稈子不用留著餵牲口，曬乾之後還能編些小竹筐什麼的，教小丫頭用這東西做些手工藝品也很有趣。

就在這時，外面傳來「啪嗒」一聲，似乎是什麼東西撞在金屬牆上。

本就安靜的房間內更是一靜，所有人幾乎同時抬頭，彼此對視了一眼，然後悄悄起身，爬上樓梯，來到三樓用於觀察外面情況的房間。

根本不用望遠鏡，當他們看清外面的景象時，皆倒抽一口涼氣。

喪屍潮來了！

天上飛的是風系喪屍及一些外形出現變異，生出翅膀來的變異喪屍。地上是轟隆隆步行的喪屍大軍，塊頭有大有小，有高有低，外型多變，最大的共同特性就是，所有的喪屍都越長越沒人樣了。

末世之初剛剛喪屍化的喪屍，跟人類最明顯的區別就是膚色，以及有些喪屍身上會有傷口，更多的喪屍身上甚至還穿著人類的衣服，可現在所有的喪屍的頭髮都脫落，指甲變長，甚至有些喪屍的牙齒也變得尖利，身上更是沒有半絲布料，全都赤身上陣。

它們中的不少不再直立行走，有些喪屍在發現四肢著地後行動速度更快，便改變了這一從生前就留有的習慣，改成用四肢爬行。這類喪屍往往兩隻前肢變得粗長，和後腿看起來沒有太大的區別。

如今的喪屍已經不能再單純說它們像是另一種「人類」，反而更像是某些特異變化後的猿類。只除了它們依舊不能呼吸，沒有生命跡象這一點外，人們再看到這些喪屍時都會懷疑它們和末世剛到之後的喪屍到底是不是同一種東西。

這些喪屍路過附近的變異農田時，和先前羅動他們狼狽逃來所帶著的喪屍不盡相同，上一次那些喪屍緊追在羅動他們身後，一路跟著衝進變異農田，如果不是羅動他們有小包子護身的話，喪屍是不會刻意衝進來的。

這次變異農田就在喪屍們前進的道路上，所以雖然這個喪屍隊伍並不算大，可當先的喪屍主力反而一開始就直接走了進來。

有些喪屍在前面被變異植物糾纏住，後面的喪屍居然不管不顧，踩著自己同類的軀體和糾纏在一起的變異植物們繼續向前走，直到它們也被纏住。

等這個隊伍的先鋒部隊被纏住不少，後方的喪屍才開始轉道。當然，在轉道的時候還是有不少喪屍因為距離路邊的變異植物比較近而被拉進農田。

觀察了一會兒，羅動低聲對眾人道：「去地下室，盡量不要發出聲音。」

剛剛大家聽到的聲音，應該是有飛行喪屍路過，身上的小石子之類的東西掉落下來打到金屬牆壁造成的。

只要這些喪屍沒發現他們的存在，就不會特意攻打這處建築。羅動他們現在要做的就是盡快回到地下室，隱藏自己的蹤跡，不被發現地度過這幾天。

一行人放輕腳步，順著樓梯來到地下室。他們在這個屋子留下了一個監視用的小東西，就是當初羅動裝在門上的貓眼監視器。這東西正對著窗子外面，可以照到附近的情況直播給放在地下室的一臺筆記型電腦。羅動他們可以隨時用這東西監控外面的狀況。

就算是在地下室中，大家也不敢發出什麼聲音，每個人忙碌的時候都盡可能輕手輕腳。

其實嚴非用來建造牆壁的金屬厚度很誇張，隔音效果極好，就算站在牆壁的這邊敲打，聲音也不會傳到另一邊去。之前在一樓廚房吃飯時，他們之所以會聽到石子掉落的聲音，那純粹是因為小石子掉落的地方正好是用來格擋太陽能板外比較薄的金屬板，所以聽起來聲音才比較清晰。

填土、堆肥、種植，前些日子新發出來的種子此時已長成了幼苗，大夥兒這天在工作的時候心裡多少都有些忐忑不安，時不時向上看幾眼，更是每隔一段時間就會有兩個人輪流上去查看外面的狀況。

雖然筆記型電腦中可以看到窗外的畫面，但其他房間有沒有出什麼意外，還是得親自去看看才能安心。

家中的孩子也格外安靜，于欣然陪著大人們忙活了一陣子後，就跑到放著小包子搖籃的房間去陪著小包子寫字畫畫，小傢伙當然是屁顛屁顛跟在小丫頭身後。

所幸小包子一直都很乖巧安靜，無論是被羅勳背在背上或是放在搖籃中，只在尿了、渴了或餓了時才哼唧幾聲，沒有大吵大鬧過。

中午時分，大家停下來休息的時候，羅勳才和嚴非一起爬到樓上，到三樓各個房間去檢查外面的情況。嚴非在幾個不同的方向稍微打開一點點金屬牆壁，觀察喪屍潮的有無變化。

入眼依舊是天上飛的，地上跑的各種喪屍，幸好這些喪屍距離他們新家稍遠，並沒有威脅到這裡，更沒有因為一些走得比較靠近農田的喪屍被變異植物抓住而群起攻之，這就讓他們更加安全了幾分。

「咱們先下去吧，照這個樣子下去，等它們離開還得等上一陣子。」嚴非封閉打開的金屬牆壁縫隙，摟著羅動的肩膀的手，輕輕拍了拍他。

羅動微微點頭，和嚴非一起回到了一樓食堂去吃午飯。

先前大家因為擔心喪屍潮路過的時候會不小心破壞他們架在屋頂，用來接收衛星訊號的鍋形接收器，所以特意用金屬封住那些東西。為了不讓路過的喪屍注意到那東西，暫時還不能除去接收器外的金屬層。

正如嚴非預估的，喪屍潮在新家外面足足「路過」了兩天，才漸漸沒了蹤影。將包裹著接收器的金屬殼卸掉，何乾坤幾人趕緊查看收到的資料，其中的照片顯示，這波喪屍潮果然一路到了西南基地，並且再次將那裡團團圍住。

西南基地從很久以前就預測出了這次喪屍潮會經過，也提前做出了應對措施。提前通知下去，讓基地內所有成員在一定時間內不許外出，並做好防守準備，甚至連喪屍潮來到的時候，各小隊如何輪流防守的都安排好了。

可惜依舊有不少突發狀況，在事到臨頭的時候讓基地內變得有些混亂，比如基地中因為沒有足夠的資源，所以雖然也能做些武器彈藥，但數量不算充足，在防禦時勢必要仰賴基地中的異能者們的能力。

問題是，年初時政權交替，為了穩定基地內的局面，他們暗自沿用前基地管理的方式，將不配合管理的小隊特意排入市區深處，有大量喪屍存在的地方做任務，折損不少好手。

比如為了將異能者盡可能歸攏到由軍方控制的異能者小隊之下，提高小隊完成任務的難度，將規模較小的不聽話的隊伍強制解散。這些隊伍解散後固然有一部分異能者加入更大的隊伍之中，卻依舊有一部分異能者不願意加入小隊，於是在喪屍圍城前，通知各個小隊防守的範圍時，一開始是按照小隊的隊別通知的，個人異能者並不知到具體情況，而小隊回饋回來的參與人數經過統計後，一下子就少了很多。

好在是提前通知，讓高層及時發現問題，他們只能趕緊再給基地中的普通人發簡訊，並且以晶核為報酬招收人馬。每次喪屍潮過後，基地都會先讓軍方的人外出收集散落在基地附近的晶核，等什麼時候清理乾淨了，什麼時候再放普通人外出做任務。

這些晶核自然就有一部分分給各個勢力當作報酬，剩下的全部充公，只在必要的時候才對外發放出來。

最後基地中有些情況是這些新上任的管理者也沒想到的，本來以為從上到下更換一批人手，基地中的情況就會如他們預料的那樣發展，比如對外辦公的那些部門工作人員消極怠工的態度問題。

當初他們自以為趕走了那批蛀蟲，新來的工作人員就全都是認真負責的，可他們忽略了另一個問題，國內歷來都是關聯式社會，無論什麼人，稍微有了些身分地位後，都會或主動或被動拉攏他們親近的人。

有些是人情關係，有些是別人走門路送禮，拿人手短，如果他們現在的工作沒有預料中那麼富裕，上面也沒有更公正的監管措施，這些人和光同塵簡直不能更簡單。

種種事情都導致這次喪屍圍城前的工作在各方面都顯得那麼力不從心，若不是時間比較充足的話，防守線肯定會出大問題。

幸好時間還來得及，來得及讓他們發現危險，發現問題，改變行事，調整策略。

當第一個喪屍飛到基地上空時，喪屍圍城戰役再度打響。

照片上顯示著密密麻麻的黑色身影，團團圍住一個面積不小的基地，這就是正處於喪屍潮之中的西南基地。

羅勳仔細辨別了一下，確認更遠處沒有再向西南基地和自家基地彙集的喪屍後才道：「咱們這兒暫時安全，先在家裡觀察幾天再出去吧。」

其他人都點頭表示同意，雖然喪屍都聚集在西南基地，可誰知道它們久攻不下的話，會不會突然轉道？

章溯忽然開口：「我覺得這幾天不如出去找東西，先去那些倉庫或中轉站之類的地方，不然等喪屍潮一退，基地的人肯定也得出來搜集物資，跟他們碰上反而麻煩。」

眾人眼睛一亮，轉頭看向羅勳。

羅勳理解到章溯的意思，沉思了一會兒，這才拍板：「你說的也對，有些東西就是早到早得。咱們現在本來就沒辦法確認那些地方還有沒有咱們需要的物資，不利用這幾天去找找看的話，之後和別人碰上肯定討不到好處。」

章溯想的沒錯，他們能通過衛星照片分析出安全和危險的地段，基地一樣也能，而且基地的人手更多，隊伍實力更強，所以他們外出搜集物資的時候，早晚會跟其他小隊遇到。如果不趁著現在趕緊去轉一圈，誰知道還有沒有渣子留給他們撿？

世界上沒有傻子，只有手快手慢的區別。

眾人決定次日清晨就外出，目的地是他們先前在地圖上找到的一片建造著不少企業、商店中轉用的倉庫聚集地，那個地方的附近正是末世前某大型快遞公司的主要中轉中心。

早上檢查過衛星傳回來的照片，羅勳他們才準備出發。或許半路上會遇到一些掉隊的喪屍，可和喪屍潮相比，這些喪屍可以算是小巫見大巫了。

要去的地方距離他們的新家有一段距離，加上路面被破壞得有些嚴重，眾人坐在車上就彷彿坐進了遊樂園的碰碰車，從頭顛簸到尾，于欣然還半路上吐了。大家停車讓孩子休息一下，羅勳連忙檢查小包子的情況，不料這孩子正睜著一雙黑葡萄似的大眼睛，興奮得咿咿呀呀地揮舞著小手臂，格外有精神。

羅勳和嚴非對視一眼，再看看他之前睡著的搖籃……或許正是因為小包子睡在搖籃中的緣故，車子的顛簸對於他來說更像是被人抱在懷裡顛著玩似的，根本不覺得難受。

「好點了嗎？」

宋玲玲在杯中注入清水遞給徐玫，徐玫用火給那水杯加熱後才交給于欣然漱口。

小丫頭吐了兩口，臉色有些發白地點點頭，「我沒事了。」

看著她蒼白的小臉，眾人都覺得她可能在逞強，不由看向抱著小包子的嚴非和羅勳。

羅勳摸摸小丫頭的頭，「咱們再休息一會兒吧，不急這一時。」

這陣子天氣日漸炎熱，整個世界因為少了人類的活動，反而變得鬱鬱蔥蔥，到處都是樹木雜草，植物生長得特別好，一眼看過去，倒像是身處在田野之間。

遠處城市昔日的建築有不少都附上了綠色的植被，猶如森林之中荒蕪的遺跡一般，有一種不真實的夢幻感。

可這就是現實，是末世後還活著的人們習以為常的環境。

眾人乾脆當作是出來郊遊的，四下張望走動，看向路旁那些不知道是不是變異了的花花草草說笑，路邊一些不知名的花草頂著紅的、黃的花朵開得正嬌豔。

羅動讓小包子順便曬曬太陽，他們最近一直都在室內活動，對孩子來說不是太好，總得讓他也出來透透氣。

一群人正在休息，地面隱隱震動起來……

「喪屍潮？」王鐸一個激靈，緊張地左顧右盼，似乎隨時都會竄回車上逃命似的。

其他人都緊繃起來，羅動看向章溯，章溯立即放出風系異能，朝震動傳來的方向探查。

還沒等他的風吹到目標物傳遞回訊息，羅動他們就看到了目標物到底是什麼……

兩隻變異狼在小路上歡蹦亂跳，牠們前面有幾隻變異後體積增大不少的鴨子和鵝，正慌慌張張沒頭沒腦地逃命，嘴裡不時發出「嘎嘎」聲。

什麼叫狗攆鴨子嘎嘎叫，如今羅動他們算是見識到了。

似乎是因為捕捉的目標不過是幾隻愚蠢的，只會亂跑亂叫的鴨子和鵝，那兩隻變異狼沒刻意將鴨子趕到羅動等人所在的方向，只是在後面追得鴨子和鵝漫山遍野亂跑，等玩膩了才往前一撲，捉住一隻，再一撲又捉住一隻，最後愉快地叼著牠們的口糧甩著尾巴跑遠了。

看完全程的羅動一行人目瞪口呆地目送那兩隻變異狼叼著獵物離去，只剩下幾隻鴨子和鵝茫然地站在田間張望。

羅勳忍不住吐槽：「我還說這兩隻變異狼去哪兒了，合著是去找鴨子和鵝玩了。」好吧，這句話的本身就很有歧義。

吳鑫問道：「羅哥，那兩隻真的是狼嗎？」

「怎麼？」羅勳不解，其他人也茫然地看向他。

「我好像聽說狼的尾巴都是垂著的，只有狗才會翹尾巴……剛才牠們走的時候，好像是翹著尾巴甩來甩去的吧？」

「……我沒注意。」

「好像是在甩，不過有沒有翹起來？」

「說不定真的是狗，如果是狼，牠們會一直不攻擊咱們？」

「對對對，而且據說好像已經沒有多少野生的狼了吧？」

「動物園不是有嗎？萬一是從動物園裡跑出來的呢？」

一群閒人居然就那兩隻犬科動物到底是狼還是狗討論了足足半小時，這才總算想起他們今天還有正事要忙。大家決定讓于欣然上羅勳兩口子的車，在前面開路。于欣然可以用異能沙化前方路面上大塊碎石、小塊石頭，坑窪處不必理會，只處理那些比較顛簸的路段，總算是沙化出了一條康莊大道。

這次要去的地方較遠些，好在等他們開上主幹道就不需要于欣然那麼麻煩沙化地面了。車隊花了一天多的時間才來到目的地，地處A市東南方向，在末世前可以算是鄉下的某個村鎮。這些周邊地區在末世前會因為位置尷尬而有些不上不下的，可是在末世後卻因為位置偏遠，人口密度小，沒有遭到太大的破壞。

特別是羅勳他們來的這片區域，末世前是倉庫、中轉站的緣故，早晚時分除了往來運送貨物的車子、看管倉庫的人之外，幾乎沒什麼人煙。

開車到倉庫區外圍，眾人先遠遠觀察了一下，確認這附近的狀況才驅車進入。

有些倉庫已經被破壞，有些還保留著相對較好的外觀。羅勳他們從衛星照片上只能確認這些建築主體有沒有什麼問題，更細緻的就只能等到了才能親眼看到，就比如現在，有好幾個倉庫側面牆壁、大門都被破開，這是他們事前無法得知的。

「這裡有人來過。」眾人觀望過後，篤定地道。

羅勳想了一下，在最前方駕駛著車子駛向某個倉庫，「咱們先去目標倉庫，其他倉庫等那之後再檢查。」他估計這裡恐怕有小隊來過，畢竟這裡是倉庫集中的地方，之前基地發布的各種任務中肯定多少有涉及這裡的，因此並不意外。只要他們找的東西還能有剩餘就好。他不求能找到什麼好東西，需要的東西還有就行。

開車尋覓了一陣子，羅勳他們停在了一個大門被暴力轟開一個洞的倉庫前。看到這裡應該已經被人打開過他也不意外，而是讓身邊的嚴非打開大門。

金屬大門應聲而開，露出裡面有些昏暗的景象。

這附近的倉庫大門幾乎全都有暴力入侵的痕跡，應該是有同一批人來過這裡，但他們雖然打開了門，卻未必會將所有的東西都搬走，這也是羅勳之所以這麼淡定的原因之一。

「還有東西，羅哥，還有東西！」大家興奮地叫道。

羅勳倒沒因為過於興奮而忽略周圍的異動，還對另一輛車中的章溯道：「章溯，你先檢查一下裡面有沒有什麼東西。」

他們能在倉庫外看到裡面堆疊著一口口紙箱，從外包裝上看起來還算比較完整，只是不知道這個倉庫裡有沒有喪屍或喪屍動物藏身在裡面。

章溯操控旋風在倉庫裡轉了一圈，「沒感覺出有什麼活動的東西。」

羅勳放下半顆心，開門下車，一行人小心翼翼進入倉庫查看。

離著一段距離，章溯出手將其中一個紙箱子掀開，露出了裡面的東西。

鹽！

居然是食鹽！

這裡是某食鹽公司的中轉站，裡面的東西是羅勳他們十分需要的能久放的食鹽。

看到裡面那熟悉的包裝，眾人忍不住低聲歡呼。確認箱子被打開後沒有冒出什麼東西，羅勳他們才緩步上前，小心地打開那個紙箱。

紙箱的外包裝還算完好，雖然在末世中放置了這麼久，但因為這裡沒有進過雨水，附近的氣候也相對乾燥，這些箱子就沒有受潮。

「沒問題，搬走吧。」

這個倉庫的食鹽數量不少，可也沒有真的裝滿。之前應該有其他人來過，搬走過一些食鹽，也或許這個倉庫本來就沒有被裝滿，反正羅勳他們看到的，裝著食鹽的箱子就只有這麼一堆而已。

其中除了常見的碘鹽外，還有一些添加了其他成分的鹽，甚至還有顆粒較粗的海鹽。

裝鹽的箱子重量不輕，大家用嚴非順手製造的拖車將這些東西拉到各自的車上。卡車車廂和電動車都放了一些，直到倉庫最後剩下二三十個紙箱，大家才離開這個倉庫。

存放食鹽的倉庫周圍似乎都是食品相關的倉庫，有一些不用接近就能聞到裡面的古怪味道，東西過了保存期限還能有什麼好味道？

有些倉庫已經空了，應該是在末世初期就被來這裡的小隊搬空的。

查看過幾個同類倉庫後，眾人終於發現不一樣的東西，比如電器類的倉庫。

「老大，這裡有空調！」何乾坤在一個倉庫門外又蹦又跳，身為隊伍中唯一的胖子，何乾坤的炎炎夏日可不是那麼好過的。

同樣的溫度，同樣的生活模式，唯有他會時不時出上一身汗，所以也只有他會對新家裡的空調大部分都壞了的這件事怨念深重。

不光是空調，還有其他的東西，比如冰箱、電視、抽油煙機、電風扇等等。這個面積相對較大的倉庫，顯然是末世前某家電器商場的中轉中心。在他們商場買到的東西，基本都是從這裡出貨的，也就導致這個倉庫和它附近其他幾個倉庫裡貨物齊全。

徐玫和宋玲玲甚至看到了當成贈品放在某些架子上的，同一款式的榨汁機、吹風機和小型吸塵器什麼的。

「暫時拿咱們需要的數量，再拉上幾個冰櫃。」家裡的冰櫃都是二手的，羅勳看到這些嶄新的，還沒拆封的電器，同樣感到躍躍欲試。

「空調至少得一個房間放一臺吧？地下室也是，不能只靠排風扇、通風口換氣，要不要找找中央空調？」

「老大，能不能拿臺榨汁機回去？家裡的水果熟了之後，可以榨果汁給大家喝。」

「大家先緊著需要的東西拿，剩下的東西能塞得下就塞……」

一群人就彷彿末世前拿著無上限的信用卡去商場裡隨便刷的人一樣，興奮地大採購。

大卡車後面拖著兩個車廂，四輛電動車也滿載貨物，宅男小隊絕對算得上是收穫豐碩。

這片倉庫區裡剩下的東西真的不少，只是與食品相關的倉庫幾乎全都被掃蕩一空，他們只找到了一些食鹽，以及一處專門存放調味料的倉庫中的鹹菜、醬豆腐什麼的。

那些玻璃瓶裝的醬菜鹹菜還好，還能吃，可塑膠包裝的醬菜全都毫無意外地膨脹，打開就是一股臭味撲鼻而來。

幸虧羅勳他們自家有種菜，有養變異的鵪鶉，不缺這些東西。只要把這批食鹽運回去，他們十幾年內都不會再缺鹽吃，這之後再從其他地方找找，換些食鹽回來，就足夠確保他們在新家的生活了。

至於醬菜之類的東西……這些過期產品有羅勳做的好吃嗎？宅男小隊對此都毫不懷疑，雖然他們依舊將這些東西順便塞到車上的縫隙，但他們帶這些東西回去為的是拿去西南基地跟別人換東西，又或者留下瓶瓶罐罐，用來裝自家做出來的這類食物。

這一圈轉下來，宅男小隊沒能把附近的倉庫全部轉完，但車上的空間已經塞滿，出於安全考量，還是先回去一趟再做其他打算，畢竟他們最需要的東西已經找到，下次再來時將備用的電器拉回去，順便逛逛另一個中轉中心的倉庫就好。

在倉庫附近的空地上過夜，次日一早，眾人踏上回新家的旅程。這次半路上就沒有來時那麼好的運氣了，他們總算遇到了掉隊而四處亂轉的喪屍。

之前說起過，現在這些喪屍的外形變得跟人類很不一樣，宅男小隊遇上的就是這種變化比較大的。它的體型至少有原來人類的幾倍大，站直身子的話，身長約能有三米。其前臂粗大，比後腿還要長些，這喪屍乍一看就像是猩猩變的，只是它的五官還是更接近人類，下巴也沒有猩猩那麼突出，再加上它身上沒有毛皮，腦袋上也還留有一些稀疏的頭髮，大家才能確定這個喪屍應該是人類變異的。

「這種喪屍有什麼異能？」對講機中傳來徐玫遲疑的聲音，羅勳還沒來得及回答她的問題，那個喪屍便捶了兩下胸口，朝著宅男小隊的車子跑了過來。

嚴非迅速造出金屬板擋住喪屍前進的方向，兩者碰撞時發出巨大的聲響，那個喪屍不甘示弱，居然抱住金屬板的一側，用力扭曲那塊金屬板，企圖將它揉成一團丟到眾人車上。

「很顯然，是力量型的。」嚴非並沒有自己做的金屬板被對方當成廢紙的氣憤感，他順口回答這問題後，抬抬手指，那塊在力量系喪屍的揉捏下變得走樣。扭曲的金屬板突然伸出一根鋼刺，猛得戳進喪屍的下顎。

這種變異喪屍不但力氣奇大無比，更是擁有讓人驚嘆的皮糙肉厚的外表，嚴非的攻擊居然沒能將它的腦袋刺穿。那個喪屍一邊咆哮著在原地跳腳，一邊用力拉扯金屬板，忽然生生地從上面扯下一塊，丟向羅勳他們的車子。

幸虧嚴非是金屬系異能者，在金屬板幾乎要砸到車子前控制住了。另一邊，徐玫的火球也從車窗中射出，直直打向那根鋼針和喪屍的臉。

與巨大的火球飛過去的還有章溯的風刃，風刃一個接一個用力敲擊著鋼刺尾端，就彷彿錘子似的，將那鋼刺打得深深釘入喪屍的腦中。

嚴非順勢將接到的金屬板反著又射回去，砸在鋼刺的尾巴。正欲再次撕扯金屬板，卻又被幾重攻擊打得向後退的喪屍，這下子才被徹底刺穿頭顱，打掉晶核，死在了原地。

見那個喪屍終於倒地不起，眾人這才齊齊呼出一口氣，眼中都帶著一絲慶幸之色。

這種喪屍能打死嗎？

能，當然能，現在不就打死了一個？

這種喪屍好打嗎？絕對不好打！

羅勳他們雖然能幹掉它，但也不過是因為這種喪屍只有一個，要是遇到一群，就算是用以前那種坑殺的方法，恐怕也得費上不少力氣。

如果他們遇到的這種喪屍群中，有會統籌指揮的喪屍在……

深吸一口氣，取出這個喪屍腦袋中的晶核，眾人再度啟程。

不出羅勳的預料，這個喪屍不過是四級的力量系喪屍，只是它是四級力量系喪屍中又進行過一次異變的。

這種變異的喪屍更加難纏，皮糙肉厚又難打，一次來上一群，大家就不用活了。

不過，防禦足夠堅硬的話，它們最多能把金屬牆壁撞出幾個凹洞。也就是剛剛嚴非臨時做出來的金屬牆面積比較小，喪屍能抓住邊緣，才會給了它反擊的機會。

想到這種喪屍，又想想自家基地，羅勳一臉沉重地對嚴非道：「咱們修地上建築之前，得先給周圍造一圈金屬牆，裡面再做房屋用的牆壁，這樣就既能防變異植物，又能擋住這種變異喪屍的攻擊。」

嚴非知道這個問題的嚴重性，「最近咱們再多弄些金屬回去，等把地底剩下的建築造好，就開始修整地面上的圍牆。」他們得先把圍牆造出來才能安心做裡面的種植空間，不然萬一那些藤蔓一藤條抽進來，可就讓人吃不了兜著走了。

至於牆壁要怎麼設計才能更好地防止被藤條抽，被喪屍破壞？這至少得等他們弄到足夠數量的金屬回去，經過種種實驗才能確定。

去時花費了一天半，回來又花費了一天半，加上中間收集物資的時間，這次足足四天後他們才回到自己家中。

羅勳他們發現有一隻變異鵝誤入魔鬼藤中，沒多久就被分食了。剩下的幾隻傻鴨子傻鵝離變異農田遠遠的，正在鬱鬱蔥蔥的綠地上東走西逛，在牠們的不遠處，就是兩隻吃飽喝足靠在一起曬太陽打盹的變異狼。

兩隻變異狼聽到路上有動靜，睜開眼睛向這裡看了一眼，見是曾經看過的紅色毛毛蟲和白色小車的組合，似乎知道是羅勳他們的車隊，便只是瞄了一眼，就張開大嘴打了個哈欠，接著繼續睡。

對於這兩隻對自家車隊視若無睹的變異狼，宅男小隊現在可沒功夫理會，眾人開著車子趕緊回家，將所有東西都卸下車再說。

這次回來的途中，嚴非依舊如以往一樣，帶著兩個巨大的金屬球回來。之前他為了不被人注意，曾經將金屬球改成汽車的外形，只是那樣操作起來頗為耗費異能，沒有控制金屬球滾動來得輕鬆，所以在如今西南基地被圍攻，附近暫時沒有其他人活動的時候，還是暫時用金屬球滾回來比較方便。

卸完貨，該放到儲藏室的放到儲藏室，該送到樓上的送到樓上，李鐵幾人興奮地表示要先給大家的臥室裝空調。有嚴非的協助，這些工作變得異常簡單，更何況房子本身就裝有空調，現在只是換一下機器，壓根兒不用在牆上打洞。

一行人忙活得熱火朝天，當然也沒忘記仔細檢查一下自家的情況，確認外面的牆壁、地底的金屬壁有沒有被破壞的痕跡。

嚴非細緻地查看一圈，確認了沒什麼異狀。

另一方面，何乾坤他們再次查看剛收到衛星照片，觀察西南基地喪屍圍城的狀況。

指著一張最新的，昨天拍到的衛星照片，李鐵對羅勳道：「看樣子還得再圍一陣子，不過牆壁什麼的應該沒問題，也沒有什麼地方的城牆有破損。」

羅勳又看了另外幾張照片，搖頭道：「這個角度是直上直下的，咱們看不出圍牆到底有沒有事，又會不會有能挖洞的喪屍從地底鑽過去。」

更重要的是，以往喪屍圍城，哪一次不是喪屍們突然毫無徵兆撤走？所以現在西南基地周邊到底是怎麼樣的情景，誰也說不好。

不過，從這些照片上看起來，這些喪屍並沒有攻破城牆。

西南基地出不了事最好，那裡是羅動他們目前和「正常社會」交流的唯一地點，一旦那裡出了什麼事，或者說一旦那些大基地都被毀滅，人類的數量再次大幅減少，那麼羅動他們這個小基地也未必能保得住，尤其是在如今喪屍越來越厲害，越來越變態的情況下。

在家中休息了一晚，次日宅男小隊全體成員都沒了馬上外出的心情和體力，就算他們依舊想再出去一趟，也不可能是今天馬上就出去，何況在考慮到每次喪屍潮圍城的時間……一般小規模的也就圍個三五天，大規模的有可能會超過一星期，眼下這股喪屍潮的規模不大，要是他們在外面的時候，那些喪屍潮撤退，撤向他們所在的方向……

一旦半路遇到，那可就危險了。

將所有的東西收拾到應該放置的房間，嚴非把帶回來的金屬運到地下室，將幾間還沒做完種植架的房間裡需要的東西補上。其他人收拾帶回來的各種物資，將其放到合適的地方。

嚴非做出新架子後再填土、堆肥、耕種，眾人重複著這一套流程。

忙到晚上，何乾坤與吳鑫兩人將收到的衛星照片整理出來給大家一起分析觀看。

「你們看，喪屍潮好像有要退走的跡象。」將照片放大，何乾坤把螢幕轉給大家看。

和前兩天照片上的情況不同，這張照片明顯能看到一部分喪屍有離開西南基地的跡象。之前的喪屍全都是團團圍住基地外面，更遠處並沒有喪屍繼續趕來，而現在卻能從那喪屍大軍當中看到了一條「線」般的隊伍，朝西南基地的正北方彙集。

「可能是要退走了，照這個情況來看，這股喪屍潮之後應該會向北方繼續走，咱們要去的倉庫附近暫時沒有什麼危險。」羅勳摸摸下巴，指著螢幕上的畫面道：「照這個樣子下去，最快明天，最晚後天就會全都撤走，之後基地暫時還不會放人出來，得再等個一兩天，將外面的戰場打掃乾淨，才會有小隊出來做任務。」

就算基地也推測出喪屍潮什麼時候會撤走，可為了安全起見，還是暫時不會將人放出來的，畢竟衛星照片不是想什麼時候照什麼時候就能照出來，想什麼時候接收就能接收到。

似是因為末世後一些高科技場所被破壞，衛星雖然會定期拍攝地面狀況，發給各個接收點，地面上卻無法控制拍攝目標、拍攝頻率。再加上末世到來，不少地方都被大範圍破壞掉了，現在並沒有辦法再往太空發射衛星，一旦哪顆衛星壞了……到時地球上的人連上去修理都修不好，那些東西就真的是用一顆少一顆。

眾人商量了一下，考慮體力的因素，決定抓緊時間再出去一趟，好歹將他們想去卻沒去成的某快遞公司的中轉站轉一圈。如果那裡沒有收穫，他們還能轉道再去一趟上次去過的倉庫區，收集一大堆金屬回家。

打定主意的眾人，真正行動起來是十分有效率的，次日就再次外出，驅車去某中轉站轉了一圈。這一去一回又是四天，羅勳他們這次同樣有不小的收穫。那個中轉站裡的東西真是千奇百怪，更然讓羅勳他們覺得感慨的是，正因為這裡什麼東西都有，各種稀奇古怪吃的喝的用的全都混在一起，所以末世後雖然被人光顧過，卻因為東西太雜太亂，沒有被太多的人當作第一優先目標。

於是，這就便宜了行動時間充裕，沒有喪屍等搗亂的羅勳一行人，他們拉回了不少各式各樣的玩意兒。

從種花種草的瓶瓶罐罐，到洗衣機、加濕器、空調和淨水器，甚至不少保存期很長的乾燥食品，應有盡有，將他們這次開過去的車子裝得滿滿當當。

兩位女士更是翻找出不少洗髮精、沐浴乳及高檔護膚品、牙刷牙膏等，雖然這些東西有很多快到期或剛過保質期，卻依舊可以使用。羅勳更是在幾個包裹裡翻出一些還沒有爛掉的花草種子、小花鋤，正好拿回去種出來瞧瞧能長出些什麼植物。

這次長途奔走後，羅勳他們便暫時沒必要再出遠門了，除了需要時不時外出收集些金屬外，他們暫時可以宅在家裡，將他們的新家好好裝修完善，之後就可以過上種花種草優哉游哉的滋潤小日子。

再仔細觀看過衛星照片，眾人終於鬆了一口氣，西南基地的喪屍潮已經撤退，而且沒有被這群喪屍攻破。

「老大，這個月底咱們還回去嗎？」李鐵這麼問是因為馬上就要到月底了，西南基地剛剛經歷過喪屍潮，肯定多少有些混亂，不少地方未必會營業，某些資源的價格會上漲。

羅勳搖頭道：「這個月暫時不回去，咱們下下個月初再回去，把家裡的事做完再說。」

他們這兩次外出可是找到了不少好東西，第一次出去時找到了大量食鹽，第二次去那個中轉站，裡面存放食品類的貨架同樣有不少鹽、雞精等相對耐放的調料料。

這個月家裡雖然有不少綠葉蔬菜收穫，數量並不算多，他們不急著出貨，自然就用不著在這種時候趕回西南基地。

再者，每次喪屍潮過後，基地都會對於各個方面進行一番調整，他們急急忙忙回去，誰知道會遇上什麼事，還是稍微等 等，等基地內各種混亂都平復再說吧。

打定主意，眾人出去了五六趟，找回一大堆金屬材料，準備繼續未完成的工作。

挖地下室、打造各種物件，一切完備好，眾人終於要著手修整地面上的種植大廳了。

是的，種植大廳。

羅勳經過多次修改，跟嚴非幾人認真商議後，終於定下了地面空間的設計方案。

建立地面暖房的第一步，就是先造一圈金屬圍牆。這圈圍牆厚度達到半米左右，都是嚴非特意淬煉過的韌度和硬度達到最高的金屬。他將這圈金屬牆築在緊靠著那些變異植物的最邊緣，挨著那些詭異的植物們。

一開始這些植物對於身邊多出來的東西有著極大的探索精神，不停用枝條對它們上下其手，對這些東西進行了詳細的檢查和鑒定，但光滑的外表，沒有可以抓取的圓潤表面，無動於衷宛如岩石般的姿態，都讓這些植物的探索無功而返，最後就把它們當成了真正的石頭，理也不理。第二步就是將這圈金屬牆進行二次處理，那就是塗油漆。

羅勳他們挑出幾種用得著顏色的油漆，將它們調得和外面那些變異植物的顏色差不多，只是深淺有些區別後，便在嚴非做好的金屬板上塗抹。晾乾油漆，嚴非再將這些金屬板和其他新做出來的金屬層補到了圍牆上，讓這圈金屬層融到圍牆的最上方，變成一圈微微向內環著的半圓形穹頂，像是某些體育場館那種只能護住觀眾席上方，卻在中央留空的穹頂。

這個弧形的設計，從正上方來看，上面深深淺淺的花紋與四周的變異植物沒什麼區別。

這層花紋的目的可不僅僅是為了掩人耳目，還因為它的弧形設計，就算外面那些變異植物長得更高，也不會攀著圍牆邊緣探進來。

金屬圍牆的高度接近四米，和裡面的小樓第二層的高度差不多。如果有人從遠處經過，雖然能看到圍牆的上緣，但因為弧形圍牆上花紋的緣故，也會將其當成是變異植物。圍牆的下方更是深入地底，與地下室的金屬徹底相連，嚴絲合縫地密閉在一起。

做完這圈圍牆，剩下的工作就方便得很了。

羅勳他們沒有急著動工，先等了一天，等到收到衛星照片，找到裡面拍攝的自家基地附近的照片，確認圍牆的偽裝效果很好，仔細看也看不出異樣，才決定繼續次日的工作。

羅勳他們沒有直接鋪金屬地板，而是先沙化地面。

基地空地上的地面在末世前鋪過石板、瀝青和洋灰，這裡的土壤也不適合種東西，所以沙化後再用前兩天晾曬好的泥土來當種植用的土壤更好些。

羅勳他們將大理石地面、裝飾性的地磚等東西全都單獨收集起來放到一旁，留著布置暖房，于欣然則從一側圍牆內開始進行沙化。

沙化掉的沙土運入地下室裝車，倒到外面農田邊堆小山去。空地上的幾間有著各種功能的房屋，羅勳決定把它們拆掉，裡面的設備、農具、農用車輛能挪進房間的挪進去，挪不進去的就暫時放到最後才處理的地方，或者乾脆用金屬做出一個連在牆上的平臺放上去。

羅勳他們不需要在地面上種田，拖拉機、播種車什麼的，短時間內都不太可能用得上，但這些東西都是好的，丟掉更可惜。

第四章

軍事管理？還好搬家搬得快

就在宅男小隊建設自己的新家園，忙得熱火朝天的時候，負責例行檢查衛星每天發來的訊息和照片的何乾坤和吳鑫兩人又有了新收穫。

當他們看到從衛星接收到的幾條訊息後，驚了一下，連忙抱著東西跑到工地上……

沒錯，地面上現在已經被眾人挖出了個大坑，就好像施工現場。

「老大，最新消息，重大消息！」何乾坤跑得肥肚子一顫一顫的，看起來很有喜感。

一個個正埋頭苦幹的「灰頭土臉」的隊友，全都不由自主笑了出來。

圍牆外面那些變異植物，聽到裡面傳來動靜，扭動著枝條在光滑的金屬牆上蹭啊蹭，確認沒辦法伸爪子進去才不甘不願地放棄。

「怎麼了？」抹了一把臉，羅勳沒注意到自己臉上多出幾道灰印，向兩人迎上去。

「這個這個，我們剛剛從衛星上接收到的新資料！」何乾坤喘了幾口氣，他身邊的吳鑫比他好多了，只是呼吸有點紊亂，「這些訊息之前咱們因為破解不了密碼所以沒辦法收到，是我和胖子這兩天剛解出來的……剛才收到後才發現，這裡面傳輸的都是各個基地之間用來交流資訊的檔案。我們今天收到了西南基地對其他幾個基地回覆的信件，西南基地好像要進行整改。這次喪屍潮過後，還要跟其他幾個基地聯合行動，去礦場採礦。」

信息量有點大，吳鑫一時也說不清楚，乾脆將整理好的資料打包丟進伺服器中，大家用各自管用的設備就能登入查詢。

何乾坤滿臉都是興奮的神色，「那個新頻道裡東西可真不少，我們還發現現在居然還有有衛星電視節目，而且加密頻道裡的資料更齊全，不過有些訊息也是加密，我們再慢慢研究，早晚能解開。咱們得再多找些設備回來，給咱們的新家專門建個大機房。」

羅勳笑道：「這些都沒問題，等咱們的新家建好，還得深入市區去找一些設備，到時專門給你們造個專用的機房，你們愛怎麼折騰就怎麼折騰。」

上次他們去某快遞公司中轉倉庫的時候，曾經發現過一些攝影鏡頭，只是那些東西的型號不同，雖然能用，但每一臺設備的使用方法、效果多少都有些區別，他們找到的數量也比較少。在發現這些東西之後，羅勳就生出之後再去一趟市區，找專門賣這類電子設備的地方搬一批回來的念頭。

那類東西往往都在電子商城之類的地方，裡面肯定有各種電腦設備，正好可以一口氣跑一圈將需要用的東西全都運回來。

聽到羅勳的話，幾個資訊系出身的大男生歡呼一聲，相互擊掌。羅勳乾脆宣布暫時休息一會兒，大家利用這個時間看看新收到的那些資訊。

眾人回到一樓大廳休息喝水，坐在椅子上看收到的消息。

果然如何乾坤說的一樣，這些訊息都是依然建在的，能接收到衛星訊號的基地之間進行交流的資料，甚至有些還是兩個基地距離比較近，彼此互通有無的檔案。只是這類資料往往很快就會被刪除，所以何乾坤他們弄到的都是在發現後馬上截下來的。

其中西南基地的幾個檔案被兩人標註重點關注，羅勳他們現在看的也正是這幾個資料。

一個是經過這場防守戰後，基地內的武器損耗殆盡，需要盡快去鄰近的某些礦洞、工廠等地方拉運資源，便跟另一個距離礦產地很近的基地交流訊息。另一個就是何乾坤說的，關於西南基地要整改的事情。

整改是有前因的，不僅僅是因為如今西南基地在經過這場防守戰後發現內部問題這麼簡單。早在這次戰役之前，國內還存在的基地就有一些實行了全民軍事化管理，所有人都必須服從基地的命令，按照備戰時期的要求，強行統一管理。

所有人的食物、衣物、能源都要限額發放，不允許存有私產。所有物資上繳後進行統一分配。每個異能者都要登記接受管理，定時參與任務行動。所有普通人也要接受軍事化訓練，隨時聽從上級命令，該出戰的時候就要服從安排。在必要時刻，違反規定的人都要受到軍事懲處，情節嚴重者直接轟出基地，或者乾脆軍法處決。

最開始實行這一管理的都是萬人、千人以下的小型基地，這些基地本身的占地面積小，如果基地中都是沒有凝聚力的，屁大點事就鬧騰起來的一盤散沙，早晚有一天不是死在喪屍口中，就是死在內鬥之中。

如今已是末世後將近兩年，這些基地的存活率居然高於其他基地。大些的基地中有些也在得知這一消息後，開始實施這種管理模式，趕走所有不聽命令的人，然後展開嚴格的軍事化管理。雖然也會有這樣和那樣的問題，可在真正面對危險的時候，這種基地的存活率遠遠高於其他中大型的基地。

這就是西南基地為什麼時至今日還會有從其他基地逃命過來的倖存者的原因之一，這些被其他基地趕走的人走投無路，就只能尋求沒有這項規定的基地的庇護。

只是西南基地現在不能再這麼散漫下去了，再不提高對內的管理，下一次喪屍潮來臨之後，誰知道還能不能支撐下去。之前是因為基地內各股勢力牽扯不清，好不容易高層達到了相對的統一，刺頭小隊大多被清理掉了，怎麼可能還繼續容忍這種情況發展下去？

眾人面面相覷，好半天沒人吱聲。

過了一會兒，章溯冷笑一聲，搖搖手機，「應該說，幸虧咱們跑得快嗎？」

是啊，幸虧他們跑得快，更幸虧他們提前得知了這個消息，萬一趕在基地正在對內改制的時候，沒頭沒腦撞進去，誰知道他們還能不能順利脫身逃走。

「西南基地咱們暫時不能回了。」羅勳思索了一下，對眾人說道：「現在這種情況回去，還不知道咱們能不能脫身。家裡的蔬菜、糧食多了也不怕，大不了就曬乾存放，多出來的抓些變異鴨子變異鵝養養也不錯。咱們優先將新家改造好，找機會進市區，去西北城區找些電子設備回來，再看看能不能弄到一些家具，然後就關門過日子。」

這個決定得到全體成員的支持，雖然之前離開西南基地的時候心中還各種不滿，如今看來，幸虧他們走得早，要是再晚上幾個月，恐怕他們就算想走都未必能走了。

只有在沒人的時候，羅勳才低聲對嚴非吐槽：「未來的情況我已經不知道了，要是西南基地真按照剛才資料上寫的這麼做，我就弄不清以後是個什麼樣的局面了……」

他上輩子可是從來沒聽說過西南基地有這種改制，基地中雖然對於軍隊實行末世前的管理，後期也把異能者全都集中起來建立新城區，可基地中的平民卻依舊是平民，不然他上輩子怎麼可能就這麼宅十年？

嚴非笑道：「有區別不是很正常嗎？每天發生的事情這麼多，任何一個小事都有可能影響到未來的方向。要是完全和你夢到的一樣，這樣的日子過起來還有什麼意思？」

雖然未來和羅勳知道的不一樣，嚴非卻不擔心。不一樣才好，不一樣羅勳才不用總在心裡壓著對於夢中情況的負擔。

更何況，人生不就是因為充滿各種不確定才叫人生嗎？

如果事事都提前知道，自己還只能一步一步按照預知的向前走，有了危險無法繞過去，有了傷心的事情必須重新經歷一次，誰受得了？

羅勳的預知夢雖然重要，但他們已經過上自己的小日子，預知並沒有那麼重要了。

被自家戀人安慰過的羅勳，心情果然好了不少，恢復精神後再度投入改造新家的工程之中。何乾坤和吳鑫兩人的工作量減少了許多，大家一致表示，讓他們兩人主要去負責收集消息，只是兩個孩子比較厚道，還抽出時間來幫忙運土。謙讓到最後，他們也只是和徐玫兩位女士一樣，減輕一些工作量，可以隨時回去搗鼓電腦。

大坑很快就挖好了，嚴非確認了地面深度，在地下室天花板的基礎上開始鋪金屬地板。這層地板的厚度比較厚，足有一米左右，他還在空地上鋪了地熱管道，讓整個花房變成了一體成型的溫室。

將一車車與水和肥料拌好的泥土倒入院中，所有人現在很慶幸先前存了不少泥土，正好用在這裡，萬一泥土不夠用，他們還不得臨時下去挖幾個坑的土出來？

填坑的工作不比挖坑有效率，眾人花了兩天的時間才將整個空地鋪滿濕潤肥沃的新鮮泥土。期間他們還特意將其中幾塊地方建成小山坡的模樣，此時正將泥土盡量壓得結實些，之後就能將地下室那些需要移植的果樹轉移到地面上來。

鋪好泥土後，跟原本的地面還是有不小的差異，因為外面有一圈完整的連接到地下室的金屬罩子的緣故，大夥兒乾脆將這塊空地的海拔降低了些，留出足夠樹木花草根系生長的深度。這樣一來，就算他們建好的暖房從外面看起來不太高，也不用擔心高度不夠，讓裡面的果樹無法肆意生長。

大家在填土壓實泥土前，就將家中至少一多半繁殖出來的蚯蚓散落在整個院子裡，讓牠們自己在花園中繁衍。壓實泥土後，又將先前外出時收集來的大理石、磚石鋪到院子裡，做成園中可供行走的小徑。

做完這些工程，大夥兒將目標移到屋頂上。他們準備安上屋頂、玻璃、防護金屬罩，還得將部分太陽能板裝到屋頂上去。屋頂裡面更要裝燈管等器具，免得陰天下雨的時候，這個暖房裡面沒有足夠的燈光。

宅男小隊又出去了幾回，找回來足夠數量的金屬做成屋頂的框架，留出的空間正好能安裝從玻璃廠帶回來的玻璃窗。這些窗戶外面自然也會加上金屬罩，在危急時刻可以及時用那些架子罩住整個暖房，免得那些大塊玻璃遭到破壞。

羅勳他們在嚴非製造金屬支架的時候，用油漆在金屬片上寫寫畫畫，做出足以亂真，讓看到衛星照片的人忽視掉這處建築物的花紋。

這個工程相當耗時，羅勳將人手分成兩部分，一部分負責在金屬片上畫花紋，另一部分開始移植收集回來的各色果樹。地下室的水果、樹苗，分門別類種在暖房裡，剛移植的植物最好不要直接曝曬在太陽下，屋頂正好能起到遮擋陽光的作用。

嚴非負責安裝玻璃，搭建架子，在羅動他們畫好花紋後還要將金屬片貼到合適的位置。

等到屋頂封頂，作物全都成功移植，已經過去了一個星期。這還沒算之前他們填土、外出找金屬，以及攪拌泥土的時間。

眼下已是七月上旬，天氣來到一年中最熱的時候。

新的暖房建成，將小二樓的一、二樓包裹在裡面，唯一還留在外面的只有三樓的那一層房屋，空調全部裝到三樓的房間中，剩下的空調也都將室外機放到暖房的屋頂，室內機引入房內，需要的時候再開啟。

二樓以下的屋子被包裹住以後，眾人就不用再在二樓下面的樓體外再造那麼多金屬架子保護，原本掛在二樓牆體外朝陽那面的太陽能板，此時都移到暖房屋頂和三樓牆壁及屋頂外。

現在只要在站在二樓的窗邊，就能看到新建的暖房，宛如果園和花園的結合體，到處生機勃勃，除了缺少動物和昆蟲之外，簡直就是真正的小花園。

有了小花園，最高興的莫過於于欣然和小傢伙。

大家乾脆將其中一塊暫時沒什麼用處的空地空出來，給于欣然做了個鞦韆，再將當初羅動家露臺上的葡萄架也移植過來，弄來些不知從哪個路邊公園常見的石頭凳子、石頭桌子和木頭長椅放在下面。

這群人好不容易鬆口氣在這片樹蔭下休息的時候，還在想要不要哪天路過末世前的遊樂園時，將小型的能搬得動的遊樂設施也弄回來。

看著小丫頭一邊咯咯笑著一邊溜鞦韆，小傢伙跟著鞦韆跑來跑去，小包子睜大眼睛好奇看著，眾人就覺得這個想法可以記上，等路過兒童樂園之類的地方，就順路搬些器材回來。

「咱們那些車子就這麼放在頭頂上沒問題吧？」李鐵指的是房子後面，放在半空中的金屬平臺上的幾輛農用車，上面最靠外的就是一臺拖拉機，看起來有些危險。

羅勳抬頭看了看，頗為糾結，「下次回來嚴非會在它外面做個金屬圍欄，放心，那些車子都有金屬固定在金屬牆上，不會掉下來的。」

那些東西確實看著嚇人，它們離地至少有一人多高，要不是知道嚴非造出的金屬平臺夠厚夠結實，多半沒人敢往那邊站。

羅勳很想把它們移到地下車庫，可地面和地下室之間沒有那麼大的電梯能運送。地上建物被變異植物圍著，更不可能將這些車子開出變異植物農田再轉進地下車庫，只能暫時這麼將就著掛在半空中。

地下新挖出不少儲物空間的結果就是，原本放在地面上的東西都可以轉移到地下的儲藏室中，留出大片空地種植花花草草和水果蔬菜，除了那些實在移不走的。

大理石和磚塊鋪成的小徑兩邊生長著鬱鬱蔥蔥的小蔥、香菜、蒜苗和韭菜。除了味道比較獨特外，猛然看去跟普通的花園沒什麼區別。

花園中還有一條特意挖出來的小河，裡面注入清水，為的只是給整個空間增加濕度，暫時沒有其他作用。

眾人還單獨闢出一片地來種植心心念念的西瓜、桃樹、梨樹及蘋果樹，果樹林立在小山坡上，另有檸檬叢、金桔樹、草莓和奶油果遍布。

此外，在路邊、牆角邊、樹木花叢邊，特意放置了種蘑菇的箱子。這些箱子的外表做成椅子、凳子的形狀，可以擺放花盆或其他東西，累了還可以坐在上面休息。實際上，這些東西當然是用來吸收有毒物質，避免花園中的植物變異。

雖然不算完善，可這個暖房建得算是基本成功。

羅勳倒是考慮過要不要將鵪鶉散養出來，可是想到這些變異的鵪鶉目前尚未確認過到底有沒有異能，更沒來得及宰殺幾隻開葷解饞，只好等到確認牠們沒有威脅再決定。

誰知道這些變大的鵪鶉會不會把他們辛辛苦苦收拾出來的花園毀掉？有這個疑慮在，他們寧可單獨闢出個房間養著牠們。

新家的大工程終於暫時告一段落，之後還需要外出找電子設備、家具及兒童玩具回來。

與此同時，何乾坤與吳鑫兩人不負眾望再度偷到了西南基地的內部檔案。

這次不是跟其他基地的人交流的訊息，而是通過衛星訊號給他們基地內部的一些人發的加密文件。李鐵他們之前在軍方工作，知道幾個內部的密碼，之前卻因為不知道有專門傳輸資訊的頻道，才沒有接觸這些檔案的機會。現在兩者都知道了，這些東西對於他們來說自然再也沒有什麼祕密。

西南基地確實準備按照那些小基地的模式進行整改，但是擔心西南基地人口基數太大，政策過於強硬會到引發其他問題，從而威脅領導者們的安危，所以基地方面決定慢慢改變，改變的方式就是，分出內外城進行雙標管理。

內城實行完全的軍事化管理，不願意服從的人可以搬到外城區居住，可基地遇到緊急情況時，軍方會考慮優先捨棄外城區，撤回內城區，故而在安全保障的問題上，外城區可是沒有內城區來得安全。

內城區在進行改制後暫時會以軍方和異能者為主，此外還會吸收一些願意服從管理的人員。外城區就是後來者與不願意加入的人臨時生活的地方。

等到內城區改制成功，外城區早晚也會有這麼一天，只是比內城區晚些時候而已。

羅動想想他們原來住的房子，地處內城區黃金地段，忍不住嘆息一聲，轉移話題詢問眾人道：「東西都準備好了吧？吃過早飯，大家就一起外出。」

宅男小隊的新家位於A市西南方偏南的位置，往西北方向開車不過一天多的功夫就能到西南基地。這是末世後路況艱難，許多地方坍塌，不得不繞道的結果。他們如果想去原A市北面專門售賣電子設備的商場，就要幾乎穿越半個A市才能到達。雖然可從市區外圍繞路，但那樣又要花費不少時間，還可能跟執行官方任務的小隊或軍方人員遇上。

羅動他們搗鼓暖房的時候，不忘隨時注意喪屍潮的動向，那波離開西南基地的喪屍潮，同樣經過了A市北面，卻應該沒有留下什麼喪屍。

市區內雖有不少喪屍在活動，可羅動他們仍能找到相對清靜些的路線。那些路上肯定也會遇到喪屍，可總地來說危險性沒有直面喪屍潮那麼大。

進入市區後，當然會遇到來做任務找物資的小隊，可那些小隊大多是零散小隊，不會有軍方人員參與行動，不需要特別擔心。

羅動他們不走外環道還有一個原因，那就是今年開春後天氣轉暖，雪水融化滋潤了昔日的房屋、地面，越是靠近市區周邊，植物生長得就越發茂盛。就如宅男小隊現在生活的區域一樣，外環比較清靜的地方，此時無論是斷裂的路面，還是路旁的空地，甚至房屋之上，都生長了不少植物。

看著最外環在衛星照片上顯示出來的一片碧綠，羅動有些擔憂，不是所有的變異植物都和魔鬼藤似的披著與普通植物完全不同的顏色和外形，更多的變異植物仍是蒼翠的，誰知道那些植物會不會對人肉感興趣，他們可不敢貿然從附近經過。

市區中還有不少喪屍藏匿其間，外出尋找物資的人也會經常從某些地方經過，那些區域的路況絕對好於其他巷弄，也比較沒有那麼危險。

在這次行動前，羅動還特意拉著嚴非將武器再度進行改良，大大提升了子彈的殺傷力，從而增加出行的安全性。

兩輛白色的電動車、兩輛紅色卡車，車廂中全都空蕩蕩的，除了必須攜帶的物資和食物外，有部分特意攜帶的金屬藏在各輛車中。

宅男小隊這次外出的時間估計會比較長，他們在離開前給各個房間都設定好了早晚的照明時間，且盡可能做好屋頂太陽能板和玻璃的防護，這才略帶擔心地驅車經過地下通道，行駛上通往市區北部的大路。

A市很大，如今卻是路況艱難，喪屍四處遊蕩，變異動物神出鬼沒，人類苟延殘喘。在末世前開車，若是不塞車，最多一個小時左右就能到達的地方，現在卻被無限拉長。至於到底要花上多少天才能抵達目的地，自然是全靠運氣了。

末世初期，有些一開始躲在家中，在斷糧後不得不出來尋找出路，最後逃到西南基地的人，他們明明是原本就生活在A市的本地人，可是從家中去西南基地的路途卻能足足走上十幾天，甚至將近一個月，從這裡就可以窺得端倪。

宅男小隊現在的狀況比那陣子要強上不少，畢竟他們有車，有衛星地圖可以選擇安全路線，隨車還攜帶各種武器，最重要的是，同行的隊員中至少一半是異能者。只不過他們依舊得保持警戒，除了要擔心喪屍和變異動物之外，還得注意路上遇到的人。

西南基地最近動作頻頻，喪屍潮過後就準備進行整改，所幸目前暫時還沒有下達明確的條文，僅有部分內部人員和消息靈通的人士知道。

基地方面更是在喪屍潮退去沒多久，就馬上派出軍隊前往昔日的礦區。

基地高層的想法是優先將內外城中間那圈圍牆再次提升高度，增加圍牆的堅硬程度，等這些準備工作開始，再著手區分對待內外城的人。

只是我國畢竟是人情社會，知道整改消息的人難保不會告訴自家親友，親友再通知親友的親友。一來二去，消息稍微靈通點的人多少都知道些內情。他們了解得雖然未必清楚，但基地裡還是流傳起了一個謠言，那就是基地裡的物資不多了，軍方和異能者們準備沒收所有人的私有財產。

至於這謠言之後緊跟著的「然後按照大家工作的成果發還給大家」這句話，被所有人都無視掉了。家裡窮得叮噹響的人自然無所謂，反而歡天喜地等著新命令發布。其他人就不一樣了，誰願意把自家的東西貢獻出去給別人分配，除非到時候發下來的東西比自家交上去的還多，可這想想也知道不可能。

幸好緊接著又有另一條謠言擴散開來，亦即這命令暫時只針對內城，輪不到外城。

短短三天的功夫，內城幾乎人走樓空，除了家裡幾乎沒有資產的人等著分吃的喝的，就是一些有門路的人認為說不準這事自家還能占點便宜，最後就是剩下動作慢的，不信邪的人依舊留在原本的住處。

外城區一下子熱鬧起來，所有人都在爭搶房屋，倒是省了基地上層人的動員工作。

謠言四起的同時，異能者小隊該外出做任務還是老實出去，異能者小隊的立場和軍方一樣，也早就達成了協議，並不會影響到他們的任務。

所以，當宅男小隊一天多的車抵達西南基地附近的時候，就時不時遇到一些從西南基地出來，或者正要回去的車隊。

宅男小隊外出時，嚴非仍會不時從路邊的建築物收集金屬備用，這一天多的時間過去，他收集到的金屬足夠能攢出一輛車子體積的大小，他乾脆將那些金屬做成了一輛不起眼的吉普車，更利用不同金屬的顏色進行搭配，就算有其他小隊擦肩而過，也會以為那車子是真車，上面疑似單面玻璃的東西是真玻璃。

嚴非還將那輛車放在自家車子前面，緊跟著章溯所在的那輛車。章溯需要隨時探查遠處有沒有危險及道路狀況，這次章溯和王鐸兩人開了電動車，走在最前面，後面緊跟著羅動兩人開著的大卡車。第三輛卡車是李鐵等人，最後則是徐玫兩位女士的電動車斷後。

路上收集到的金屬再夠攢上幾輛小吉普車的話，羅勳就準備全都和之前那輛似的，夾在自己的車子和章溯他們的車子中間，或者乾脆暫時放到卡車車廂裡。

果然車子的數量夠多，路過的小隊最多遠遠打量幾眼，卻不會主動靠近，就算是晚上休息的時候，附近有其他隊伍的人在，他們也不會主動靠近。

別人不靠近，羅勳他們自然不會主動接近。等行駛進市區之中，這些車隊就大多會散開各自行動，去各自的目標。宅男小隊一開始還會專門找空地臨時搭建起金屬小屋來過夜，可等進入建築物密集的市區後，這個做法就只能放棄。大家晚上要休息的話，不是睡在自家車子上，就是找個空屋臨時度過一晚。

這一來是因為路上的空地比較少，不夠他們臨時搭金屬屋，二來是往來的人比較多，萬一半夜有人經過看到恐怕會引來麻煩。

離開新家的第三天傍晚，羅勳他們幹掉竄出來的喪屍後，就選了路邊一間商店歇息。鎖好車子，帶上隨身物品，一行人先觀察店裡有沒有藏匿喪屍，結果當然是沒有。

這裡距離西南基地不遠，喪屍數量不多，謹慎些的隊伍都能來到，店裡別說原來應該有的商品全都不見，就連架子、櫃子、門窗也都不翼而飛。

整個商店空蕩蕩的，就連牆皮都脫落，地板的瓷磚也沒了，何況其他？

眾人轉悠了兩圈，紛紛點頭：「很好，今晚就在這裡休息吧。」

嚴非都不用去動外面那兩輛純金屬車，他揮揮手從後面的住宅區中召出些金屬來，將整個屋子封住，僅留出通氣和觀察用的窗口。

眾人七手八腳地生火做飯，羅勳將小包子從背上的嬰兒背帶中解放出來，伸手去摸他的小褲褲檢查有沒有尿濕，于欣然則從車載冰箱中拿出一顆草莓餵小傢伙。

就在如此寧靜的時刻，街上忽然遠遠傳來發動機轟鳴的聲音，以及急促的喇叭聲……

「怎麼了怎麼了？」

一群人擠到大門口，順著留出的小窗向外張望。沒讓他們等多久，一輛輛車子就呼嘯著在街上左扭右甩，輪胎擦地，發出尖銳的聲音，一路奔馳而來，掠過宅男小隊停在路旁的車子，向羅勳他們來時的方向開去。

其中幾輛車的車頂還趴著幾個喪屍，看不清道路的車子中有兩輛擦撞到了宅男小隊停在路旁的車，更有一輛直接撞上其中一輛車。

讓眾人冷汗直流卻又鬆了一口氣的是，那輛車撞到的車子是大家為了安全起見特意停在最外側的，由嚴非做出來的純金屬假車。被撞的假車最多只有車身略微劃傷，都沒撞出凹洞來，倒是那輛撞上來的車子車頭反而癟了。

後面追著的體型巨大的喪屍幾步趕上，徒手撕扯開車身，從裡面抓出人就一口咬下。

宅男小隊已經有一段時間沒有直面過這麼血腥的情景，眾人倒抽一口涼氣，而那個喪屍咬掉那人半個肩膀後，它的身後就又趕過來幾個喪屍，緊接著那輛車就傳出幾聲慘叫聲。

似乎是聽到或者嗅到了人類的氣味，那個當先的巨型喪屍並不在意其他喪屍搶走它的獵物，反而看向羅勳他們所在的屋子。

「它會攻過來，全員做好迎戰準備。」羅勳目測街道上的情況，跟著那幾輛車過來的喪屍數量不算太多，但幾乎每一個都是經過二次變異的，其殺傷力和戰鬥力遠不是以前的喪屍可以相提並論的。

雖然那個隊伍後面跟著只有大約五六十個喪屍，現在留在這裡的也不過二十來個，可每一個都不是那麼好殺的。

所有人都舉起手中的遠程武器，隨時準備進行攻擊，至於衝出去救人……

有人的車輛一旦被喪屍們圍住，幾乎就不可能留下什麼活口。聽裡面的動靜，大家就知道車裡的人肯定已經沒救了。

事實也確實如此，如果說以前被喪屍咬了之後的人還可能直接喪屍化，現在這些喪屍圍住獵物，就會在短時間內將其分食，哪裡有可能留給這些屍體喪屍化的時間？

沒等羅動他們發起攻擊，那個巨型喪屍就抓起被撞到的純金屬車捏了一下，然後丟向宅男小隊所在的屋子。

「靠！力氣這麼大！」李鐵罵了一聲，車子的體積太大，這麼一丟過來，就將他們的視線全都遮擋住了。

「不對，那不是力量系喪屍，是金屬系的。」嚴非的話音剛落，眾人就見那輛飛向眾人的車子在半空中開始變形。無數鋼針從車體中冒出，對著眾人射來。

這要是被射中，就算他們身前有金屬圍牆保護，也肯定會有不少順著小窗扎進來。

嚴非的反應極為迅速，就見那些鋼刺瞬間扭成了麻花，金屬車子在接觸圍牆的同時宛如一層布似的直接拍在了圍牆上，給圍牆增加了不少厚度。

那群喪屍此時早就幹掉了車中的活人，因為長時間一同合作的關係，即使它們的智慧不高，卻早已形成固定的配合模式。

那個金屬系喪屍的這招很常用，在射出鋼刺的同時，所有的喪屍便跟在後面撲了過來，爭取吃到第一口新鮮的人肉。而讓那些喪屍意外的是，鋼刺不但沒有將獵物扎得血肉模糊，反而變成了阻擋它們前進的障礙物。

這些喪屍來不及反應，那個金屬系喪屍也還沒再次揭開金屬圍牆，一股股鮮紅的汁液迎頭噴來，將它們從頭到尾淋了個透心涼。

與此同時，一些金屬夾心彈射進那些小喪屍體內，只有兩股最大的紅色汁液被一陣風裹著團團圍住那個金屬系喪屍，讓它無法逃脫。

約莫十分鐘外面的動靜就消失了，一層白霧緩緩升起消散。

羅動仔細觀察了一下才放下心來，「搞定了，小欣然，把那些晶核撿進來，再挖個沙坑把它們的殘骸和蘑菇汁一起埋掉吧。」

這次攻擊根本不用小丫頭出手，就連徐玫也只用了用水槍和弩箭，倒是宋玲玲和章溯配合著用蘑菇汁立下了大功。

宋玲玲的水系異能現在用得越發得心應手，章溯的風系異能可以加快這些液體的速度，更能調整它們以各種刁鑽的角度攻擊目標物。更讓眾人覺得輕鬆的是，這次他們外出，可是帶了不少蘑菇汁。

這些東西只會越來越多，全都拿去澆灌變異植物，他們擔心變異植物會二次變異，所以難得外出，他們才不會放過這麼好的機會。他們將其中一輛卡車車廂裝了將近半車的蘑菇汁液，就算每天都遇到變異的喪屍也不用擔心。

有宋玲玲在，她能操控蘑菇汁灑到喪屍身上，有些沒碰到喪屍的，還能將其回收到盛放汁液的箱子裡，愣是半點都沒浪費。

于欣然將幾顆晶核從窗口用沙子捲回來，又掩埋掉那些喪屍的殘骸。

嚴非接過金屬系晶核，對眾人道：「這顆居然是五級晶核。」

他們最近在喪屍潮過後去了那些又抓住喪屍的變異植物附近，雖然找到過一顆水系的五級喪屍晶核，宋玲玲因此提升了自身實力，但那之後再沒見過其他五級晶核，現在竟然又讓他們遇到了一個五級喪屍，還是特殊金屬系的五級喪屍，運氣實在是逆天。

眾人嘆道：「這運氣……」

「這個喪屍也倒楣，還沒催動五級異能，就被咱們的蘑菇汁液給淋死了。」

沒錯，要是給這個喪屍更多的反應時間，這次戰鬥絕對沒有這麼容易結束。不過，從另一面來說，異能之間果然是相剋的，換個方法就能很輕鬆殺死強大的敵人。

確認外面沒有其他喪屍，羅勳他們才打開金屬門，來到那輛被撞得面目全非的車旁。

車裡已經沒有活人，連喪屍化的都沒有。裡面一盤狼藉，他們只能略微檢查就將車子移到路邊，但沒將車輛和裡面的屍體埋掉。不是他們不想，而是這車子上的人和之前逃走的那些人是一路的。雖然有喪屍追著他們，可其中應該有幾輛車能逃走，如果那些人回來找同伴的屍體和遺物，肯定還會回到這裡，他們將車子和屍體埋掉反而不好。

再次回到臨時落腳的屋子，羅勳有些不甘心地看向西南基地的方向，「之前那股喪屍潮肯定有五級喪屍在，要是基地沒那些事，咱們說不定還能回去找人換到。」

他們現在是很安全，卻相對失去了跟基地中的人交換東西的途徑。

「就算咱們還在基地裡，晶核也都在軍方手中，想換也未必能換到。」嚴非安慰他。

可不是嗎？自從過年後他們再想在基地裡換什麼東西，一來摸不到門路，原來的門路也沒用了，二來基地方面的窗口根本沒有高級晶核可供兌換。真想要換東西，就得在市場上找需要其他系高級晶核的人交換。

現在基地裡亂成一團，他們回去也沒地方可以換。要是真那麼不巧遇上基地裡面按照新規定強行安排所有人的工作，徵收私有財產，他們這些準備用來兌換的東西未必保得住。

羅勳將這個話題放下，大家才聊起剛剛那些喪屍和車隊的事。

眼力好的人說道：「剛才開過去的那幾輛車中，有一輛車的車身少了一半。我看到那車上還趴著幾個喪屍，那車裡的人不一定能逃掉。」

耳朵靈敏的立即說道：「咱們在打這幾個喪屍的時候，我好像隱隱聽到遠處有爆炸聲，說不定就是那幾輛被喪屍爬上去的車子出事了。」

「老大，你說他們是從哪兒招惹來這些喪屍的？」

羅勳很無奈，他又沒有千里眼或預知能力。

「可能是碰巧遇上的吧。也許他們要去的地方正好有喪屍在，就被它們盯上了。」

自己選的這條路雖然看起來安全，但也僅僅是相對安全。從衛星照片上只能看到市區街道的狀況，誰知道路邊的建築物中有沒有藏著什麼喪屍，羅動可不敢保證自己隊伍這一路上就是絕對安全的，尤其在遇到剛才那種驚險情況後，更是無法保證。

可能是外面死過人，眾人第二天早上就在外面的街上陸續發現不少零散的喪屍。幹掉屋外的喪屍，等嚴非將昨天被波及的車子稍微修復，眾人才上車繼續趕路。

沿途時不時遇到喪屍，尤其越發深入市區，這種情況就越多。

當初西南基地轟炸的是市區南部的建築物，後來人們在外出做任務就會下意識忽略掉市區南部，反而集中在中部和北部行動。人類頻繁的活動引得更多的喪屍盤踞在那一帶，導致越往北越深入市區，喪屍就越多。

宅男小隊的運氣不錯，選擇的路線較清靜，可還是不時遇到零星喪屍冒出來。

眾人在趕路途中不忘對羅動表達欽佩之情，幸虧帶了很多蘑菇汁，更幸虧他們的武器都經過再次改良，不然他們哪能幹掉那些有異能又二次進化的喪屍？以前的武器現在最多也就能給這些喪屍增加小傷口，如果不是嚴非將大家的弩箭按照羅動的設計改造過，他們即使只遇到少數幾個喪屍也會陷入艱難的戰鬥。

更慶幸的是，之前從變異植物的農田找到了五級水系晶核，成功將宋玲玲的異能推升到了五級。五級異能對於非純水的液體操控力堪稱驚人，就算目標物完全沒有缺口，她也能瞬間將目標物體內的液體全部抽出來。

這一招不但對於如壓榨蘑菇汁這種沒什麼技術含量的工種有效果，在面對喪屍的時候同樣有效。喪屍雖然是死的，體內的血液大多變成不知名的東西，可到底還是屬於液體範疇。

在對敵之時，她可以用異能將喪屍腦袋附近的液體抽乾，之後隨便來點重量級的攻擊，就能把乾樹枝似的喪屍脖子打斷。

如果將目標喪屍身上的體液抽乾，徐玫再丟出火球，還能讓喪屍燃燒起來。

這樣的殺傷力比較低，可總是一種攻擊的方法。

宋玲玲的異能表現越來越讓眾人對於其他異能者升到五級後產生了極大的期待。

嚴非得到那顆金屬系晶核便用掉了，也成功衝到了五級，可他才剛升到五級，除了可操控範圍變得更大，能探查到更細微的金屬外，一時沒發現其他用處，只能慢慢探索。

車隊再次啟程，同行的車輛還有兩輛偽裝成吉普車的純金屬車，每輛車上當然還或多或少增加了一些金屬材料當作備用。羅勳倒是有心讓嚴非多造幾輛金屬車，關鍵時刻可以像昨天似的放在外面當盾牌用，可惜路況艱難，路面還有不少雜物，車隊太長的話，遇到危險時刻恐怕來不急反應。

進入市區後，宅男小隊就一路向北，花了三天的時間才來到他們的目的地。這三天中，每天晚上睡前，早上起來後，都要打打喪屍才能安心睡覺，安心上路。

讓大夥兒相對鬆一口氣的是，進入市區的第二天，路上遇到的喪屍數量是遞增的，可越接近市區北面，喪屍的數量反而減少，只是路面被喪屍大軍破壞過的痕跡比之前要多。

似乎因為上一波喪屍潮是從這裡經過，將沿途遇到的喪屍都招收成了小弟，所以這附近的喪屍大多跟著喪屍潮湧向北面，倒是羅勳他們來時的路和當初喪屍潮北上的路線不同，這才會在半路上遇到喪屍。

舉著望遠鏡觀察遠處建築物的情況，過了一會兒才決定驅車靠近目標地點。

「東門被倒塌的建築物擋住了，那棟樓應該還有三個門。對面那棟樓門口好像沒什麼障礙物，後面還有兩棟……」大家來的是專賣電子產品的地段，末世前在電商還沒發展起來時，這裡可是A市甚至全國都十分有名的地方。

商業大樓林立，天橋上此時半個人影都沒有，路邊雜草叢生，就連那些原本現代氣息十足的大樓和天橋上都覆蓋上綠草，看起來相當荒蕪與蕭瑟。

羅勳他們將車子停到較安全的地方，所謂安全指的是上面沒有隨時可能會掉下來的磚頭或玻璃窗，更不是十字路口這種隨時可能被突然衝出來的車輛撞飛的地方。

一行人下車，鎖好車門，準備先進入某棟大樓。

嚴非的腳步忽然頓住，挑眉道：「這裡面的金屬含量很高。」

能不高嗎？看看這裡是賣什麼的就知道裡面的金屬有多少了，只是之前嚴非雖然也能感覺到鄰近建築物中有無金屬，卻沒有升到五級之後的感覺如此明顯。在他接近這些建築物的一定範圍之內，那種迎面而來的金屬氣息……果真強烈。

雖然這麼說起來其他人可能無法理解，不過可以想像一下走到公共廁所前那種撲面而來的氣味，就能揣想嚴非的感覺。

進門後最先看到的是一地碎玻璃，而且不單單是碎玻璃那麼簡單，櫃檯全被砸開，裡面原本擺放著的東西散落各處。

好在這些東西大多是樣品，就算有實物也是一兩件而已。

大家放輕腳步慢慢走入大樓深處，章溯造的風散開，順著樓內的空間掃過一次，「沒發現什麼東西。」

「之後呢？上樓還是下樓？」羅動兩輩子加起來都沒來過這裡，對這裡不熟悉，但他之前生活的小城市中也有這類電子商場，他的印象中，這種商場無論是地上還是地下的，應該都有店家在賣東西。

相反的，對於這附近五人組分外熟悉，幾個人聞言立即進入興奮狀態。

「這棟大樓的地下室基本都是賣手機的。」

「還有各種遊戲機主機。」

「那個可以拿回去幾臺，還記得上次咱們弄來的電視機嗎？這裡的遊戲光碟應該還有，都搬回去，全都搬回去！」

「先辦正事，樓上應該是賣各種設備，像是監視器、硬碟什麼的，咱們多帶些回去。」

「針孔相機，針孔相機！」

「老大、嚴哥、章美人，快走快走！」

一行人浩浩蕩蕩爬上了二樓。

讓人意外卻又不意外的是，這裡顯然也有人光顧過。

或許是末世初期住在附近的人曾經來過，也或許是後來收集物資的人來過，更有可能是路過的人曾進來過。之所以這麼說是因為，一、二樓商店的所有產品全都沒了，櫃檯都被打開，那些櫃檯都不是被正常打開的，而是被暴力破壞的。

千里迢迢來這裡尋找物資的一群人，全都氣不打一處來，這明顯是單純的破壞。那些來過這裡的人並不是為了找什麼東西，而是見到什麼砸什麼，見到什麼打什麼。

「咱們仔細找找，肯定有還沒壞的。」李鐵兩眼冒著怒氣地盯著被整排推倒的裝著顯示卡的盒子。上面的盒子都被砸壞，但裡面肯定還有完好無損的配件。

「沒事，附近還有好幾棟樓呢，他們不可能把每一棟樓裡的東西都砸爛。」羅勳安慰地拍拍他的肩膀。

羅勳說的沒錯，那些當初來這裡搞破壞的人都是些外出來找食物卻沒有收穫的人，來到這兒之後就將壓抑的種種怨氣撒在這些不能吃不能用的東西上。

雖然他們破壞了不少東西，可看得出，這裡的一樓和二樓被暴力破壞嚴重，但三樓以上就沒這麼誇張了。可惜這裡的樓頂似是被什麼東西擊中過，坍塌了一多半，原本放在裡面的東西都被雨水泡爛了。

這棟樓的地下室也是一樣，似乎是之前雪水融化的原因，地下兩層的貨物幾乎都壞了。大家只在二、三樓找到了少量完好的電子設備，以及數量眾多的各種電源線和傳輸線。

來到後面的幾棟樓，眾人難看的臉色才好了不少，之前那棟樓位於最外側，靠著這裡最繁華的街道，裡面的東西才會被破壞得最為嚴重。後面幾棟樓裡的東西，除了食物外，就幾乎沒人刻意碰過了。

其他幾棟樓中的商品很零散，但找到不少好東西，更何況他們還找到了某個商場後面的倉庫。李鐵他們本著多多益善，萬一將來設備壞了可以拿來替換的想法，盡可能將車裝滿。

等電子設備、監視器搬得差不多，眾人就直奔他們知道的另一棟大樓的地下一樓，準備再拿幾支手機，外加各種類型各種規格的遊戲機，就可以打道回府了。

順著停滯的電梯一級級向下走，各人手中都拿著一個手電筒，有人頭上還帶著特製的頭盔，上面用膠布綁定太陽能手電筒，大夥兒還舉著嚴非做出來的金屬盾牌。

沒等下到地下一樓，空氣中陡然有隱隱的波動，章溯來不及開口，就先凝出一股風盾擋在波動來源處，嚴非也立即豎起一面金屬牆。

「噗！碰！」兩個撞擊聲接連響起。

從聲音上判斷，那東西應該先是強行穿透風盾，又撞上了後面的金屬牆。

「還有……」章溯的話音未落，「噹噹噹」的聲音接連響起，紛紛撞到金屬牆上。

嚴非見狀，迅速將金屬牆封頂，保護住眾人。

「慢慢往後退，回到電梯入口處。」羅勳下令，現在地下一樓沒有照明設施，他們連衝過來的東西到底是什麼都不知道，又如何防守？還是先回到地面上再說。

金屬牆隨著眾人的動作緩緩向上挪動，牆外不時傳來「叮叮噹噹」的聲音。因為空間狹小，那些聲音彷彿在耳邊響起，震得大家的耳朵微微發麻。

嚴非一邊移動著金屬牆，一邊檢查它有沒有受到破損，所幸因為他的異能升到五級，精煉金屬不需要費多少力氣，而且強度一如既往。

就在他們移動到電梯口時，金屬牆外傳來刺耳的嗞嗞聲，圍著整個金屬牆飛速轉了一圈又一圈，似乎每次都在同一個位置劃動。

「有東西在劃牆壁，速度相當快！」嚴非第一時間就反應過來，那東西將金屬牆劃下去多少，他就修補多少，可那東西的速度極快，圍著金屬牆轉起來的聲音幾乎連成了一片，遲早他的修補速度會趕不及阻止那東西的攻擊。

羅動有些驚訝，卻一點也不擔心地從腰間掏出一個金屬盒子交給嚴非。

嚴非二話沒說，將這個金屬盒子按到牆上，金屬牆就跟這個盒子徹底黏到一起。盒子急速拉長變大，又加入了兩個盒子後，整個金屬牆從內可以看出一圈凹陷進來的金屬邊，等那刺耳的「嗞嗞」聲終於換成清脆無比「噗」一聲後，那聲音才戛然而止。

宛如翅膀拍動的聲音傳來，順著金屬牆的一側滑落下去。

之前「噹噹」聲從凹陷的地方傳來，隨即同樣是翅膀拍打的聲音，劈里啪啦往下墜落。

羅動交給嚴非的盒子是用來裝著蘑菇汁的隨身包，這東西的體積小，較為輕便，是他們隨身攜帶當成「蘑菇汁手雷」來用的。必要的時候，也能用這玩意兒來給水槍補充彈藥。

剛才嚴非是順著那東西在牆壁外劃動的聲音，將金屬盒子沿著那條「線」弄到了圍牆內側，蘑菇汁均勻灌注在凹槽裡面，一旦外面的金屬牆被劃破，蘑菇汁自然而然就會濺射到攻擊眾人的那東西身上。

「那東西不大，可能是鳥類。」羅動推測道。

嚴非將凹槽外側的金屬全部打開，蘑菇汁順著金屬外壁灑了下去，一些東西在碰到了蘑菇汁後顯然吃了大虧，陸續掉落在地。

「那東西討厭就討厭在個子不大，動作卻很快。」章溯對嚴非勾勾手指，「開個洞。」

嚴非在他前面的牆壁上開了個小口子，章溯調動風順著那個小洞吹了出去，在隔著金屬牆的情況下，只依靠那個小洞操控外面的風，將正在地上撲騰的東西用風刃裹了起來。

章溯饒有興致地挑眉，「我說呢，原來也是風系的。」所以速度才會這麼快。

雖然外面那些攻擊眾人的東西是風系的，章溯對付起來也有些棘手，但好在那些東西大多沾染上了蘑菇汁。它們的體型偏小，沾上一點再撲騰兩下就沾得全身都是，其結果……當然是可想而知。

章溯再三確認過外面的情況，確定外面沒有什麼東西在，只有地上還有一些正在撲騰之後，嚴非才收起部分金屬牆，眾人舉著手電筒繼續往下走，總算安全來到地下一樓。

用手電筒在地上照了一圈，眾人才發現剛才攻擊大家是什麼東西，原來是蝙蝠，而且不是喪屍蝙蝠，而是體型看起來和普通蝙蝠差不多大小的變異蝙蝠。

幹掉幾隻還在地上撲騰的變異蝙蝠，大家對視一眼，「這些……是從哪兒來的？」

末世前住在大城市的人幾乎沒見過蝙蝠，羅勳倒是記得自己小時候，老家還沒拆遷時，曾經在巷子裡看過蝙蝠在傍晚出來抓蚊子，可自從他居住的城市開始各種改建，就再也見不到這種生物了。別說蝙蝠，有些大城市的市中心甚至連燕子、蜻蜓都十分罕見。

大夥兒難得見到變異的蝙蝠自然很好奇，誰知道這些生物是從哪裡飛來的。是末世後才進入市區的？還是末世前就在這附近生活，現在才轉移到這裡？

他們迅速幹掉了這些翅膀被腐蝕的小東西，取出牠們身體裡的晶核。

確實如章溯所說，這些蝙蝠居然都是風系的，讓人驚訝的是，那隻疑似圍著金屬牆轉圈圈，殺傷力極大的風系蝙蝠，居然是五級的。可惜大家發現牠的時候，牠已經只剩體內的晶核和一點殘肢，無法從外表研究牠和其他蝙蝠有沒有什麼不一樣的地方。

章溯拿著那顆五級的蝙蝠晶核臉色有點難看，這種生物雖然也是五級的，可牠真的能把自己的異能推上五級嗎？真的不需要再大一點的五級晶核了嗎？

「晚上你配合其他四級風系異能晶核試著吸收看看吧，萬一能升級呢？你的異能已經到四級頂點有一段時間了。」羅勳不痛不癢地安慰他。

章溯也是苦逼，他們在變異農田中發現的晶核中，風系晶核是所有晶核中比例最低的。就算有，也都是三級以下的。沒辦法，誰讓三級以上的風系喪屍就大多會在天上飛，如果不是正好遇到風系喪屍來攻擊大家，他們哪有那麼好的運氣正好打到風系晶核呢？

幸好家中找到的普通晶核數量不少，章溯平時可以用這些晶核來衝級，如今有了這顆五級晶核，算是聊勝於無。

地下一樓應該沒什麼危險了，眾人尤其是李鐵幾人，此時全都迸發出極大的熱情，他們直奔一個個專門出售手機的櫃檯，選中了末世前剛剛上市的某幾大品牌的手機，準備全都帶回去慢慢輪著用，也不管它們是不是新的或二手的。

這幾個傢伙還找到了至少三家賣遊戲主機和電腦的專櫃，各大品牌的主機應有盡有，任眾人挑挑揀揀。

「每種都能在一個房間裡各留一臺，改天咱們再單獨裝潢一個房間專門用來玩遊戲……等一下去附近賣電視的地方轉轉，看咱們最多能找到多少吋的電視，一起拉回去。」

「羅哥，車上還有空位吧？」

「轉接器轉接器……」

羅勳聞言翻了個白眼，「有，車上還帶著輪子呢，裝滿了的話，讓嚴非再給兩輛卡車各加上一個車廂。」

他們出來前就已經打好了萬一找到的物資太多，需要擴增載物空間的主意。嚴非在研究明白了車廂構造後，直接卸下兩個車廂的軲轆，預備好金屬材料，準備隨時組裝車廂。

一陣歡呼聲響起，五個宅男抱著一箱箱產品放到嚴非臨時造出來的車廂上。

各種遊戲主機每個房間一臺，這數量就十分驚人了，再加上需要的各種遊戲光碟，此外還有各種掌機至少人手一臺……

羅勳無語地看著車廂裡的遊戲產品越堆越多，有種自己要拉著這堆遊戲機去西南基地批發販賣的錯覺。

算了，反正將來空閒的時間肯定少不了，他們又不願意經常外出，就當是找點樂子。

眾人又掃蕩了一家專賣各種遊戲光碟的商店，也不管光碟是不是重複的，全都盡可能搬空。他們拎著金屬籃子——零碎的盒子太多，嚴非乾脆做了幾個金屬籃子——來回跑了六七趟，才全部送到地面上，誰讓電梯都不能用了？

宅男小隊這次外出的行動絕對是大成功，他們來到的這片區域幾乎都是販售各種電子設備的商店、旗艦店，而這些產品是末世所有倖存者沒有半點興趣的地方。大家搶食物搶水搶衣服搶棉被都來不及了，也就是等安穩下來，基地又有太陽能板之類的東西可以提供電能，少部分身處金字塔頂端的人才會享受這些東西。

除了一些商店被喪屍破壞、人為故意破壞外，剩下的東西只要有本事找到庫房，就一定能有豐厚的收穫。

五人組在末世前就是電腦宅，經常會來這附近轉悠，一方面是個人愛好，另一方面也是因為他們的專業之故。同校畢業的很多學長都在這一帶的辦公大樓當工程師，更加上之前他們曾經跟在這裡打工的校友認識，攢電腦的時候去過某家小店的倉庫，故而一下子就找到了目標和方向。

收穫豐碩的結果就是，嚴非將兩輛卡車後面又各自造出一個巨大的車廂，這才將他們找到的東西全都裝車，然後打道回府。

羅勳一邊開車一邊心情大好地跟嚴非聊天：「這些東西今後幾十年都不用再出來找了，不過家具什麼的咱們還得自己想想辦法，要是實在不行，還得靠你來做。還有棉被、枕頭這些東西，倒是有些難辦。」

嚴非笑笑，把在懷裡正睜著眼睛咿咿呀呀說著外星語的小包子調整了一下姿勢，「我剛升到五級，正好需要靠晶核穩固五級的能力，說不定還能順便開發五級異能的功用，不怕多做東西。那些家具……」說著沉思了一下，建議道：「我記得李鐵他們不是在地圖上標註了好多可能有物資的地方嗎？那上面標註的，靠近咱們新家的家具城肯定還有吧？」

「有，」羅勳點頭，「還有好幾個呢，可你別忘了，剛到末世的時候，西南基地不是轟炸過一大片地方嗎？有些家具城在被轟炸的範圍裡。距離太遠的，我擔心有其他人去過了，這種可能性不小，到時白跑一趟還好，要是遇到大股喪屍或者其他人就麻煩了……」說著，頓了頓，「不過還是在A市南面找可能有家具的地方好一點，去市區南面找物資的人，可是比去北面和東面的人要少的多。」

這一點從他們歷次外出就能看出規律來，他們的新家比西南基地還要偏南，為了尋找金屬及木材等東西，他們外出的次數不少，卻很少會遇到離開西南基地做任務的小隊。可是這次北上的路途卻幾乎每天都能見到一些車輛的蹤影，就像是昨天他們在電子商城附近收集東西的時候，從高一些的樓層看到過另一條街道上有車隊呼嘯而過。

這兩天他們找電子設備時，不是沒見過其他類型的商店，可全都無一例外裡面都空空如也，唯一能找到物資的地方，只剩下這些不能吃不能喝的電子商場了。

「嗯，大不了咱們再往南找找，南邊不是還有其他城市？離得又不遠。從衛星地圖上來看，那些公路的狀況似乎還好。」嚴非將被小包子抓到手中要往嘴裡放的衣角輕輕拉出來，把他的奶嘴塞進他嘴裡，小包子這才老實了些，「要是不安全的話，就全都用金屬做。」

反正他能練手。

家具的事情暫時放到一邊，棉被等東西新家數量雖不多，卻暫時夠用。大家想要收集這類東西的目的，不過是為了能讓生活變得更舒適，不是必須全都找到，回去再挑就近的地方慢慢找就是了。

車子開了兩天後的某個傍晚，宅男小隊準備找個地方落腳時，忽然發現他們前方也有小隊將車子停在路邊，正在生火做飯，準備過夜。

「老大，前面有人，咱們怎麼辦？」

他們來時就曾經在這附近過夜，沒有什麼喪屍出現。這次回程，他們算準了時間，本來也準備在這裡過夜，沒想到遇到了另一撥人。

羅勳舉起望遠鏡觀察了一下道：「不用理會他們，晚上咱們輪流守夜。」

末世中外出做任務的人既擔心會遇到同類，怕被打劫，卻又希望能遇到同類，一旦有喪屍突然襲擊或許還能彼此照應，又或者喪屍會先襲擊其他隊伍的人，自家小隊就能趁機脫身或者拉同盟。

所以他們雖然需要保持警戒，但也不用太當一回事。

果然，看到羅勳他們遠遠就地休憩，前面那個隊伍沒有派人過來打探，只是相對謹慎地觀望了一下，看到羅勳他們車隊中車子的數量不少，卻沒過來和他們接觸的跡象後，才暗自鬆了一口氣。

羅勳等人下車後，沒直接找個路邊的房屋住進去，而是在幾輛車遮圍住的路段上，由嚴非做出了個不算太大的金屬屋住進去。有外人就在不遠處，他們特意在牆上留出觀察口，每兩個小時換兩個人守夜，眾人身邊放的就是各自的武器。

凌晨兩點，羅勳和嚴非被剛剛負責守夜的徐玫兩人推醒換班，兩位女士窩進于欣然睡著的地方，閉上眼睛沒多久就入睡了。

羅勳抱著自己的弩箭打哈欠，向外張望了一下，從這個缺口可以看到另一個隊伍的火堆方向，那邊負責守夜的人正守在那邊，時不時也向宅男小隊所在的方向看上幾眼，顯然也是在擔心這邊的人晚上會不會有什麼動作。

「應該沒事。」羅勳揉揉眼睛，用宋玲玲提前準備好的清水洗了把臉。

「咱們沒點火，他們看不清這邊的情況，附近有我做好的用來探測的金屬網，有事我會知道的。」嚴非拍拍羅勳的肩膀，低聲對他說道：「你再睡一會兒。」

羅勳搖頭，「不用了，咱們一次才盯兩個小時，等一下就能繼續睡。」

嚴非做的監視網，就是他之前在西南基地屋頂做過的那種金屬網。如今異能升級後，他對於金屬的操作越發靈敏，這次做出來的金屬網線細小得比頭髮絲還細，更讓人驚嘆的是，這些金屬的表面居然不會反光。

他們的營地半徑十米內鋪滿了這種看不清的東西，在金屬網的周邊還凌空架著同樣的金屬網，將他們所在的位置團團圍住。

這樣一來，無論有什麼東西靠近，嚴非都能第一時間發現。

他準備回去後在密道的入口處也安上這個東西，有人到過入口他就能及時察覺。

想到這裡，嚴非忽然意識到自己肯定是還沒睡醒，轉頭看看兩輛卡車所在的方向，那裡面放著那麼多針孔攝影機，還用得著這種只能從痕跡上判斷情況的土辦法嗎？

兩人一邊低聲說著什麼，一邊關注外面的動靜。

遠處那個隊伍的火堆旁此時有人開始走動，似乎是在換人守夜。

羅勳確認那剛出來的人根本沒有注意到自己這邊，才又和嚴非商量起這次回家後家中的房間要怎麼改造，正說著話，外面忽地亮了一下。

一開始他還以為是對面的人用手電筒照向自己車隊這邊，過了一會兒居然傳來隱隱的轟隆聲，這才意識到竟是要下雨了。

可不是？夏天到了，下雷雨很正常。

自從開春到現在，除了幾場零星小雨外，幾乎沒有下過大雨，如今這雷聲、閃電一起，還真有種到了夏天的感覺。

「下雨了……幸虧咱們已經搬完東西回來。」羅勳想到了什麼，笑著對嚴非道：「那些商場屋頂被破壞的不算多，可玻璃碎了不少，要是來一場大雨，雨水進了那些商場把裡面的東西給泡壞了的話，咱們再去可就找不到這麼多好東西了。」

他們這次搬回來的不少東西都是從地下室，或者相對低些的樓層找到的，尤其是倉庫，更是大多都在一樓或地下室。萬一被水泡了，誰知道他們再去時還能找出什麼好東西？

嚴非立即抬手，將外面車頂全都密封住，他們的車子頂部都架設著太陽能板呢。

至於家中的太陽能板？羅勳很機靈地表示，他們出行前已經將太陽能板放到玻璃裡面，玻璃外面還有一層金屬架子。單純遇到大雨，問題並不大。

閃電驟然劃過夜空，隱約傳來雷聲，聲音雖然不大，卻在黑夜之中顯得格外清晰。羅勳兩人在最初的時候就反應過來，做好避雨的準備，另一個隊伍的火堆旁的人也忙活開來。

對方兩人可沒在忙著熄火準備避雨，又或者叫醒同伴，而是滾到了一起……

羅勳他們一開始並沒發現那邊的人在做什麼，等嚴非封好車頂，觀察外面的情況時，才看到遠處火堆旁不停動來動去的身影。

羅勳瞇了一會兒眼睛，才確定那兩人在做什麼，只是距離太遠，他分辨不出滾在一起的是一男一女，還是相同性別的人。這種身處基地外的日子還有心情野戰，要是遇到半夜出來獵食的喪屍，不知道那兩人會不會因為受到驚嚇從而引發一些其他狀況？

正好奇觀察對方的動靜時，天上又劃過一道閃電，將眾人所在的地方照亮。沒過多久，閃電在眾人頭頂炸響，驚醒正在做運動的某兩人，也驚醒看熱鬧的羅勳和嚴非。

「怎麼了……」王鐸迷迷糊糊揉著眼睛坐起身，茫然地左顧右盼。

剛剛睡下的徐玫和宋玲玲也坐了起來。

「外面打雷呢，恐怕會下雨。」羅勳解釋完又安慰大家：「你們接著睡吧，車頂我們都封好了，不會有什麼問題。」

宋玲玲口齒含糊地提醒：「我聽著好像在打雷？」

「對，正在打雷，雨還沒下。」

「那咱們這兒的金屬這麼多，會不會被雷劈中？」

……

羅勳猛地轉頭看向嚴非，嚴非默默自我反省了一下，然後取了些金屬做出避雷針。

他們早先在改造新家的時候，就在各個位置安裝這東西，新家主體可都是金屬做成的，要是到了雷雨天，倒楣的話會被雷劈飛。這會兒身處建築群中，反倒一時忘記這點了。

外面再度轟隆隆的雷聲，其他人也被吵醒了。

羅勳暫時沒勸大家繼續睡，而是跟別人一起在窗口張望著外面的狀況，另個隊伍的野鴛鳶此時也發現了情況不妙，迅速提起褲子收拾東西，順便叫醒同車的隊友。

在下一道閃電來臨前，天空猛地落下傾盆大雨。

雨滴很大，每一滴打在金屬屋頂上都帶起了響亮的敲擊聲，讓人心驚膽戰的是，外面時不時炸響幾道巨雷，狂風夾雜著雨勢，似乎在每一次雷聲過後，雨水都有更加密集的趨勢。

「咱們這兒會不會被雨水給淹了？」李鐵揉揉眼睛，不安地問道。

羅勳將包裡的平板電腦取出，調出附近的地圖查看，聞言含糊應了一聲：「我看看能不能查出什麼地方地勢高，什麼地方地勢低……」

他們身處市區之中，排水設備難保在末世後還能不能正常工作，這場大雨一下，萬一他們所在的地方被淹了，那這次收集到的東西都得泡湯。

就算嚴非能將所有車廂用金屬徹底封死，不至於讓車子被水淹，時間久了，路面積水他們之後的路也不好走。

「查不到。」過了好半天，羅勳無奈嘆息。地圖雖然很詳細，卻沒把城市中各個區域的海拔高度列出來。倒是羅勳暫時查不到卻也知道，市區中相對老些的街道排水恐怕不太好，兩邊都是新建築的地區可能會好些。

「要不要連夜趕路？」何乾坤提議。

「……不太安全吧？」羅勳摸摸下巴，看向身邊的嚴非，心裡也很猶豫，主要是現在距離新家還很遠，他們連西南基地的邊還都沒摸到呢。

「還是等到天亮以後再趕路吧，要是路上出什麼狀況，晚上哪能看得清？」

一群人七嘴八舌地商量，似乎瞬間將瞌睡蟲趕跑了似的，湊在一起聊天。

另一個隊伍的火堆終於在大雨澆淋下徹底熄滅，那些人都回到各自的車上避雨，並沒有漏夜趕路的興致。

羅勳兩人略等了一下，才將其他人都勸去睡覺，自己繼續守夜。

嚴非在屋頂上方加上了一層金屬層，隔絕吵人的雨聲，還從路邊的建築抽取出金屬，給整個金屬屋添了些高度，免得外面的雨水下得過大淹到裡面來。

這一夜所有人都沒有睡好，在雨聲和雷聲中輾轉反側，總算熬到了天亮。

眾人清早爬起來，就著昏暗的光線四處打量。大雨依舊未停，雨線密集連成一片，遮蔽了大家的視野。地上果然積水了，還沒過了車輪膠皮部分的高度。

吃了些東西，一群人就在嚴非臨時造出來的金屬通道回到各自的車中。車子的密封工作做得很好，車廂裡半滴水都沒滲進來。

嚴非將金屬屋捏成車子的外形，併入車隊之中一起上路。

車輪行過水面，發出巨大的嘩啦聲，倒是幾輛假車帶起的水波比較小。等他們開到昨晚另一個隊伍所在的位置，發現對方已經沒了蹤影，猜測他們恐怕是天一亮就上路了。

由於大雨實在影響視線，不容易看清路面，他們整整一天前進的速度沒有快多少。傍晚時分，路過某個岔路口時，看到通往西南基地的街道上有一排車子正在想辦法調頭。路面積水很深，通向西南基地的街道地勢又低，幾輛底盤比較低的車子被淹在裡面一時動彈不得。

旁邊有水系異能者正在想辦法處理那幾輛車子下面的積水，還有幾個半泡在水裡的力量系異能者在往外抬車身。

羅勳他們遠遠看了一眼，從通向南面的路繼續趕路向前。他們想要回到自家小基地還得至少兩三天呢，不知道裡面的排水設施管不管用？

要是回去後發現所有地下室和地底通道都泡在水裡……那他們就不用活了。

之前來時，宅男小隊趕了足足三天的路，在那之前也花了將近兩個白天才抵達市區。這次冒雨回去，更讓他們覺得前路漫漫，大雨傾盆實在不好走。

幸好他們車隊中有個水系異能者，當他們數次無法辨別前面的路段到底有沒有坍塌時，宋玲玲都能幫忙探查。到最後，徐玫和宋玲玲所在的車子乾脆轉移到了車隊最前面，讓章溯所在的車子斷後。宋玲玲一路劈開水面，操控著積水給車隊開道。

這樣雖然麻煩不少，卻因為謹慎讓他們提前避開了不少危機。

要知道，A市許多地方的路面修得看起來不錯，但被喪屍們破壞，不少路面都變得不再那麼結實。要是地底下牢固倒也罷了，最多是路面不太好走，碎石多一些，偏偏有不少地方地底被挖空，只剩下地面上一層瀝青蓋在上面，平時根本看不出來。

這次一下大雨，有不少這樣的地方路面直接坍塌，進入市區做任務的小隊一旦行駛到這種地方，整輛車陷進去都是很有可能的。

於是，之前預計只有三天的路，硬生生被走成了五天。

最後那三天的時候，大雨已經停了，但積水還在，依舊考驗著眾人的應變能力。

等到第五天中午，大家才再一次看到熟悉的農田，熟悉的變異植物，這讓所有人都心有戚戚焉，心中感慨不已。

這一帶的地勢還算高，至少公路的積水基本都退下去了，只剩下一些不平整的地方依舊留有水坑，倒是農田間、荒野上似乎一夜間變成了水田，太陽一出來，照在上面，那波光瀲灩的光芒幾乎閃瞎一群人的狗眼。

「要是有人掉進去的話，會被淹死吧？」對講機中傳來韓立調侃的聲音。

「說不定可以在裡面游泳，要不要下去試試？」

「你試吧，誰知道裡面會不會多出點什麼變異動物來。」

「之前這些農田有這麼深嗎？怎麼才下過一場雨，就快變成湖了？」

眾人正在吐槽，就聽到遠處傳來嘩啦啦的聲音，愕然一看，那些從農田變成為水田的，也許是沼澤，反正就是那些『池塘』之中，居然有水鳥浮在上面拍打翅膀，數量還不少。

「牠們真當這裡變成池塘了嗎？怎麼會跑到這裡來了？」羅勳無語道。

「牠們的體型都不大，可能因此才能浮在水窪裡，要是之前咱們遇到過的那種水鳥，這種池塘也裝不下牠們。」嚴非插話道。

這裡不僅僅有前些日子被那兩隻變異狼趕過來的變異鴨、變異鵝，更有顯然是在下雨之後才跑來泡水的會飛的水禽們。

就在眾人驚嘆之時，遠處又傳來巨大的嘩啦聲，那兩隻經常在附近晃悠的變異狼，此時正一前一後在水裡撒歡似的撲騰著，飛奔向一隻離牠們最近的水鳥。那水鳥見狀，立即撲騰著翅膀在水面加速，努力讓牠那肥碩的身軀得以飛起來。

大家默默對那個畫面行了一會兒注目禮，繼續開車向新家的入口處行去。

入口處沒有積水，只是那塊光滑的金屬板此時看起來有些顯眼，被雨水沖刷得很乾淨。幸好這裡比較偏僻，周圍的房屋也被羅動他們拆了一多半，剩下殘垣斷壁。這種程度的殘破房屋會讓遠處路過的人忽視，認為這兒應該沒什麼值得專門跑一趟的價值。

殘缺的建築，正好巧妙遮蓋住了入口。

打開金屬板，眾人驅車進入通道，並小心觀察著前方的路面，總是有些擔心他們會不會開著開著，忽然看到滿是雨水的地道。

幸好他們的運氣不錯，之前做出來的通道足夠結實緊密，完全沒有半滴雨水，除了他們開車進來時被輪胎帶進來的。

將車子停放到車庫，一行人趕忙先去各個房間仔細地檢查。

首先是地下二樓各個房間，入眼的所有地方都沒出問題，更沒多出半滴水，他們臨走之前安排的每天固定澆灌、固定打開燈光照射的設備都在正常運轉。

地下一樓也安然無恙，地面上的主樓一樓、玻璃暖房，以及二、三樓也都安好。

羅動站在三樓的一個房間看著外面暖房屋頂的玻璃，指著某個方向道：「那邊還需要調整一下，那幾個位置有積水。」

羅動在設計屋頂的時候，特意將玻璃與金屬架子之間的角度、位置考慮過多次，盡可能讓它們不會在一些意外情況下出現什麼狀況。只是測試時沒能考慮周全，更沒經過天氣的洗禮和考驗，所以在這些突發狀況之後，就必須吸取經驗好好改進。

兩人商量了一下，推開窗子，順著窗外的金屬架子爬到屋頂。屋頂的金屬架子很結實，兩人在上面就算是連跑帶跳也沒問題。

走到目標處，查看裝著玻璃窗的金屬。嚴非將其調整角度和位置，兩人又發現屋頂邊角的幾個排水口被不知什麼地方颳來的葉子、樹枝子堵住，連忙清理乾淨。

確認沒有其他問題，兩人才回到地下室，與正在卸貨的一眾人會合。

「啊啊啊，這個遊戲我以前就想玩，可惜學校沒有電視，又沒有電腦版的！」

「唉，有幾款遊戲的續作可能將來再也看不到了，真是讓人心酸啊……」

「小欣然過來，這個粉色的掌機給妳，等搬完東西，哥哥幫妳安裝很多遊戲！」

才剛到地下二樓，羅勳和嚴非就聽到五人組的聲音，真沒想到這五個傢伙見到遊戲機比見到漂亮妹子還激動，這麼看來，就算到了末世之後，也還是要考慮大家的精神娛樂。

兩人走過去，就見這些傢伙居然沒第一時間將各種電腦配件搬下車，反而優先抱下了那堆遊戲機，還真是……

「咳咳，大家先卸貨吧，明天放假一天，你們想怎麼玩就怎麼玩。」羅勳無奈表態，換來眾人的歡呼聲。

一群人在地下室搬貨，外面的池塘裡遊蕩著各種水鳥和飛禽，兩隻變異狼追這些動物追累了，就往相對乾燥的空地一趴，眯著眼睛曬太陽。

很多飛鳥在經過末世的洗禮大多變異，體型和腦子產生了變化。之前不小心闖進變異植物田的變異動物中，當屬飛禽類居多，其他種類的動物數量相對較少，但經歷得多了，見的危險多了，久而久之，這些變異飛禽也能認出恐怖的變異植物了。

羅勳他們是幸運的，在改造地面基地之初就用油漆將金屬牆刷上保護色。雖然他們的本意是用此防止被路過的人發現，被衛星拍攝到，可他們自己也沒想到，這種保護色因為遠遠看起來和周圍的變異植物沒什麼區別，竟然讓這些路過的飛鳥都下意識躲避開來。

不然等他們這次回來，指不定他們的屋頂就成鳥窩了。

另一方面，通往西南基地的主要路口，因前兩天的大雨導致幾處路段坍塌，市區積水嚴重，直到今日才退去，眾多想要進入市區完成任務的小隊紛紛繞道，直到幾名軍方的土系異能者接到任務，專門到這幾條路上修復路面，才終於又恢復了昔日的狀況。

西南基地在這個月初就已經派出軍隊奔赴某礦場，並與其他某幾個如今在國內勢力相對龐大的基地合作。西南基地除了派遣一些主力戰鬥型異能者之外，同隊中最為重要的成員，就是基地中僅剩的兩名金屬系異能者。

在各個基地互通有無後，西南基地的領導人才愕然發現，雖然末世後擁有異能的人數在倖存者中占據了不小的比例，但大多數都是相對普通類型的異能者，比如水、火、土、風，相對特殊的異能者十分稀少。

其中金屬系異能者，整個西南基地也就只有這兩人，與基地取得聯繫的其他基地，金屬系異能者加在一起同樣只有兩個。

或許是當初末世到來後，大部分的倖存者，有些能力的異能者第一優先的想法就都是往A市逃來，所以才造成現在的狀況。不得不說，論起特殊系異能者和基地內人員數量，西南基地依舊是國內倖存者基地中的龍頭老大，更從側面展現出西南基地的戰鬥力及實力。

有了這一認知，西南基地的各大佬在心中更加重了對於異能者和整個基地掌控的決心。

就在宅男小隊趕回自家小窩，趁著外面天氣放晴曬乾道路前好好在自家休息的時間悶頭玩各種遊戲的時候，西南基地正式推出新規定。

西南基地的領導班子是才新上任沒多久的，因為人數比之前少很多，權力便都集中到了這幾個人的手中。於是，這幾位大佬獲得共識後，推行起新條例的勢頭堪稱雷厲風行。從開始下暴雨的那天起，不過短短一個星期的時間，西南基地的內城區便徹底按照上層制定的計畫統一監管，軍人、異能者小隊和願意留在內城區的人皆按規定分配管理。

內城區對於外城區的普通人也進行招收，只是這次的招收不是來什麼人就收什麼人，本身必須具有一定的實力或一技之長，那些耗光了口糧想來混口飯吃的人，連接近內城基地大門的資格都沒有。

更讓整個西南基地內的民眾擔憂的是，內基地的土系圍牆再度增高加厚，雖然外面的金屬圍牆因為金屬系異能者不在基地沒有跟著等比增加高度，可基地內那些五級土系異能者們製造出來的土牆堅硬程度已堪比大理石，不是一般二般的人能夠打破的。

內城的安全性顯然更加譜，外面的喪屍又一日比一日強大，誰知道再這麼下去，將來外城的圍牆會不會有被攻破的一天？

雖然內基地管理嚴格，可外基地也沒有被基地管理層放棄，依舊是這些人在管理，只是手段略微寬鬆一些。照這個態勢發展，外基地被強制管理也是指日可待了。

提前投誠，會受到管制，物資等東西也要上面統一安排，可到底更安全些……而且，如果晚投誠的話，說不定等將來強制合併的時候，自家不但不得不服從命令不說，反而還可能會失去先機，甚至受到排擠……

一時間，外城人心浮動，有些人為了安全考量，或者相信強者，已然暗自心動想要報名回到內城。更多的人則本著法不責眾，保持觀望的心態，默默等待管理階層將來的決策。

◆　◆　◆

羅勳最近有些無語，自從宅男小隊搬回一堆遊戲主機、遊戲光碟之後，所有人就如隊名一般變宅了。真的，今天早上他打著哈欠下樓吃早飯時，就看到飯桌旁連于欣然都低著頭，拿著掌機按得起勁。

他感到很內疚，昨晚就是他自己硬拉著嚴非對著剛剛搬進來的六十吋大電視打某個格鬥遊戲，一折騰就折騰到了半夜兩點，最後還是嚴非強勢關掉電源，把他拖上床的……

嚴非語：玩遊戲比平時兩人「做運動」都專心，真是叔可忍嬸不可忍。

「我決定……後天咱們出門找家具。」找家具，然後眾人就有心思開始設計自家小窩，就不會把精力全都投入到遊戲當中。

新家中的事情大多搞定，他們就算想將地下室那幾個沒被裝滿的種植空間都種上東西，也得有足夠多的種子才行。

那天回來後，他們便瓜分了各種遊戲主機和遊戲光碟，每個房間都至少搬進一臺大電視機，還人手一臺將就著用的筆記型電腦。

這兩天沒有外出的日子，大家都是早上起來先打理一下作物，剩下的時間就都耗費在遊戲上，再這麼下去，他們就真的要變成宅男了，還是在末世中最沒什麼出路的遊戲宅。

為了全民健康，羅勳身為隊長必須做好表率，制定好將來的計畫。

羅勳的話音剛落，就換回眾人熱情的支持。

「好啊好啊，最好能多找回幾張床來，現在成天打地鋪，睡得不舒服！」

「還有家具、櫃子，房間裡亂糟糟的，好多地方都沒法歸整！」

「我要電視櫃，還有放遊戲機的架子，還有電腦桌！」

「我要懶人沙發……」

羅勳沒想到自己的提議居然獲得了眾人的熱烈支持，想想也是，直到現在他們很多人都還睡在臨時做出來的金屬床上。雖然鋪上被褥後和普通的床沒什麼差別，可實際上家裡的被褥數量不是太多，床板那麼硬，褥子薄了很難受。

只不過，羅勳暗自懷疑，這次出去就算能找到一些家具回來，可棉被或床單這類東西，估計還是別想了。

又休息了將近兩天，眾人一大清早起床，收拾好東西，便爬上各自的車子。

依舊是兩輛電動車、兩輛卡車，出門後封好地道入口，開上了公路後，便有些無語地看到遠處「池塘」上的飛鳥數量爆增。

「你想不想吃鵝肝？」羅勳用手肘去頂旁邊的嚴非。

嚴非掃了窗外一眼，頗為好笑地道：「你想吃？想吃的話，回來咱們想辦法抓一隻。」

那兩隻變異狼想要抓獵物，得傻乎乎地親身搏鬥，有異能也不大會靈活使用，可他們不同，想抓水鳥的方法很多。

水鳥雖然有翅膀，可利用異能去抓，牠們很難躲得開。

變異動物不是喪屍，牠們就算遠遠看到羅勳他們的車子，甚至就算看到羅勳他們下車活動，也不會主動過來送死。之前他們遇到的那些主動攻擊的神經病變異動物，大多都是在冬天。冬天大雪封路，那些動物多半早就餓紅了眼睛，自然是看到什麼活動的東西都恨不得衝上去啃兩口，何況羅勳他們開著車子，目標那麼大呢？

兩人討論要怎麼料理，才能激出鵝肉的美味，甚至討論怎麼分辨哪隻鵝的肝臟比較大。

其他人似乎也在聊同樣的問題，家中的冰櫃雖然凍了不少肉，卻都是豬肉、牛肉。家裡有鵪鶉，味道也不錯，可偶爾打隻飛禽回家改善伙食也很不錯。

一邊商量，車隊一邊駛向這次的目的地，亦即某個靠近市區邊緣的小城鎮中的商業街上的家居城。

市區中的物資都是各個基地的目標，反倒是這種偏遠些的，城市邊緣的地方更有可能還殘餘一些物資，羅勳他們挑選這個地方也是這兩天利用玩遊戲之餘認真篩選出來的。

這裡的位置相對偏遠，偏偏隸屬於A市，這一帶的倖存者們肯定會在第一時間投奔附近的基地，A市幾個基地對於這裡的人來說都不算太遠，倖存者們在得到消息後肯定會盡快趕去，即使走之前會去超市之類的地方找食物，家具用品被拿走的比例也不會太高。

其次這個方向除了距離最近的西南基地外，短距離內已經沒有其他基地存在。在西南基地轟炸完附近那些地方後，這裡是不太可能有其他地方的人特意過來收集物資的。

如果真如羅動他們的推測，只要他們的目標地點沒被外力破壞，在前幾天的暴雨中沒被水淹了的話，他們就肯定能有所收穫。

就算那些地方真的泡了水，也能多少找到些能用的東西，更何況最重要的是，那地方距離宅男小隊的新家不算遠，至少比上次去搬電子設備的地方近多了。

一天多的路程，行駛了整整一天半才又見到了屬於城市的高樓大廈。

最近這兩年，各個城市在新建房屋的時候，都喜歡蓋電梯大樓，至少十二層起，不少地方都會蓋上一社區二十層左右的電梯大樓，尤其是市區邊緣新開發的社區。

羅動他們還距離老遠就看到了遠處那幾棟高樓大廈。

那些高樓也爬滿了綠色植被，比如攀爬力超強的爬山虎，另一些就是不知從哪兒吹上去的雜草種子，卡在樓體的縫隙中生根發芽。

真正吸引眾人視線的，不是那些植物和高樓，而是高樓上面的……

「羅哥，那上面是鳥巢嗎？」

「羅哥，我看那東西怎麼那麼像鷹巢啊？」

「飛了，飛了，是鳥……不對，是鷹，肯定是老鷹！」

一隻體型巨大的黑色生物在二十多樓高的樓頂張開翅膀，翱翔飛起。那寬大的翅膀，那矯健的身姿……羅勳清楚，這東西就算不是鷹，至少也是一種變異的隼。

無論是鷹還是隼，如果牠們因為找不到別的食物，而把目標放在他們身上……

「正常的鷹應該有多大？這傢伙說不定能直接抓起一個人吧？」羅勳覺得自己的頭皮有些發麻，距離比較遠，他無法估算出那隻鷹的體型到底有多大，卻知道這東西的個頭雖然沒有那麼誇張，但應該能夠抓起一個人帶到天空。

嚴非說道：「不知道是什麼品種，但咱們這邊末世前應該沒有什麼體型很大的鷹。」

對於一個連蝙蝠都沒有的城市，又怎麼會有這種猛禽出沒？

兩人正說著，就聽到頭頂傳來一聲鷹鳴，那聲音聽得人心發顫，就連車中的小傢伙也好奇地伸著脖子，直往車窗上面的方向張望。

車隊停了下來，大夥兒注視著天空中那隻鷹的動作，就見牠在高空盤旋了兩圈，飛向了另一個方向，大家才微微鬆了一口氣。

對講機中傳來王鐸的聲音：「老大，咱們繼續前進嗎？」

「走。」羅勳當機立斷下了命令。

剛才大家只是很震驚看到了這種以前除了在動物園之外幾乎沒有親眼見過的生物，只要牠們不主動對車隊發起攻擊，他們也不會主動去招惹。

就如基地附近的那兩隻變異狼，就如農田裡新來的那群飛禽，羅勳他們一向對於這些動物的出現表示默認。對方不招惹自己，那麼除非是要去打獵填肚子，不然誰也不會去招惹牠們。末世後的變異動物這麼多，他們要是挨個挑釁，那才是嫌命長呢。

等天上的那隻鷹飛走，宅男小隊的車隊才再次啟程。

過了大半天，一行人終於找到了目的地，某個家居城。

「……咱們還要進去嗎？」看著前面的建築物，韓立忍不住問出口。

羅勳無奈深吸一口氣，「進去看一眼吧。」雖然他自己也不抱什麼希望。

家居城的主體建築還在，只是牆壁和屋頂坍塌了一多半。

想想前些日子剛下過一場雨……羅勳真心對此行不抱什麼希望，只盼著這個家居城另有倉庫，裡面能有些他們用得上的東西。

這處家居城裡主要賣的是各種居家用品，裡面擺著的也都是家具樣品。大雨一下，可想而知裡面會是怎樣的一種慘狀，可就算沒有上次的大雨，這裡的屋頂也不知道坍塌了多久，裡面的東西估計早就不能用了。

硬要去拿那些破破爛爛的板子，羅勳覺得還不如大家一起去砍樹，反而能砍到一些好木材回去做家具呢。

只是，就算希望不大，他們還是得轉一圈看看，總不能因為自己家現在日子過得還算不錯就不把這些東西放到眼裡。現在才是末世後多長時間？要是再等個三五年，他們來到市區就真的只能找到廢墟，半點收穫都不可能有了。

一行人在一樓大廳轉了一圈，讓人鬱悶的是，那些家具不管是什麼材質的，全都變得要麼糟爛得一碰就散架，要麼鏽跡斑斑，稍一用力就折斷，根本沒辦法找到什麼好東西。

不過，他們多少還是發現了可以使用的東西，不怕泡水的，比如掛在牆壁上當樣品的瓷磚，比如當作樣品擺放的馬桶……

這些東西目前雖然起不到什麼大作用，但瓷磚之類的拿回去好歹還能當作裝飾品，至於馬桶的話，留著備用吧，總比完全沒有收穫強，何況家裡還有不少智慧型馬桶呢。他們當初離開基地的時候，那些馬桶可都刷洗乾淨一起帶到了新家。

轉悠到一個靠邊的商店外時，大家看到了幾個蛇皮袋子堆在店裡，鼓鼓囊囊的，似乎裝了不少東西。打開袋子一看，一堆顏色各異用於裝飾的鵝卵石正泡在水中。

不用問，袋子裡的水肯定是前幾天暴雨滲進去的。

羅勳他們大致清點了一下，發現這種半人高裝著鵝卵石的袋子足有十來個。

「帶走帶走，這東西鋪路也行，放在咱們果園裡的水池中也行。」

大家來了興致，連忙準備倒水搬運。

羅勳暫時制止眾人的動作，對宋玲玲笑道：「能把這裡的水抽出去嗎？」

「沒問題。」宋玲玲揮揮手，袋子裡的水瞬間被抽乾，袋子裡的鵝卵石已經乾得不能再乾，烘乾機都沒她的異能好用。

將這些東西搬進車中放好，一行人爬到二樓。這裡的二樓賣的大多是相對有些創意的家具，比如沙發、布藝品或軟墊。大家挑選了一些看起來比較乾淨的沙發，拆掉破爛的布面，讓宋玲玲抽乾水分，後將固定在沙發上的海綿直接拿走。

讓大夥兒興奮的是，他們在一個角落的商店發現了成捆的大卷海綿。

這家商店遠離房頂破掉的那一側，雖然有雨水流過來，可最上層的海綿最多受潮，並沒有被雨水浸泡。眾人歡天喜地等宋玲玲牌乾燥機抽乾水分，才將它們打包搬走。

海綿很輕，體積卻大，大家只能盡量擠壓後才塞進車廂。

羅動欣慰地拍拍車門，「這下好了，雖然找不到能用的床墊，但這東西鋪在床上一樣很舒服，而且咱們找到的這些海綿足夠厚實，保暖性肯定也不錯。」

「羅哥，咱們還去其他地方找東西嗎？」何乾坤問道。

「去，我記得那邊還有個商場，咱們去那邊看看有沒有能用的東西。」難得來一趟，羅動自然要盡可能把附近需要去的地方都走上一遍，賊不走空嘛。

車隊來到附近一家商場大樓下面，這個商場從外表來看還好，除了幾乎所有玻璃都碎了之外，牆體沒有什麼太大的毀損。

大家從一樓開始轉悠，發現這裡所有的金櫃被打劫一空，就連那些賣高檔化妝品、高檔香水的櫃檯也都被掃光，只有零散的化妝品盒子散落一地。

眾人只能順著早就停止運轉的電扶梯爬到二樓，可是看著空蕩蕩的手錶櫃檯、被敲碎裝飾櫃的各種品牌專櫃，大家默默爬上三樓……

一棟商場被人來來回回掃蕩數次，輪到羅動他們來到這裡，已經什麼都不剩了。

眾人無奈離開，在這個不大的城市中，只有一條街區的商業地帶轉了起來。

遺憾的是，雖然這裡末世後遭到的襲擊不算多，倖存者數量也未必能有多少，但作為這個小城鎮的唯一繁華地段的唯一大商場，卻被掃蕩得十分到位。

眾人只在某幾家賣布藝、窗簾的商店後的小屋子翻找到一些沒有被處理過的布匹和窗簾布，這才總算沒有白跑一趟。

正準備在這裡隨便找個地方過夜時，羅勳對著路邊的一家幼稚園發呆。

「怎麼了？」嚴非不解地向那家幼稚園看去，那裡的玻璃大門早被打破，莫非羅勳看到了那裡有什麼東西？

羅勳搔搔腦袋，指著那邊，「過去看看吧，萬一能找到點什麼呢？」

家裡有個七八歲大的，還正是愛動年紀的小丫頭，更有個真正意義上的嬰兒，說不定幼稚園中有什麼能讓孩子們用的東西。

沒有抱著太大的希望，幼稚園中也果然沒留下什麼值得收集的東西，可等他們從幼稚園的後門出去，看到小操場時卻驚訝地睜大眼睛，那裡有個充氣型的兒童城堡。

或許這裡在末世前正在舉辦什麼活動，角落懸掛著的破爛紅布條上隱約可以看出，這裡似乎是什麼人贊助這家幼稚園在辦活動。

羅勳仔細檢查了一下那個看起來扁平的兒童城堡，確認這東西沒有真的漏氣，只是在放了太長時間才會如此。這玩意兒除了髒點之外，沒有別的問題。

再向裡面一張望，好嘛，好多水啊！

「把水抽乾帶走。」羅勳大手一揮，孩子們有遊樂場了，這次沒白來。

羅勳他們乾脆又往一些孩子們可能去的商店轉了轉，還有那種家長會帶著孩子一起去的地方，比如某些速食店。

果不其然，雖然那些地方沒有體積這麼大的充氣城堡，卻有淘氣堡、海洋球。大家東找找，西翻翻，還在不時發出遺憾的感嘆：「可惜咱們之前去市區找東西的時候沒留意過，不然現在家裡能攢下多少兒童玩具？」

他們在的這個地方雖然能找到這些東西，但因為這裡是市區邊緣，所有的東西加在一起也沒有多少，找到的這類東西更大多是比較小的簡易款。雖然剛剛那個充氣城堡體積不小，但那東西萬一破了壞了，以後可就沒得用了。

不過，有總比沒有強吧？

看著于欣然在看到這些東西後兩隻眼睛發亮，大家就覺得這趟沒有白跑。

「這些東西載回去後可得好好清洗消毒。」羅勳一邊說著一邊思索著，這次找到的東西雖然把車廂占得滿滿的，卻幾乎都沒有什麼重量。

徐玫問道：「這些東西咱們是放到果園裡，還是別的什麼地方？」

羅勳琢磨了一下，「乾脆放到二樓吧？清空一間教室，那裡面積大，採光好，充氣城堡也能放進去，正好給孩子們玩。」

二樓有一間教室被改造成了鵪鶉屋，另一個教室則放著連接太陽能板的蓄電池，再有一個教室放滿了各種規格的冰箱和冰櫃。

「那就把冰櫃都移到一樓，要是地方還不夠，就再挖地下室。」

地下的儲藏室建好之後，不少東西都轉移下去，就算地面上的空間不夠用，他們對於挖地下室也完全沒有半絲壓力。

天色已晚，嚴非用附近收集來的金屬搭出的臨時屋子。

白天的時候沒有喪屍的蹤影，就連變異動物也只看到過那個鷹窩以及飛出來的鷹，除此之外就沒見過其他動物。當然，這是因為大家只在繁華的區域轉了一圈，沒有深入其他社區中，或許其他地方有什麼動物也說不一定。

靠著火堆團團圍坐著，最近的天氣越來越熱，尤其是中午十二點到下午三點前，太陽明晃晃掛在頭上，曬得人直發暈。讓人慶幸的是，末世也有末世的好處，因為雜草叢生，植物在昔日的街道、房屋上都爬得到處都是，小風拂過這些植物再吹向人，能幫大家降溫。

這會兒金屬屋子裡雖然生著火，卻因為火勢較小，宋玲玲又凝出不少水幫著冷卻，所以大家覺得還算能夠忍受。

第五章

新家風水太好，來了兩頭變異蠢狼？

「這次回去咱們就暫時不出來了，雖然要找的家具沒找到，不過回去後可以接著用金屬打家具。布料和這次弄到的海綿都不少，咱們正好能一邊避暑一邊布置房間。」

羅勳一邊吃著剛做好的晚飯，一邊對圍在火堆旁的眾人道。

「羅哥，要不要去周圍的社區看看？」韓立提議。

「社區？」羅勳愣了一下。

「對啊，看看誰家有家具。那些人去商場的時候，不是也沒把東西都搬光嗎？他們要是要逃走的話，未必會把家具都搬走吧？反正咱們不就是要找一些家具嗎？」

「這倒是個辦法……」羅勳沉思了一下，順著窗外向左右的社區樓房處張望了一下，「那明天咱們先在附近的社區裡轉轉看能不能找到什麼。」

只要附近的社區沒被專門出來尋找物資的小隊轉悠過，別的東西或許找不到，但家具類的東西應該還是能有一些的。

難得出來一趟，不多轉轉到底不甘心。

第二天早上，大家開著車子駛進其中一個社區，隨便選了一棟樓進去，卻發現這些地方果然有人來過，雖然還留有一些東西，但不少有著木頭的家具，如床和架子這類的東西卻都被拆得七零八落了。

「這些東西是怎麼回事？不像是被雨水泡壞的，倒像是被人拆掉的。」

一連進了五六棟樓裡，眾人見到的都是這個情景，不由得有些納悶。

「應該是被人拆走當柴火用了。」羅勳並沒有很詫異，只是轉悠了一圈便做出判斷。

倖存者們想要活下去，沒有火是不可能的。除了自己或者身邊的人有火系異能之外，其他人想要取暖、吃飯都得生火。

生火時需要什麼東西？火種、煤炭、木頭。這些家具肯定是有人特意拆掉的。羅勳奇怪的是，這些被拆走木頭的事，到底是末世後基地出來尋找物資的人幹的？還是末世後本地的倖存者們幹的？

羅勳說道：「走吧，咱們回基地。」說著，他對驚訝的眾人解釋：「這裡應該來過人，或者這個城市裡以前有倖存者，咱們現在應該找不到什麼有用的東西了，還是趕緊把車裡的物資載回去，先好好布置一下家裡。」

既然找不到什麼東西了，那還不如趁早回去。

羅勳其實很納悶，為什麼商業街的家具城裡還有不少明顯是被泡爛的家具，可那些家具卻沒有缺少木頭，莫非是後來來到這裡搜集物資的人把這些社區房子裡的木頭都拆走，而當時家居城裡的東西都已經被泡壞了，所以才會如羅勳他們現在見到的這樣？

或許還有別的可能，但羅勳現在沒心思當福爾摩斯分析這些沒頭沒腦的行為。

既然沒有什麼東西值得收集，當然就沒有了留在這裡的必要。

車隊浩浩蕩蕩向城外開去。

他們這次來的時候雖然沒能把車廂全都裝滿，但仔細想想收穫也算是不錯了，只是有點可惜，帶出來的那些可以多做兩個大車型的車輪沒用上，讓人有些遺憾，但羅勳已經決定了，在回去的途中，用枯木把剩下的空間裝滿，不枉費大家出來這一趟。

出城的路線和進城時差不多，都要經過那頂上有著大鷹鳥窩的高樓大廈。

大家先觀察那大樓的樓頂，確定沒看到鷹巢中有東西，這才放心向外開去。

正在收集金屬的嚴非忽然停住動作，看向羅勳的那側窗外，「那邊有些不對勁。」

「什麼？什麼不對勁？」羅勳連忙看過去。

「金屬比較集中……比之前路過的社區更集中。」嚴非微微皺眉，指著其中一棟道。

「金屬……集中？不會是有金屬異能者弄出了什麼東西吧？」羅勳睜大眼睛。

「不是那種集中，我在沿途收集金屬的時候才能感覺到比較遠的地方的金屬分布情況，那邊更像是有好多金屬製作的家電，有沒有其他東西我不清楚，不過那裡的這類東西要多於其他社區中的人家。」嚴非想了想，才比較準確地解釋道。

羅勳在默默琢磨了一會兒才道：「可能那裡有人生活過，就是不知道現在還在不在。」

末世後有人生活在那些樓房中，並且將自己收集到的東西放進自己家中什麼的，都是十分正常的。只是不知道那些人堅持了多久，現在又是不是還在這裡？還是說已經離開，投奔到附近的基地去了？

「羅哥，怎麼突然停車了？」對講機中傳來李鐵詢問的聲音。

羅勳解釋道：「我們感覺那邊社區中可能有人……嚴非說那邊好像有好多含金屬的家電集中在某些房間中，不知道現在還在不在。」

對講機中沉默了一下，傳來徐玫的聲音：「隊長，咱們還是別惹麻煩，直接回家吧。」

「嗯，走。」羅勳此時也發覺那邊某棟樓的窗子後面有反光，像是鏡片、望遠鏡之類的東西的反光。再仔細觀察一下，更是確定那些高樓中有些人家的玻璃窗依舊是完好的，有些還似乎從裡面被釘死了，說不準那裡面現在還有人生活著呢。

末世後的倖存者們有各種各樣的活法，如果這些人真的能找到活下去的方法，那麼就算不依靠官方基地也能夠活命。

就如自己這一群人一樣，還不是改造出了個新的小基地？

其實末世後的市區廢墟中不是沒有倖存者，有些信不過新基地的人，在一開始就沒指望逃到那些基地裡面，寧可守著自家中的一畝三寸地過活。一旦他們能找到方法躲過喪屍們一開始瘋狂的追殺，等喪屍們組隊離開，新來的變異生物又沒盯上他們，他們就能活下去，更何況還有一些在基地中待不下去的人呢？

羅勳現在沒心思更沒興趣去招惹那些倖存者，對方又沒表示出要求救的意思，萬一自己這一行人過去了，說不準還會受到對方的攻擊。

他們現在連西南基地都不願意去招惹，遑論那些人？

車隊轟隆隆開出城區，一路收集金屬、挖木頭，開向自家基地，直到把四輛車子徹底裝滿，又將臨時做出來的兩個車廂塞滿物資，這才高高興興回到自家附近的公路上，然後……迎面遇到了兩隻狼狽地狂拍翅膀，一邊跑一邊時不時對身後那兩隻變異狼發動幾個異能逃命的不知名水鳥。

讓眾人更加目瞪口呆的是，當這兩隻變異狼追到某些水鳥聚集的地方後，那群鳥居然沒有一哄而散，反而轉過身來，一隻隻伸長脖子去啄那兩隻變異狼。

那麼大的體型，被比牠們體積小那麼多的大白鵝、大雁之類的水鳥追著跑，實在……

「羅、羅哥，咱們怎麼辦？」對講機中傳來不知是誰忍笑的聲音。

羅勳沒想到這兩隻變異狼居然如此……廢物？被一群水鳥追在後面啄的時候居然會發出慘痛的嗚咽聲。牠們當初追牛群、豬群的氣勢呢？難道就因為那些牛啊豬啊沒異能？

或許是聽到了彷彿喪家犬的哀嚎聲，小傢伙猛地直起身子，兩眼熠熠生輝，衝著前方汪汪叫了起來。

羅勳無語地看著從兩張椅子之間伸出來的狗頭，他覺得自己竟從那張狗臉上看出了得意和幸災樂禍，也不知道是不是錯覺。

「牠們衝著咱們過來了。」嚴非的聲音讓羅勳的注意力再度回到正前方，然後他就更加無語地看到，或許是那兩隻變異狼聽到了小傢伙的聲音，牠們居然引著一群小怪朝他們所在的方向驚慌跑來。

「……防禦，大家做好準備迎戰。」

這一招不知道算是禍引東水還是求助？羅勳對此表示十分無奈，只能讓大家做好迎敵準備，值得慶幸的是，他們所要面對的只是一群水鳥，而不是如之前的牛群那樣的重量級的生物，正面對上應該還是能應付的。

金屬防護板，金屬絆鳥鎖，金屬網子。

羅勳他們還沒等這些東西全都造好，那兩隻變異狼就當先趕到了。牠們兩個不避不讓，直接一躍而起，跳上羅勳他們那幾節卡車的車頂，順著車頂跑到車隊後面去了。

「快擋住牠們！」羅勳來不及罵那兩隻變異狼，只能讓大家優先應敵。

一時間，各種異能、金屬網子齊上陣，水鳥們沒反應過來，一隻接一隻撞在豎起的金屬板上，被金屬網罩住……

宅男小隊的新家附近剛剛形成的「池塘」面積不大，還是一塊一塊遠遠看起來就像是分割好的水田，水不深，在這一帶活動的飛鳥們體型也不大。

就算體型不大，也都是皮糙肉厚的變異生物，一隻隻撞到金屬板的時候彷彿小炮彈，就算嚴非造出來的金屬板再結實，也難免被牠們撞得山搖地動。

巨大的聲響讓一行人頭皮發麻，這幸虧是嚴非豎起了金屬牆，不然直接撞上來的話，他們現在恐怕連人帶車都會被撞得不知飛到什麼地方去了。

想到這裡，一群人忍不住轉頭去瞪那兩隻引怪的變異狼。那兩隻變異狼此時已經順著車隊跑到隊尾，正自回頭看向金屬板所在的方向，毛絨絨的耳朵隨著撞擊聲一抖一抖的，似乎在張望那群鳥到底能不能追過來。

「先解決牠們，實在不行，趕走也好。」

羅勳他們雖然也想換換口味，打隻飛禽回去，可這麼多飛禽他們打回去也吃不完，家裡還有那麼多豬肉呢，就算天天吃肉也足夠他們吃到過年了。

聞言，一群人立即擼起袖子開始轟鳥。

當先撞上金屬板，這會兒已經沒多少氣了的，就撿回去加菜。

這群水鳥本身也有異能，在察覺到羅勳他們這群人同樣擁有異能且不好對付後，才一隻隻搖晃著粗笨的身子，兩隻或長或短的腿在地上扒，飛奔向之前牠們棲息著的池塘方向。

還沒等羅動他們鬆一口氣，就隱隱覺得地面在震動，那兩隻剛剛逃到自家車隊後面的變異狼，竟是飛撲到車隊前面，毫不客氣地一口叼住一隻水鳥，就這麼堂而皇之地趴在地上啃咬起來，吃得那兩張大嘴變成了「血盆大口」。

看著這兩隻毫不客氣堵在路上吃被自家打到的飛禽的變異狼，羅勳等人好半天都回不過神來，一個個目瞪口呆地盯著牠們，直到牠們各自幹掉了一隻後又湊過來再叼起一隻，搖晃著尾巴施施然邁著小碎步，向遠離水鳥的湖邊方向跑去。

「……還給咱們留了兩隻，咱們是不是應該對牠們說聲謝謝？」羅勳又好氣又好笑地看著一地鳥毛，以及兩隻早就沒氣的水鳥。

章溯指著那兩隻水鳥，「你沒發現牠們給咱們留下的這兩隻是體型最小的嗎？」合著牠們還把大的挑走了，嫌小的才留給自己眾人？

再次看向趴在池塘邊大樹下的兩隻變異狼的身影，所有人的眼中都沒了初見時那擔心、緊張的神色，反而用看隔壁家剛剛砸過自家窗戶的熊孩子似的眼神瞪著牠們。

「羅哥，咱們要不乾脆把牠們也趕走，不然每出去回來時還得給牠們收拾爛攤子。」韓立心有不甘地建議。

「雖然牠們很廢柴……」羅勳強忍住抽搐的嘴角，「不過有牠們在，還是能震懾一些人或者動物的。」雖然這兩個傢伙每當真正有危險的時候就沒了蹤影，但這麼大的狼就生活在這附近的話，還是能起到一定震懾作用的。

尤其是附近如今有著那麼一片池塘，這些水鳥暫時生活在這裡，一些肉食變異生物、外出打獵的倖存者們見了，也會三思才敢過來。

這對於羅勳他們來說，是非常重要的安全屏障。

將那兩隻水鳥撿起來，別說，這兩隻的體型雖然是那些水鳥中最小的，可到底是變異過的，每一隻單是身長就在一米五左右，再加上脖子、腳爪，估計站在地上的高度得在兩米。他們正好帶回去打牙祭，順便嘗試這些鳥類的肝能不能做出鵝肝的味道來。

驅車回到家中，一切都和走之前沒有太大的變化，就是一些蔬菜又長大了不少，一些作物成熟了需要採摘，鵪鶉屋裡的鵪鶉蛋數量多了些，又有一些小鵪鶉被孵化出來。

這次回來，眾人並沒有如上一次似的投入遊戲的懷抱，而是先研究起了正事。家裡還有不少房間需要布置，地下室中還有幾個房間的種植架還沒做出來。

羅勳更是要研究另一件事，上次搬回來的那堆監控設備還安裝好呢。

大家都是成年人，擁有一顆成熟的心，偶爾懶怠兩天就算了，該認真的時候，還是要認真生活，而且大家都宅在家裡，現在又不趕時間，等所有工程都做完，再合理安排時間，晚上休息的時候想玩多久的遊戲誰也不會管。

就連于欣然也只在念書和幫忙工作之餘，才會掏出粉紅色掌機，乖乖坐在一旁玩遊戲。當然，小傢伙找她撒嬌，小包子醒著的時候，她還是會優先陪他們玩。

羅勳坐在食堂的大飯桌旁，桌上鋪著一堆紙，放著平板電腦、筆記型電腦。他的手邊還放著筆和被畫得亂七八糟的紙，腳邊放著幾個箱子，裡面裝著監視器和說明書。

花費了兩天的時間，羅勳清點了一下所有監視器的數量，將有防水效果的單獨分出來，又將針孔式的和其他體積較大的型號分開。數好這些東西的數量，才在整個基地的設計圖上寫寫畫畫，制定安裝監視器的位置。

在分配需要監控的房間之後，他又將視線放到了周邊地區。

他們的新家雖然不大，周圍也有變異植物夠協助防護，可畢竟沒那麼多人手能每天警戒周圍的情況。這就是小基地的問題所在，所以羅勳他們現在既然有這種便利的設備，自然要好好利用了。

監視器好辦，嚴非就能布線，問題是外面的監視器要怎麼辦。

羅勳想把監視器安裝到外面的公路上，而且不是比較近的公路，而是附近的高速公路，位置還不能太低，至少不能是下場雨或雪就會把鏡頭蓋住掩住的那種高度。

怎麼把線從家裡一路順出去？又怎麼選擇監視器安裝的位置？

公路兩邊雖然大多有植物肆意生長，可那些植物的高度有限，羅勳理想的高度是最好能有十字路口處監視器那麼高才好。

最重要的是，這些東西一旦安裝好，就要確保不被過往的人發現。

寫寫畫畫了兩天，羅勳先把路線圖做出來。他考慮過，要在公路上架設監視器最後估計還得靠嚴非的異能，或者還需要于欣然的協助。如果真的能用異能直接搞定，那他們大可選擇最短的路線，讓電線直達目的地。

徐玫兩位女士在廚房做午飯，羅勳在食堂飯畫設計圖，嚴非則幫眾人在各個房間中按照他們的要求做一些金屬家具出來。既然找不到現成的家具，那就親手做一些出來，反正之前他們從偷來的資料堆中翻找到了不少有的沒的，從中篩選出他們想要的家具類型，讓嚴非做出架子，剩下的部分大家就動手補齊。

羅勳簡單忽悠了一下，就撒手讓大家自己研究怎縫軟墊，如何將海綿貼到金屬沙發上去了。按理說，這種動手的細緻工作還得依靠兩位女士外加手工小能手羅勳，可惜時間接近中午，兩位女士要去做飯，羅勳要畫設計圖，只能讓大家慢慢動手搗鼓去了。

廚房飄出來的香氣越來越濃，門外傳來了腳步聲，一群工作了半天的人一邊討論著房間裡的布置，某些東西要怎麼處理，一邊走了進來。

嚴非直接坐到羅勳身邊，羅勳頭也沒抬地將自己畫好的一張設計圖交給他，「等你弄完那些東西，抽時間看看能不能從地底走金屬管子，好讓電線通到這些地方。」

仔細辨認了一下圖紙內容，見圖上標註出來的地方正是基地周邊，嚴非笑了起來，「你想把監視器裝到公路上監視外面的情況？做金屬管道倒是不難，就是得考慮一下那些設備放在外面要怎麼樣才能不被人注意到。」

「是啊，我正發愁呢。那些東西一旦運行起來有紅燈閃爍，尤其是晚上更是顯眼，可那東西是夜間用來補光的，弄壞也不行……」羅勳很煩惱，他倒是想直接破壞掉那部分。如果那東西是電源提示燈還好辦，但紅外線被破壞，晚上就沒用武之地了。

「你想要裝監視器的目的是什麼？」嚴非忽然問道。

「監控附近的路段啊！」羅勳不解他的問題是什麼意思。

「那如果晚上路上有東西經過，並且衝著咱們這邊來了，可大家那時卻在睡覺，那些監視器能起到什麼作用？」嚴非繼續問道。

羅勳詫異了一下，並沒有馬上回答。

「如果那些東西只是從公路經過，沒來咱們這裡，那拍到它們對咱們的用處很大嗎？」

羅勳拍拍自己的腦門，「你的意思是說，夜視功能有沒有的用處都不大，咱們為了安全起見，最好還是別安裝了……」說著，他嘆了一口氣，笑了起來，「確實，一般人是不會在黑夜裡趕路的，畢竟現在路況比較危險。如果是變異動物或喪屍，只是路過的話，咱們就算監控到了用處也不大，反正咱們也不可能晚上出門。」

「羅哥，我們可以研究一下，看這個功能能不能修改，讓有需要的時候再開啟，實在不行，暴力拆卸也沒什麼嘛。」李鐵用手肘碰碰羅勳。

「對啊對啊，我們實在弄不了的，再說暴力破壞的事兒。萬一要是能控制，在需要的時候，咱們該開啟的時候還是能開啟。」

羅勳拍板：「那先吃飯，一會兒再研究要怎麼安裝監視器才不會引起路人的注意。」

上次從狼口中奪來的那兩隻水鳥，當天就被大家烤了一隻吃掉。

一群人一頓就幹掉了一隻，第二天又把第二隻也給烤了。

剩下的兩副鳥架被兩位女士丟進大鍋中從昨天晚上小火熬到了今天，奶白的鳥骨湯還沒端上桌就香氣四溢，引得本來有點餓的眾人肚子開始叫了起來。

一人一碗熱湯，上面飄著香菜，讓人食指大動。

桌上還有兩大盤燉肉燴菜，這可是真正意義上的燴菜，裡面除了五花肉外，還有豆角、茄子乾、白菜、粉條和蘑菇……幾乎都是家中產出的。

此外，還有各色醬菜裝在小盤子裡面。

別看菜色簡單，營養都照顧到了。

眾人一旦忙碌起來，就不會讓兩位女士做費事的料理，反正家裡豬肉多的是，一口氣燉出一大鍋，吃不完就凍起來，沒時間做菜的時候拿出一袋，加上家中產出的各種蔬菜一鍋燴出來，好吃又實惠還很省事，何樂而不為？

吃飽喝足，眾人繼續剩下的工作。需要製作的家具很多，需要製作的各種生活用品也不少，再加上要安裝監視器，給地下室的空屋做金屬架子……結果整個基地中最忙碌的人竟然就是嚴非。

畫好線路圖的羅勳，帶領一群沒效率、笨手笨腳的大男生開始布置房間。比如用海綿做床墊，給金屬椅子做靠墊、椅墊，甚至用曬乾的稻稈編碗墊、小籮筐。

徐玫和宋玲玲兩人負責清理家中存著的羽毛，從羽毛中篩選出比較細軟的可以做成羽絨服和羽絨被。昨天他們得到的那兩隻水鳥體型不大，身上的羽毛倒有不少比較細軟，可供收集下來的部分。

之前處理這兩隻水鳥的時候，羅勳特意讓大家把這兩隻水鳥頭上的、脖子上的、肚皮上的和翅膀下的細軟羽毛留下來。家中可不止有這兩隻水鳥的羽毛，還有鵪鶉的毛呢。雖然他們平時很少吃自家的鵪鶉，但每當吃掉一隻，也是都會留下可以使用的羽毛。積攢到現在，數量很是不少。

兩位女士就負責清洗、晾曬這些東西。

不用跟著一起忙活的于欣然和小包子一起在房間中睡了個午覺，小傢伙趴在床邊守著兩人。于欣然睡醒，便坐在桌邊認真寫作業，然後拿著幾根特意留出來的水鳥身上最漂亮的羽毛擺弄著玩。目前這幾根漂亮的羽毛的吸引力超過遊戲機。

家具打造起來不是那麼簡單的，羅勳為了節省自家戀人的體力和異能，除了帶領一群連繡花針都拿不穩當的糙漢子們穿針引線外，還拉著他們挑選出家裡可以利用的，橫截面積比較大的木材切割打磨。

如果房間全都是單一的金屬色，時間久了也怪壓抑的，尤其是木製品用起來很舒服，就算不用，拿來做成裝飾品也是不錯的，再者，自家戀人那麼忙，哪能讓別人清閒？

不過，羅勳失算的是，他給眾人找了麻煩後，因為實在不適合這工種，所有人的進度慢得接近龜速，整整半天時間也未必能搞定一個座墊，反觀嚴非那裡，他只花費了兩三天的功夫，就將大家指定的，目前最為需要的家具都做好了。

「東西都很簡單，那些沙發、躺椅的架子也很容易做，照著樣子做很快就能造出來，根本不費什麼時間。」見羅勳一臉詫異，嚴非有些好笑，抬手敲敲他的額頭，「你忘了，我的異能已經升到五級了。」

「對了，五級！」羅勳想起另一件事，連忙問道：「這兩天你有沒有又開發出什麼新的能力？金屬牆能不能再加固一些？」

嚴非思索了一下，「金屬雖然能夠在原有的基礎上進行更加細緻的精煉，不過我個人感覺效果沒有之前那麼明顯。這幾天持續做家具，我倒是發覺我這個異能進化後的一些不同的地方。」說著，他指指腳下，「我現在似乎能從土壤、石頭，甚至植物中感覺到金屬含量……」

「……植物？」羅勳有些呆愣地看著他，土壤和石頭他能理解，可植物？

「那……動物呢？」如果嚴非能感覺到動物體內的金屬含量，是不是說連人類的都……

嚴非微微搖頭，笑著道：「就算我集中精神也感覺不到動物和人體內的金屬含量，以後的話，我也不能確定。至於植物，比如家裡的菠菜，那東西裡面本來不就含有鐵元素嗎？這個我倒是能感覺得到，等一下摘片葉子過來試試看能不能吸收出來，只是那東西中才能含有多少？說不定到時弄出來的還沒有宋玲玲給它們榨汁的成果顯著。」

他又拿起一塊不知什麼時候從什麼地方弄來的一小塊金屬遞給羅勳，「等我示意，你把它丟向我。」他向後退了兩步，衝羅勳招招手。

羅勳不解，將那塊金屬丟向嚴非，可那東西在接觸到嚴非前大約一寸的時候，忽然比丟向他時的速度還快地向反方向飛了出去。

「……是你弄的？」嚴非能控制金屬飛起來，甚至攻擊他人，羅勳自然是清楚的，可他現在讓自己試的到底算是什麼？

見他沒明白，嚴非解釋道：「這不是我主動控制的，我現在能下意識在身邊造一圈磁場，不讓金屬靠近我，但現在也只能做到這樣。」他想了想，「似乎是磁力的某種應用？」

羅勳倒是一下子就興奮起來，用力拍拍他的肩膀，「說不定是一種領域呢？你回頭再開發開發，說不定會有其他意想不到的效果。」

果然，異能升到五級後與之前變得更加不同了。

羅勳很好奇其他系的異能五級後還有什麼樣的效果，可惜目前隊伍中只有嚴非和宋玲玲的異能成功升到了五級。章溯此前得到了蝙蝠的五級風系晶核後，因為他的異能還沒達到飽和，暫時沒敢用，而宋玲玲的五級水系異能似乎沒有出現什麼特別逆天的，比如領域這樣的東西，只能暫時觀望。

各個房間的家具被嚴非造好之後，次日羅勳就拉著嚴非去給要安裝監視器的地方鋪線。徐玫兩人已經處理好所有的羽毛，接過了縫紉的主要工作，其他總算能鬆一口氣的人商量了一下，決定幫著于欣然把遊戲室搞定。

之前他們將淘氣堡裡的各種玩具、地磚鋪到了二樓一間教室裡，這個房間中還有東西沒移走，這會兒正好趁著幾人興致高昂的時候，挪到一樓空出來的房間，然後將充氣型的兒童城堡給吹了起來。

幼稚園雖然有一個鼓風機，可那東西露天放在充氣城堡旁，誰知道被雨水泡了多久？幸好此前羅勳他們在掃蕩五金店時，不知是誰拿回來過兩臺這種東西，正好派上用場。

這個充氣城堡是以蹦床為主的，別看小丫頭已經七八歲了，可在這裡面玩完卻全沒有壓力，就連大人也能進去湊熱鬧。

吹好城堡，大家脫掉鞋子上去轉了一圈。不敢鬧騰得太厲害，好歹算是過過童年的癮。

羅動與嚴非算是所有人中最後一個光顧這間遊戲室的，兩人一進門，就發現裡面原有的格局變了。淘氣堡的位置被移到大門口旁邊，房間裡側則放著一個巨大的紅色充氣城堡。于欣然正笑著在上面亂蹦亂跳，徐玫和宋玲玲也脫掉鞋子，陪著小丫頭蹦躂。

羅動無語地看著裡面的三位女士，左右看看，問道：「小傢伙呢？」

自家那條狗最喜歡跟在于欣然身邊玩，怎麼沒跟著一起上去？

正坐在門口長凳上休息的李鐵指指淘氣堡，「在那裡面呢，跟你們兒子在一塊。」

兩人聞言往那邊走了幾步，就見小傢伙爬進了海洋球池裡，正在裡面撲騰來撲騰去。自家小包子躺在嬰兒車中，正睜著一雙黑葡萄似的眼睛，伸手去抓掛在車上的小玩意兒。

在嬰兒車旁是四個給小朋友騎的，做成動物形狀的搖搖椅。並排的兩個上面正坐著一對秀恩愛的狗男男，王鐸和章溯。

幸虧他們兩人的體重比較輕，坐在上面也不會壓壞。

這個淘氣堡中除了那個裝滿海洋球的，倒掉海洋球後還能改成給孩子們玩的小型游泳池的充氣池子外，還有這四個搖搖椅，以及一個小鞦韆，還有一套可以讓孩子們鑽來鑽去的，由各種造型的門和管道、滑梯組成的探險區。

這裡面還有一小塊地方擺放著小桌椅，可以讓孩子們在這裡玩其他類型的桌面遊戲。

「以後再發現這類東西，咱們就順路帶回來，把這個房間裝滿。」羅動四下張望，笑著蹲到小包子的嬰兒車旁。看到出現在自己面前的羅動，小包子不去抓掛在上面的玩具了，反而伸著手，衝羅動咿咿呀呀地說著外星語。

看著羅勳渾身上下散發著詭異的母性光芒，讓正在秀恩愛騎搖搖椅的王鐸和章溯都招架不住了。章溯用古怪的神色看向羅勳，說道：「你可以考慮再給他生幾個兄弟。」

羅勳斜睨了他一眼，「一家只要一個孩子就好，倒是你們兩個得考慮生一個了。」

哼，嘻人的話誰不會說？

在淘氣堡裡蹦躂累了的于欣然爬了下來，小臉通紅地跑回淘氣堡中，坐到了鞦韆上，對羅勳兩人笑嘻嘻的，看著他們給肚子餓的小包子餵奶油果沖兌出來的食物。

自從進入末世後，小丫頭有多久沒感受過這種無憂無慮的生活了？可以在這些遊樂設施裡面瘋玩，不用擔心餓肚子或遇到恐怖的喪屍，這簡直是天堂一般的日子。

李鐵幾人興奮地翻出一塊沒什麼用的木板，在上面歪歪扭扭敲打出三個大字「遊戲室」。三個字中的「遊」和「室」兩個字還被他們敲歪了，整體看來奇醜無比。

他們特意掛在大門上，章溯輕輕潑了盆冷水：「家裡還剩下很多油漆。」

不會刻字，總會用毛刷沾著油漆寫字吧？就算寫壞了，只要用油漆粉刷一次，晾乾後就又能用另一種顏色重新寫了，笨不笨？

智商被鄙視的四個人，憤恨的目光集中到了王鐸身上——誰讓他家那口子嘴巴太壞？誰讓他家那口子大家打不過？哼，等落單的時候得把這貨揪到小黑屋裡好好教育一番！

或許是因為家中有了個遊戲室，所有人一下子變得「年輕」起來，每個人都更加熱情地布置起這個新家，也更加積極動腦提高生活品質。

眾人還把隔壁的一間辦公室和這個房間打通，將那個房間布置成了專門玩各種遊戲機的房間。一臺大電視掛在牆壁上，一堆用海綿做出來的軟墊放在羅勳兩人貢獻出來的沙發上，正對著大電視。旁邊還有大大小小的座椅、簡易沙發等東西。

這裡的遊戲大多是那種可以一群人玩的，有人想玩掌機連線遊戲也可以在這邊玩。

這樣一來，無論是孩子還是大人都有了娛樂的地方，倒確確實實讓新家中有了新氣象。

將房間大致布置好，羅勳拉著嚴非商量了許久，兩人還是決定暫時不要往公路上裝監視器，畢竟雖然可以做金屬管道通到外面，可金屬管和裡面的電線是從新家裡拉出來的，一旦被人發現，對方有土系異能者或者金屬系異能者，就肯定會隨著這條線索摸到新家這裡。

末世中什麼樣的異能沒有？萬一被人發現了，對自家起了歹意的話，他們以後可就別想有平靜生活了。

做為代替的是羅勳最後在新家的最高點，對周邊的各個方向都安裝了一個監視器，用來監控四周的情況。雖然高度不夠監控不到太遠的地方，但相對來說卻也安全多了。

這些監視器有金屬殼做掩護，隱蔽效果還是很不錯的。

羅勳他們房間中的大床是從西南基地帶出來的，不需要和其他人似的還要新做。只是因為房間大小的問題，他把自家那套沙發和茶几貢獻出去，和臨時新做出來的沙發一併丟進了遊戲室，自家的衣櫃也在最初的時候送一個給徐玫兩位女士。

剩下的家具加上嚴非用異能做出來的櫃子什麼的，將這個房間布置得很溫馨。

房間沒有布置完，畢竟這是他們將要生活很長一段時間的空間，需要按照個人興趣慢慢來裝點，但現在房間中已經很有生活氣息了。

大致搞定家具後，羅勳他們又拿著清洗晾曬乾淨的鵝卵石跑到果園去鋪石子路。

家中除了這些鵝卵石之外，還有以前從西南基地帶出來的和上次出去收集回來的瓷磚。這些東西用到大門前和林中單獨開闢出來用作休息的地方當地磚，雖然顏色各有不同，可搭配好了還是很有個性的。

外面的天氣一日熱過一日，就在前兩天，炎炎烈日之下，基地外面暴雨傾盆，一下就是整整一天，之後又陸陸續續下了兩天。

羅勳他們十分慶幸早把自家改造完畢，不用再外出尋找物資，老實在家中宅著就好。每天早起打理作物，清掃鵪鶉屋，在果園中轉悠，確認有沒有哪個植物突然變異，再順便收割那些成熟可以採摘了的作物就好。

這天的天氣依舊陰沉，卻沒有下雨，一群宅男宅女擠在遊戲室裡，李鐵與韓立湊在大電視前，一人一個手柄，在玩某個末世前著名的喪屍遊戲……

其他人圍在一旁或玩其他遊戲，或圍觀聊天，十分熱鬧。

羅勳端著個托盤走進來，後面跟著嚴非。

今天羅勳難得興致大發表示要掌勺做飯，其他人熱烈歡迎，全都等在遊戲室中。

自從有了遊戲室，眾人漸漸將吃飯、娛樂都轉移到了這裡，下面食堂的頗受冷落。

羅勳進門的時候，聽到「噗哧」一聲，就見電視畫面上一個喪屍的腦袋被打爆。

「吃飯吧，這都末世了，玩這種遊戲，你們也不怕招來真的喪屍。」羅勳忍不住吐槽，將飯菜放到新做出來的大圓桌上。

雖然有了這張桌子，大家吃飯的時候卻還是各自端著飯菜坐到沙發上享用。

「真招來也不怕。」李鐵暫停遊戲，甩甩手腕，起身看向桌上的飯菜，「咱們連真喪屍都打死多少了，何況假的？老實說，末世前玩這個遊戲時，我還心驚膽戰呢，現在再玩，居然半點緊張感都沒有了。」

「可不是？這就是經過鍛煉的結果啊！」

角落放著兩兩相對的六臺電腦桌，何乾坤、吳鑫、王鐸和宋玲玲各自坐在一臺電腦後，連線打某即時戰略遊戲，見羅勳他們端飯進來，紛紛停下遊戲起身過來吃飯。

「來來來，咱們接著放昨天沒看完的電影！」

一群人吃著午飯，看著鮮血淋漓的喪屍片，居然沒人覺得胃口不佳。

這天的午飯是出自羅勳之手，主食是香噴噴的白米飯，還有一道偽蠔油牛肉。家中早就沒有蠔油，是改用醬油炒的。另有尖椒小炒肉、燉豬蹄。除了葷菜，尚有幾道炒鮮蔬，最後又煮了一鍋蘑菇湯。打開蓋子，滿屋子都是飯菜的香味，讓眾人口水直流。

別看徐玫和宋玲玲兩人要負責做平時的飯菜，她們兩位的手藝其實普通，其水準也就是各人在末世前會那麼一兩道菜，其餘的也就是可以做熟，論起味道，還是比不上認真下廚的羅勳，雖然他也是個二把刀。

今天的菜色是嚴非和羅勳一起商量出來的，有些菜的味道羅勳也不大記得，還是末世前吃館子吃得恨不得家中有人天天給他做小米粥的嚴非幫忙提示的。兩人一邊試驗一邊試吃做出半成品，吃了半飽才端上桌。

眾人圍坐在飯桌旁，一邊愉快地吃著，一邊聽著電視中傳來喪屍的吼叫聲、活人的尖叫聲，然後開始聊天。聊天的中心思想就是，再過兩天就是八月初了，大家到底要不要回一趟西南基地呢？

「這幾天有沒有什麼新消息？知不知道西南基地的具體情況？」羅勳咬了一口嚴非特意夾給他的燉肉。這東西沒有連外皮一起燉，口感上打了不少折扣，但味道還是很不錯的。

負責收集訊息的何乾坤嚥下牛肉，抹抹嘴，「上個月初西南基地好像就在折騰內城區，從那些檔案和調令上看，現在西南基地好像還在搗鼓內城區，暫時沒外城區的事，不過外城區如今應該也加派了人手維持秩序，具體情況還不清楚。」

他們雖然能從往來的訊息中查到各個基地對內對外的一些重大協定、命令等等，可終歸沒辦法親眼看到西南基地的具體狀況。

羅勳用筷子尾端下意識戳著自己的下巴沉思了一會兒，「八月初還是不要回去了，現在正是西南基地內部整頓的時候，咱們這會兒回去和這個月初回去的區別並不大，還是等狀況徹底穩定下來再說吧。」

至於賣菜……吃得完就吃，吃不完還能曬乾了當儲備糧，更能乾脆拿去餵自家的鵪鶉，反正他們現在沒增加多少種蔬菜的空間。

別看地下室有整整兩畝地種的都是各色蔬菜，可那裡面真的是「各種」蔬菜，種的種類多了，每一種的數量反而變少了。

「對對對，而且現在天氣這麼熱，帶這麼多蔬菜出去，等走到西南基地的時候，這些蔬菜還不得爛了？」

「對啊對啊，天氣這麼差，咱們就算想出門，外面的路也不好走！」

總地來說，這就是一群在得到了安逸生活後的宅男宅女們集體懶癌發作。

羅勳抬眼看看窗外陰霾的天色，故作深沉地點頭。

就在這時，外面的天空很配合地又下起了大雨。

這幾天天氣不好，他們即使可以接收到衛星傳來的訊息，那些拍攝到他們新家所在位置的照片也都顯示不清地面的情景。沒辦法，雲層太厚，拍不透。

那些衛星傳來的照片看起來彷彿是以前從電視上看到的衛星雲圖。這群外行在飯後裝模作樣地研究了一通，紛紛表示，至少一週內這附近的天氣不會放晴。

於是，等到第二天一大早，看到外面陽光燦爛，滿天沒有半朵雲彩的天空，所有人都是一副囧囧有神的模樣。天氣預報果然不是正常人能判斷出來的，他們誰都沒有料到昨晚居然起了大風，將雨雲全都吹走了。

唉，都怪自家建得太結實了，害得他們人在屋中睡，卻連半點風聲都沒聽到。

天氣變得晴朗，並不意味著大家就能出門了，何況他們現在也不想出去。與上次相同，這次下完雨，外面的道路不負眾人期盼地再度嚴重積水。羅勳他們不用出門，也不必去大棚屋頂查看情況，就能看到遠處的「池塘」水面再度升高，甚至滿溢到公路上。有些田壟低些的地方，甚至連成了一片。

羅勳抱著剛剛換完尿布的小包子，站在窗邊向遠處眺望。

天空碧藍如洗，乾淨透亮得讓人眼睛發癢。低頭捏捏小包子的小鼻子，這麼大的孩子真是一天一個樣兒，當初那個早產兒已經長得很結實了。

窗外的一些動靜引得羅勳再次抬頭看去。

不知道下雨的時候跑到哪裡去了的兩隻變異狼，此時歡快地撲騰在滿是雨水的池塘中，蹦躂在清淺如溪到處都是積水的公路上，彷彿沒長記性的熊孩子，趕得一群水鳥直拍翅膀。

或許牠們是想藉著剛剛下過雨，這些水鳥身上被打濕後不好飛起的主意來捕獵，偏偏水鳥中有那麼幾隻水系異能的水鳥，一道道水箭把前來招惹的兩隻變異狼打得落荒而逃，甩得半乾的皮毛又淋濕了……

「看什麼呢？」拿著溫好的奶油果飲料進來的嚴非，一進門就見羅勳站在窗邊。

「看那兩隻變異狼被幾隻水系的水鳥追打……啊，牠們終於想起自己有土系異能了，總算組起土牆擋住那些水鳥的攻擊。」羅勳無語搖頭，「牠們蠢成這樣，真的是狼嗎？」

「這可說不好，別忘了，末世前不是說國內已經沒有野生狼了？或許是公園住久了，牠們的生存本能全都退化了，而且……」嚴非也看向窗外那兩隻總算找到安全地方，正在甩皮毛上雨水的狼，「萬一牠們有狗的血統呢？狼狗，或者就是狗也不一定。」

羅勳啞然失笑，看向趴在一旁的小傢伙，「沒錯，咱家的小傢伙就夠笨的了，那兩隻……還是叫牠們狼吧，或許牠們跟小傢伙的血統更接近。」

趴在地上的小傢伙聽到羅勳提起自己的名字而抬起眼皮，抖抖耳朵，眨巴兩下眼睛，見兩人沒在搭理牠，才又繼續瞇著。

兩人回到床邊，將小包子放到鋪好床單的大床上。羅勳接過奶瓶試溫度，嚴非拿起放在一旁的小衣服和小鞋子。雖然自家包子個頭還很小，可馬上就六個月了，手臂和腿在裹在襁褓中未免影響孩子的生長發育，所以羅勳他們之前就選了最綿軟的棉布給他搗鼓出一身簡易嬰兒服，每次出門前都給他換上。

就在羅勳試好奶油果溫度，就在嚴非拿著小衣服過來的時候，兩個人四隻眼，齊刷刷震驚地看到仰躺著的嬰兒扭動幾下後，居然翻了個身。

「他、他翻身了？」羅勳愣了好一會兒，見趴在床上的小包子一臉好奇地用肚皮撐在大床上，伸手去搆放在不遠處的一條內褲……那是羅勳今早收起來的，剛剛洗好晾乾的。一把抓起內褲，免得被小包子往嘴巴裡塞，嚴非示意羅勳道：「他該吃奶了。」等羅勳抱起孩子，將奶嘴塞進他的口中，兩人這才略帶惆悵地面對面。

「他會翻身了……」

「他終於能翻身了。」

兩人大眼瞪小眼，隨後「噗哧」笑出聲。

自家的這個是早產兒，剛出生身體就弱得不行，當初羅勳他們連這個孩子能不能活下來都不敢保證，可讓人意外的是，末世中出生的這個孩子長挺結實的，經常跟著兩人外出做任務打喪屍，又經歷過嚴酷的冬天，卻健康無事到如今，也算是他的運氣不錯。

之前何乾坤他們從不知哪個角落找到的資料上說，嬰兒三個月左右就會翻身，當然，這得看嬰兒本身的體質而定，但一般來說是在三個月左右。

自家包子卻一直沒動靜，無論羅勳他們怎麼都逗他玩，企圖讓他除了伸爪子，張口說外星語之外多些新技能，小包子就是不給兩人面子。

考慮到他早產，考慮到或許奶油果的營養沒有真正的牛奶豐富，羅勳他們就耐著性子忽視了這一問題，直到今天……小包子出生就要滿六個月的時候，終於會翻身了。

餵飽他奶水，羅勳欣喜地表示：「咱們最近試著給他加點輔食吧？」

之前怕孩子體弱，沒敢給他亂加食譜的羅勳，在小包子成功翻身的喜悅下提出這件事，

反正家中有那麼多水果、蔬菜，挑些有營養的做成糊糊，試著給他餵一點看看情況。

嚴非自然沒意見，其實他之前就覺得或許能給孩子加些其他食物了，只是羅勳不放心，

沒想到小包子的一個翻身，居然能讓他決定改變食譜……

嚴非戳戳小包子吃得飽飽的肚皮，幫孩子穿上了小衣服。

最近這些天，忙完工作就泡在遊戲室的眾人，今天丟開遊戲機，轉而聚在淘氣堡裡。小包子被放在鋪著地毯的地上，四腳朝天，彷彿小烏龜似的晃動四肢，然後也不知哪條手臂哪隻腿一用力，就……翻過來了。

眾人齊聲歡呼，然後這群無良的人，又把孩子翻了回去……

等他們不知第幾次把孩子翻身，並期待著他能和之前一樣表演「特技」的時候，小包子毫不客氣地歪著腦袋，留著口水……睡著了。

被一群無良的大人折騰累了的孩子，總算擺脫了這種無恥行徑，小肚皮一鼓一鼓的，睡得天昏地暗，任誰逗弄都不搭理。

也是這孩子脾氣好，從來不哭鬧，換成其他孩子被折騰這麼久，恐怕早就大哭了。將孩子交給于欣然照看，大家打理過地下兩層的種植間，羅勳和嚴非才一起從三樓的窗子爬到大棚屋頂，檢查各個出水口有沒有被堵住。

屋頂此時還有一些積水，不過這些積水的量比外面的街道少多了。兩人圍著屋頂轉了一圈後又爬到三樓樓頂，檢查各種設備有沒有被淋壞。安裝在這裡的監視器雖然有防水功能，拍攝的畫面也很清楚，可畢竟不能被水長時間泡著。

接收衛星訊號的大鍋也沒問題，羅勳順手用掛在脖子上的望遠鏡觀察附近的情況，看到那平靜的再次擴充過幾次的池塘，水鳥們正悠閒地嬉戲。兩隻變異狼相互依靠著趴在岸邊大樹上，正一臉饞相地遙望著池塘中的水鳥。

羅勳的目光移到變異農田處，觀察那邊的狀況，忽然看到什麼東西閃了閃，連忙用手揉揉眼睛，再仔細看過去，「嚴非，你看那邊地上是不是有反光？我不會看錯了吧？」

羅勳怕自己看走眼，將望遠鏡交給嚴非讓他幫忙辨認。

嚴非朝羅勳指著的方向看去，不太確定地問道：「好像是晶石的反光？」

「我覺得也像，不太像是積水的反光。」羅勳一下子跳起來，眼睛發亮地道：「你說會不會是之前雨水沖出來的？還是放晴那天晚上被大風吹到田邊來的？」

「有可能。」嚴非點了一下頭，笑著問道：「要不要去看看？」

雖然那裡距離變異農田很近，可如果晶核會被大雨沖刷出來的話，那他們撿起來不是要比之前輕鬆得多？

兩人跑回房間將這消息告知眾人，一群宅了好幾天的人舉雙手歡迎，並且表示要趁這個機會出去放鬆一下。雖然家裡很好，幾乎是要什麼有什麼，新建起來的暖房和三樓房間也能曬到太陽，可家中和外面還是不同的，他們不願意遠行，可大雨過後去附近轉轉也不錯。

外面的積水還很多，大家取出早先在西南基地就配備的雨鞋，穿上嚴非再度改進過的金屬軟甲做防護，這才浩浩蕩蕩開著一輛小車到了地道出口。

羅勳看向站在旁邊的宋玲玲，「準備好了嗎？」

宋玲玲認真點頭。

嚴非在金屬板上打開一個缺口，外面的積水瞬間湧進來，卻被早有準備的宋玲玲直接控制住，讓這些雨水瞬間變成一堵水牆，漂浮在眾人面前。

等大門打開，積水不再向裡面奔湧，眾人才和操控著水牆的宋玲玲一起走出去。

天空依舊晴朗，附近的積水被正上方的太陽曬得升溫，有種雨後曝曬的悶熱感覺。

「外面還沒基地裡面涼快呢。」一對於溫度最為敏感的何乾坤開始吐槽。

「咱們的房間裡都有空調，其他房間又都種著那麼多的植物，溫度當然不會太高。」

一群人彷彿真是出來遊玩的，除了地面上因為積水的緣故導致太過泥濘，不好行走外，田間和小路、池塘、遠處茂密的樹林與池塘中遊蕩的水鳥，這簡直就是一幅夏日遊賞圖。

每一腳都會陷進泥濘中，每次抬腿都要用力拔才能拔出來，徐玫已經連續兩次把其中一隻腳的鞋子陷在原地，不得不返回去挖出來。

宋玲玲無奈，只能一邊抽水，一邊往前探路。

到了這會兒，深切感到末世後被毀掉的公路難走的眾人才埋怨起太陽不夠給力，不能一下子把這些水曬乾，繼而再抱怨無用的排水系統。

來到變異農田旁，不必靠近，他們就看到了一些零星的被風和在暴雨中扭動的枝條意外推出來的晶核。

這些都是比較小顆，重量也比較輕的。

見到這一幕，眾人兩眼放光，站在田邊轉悠。

思索半天，羅勳才對宋玲玲道：「妳試試能不能用水把它們沖出來。」

宋玲玲的異能升到了五級，相對於一直沒找到可以供其升級晶核的于欣然來說，宋玲玲的五級水系異能可操控的範圍更大，力量也更強些。

宋玲玲聞言，開始控制積水「推」著水中、泥土上的那些東西。

一點一點，一片一片，宋玲玲皺眉對羅勳道：「頭兒，水裡比較重的東西我推不動，小一些的沒問題，但大的就不行了。」

看看「岸邊」那些亮閃閃的，還夾雜著各色小石塊雜物的東西大小，羅勳估計宋玲玲利用水系異能最多只能推出三級以下的晶核，四級以上的就有些困難了。

他對章溯道：「你們合作試試。」

前幾天，章溯終於靠著那塊小小的五級風系蝙蝠的晶核，輔助著其他四級的風系晶核將異能衝上了五級。這樣看來，只要有五級晶核作為「媒介」、「引子」，異能者們就能將異能提升上去。至於有沒有失敗的可能性……目前還不清楚。

五級的風系異能，能使上力氣的範圍比水系異能者還大，羅勳他們只要圍著農田四邊轉一圈，就可以將農田中的地皮徹底篩選一次，比之前讓于欣然挖寶還來得方便。

風系與水系合作，附近的變異植物農田幾乎被吹得東倒西歪，猙獰的枝條囂張地在半空中揮舞，卻什麼目標都沒抓住。

于欣然跟著其他人站在旁邊，等宋玲玲和章溯合作篩完一片區域，她就用水中的泥沙捲著那些大大小小的晶核丟出來，再被等在一旁的李鐵他們將其掃進帶出來蛇皮袋子裡。

變異農田彷彿被海水沖刷著似的，裡面的水、上面的植物，一浪一浪地波動著，向著「岸邊」的方向拍打著，猶如真正的海浪沖刷著沙灘。

兩位五級異能者、一個四級沙系異能者，再加上一群打下手的苦力，眾人忙活了不過兩個小時，就收穫了十幾袋晶核，帶來的蛇皮袋已經全都用完了。

不過這還沒完，他們特意開了兩輛電動車出來，另一輛車上還放著大家閒暇之餘編的各種竹筐，此時都被當成裝晶核的籃子帶了出來。

也不能每次都讓嚴非現場製作金屬箱子吧？何況金屬多重？竹筐多重？這些就算用爛了也不怕，抽乾水分後照樣能生火做飯，用不完的丟掉也不會汙染環境。

一群人不過篩了不到兩畝地，兩輛電動車就全被塞滿。眾人熱情高漲地將車開回去，卸下東西再開出來。趁著外面的水還沒乾，趕緊抓緊時間多清理出幾片農田來。晶核再多也不怕，留著慢慢用就是了。

大家正在分工合作的時候，忽然一陣山搖地動，抬頭看過去，就見那兩隻變異狼正朝著他們的方向跑來。

「小心，拿好武器！」羅勳看到那兩隻飛奔過來的變異狼，第一反應就是，牠們的後面一定帶著一群變異動物。

等發現牠們身後什麼都沒有時，眾人反而詫異了好半天。面對著那兩隻高大得一腳能踩殘一個人的變異狼，大家沒有任何緊張、恐懼，倒是很納悶地看著牠們。

那兩隻變異狼跑到眾人面前不遠處便停下了腳步，大尾巴在牠們身後搖來搖去。

「啊，小傢伙！」于欣然抬手抹了一把小臉，手上的泥點抹了一臉，她興奮地指著兩隻變異狼的腳邊，那不是羅勳家的小傢伙又是誰？

話說，這傢伙的一身泥是從什麼地方滾回來的？

等等，不對，牠到底是什麼時候沒了影兒的？

「小傢伙！」羅勳的聲音中帶著嚴厲和擔心，這傢伙是什麼時候跑開的？又是什麼時候和這兩隻二貨狼勾搭到一起的？牠到底知不知道外面很危險？上次遇到喪屍犬的時候，是誰被那些傢伙咬得夾著尾巴落荒而逃？怎麼連這麼點戒心都沒了？

羅勳擺出嚴父的表情，可惜小傢伙完全沒感受到，興奮地帶著一身的雨水、泥水，跑到他面前就要熱情地用牠的大舌頭給羅勳洗臉。

推開狗頭，羅勳看著胸口上兩個大大的狗爪泥印直磨牙。

兩隻變異狼肩並著肩，乖乖在不遠處蹲坐下來，粗長的尾巴繼續甩，亮晶晶的大眼睛中帶著憂鬱的神色，盯得一群人心裡發毛，不由壓低聲音嘀咕起來。

「牠們這是怎麼了？」

「是不是想跟小傢伙一起玩？」

「體型差這麼多，萬一把小傢伙踩死怎麼辦？」

「不會是餓了吧？想找咱們收留牠們？」

「別開玩笑了，就那體型，咱們也得收留得起！就算咱們能擴建地道讓牠們爬進去，裡面也沒牠們能住進去的房間，地下室沒這麼大！」

羅動嘴角抽搐地聽著眾人狂開腦洞，聽到「餓了」兩個字，忽然有些恍然，看看那兩隻變異狼，又看看圍在自己腳邊打轉的小傢伙。

羅動抬頭向那兩隻變異狼問：「你們是這幾天打不著吃的才來找我們的嗎？」

兩隻變異狼歪頭，一個朝左，一個朝右，尖耳朵還抖了抖，很顯然語言不通，牠們根本聽不懂羅動在說什麼……

羅動無力捂臉，他發誓他剛才的腦袋一定是被小傢伙感染傻氣，才會對兩隻變異狼問出這種問題來。語言不通簡直要命，當初的小傢伙如此，後來的小包子如此，現在的兩隻變異狼也如此……等等，這關還沒學會人類語言的小包子什麼事？

幾人湊在一起商量，然後決定試著跟這兩隻變異狼接觸，如果牠們確實需要食物，那幫幫牠們也不是不可以，畢竟是鄰居，抬頭不見低頭見，大家都這麼熟了嘛……

等等，似乎哪裡不對？

羅動走到兩隻變異狼面前，幾個異能者隊友跟在他身邊，怕變異狼暴起傷人。

不過，變異狼似乎比羅勳他們還要謹慎，見這幾個人類靠近，牠們立即起身後退幾步。

羅勳想了想，往池塘方向指了指，一群人緩緩順著道路向池塘靠近，並分神注意那兩隻變異狼。果然，他們走到一半左右的路程時，那兩隻變異狼放輕腳步跟了上來。

事實證明，異能者用巧勁打獵，效果比兩隻智商堪憂的變異狼強多了，反正自從羅勳他們見到這兩隻變異狼起，除了其中有一次這兩隻狼趕了一群不會飛的無異能變異鴨子和鵝，成功抓住其中幾隻之外，幾乎每一次都是借助自己這群人的力量幫忙打到獵物的。

羅勳他們一出手，水系異能、金屬系主攻，再加上其他人的有效配合，很快就抓到了五隻大水鳥。羅勳他們並沒馬上把水鳥交給兩隻變異狼，而是先挖出晶核，燙掉牠們身上細軟的毛，才給了那兩個傢伙。

在看到獵物後，兩隻變異狼蠢蠢欲動，但似乎知道這幾個獵物是羅勳他們幫忙打的，所以沒直接上來搶走，而是有些焦急地坐在一旁等待。見羅勳他們將食物丟過去，這才一頭叼起一隻，對羅勳他們甩甩尾巴，拉扯到牠們作為休息場所的大樹底下，又巴巴地跑回來叼走了剩下的水鳥。

看著那兩個高大的身影，王鐸有些眼饞，「咱們……要不要乾脆收了牠們？」

還沒等羅勳回答，章溯就翻了白眼，「這麼大的飯量，你養得起？家裡哪有這麼多肉餵牠們？等冬天一到，把你送牠們吃，恐怕都不夠牠們塞牙縫。」

可不是嗎？先別說末世後，就說末世前的大型犬一頓能吃多少？

王鐸倒是想起來末世前他老家的一個鄰居養了一條金毛犬，每天光買饅頭就得一大袋，那一袋還只是一天的量。這還是那家人嫌餵別的食物太貴，別說肉啊菜啊的，就連狗糧一頓都得下去多少？

如今是末世，就算變異動物的體型變大了，那也禁不住這麼兩隻身高在三米左右的變異狼天天吃喝。

徐玫忽然笑著對王鐸道：「你別看牠們兩個現在好像沒辦法打獵，沒吃的，咱們要不是這次正好在外面，牠們最多餓兩天肯定也能弄到食物。」說著，她指指那兩隻變異狼，「咱們遇到過牠們幾次，除了這些自己跑來的水鳥是自帶異能的，之前牠們哪次主動趕過來的動物不是普通變異動物？牠們也不傻，至少知道有異能的打不過，可以去找那些沒異能的。」

「倒也是。」羅勳回過神來，深思著看向那兩隻正在池塘邊吃鳥肉的變異狼，「這兩隻狼裡咱們只見過其中一隻會土系異能，另一隻從來沒用過異能，或許另一隻就有什麼辦法辨別目標生物有沒有異能吧。」

可不是嗎？在這些變異水鳥飛來之前，這兩隻變異狼可是剛剛趕過來了一群沒異能的鴨子和鵝，說不準當初牠們還真想把那些家禽當成儲備糧存在這附近，只是可惜現在又飛來了一群外來戶，還偏偏是牠們惹不起的那種。

既然如此，偶爾幫幫牠們還好，可長時間幫牠們打獵卻是不可能的。

不說其他，如果這些找口糧的活兒都是羅勳他們幫忙幹了，時間一久，這兩隻變異狼就連自己生存下去的本能都沒了。

如果牠們只有小傢伙的體型，大家倒是不介意家中多養兩個新成員，遺憾的是，牠們的體型太大，養的話根本不現實。

在池塘中囂張的水鳥們之中有當初被兩隻變異狼趕過來的鵝和鴨子，可惜混在了水鳥群中，兩隻變異狼就算想招惹也招惹不到，估計就是因此才把注意打到了羅勳他們身上。

撿了一天的晶核，外帶順手幫「鄰居」打獵的宅男小隊，在天色昏暗的時候，開著裝得滿滿的車子回到新家。將晶核放進一個專門用來儲物的房間角落，眾人休息了一晚，趁著外面的積水還沒被曬乾前，又出門去扒拉變異農田中的晶核了。

羅勳琢磨著，等雨水蒸發掉，可以讓宋玲玲人工製水填充變異農田，繼續這麼折騰。只是那樣一來，宋玲玲會比較辛苦。他們既然找到了新方法，還是抓緊時間趁著積水蒸發前把這些農田篩上一輪，不然等水乾了，這些晶核陷入泥中，就更不好往外扒拉了。

後面兩天，大家在掌握了竅門之後，便加快速度將周圍的變異農田篩了一遍。讓眾人興奮又無語的是，附近的變異動物數量增加了。

上次大雨過後，池塘變得熱鬧起來，除了又多出不少飛過來把這裡當成落腳處的水鳥之外，還來了不少找水喝的變異動物。

更驚悚的是，一隻矯健的身影在池塘上空盤旋，那是一隻鷹。

羅勳不確定那隻鷹是不是他們之前去過的那棟高樓上築巢的那隻，這隻鷹顯然把這裡當成了牠的狩獵場。這兩天外出收集晶核的眾人已經看到過兩次狩獵現場——那隻鷹飛下來將池塘中的水鳥們驚起，追到空中直接抓住一隻後飄然遠去。

這個畫面，讓羅勳他們這些末世前從沒真正接觸過大自然的人，以及那兩隻連口糧都要靠人類協助捕獲的變異狼，全都看得目瞪口呆。

那捕獵的畫面太美，美得讓羅動他們看得眼睛都直了。在老鷹抓到獵物的同時，眼力比較好的羅動他們，親眼看到那爪子上有閃電的光芒，顯然這隻鷹是雷系的，在抓住獵物的同時電暈牠們，既能減少獵物的反抗，又能電暈獵物保持牠們的新鮮度，等帶到窩裡再直接殺來吃，多省心省事？

羅動他們好不容易加班加點地將附近的地皮篩選了一圈，回到家中後，站在三樓窗口，聽著那遠遠近近變異動物們大呼小叫的聲音，心肝微微發顫，外加無限的感慨。

「你說，牠們什麼時候會走？」何乾坤低聲向身邊的吳鑫問道。

「不知道，咱們這兒的風水這麼好，牠們不會就這麼住下去了吧？」吳鑫抖了抖，用有些擔心的小眼神向窗外看去。他到現在還記得，今天他們開車回來的路上，一隻長著三條尾巴的變異貓忽然竄出來，抬起爪子就向他們的車子抓來，幸好章溯用風牆給擋了下來，而那會兒又有一頭變異動物衝過來，兩隻動物這才無視掉了車隊，滾打在一起。

來喝水的多了，如果太頻繁出去，難免遇到脾氣不好的變異動物，還好他們的新家已經改建完畢了。

眾人覺得最近不宜出門，反正他們剛剛將變異農田篩過一遍，又沒準備在八月初的時候去西南基地換東西，可以安心地守在自家乖乖種田、打遊戲、養孩子。

休息了一晚，大家回到存放著晶核的儲藏室，開始將晶核分門別類堆放。

這可是宅男小隊所有人要集體參與的大工程，沒辦法，數量太多，多到就是他們幾個全都投入工作，也不知那天才能搞定。

別看前兩天收集這些東西時大家的動作都很迅速，可將一大堆晶核用鏟子鏟進袋子裡，跟一顆一顆在沙子裡淘金能一樣嗎？

篩選晶核時，他們每人手邊都放著大大小小幾個不同的袋子，一個裡面一種晶核，隊伍中的異能者需要的晶核要最先分出來，此外，如土系這種常見異能的晶核也要獨立出來。剩下的，弄不清屬性的晶核，盡量按照顏色區分。

這麼一來，工作量可真是不小。為了不出現分著分著腦袋發暈把晶核扔錯的狀況，羅勳他們在第一天的忙碌過後，便修改了一下工作流程。

每天早起後，大家先去照看作物，等打理完家中作物，在午飯前去分一會兒晶核。午休過後，下午再在放著晶核的房間忙碌三個小時左右，大家就可以去遊戲室一邊玩遊戲，一邊做自己想做的事了。

就這樣每天忙碌一段時間，羅勳他們足足折騰了半個月也還沒搞定晶核山，這簡直讓眾人既高興又手酸。

不過，這半個月中，大家並不是只做這件事。羅勳與嚴非的房間已經布置得像模像樣，一整個大房間被嚴非用金屬製作的家具和櫃子巧妙地分割開來，變成一裡一外兩個房間。

裡間放置超大尺寸的床，以及床頭櫃、衣櫃等東西，四周都是以前帶來的櫃子，還有嚴非用金屬做出來的新櫃子。

外間有掛在牆上的大電視，放置遊戲機的架子，給小包子預留出來的書桌，放書本的架子，還有一大塊空地放著新做出來的「地毯」。

那塊地毯可是羅勳親手做的，所謂的地毯，最主要的原料是之前大家一直都沒什麼好主意來處理的東西，亦即皮子。

眾人在此前遇到過好幾次變異動物，讓人頭疼的是，飛禽還好說，羽毛中能找到一些柔軟的絨毛可以做衣服棉被，但那些動物的皮毛就沒那好用了。

直到現在，大家雖然將那些皮子存下來，洗淨晾乾，卻一直丟在邊角吃灰塵，要不是這次為了給自家包子添置東西，他恐怕都未必能想起那些皮子。

家裡有一大塊羊皮、一大塊兔皮，這兩種動物變異後，皮也變厚了不知多少倍，毛自然也就變得粗糙堅硬，摸起來有些扎手。

要是拿這種皮毛做成衣服，厚重不說，穿上之後恐怕連走路都很費勁。

羅勳思索再三，決定取來一塊兔皮，在內側釘上一層薄海綿、一層帆布，做成了地毯。這東西比正常的地毯厚多了，鋪在地上保暖又防摔，給孩子用正正好。

至於羊毛、兔毛能不能紡成線做成毛線織東西……或許是可以的，不過現在羅勳他們暫時還沒這方面的需求，更不知道紡線的機器要怎麼做，只好先這麼用著。

這樣的「地毯」，除了羅勳他們的房間裡有一大塊，徐玫和宋玲玲的屋子裡也有一塊，都是給孩子們預備的。

這天清早，起床洗漱過後，給自家小包子穿戴整齊，羅勳先抱著他在窗前曬曬太陽，順便檢查暖房的屋頂上有沒有誤闖過來的動物——羅勳他們雖然在自己屋頂用油漆塗了一層迷彩，遠遠看去能欺騙人和動物的眼睛，但就連真正的變異植物叢中都可能有變異動物誤入，何況是他們的屋頂？

前些日子就有一隻傻鳥落到了他們的屋頂上，還好奇地去啄屋頂上扇葉似的金屬板。幸虧羅勳他們發現得及時，在牠留下了幾坨鳥糞後，就被抓來豐富餐桌了。

外面的天空飄著幾朵白雲，剛剛升起的朝陽映得池塘上波光瀲灩，水鳥們悠閒地在水面漂浮著，岸邊偶爾有幾隻過來喝水的動物靠近。

羅勳看著水面有些出神，附近滿是肆意生長宛若森林般的大自然景色，近前方是成熟稻穀似的金黃，再加上池塘、動物，這樣的景致美得就像是天堂。

遠處的水鳥們還時不時把頭扎入水中……

羅勳忽然回過身來，用有些詭異的眼神看向嚴非，「親愛的，我們是不是有點傻？」

嚴非挑眉，不解他這話是從什麼地方說起。

羅勳指著窗外，「那些水鳥為什麼會來這裡？」

「因為水？」嚴非依舊不解，不僅是水鳥來了，這附近不還有那麼多的動物嗎？

羅勳搖頭，「只是有水的話，牠們會一家子一家子來嗎？」

附近不僅是水鳥，就連變異動物也都是有大有小的，眾人前些天出去挖晶核的時候就發現了不止一個鳥窩，裡面還有有小鳥呢。

變異動物中同樣有大有小，只是那些小的反而看不出來是變異動物的幼崽？還是變異後沒長大的？所以羅勳他們不敢斷定。

嚴非對於羅勳話中的意思並不了解，只是挑眉看著他，等他自己解釋。

羅勳略帶得意地笑笑，指指窗外，「水鳥們可不是只喝水就能活的，我看牠們天天聚在池塘邊也沒離開過……」

他的話沒說完，嚴非便明白了，「你的意思是說……水裡有魚？」

羅勳用力點頭。

至於原本的農田中怎麼會因為不過下了幾場雨就有魚了，而且這裡的魚為什麼沒有變異成喪屍魚？這些問題兩人一時沒有找到答案。

更因為之前大家出去的時候沒有往水田附近湊，更不確定那裡面到底有沒有魚，現在的想法還都只是猜測而已。

兩口子帶著孩子一起下樓，到食堂吃飯。現在這個食堂基本上只在早上會被大家使用，中午的時候大家都在地下室將就，晚上則基本會聚到遊戲室。

來到一樓餐廳，羅勳還沒來得及對大家說起他的猜測，就見李鐵幾人一臉亢奮地抱著筆記型電腦，見羅勳他們下來連忙對兩人招手。

「羅哥，昨天半夜和今天早晨剛收到的新消息！」

從伺服器中打開李鐵他們連夜整理出來的檔案，羅勳他們依次翻看著。

之前西南基地聯合其他幾個基地去某些礦區、末世前進口礦石的工廠去的消息又有了後續發展，如今軍方的人已經到了某礦區，並在那裡建立起了新的小型基地，專門負責開採工作，據說第一批礦石拉上了車，正在往回運送。

基地方面似乎有修復鐵路的意圖，只是末世後鐵路方面不知道破壞嚴不嚴重，火車真正運行起來會不會出什麼意外。

另外，最讓人心驚肉跳的是一份實驗計畫，關於異能者的實驗報告。

人體中同樣也有「晶核」，這個消息讓所有看到這個消息的人都不由自主寒毛直豎。

羅動他們雖然震驚，但其實他們本身對此也隱隱有了猜測。

喪屍有，變異動物有，人類為什麼不可能有？尤其是異能者本身會的異能就是要依靠晶核來升級的。要是說人類和其他生物不同，沒有晶核的話，他們自己也不相信。

只是猜測總歸是猜測，在沒有明確認定之前，他們對此都選擇下意識忽略。

尤其是羅動，他上輩子根本沒聽說過這件事，如今想來，恐怕基地也是擔心一旦消息擴散出去，就會引起恐慌。在沒有晶核時，只說人們手裡的那些物資、食物，就有可能發生親人反目、鄰居變賊的事，何況這種事關晶核及異能的事？

與物資、食物這種大約能看出來的東西不同，那些東西別人身上有沒有只能從外表來判斷，可晶核這東西可以說幾乎每一個異能者都有，壓根兒不用去估量。

一群人看完這幾篇加密訊息，有了這個關於晶核的衝擊性消息，其他那些晶核的深入研究和可行性發展反而顯得沒那麼重要了。

「老、老大？」

「羅哥？」

「隊長……」

一群人用略帶求助的目光看向羅動，一瞬間，讓羅動心中的壓力增大。

他深吸一口氣，盡量保持聲音的平穩：「這件事……我個人覺得官方是不會對外公布的，因為一旦公布，反而有可能會造成很不好的影響。」

眾人聞言紛紛點頭。

「所以，咱們現在也沒什麼好擔心的。」

羅動話音剛落，就見章溯笑了起來，「我有個問題。」

「說。」羅動直覺這貨不會說出什麼好話來，果然，就聽他再度開口：「那些人發現異能者腦袋裡有晶核，他們這是怎麼發現的？開顱手術？實驗標本？」

果然，沒好話！

章溯的話彷彿定身咒一樣，讓所有的人定住，神情緊繃，彷彿緊緊繃住的弦，只要輕輕施加一個力量就能輕易壓斷。

嚴非開口打破沉默，他咳嗽了一聲，外加斜睨了一臉壞笑唯恐天下不亂的章溯一眼，「別忘了，異能者也是人，外出做任務遇到危險後也會死。就算在基地裡，生個病出個意外一樣會死，他們死後的屍體……也能用來做研究。」

拿活人做實驗和用屍體做實驗完全是兩個概念，頭一個……不說也罷，大家心裡清楚，可後一個就不同了。雖然用屍體做實驗對死者不敬，可這年頭，身為一名異能者，尤其是軍方的，在死後多為基地出一份力，捐獻自己屍體什麼的，也是一件好事。

在末世前都有人願意捐獻屍體救人或者做實驗，何況末世後？而且就算官方沒有取得死者生前的同意，那也總比直接用活人做實驗要強得多。

果然，嚴非這話一說出來，眾人鬆了一口氣，並瞪章溯一眼。至於這兩個可能性哪個是真的？大家寧願相信嚴非的推論。與此同時，他們也更不願意考慮回去西南基地的問題了。

關於異能者腦袋裡也有晶核的報告，衝擊力實在太大，羅勳他們消化了好半天才繼續看起其他的文件。其中一篇其他基地發給西南基地的信件中表明，那個基地將會派一個車隊去西南基地交換一些東西，但消息在他們基地內一發出後，一些自發的，由各個小隊所組成的商隊也表示要跟著車隊一起來西南基地……做生意。

沒錯，就是做生意，用自家基地產出的東西，跟西南基地進行貿易，但軍方的交易只是軍方的，跟來的那些人顯然是要和普通人進行某些物資的交換，或者乾脆就是來換晶核的。

眾人看到這條消息後小小興奮了一下，羅勳拍板表示：「持續關注這條消息的進展，這個隊伍預計會在八月底左右來到Λ市，到時咱們看看有沒有機會趁機交換些什麼東西。」

這次來的這個隊伍，似乎在末世後建立的基地距離某棉產地很近，他們帶來了不少紡織品，這正是宅男小隊所需要的。他們這裡的布匹還大多是末世後去精紡城收集來的，現在已經用掉了不少，就連羅勳末世前收集來的布匹棉布也在來到新家後用掉不少。另外，如果沒有危險的話，他們還能趁機打聽一下西南基地和其他基地的內部消息。

當然，這都是基於西南基地真的如他們之前給另一個基地回覆內容中說的，要在西南基地外臨時成立一個市集，允許外來的基地在那裡擺攤，也允許基地內的小隊帶著物資出去交易的基礎上。沒辦法，羅勳他們就算願意去賣東西，卻不願意進西南基地裡面，尤其是最近西南基地中亂七八糟的事太多了。

得到這一消息後，羅勳他們暫時放寬心繼續去看其他消息。消息很雜亂，大多是李鐵他們看到後還沒來得及分類的，其中有比較重要的，也有重要性並沒有那麼高的。大家匆匆看過，便一邊吃飯一邊研究新收到的衛星照片。

「短時間內咱們國內應該沒有大規模的喪屍潮。」就連上次路過這附近的那股喪屍潮都已經出國直奔西伯利亞而去，國內暫時沒有大規模的喪屍潮在活動，羅勳指指幾個位置，「只有這幾股邊境的外國喪屍，再過幾個月肯定能入境，就是還不清楚什麼時候能到北方，咱們基地附近。」

國內的喪屍組團出國旅遊，在歐亞大陸上肆意橫行，可國外的喪屍也組團來刷國內版圖來了。羅勳指著的那股喪屍潮，正是來自於西南方的人口大國。

更讓人頭皮發麻的是，這一大股喪屍潮，還極有可能和東南亞數個小國中形成的小規模喪屍潮會合。一旦這波喪屍入境，那規模簡直堪比國內喪屍潮全部彙集到一起的威力。

大家最為擔心的莫過於，因為人口密度問題，說不定這波入境的喪屍數量要遠大於國內原有喪屍的數量，羅勳甚至都在懷疑，那些國家中到底有沒有倖存者成功建立起基地？

畢竟衛星發來的訊息中也有不少國際方面的消息，他們曾經見到過美國的、英國的和歐洲大部分國家的交流訊息，卻沒發現即將入境的這波喪屍原產地的訊息，誰知道那裡如今是個什麼情況。

「現在距離這股喪屍潮到咱們基地附近還有一段時間，咱們先安心做好防禦工作，之後的事情之後再說。」嚴非安慰地摟著羅動的肩膀，指著桌上的飯菜，「先吃飯吧，咱們還得分晶核，忙活種植間的事呢。」

「對，先吃飯。」那波喪屍潮就算入境，也會先經過南方幾大基地。如今羅動他們通過各方面的訊息，甚至是那些基地自己曝光的位置，已經標出國內現存的大多數基地的座標。如果那股喪屍潮入境，首先和它們發生衝突的肯定是那些基地，到時一定會有相關訊息傳出來，他們可以根據那些訊息制定出應對措施。

吃飽喝足，一群人直奔地下室，先忙完種植間中的各項工作，才繼續跟晶核纏鬥。

別看篩選晶核很麻煩很瑣碎，這幾天大家的收穫真的不錯。之前眾人還在發愁隊內幾個還沒升為五級的異能者要去什麼地方找五級晶核，如今這一篩選，他們根本不用出遠門就找到了需要的東西。

不僅僅是如徐玫這樣比較常見的火系異能，就連于欣然的沙系晶核也有了著落。只不過徐玫的五級晶核是正常大小的，于欣然的沙系晶核卻一共找到了三顆體積很小的，不知什麼動物體內的五級晶核。

有了章溯之前的示範，于欣然的衝級很簡單，前後不過十分鐘左右就搞定了。

這些晶核中讓人比較頭痛的就只有晶核分布不夠均勻這一點了，大家分好的晶核中，數量最少的當屬風系晶核，更是沒有找到半顆五級風系晶核，級別最高的是四級風系晶核。

誰讓會五級異能的風系喪屍都喜歡在天上飛呢？

長在地上的變異植物拿它們沒轍。

其他系的晶核中，五級晶核雖然少見，但篩選了這麼多天，總是能找到幾顆，就算體積小點，顯然不是正常喪屍晶核大小的晶核好歹也能發現一些不是？唯獨風系的……

幸好章溯已經升到五級，就算風系晶核數量再少，也足夠他用的，大不了家裡還有好多沒系別的透明晶核能供給他。

篩選晶核，採摘蔬菜，種種新作物，玩玩遊戲，逗逗孩子，逗逗狗，忙碌的小日子就在這樣的生活慢慢度過。

眾人關注著外面的各種消息，家有衛星訊號接收器，他們雖然不能做到如末世前通過電腦網路達成的不出門便知天下事，可大概的消息還是清楚的。

之前說要去西南基地交換東西的隊伍出發後沒多久，另外幾個基地也有了動靜，同樣表示會派人去西南基地做買賣，他們所攜帶的都是各自基地附近盛產的各種物資。

西南基地更是明文表示，在各個隊伍到達前，他們就會在基地外建好新的，專門用來進行商品交換的市集，屆時西南基地內部的人們也允許利用這個機會出來交流物資商品，並且那幾天不收取進本基地人出基地大門的費用，只收取一少部分入場費，但外來者只能暫時住在基地外，不許進入基地，進入基地得按照收留新加入基地者的規章來，收取高額入駐費。

如此利好消息，讓羅勳他們不由得心動，只要官方不去挨個查問來擺攤的都是什麼人，甚至還允許普通人也在那裡面擺攤售賣東西就好。

有了這一好消息，眾人曬乾菜，收割可以長時間保存的蔬菜時的幹勁就更足了。更不用提平時慢悠悠，用作打發時間消遣用的挑揀晶核工作，沒多久就將晶核全部歸整好。

眾人商議了一下，取出少許其他系自家用不著的晶核，高中低階各一些，也算是這次過去參加市集時的一種「貨物」或者資金。

等到他們終於得到了第一支到達西南基地的隊伍成功入駐市集的消息後，便開始準備乾糧。直到三天後，其他隊伍陸續抵達，西南基地開始允許普通人外出去市集購買東西的消息傳來，眾人才將物資裝車，開著大卡車和電動車，直奔西南基地而去。

他們這次沒敢帶太多東西，反倒是晶核裝了不少，都用金屬異能塞進了自家車體內的夾層中。除非有人硬把車體給拆開，或者有金屬系異能者過來特意拆自家車皮才能看到，不然根本沒人能發現裡面的東西。

就算有人想砸開自家車皮看看裡面有沒有藏什麼東西，他們也得砸得爛才行。嚴非現在造出的金屬強度，連章溯和徐玫聯手用風火混合的火球砸，一時半刻都砸不爛。

這次預備的東西，全都是宅男小隊的特產，比如各色蔬菜乾、少許新鮮耐放的水果，還有一些嚴非順手捏出來的鍋碗瓢盆，其中乾菜的數量最多。

驅車開上公路，才走了沒一會兒，就見地動山搖的伴奏下，兩隻碩大的身影顛了過來，看得羅動一頭黑線。

眾人好長一段時間都宅在家不出門，這兩隻蠢狼居然在一個大白天就在自家基地不遠處開始狼嚎，一聲接一聲叫喚，叫得自家的小傢伙跟著在家裡一起汪汪嗚嗚叫得熱鬧。

沒辦法，被這麼折騰的眾人只能抱著一肚子疑問跑出地道，然後就看到那兩隻變異狼一臉諂媚地衝著眾人搖尾巴……

附近過來喝水的、閒逛的、路過的變異動物種類太多，其中更有不少戰鬥力十分驚人的動物，這兩隻變異狼實在不好下手，為了牠們自己的生命安全，牠們終於再次聰明了一回，知道要找外援了。

跟著這兩隻變異狼到牠們看中的地方抓了幾隻傻乎乎的鴨子，羅勳他們照舊留下晶核和羽毛，而再度合作成功的結果就是……牠們最近一旦沒食物了，就會在外面嚎叫。看到羅勳他們出來，這兩隻鼻子靈敏的變異狼就會興沖沖過來賣萌討好，就如現在一樣。

羅勳無奈轉頭看看身邊的嚴非，嚴非也是苦笑，他們只能和眾人商量了一下，正好不遠處有幾隻在吃草的山羊。這些山羊的體型沒有最早遇到的那隻變異羊那麼大，更沒有那麼凶悍，是下手的好對象。

眾人在附近造了個陷阱抓住兩隻山羊，去皮後順手卸下兩條羊腿丟進車中的冰櫃中，剩下的就交給兩隻變異狼，指指遠方，又指指自家密道入口處，「我們出去，你們看家，過幾天我們就回來了，你們別跟著。」

那邊有那麼多基地派出的商貿隊伍，他們或許對付不了大波喪屍潮，但打兩隻智商沒那麼高，戰鬥力沒那麼彪悍的傻狼還是沒什麼問題。

羅勳可不敢帶著這麼兩隻看著嚇人，實則智商堪憂的傢伙在身邊，到時候說不定連自家車隊都有危險。

兩隻變異狼或許智商沒羅勳他們想得那麼堪憂，至少牠們歡天喜地叼著食物跑了，留在大家視野中的只有那搖來搖去的兩條毛絨絨的大尾巴。

對講機中傳來其他人的吐槽聲：「尾巴搖得這麼歡，牠們果然是狗吧？」

管牠們是狼還是狗呢，至少能幫著自家看看家。

呃，從功能上來說，牠們也可以算是看門狗了。

揮掉腦海中這兩隻變異狼的蠢樣，大家總算能繼續向西南基地前進。

想想當初A市在末世後迅速建立起了至少四個大型基地，可到了如今，也就只剩下這一個占地最大，人口數量最多的基地了。

市區中肯定還有小型基地，或者零散的倖存者在，只是大家都在謹慎度日，沒人敢暴露自家的具體位置，那些基地是不是能和自家似的可以收到衛星訊號也未可知，所以這次的商品交流會應該還是這些現存的大型基地之間的活動。

至於羅動上輩子對於基地中有沒有商品交流會的印象……不得不說，許多事情都已經改變了，他上輩子活在基地裡的時候，連內外城分別管制的事情都沒出現過，何況這種事？

基地間的交流肯定有，但那都只是軍方的互動，他們最多偶爾會聽說某某基地有車隊來了，但其他的平民間的交流就十分稀罕了。羅動當初只聽說過一些行走在各個基地間做生意的商隊，卻從沒有聽說過規模這麼大的商品交流會。

花了兩天的功夫，眾人總算再次遠遠看到了西南基地那高大的圍牆。基地外城的圍牆似乎又高了一些，但顯然沒有內城基地高得那麼誇張。

基地外面護城河的正東方，此時築起了一圈圍牆，那裡就是這次商品交流會的場所。

第六章

隊長太能幹，賣菜賣到仇家殺上門

抵達交流會的場所，羅勳等人先在遠處觀望，發現有一些隊伍才剛剛來到這裡，車子排在門口正等著繳納費用進去擺攤。此時天邊初露曙光，西南基地那裡的大門敞開，一些外出來採購或換東西的人也陸續過來了。

確認沒有什麼危險後，羅勳他們才混在進入市集的隊伍中排隊。

負責登記的人並未詢問具體來歷，只問有幾輛車？是來買東西還是賣東西的？

羅勳客氣地提問，得知如果有擺攤意向的話就得在這裡登記，繳納一定的費用才會分給他們一塊地方，來買東西的人也要繳費，但不能將車停到指定擺攤的地方，車子必須放到特定的停車場。

其實這裡的入場費並不是按照人頭來收費的，那些步行來買東西的人是不收取費用的，這裡收的一個是擺攤的攤位費，一個是買東西的人的停車費。

費用不高，是按照車位和攤位大小，依天數算錢的。

宅男小隊只開兩輛車，加在一起正好占用兩個攤位，每天二十顆一級晶核。

拿到號碼牌，開到指定位置停好車子，學著其他攤位的樣子將自家要賣的東西拿出一部分擺放到車位前的土製檯子上。

攤位前的土檯子都是西南基地在建立這個市集時讓土系異能者們做出來的，如果賣東西的人有需要，可以在土檯子上自己再加些板子擴充空間。

羅勳決定每種東西都只拿出一部分，一邊賣一邊添加，反正今天是頭一次來到這裡，他們還想逛逛這裡的市集呢。

取出幾種乾菜，羅勳還特意一種拿一點，用嚴非做出的金屬盆泡發當作樣品。另外一邊的土檯子擺放的就是數種新鮮的瓜果和嚴非做出來的金屬盆碗杯，以及大家閒來無事用稻稈做出來的碟子、筐子和草帽。

羅勳順手掏出手機開機，這支手機裡的卡正是當初西南基地裡用的那個，因為有著衛星定位功能，他們在新家從來不用，直到此時才拿出來試試看。

這裡是城外，基地內的訊號按理說並不應該包含著這裡，誰知道他一打開就看到訊號已經連接上了。緊接著，就是一些延遲發過來的各種簡訊。

「咦？」

聽到羅勳的聲音，其他人都湊了過來。

「這裡能收到訊號，可能是他們為了方便出來買東西的人新裝上的吧。」羅勳解釋道，這裡距離基地那麼近，鋪上幾個訊號塔倒也不那麼困難。

其他人連忙掏出自己的手機，打開查看裡面有沒有什麼消息。

因為宅男小隊此前早就申請解散了，所以沒有收到過什麼關於小隊任務的資訊，倒是有不少基地內部的各種公告，以及一些關於基地周圍危險區域的警告、變異植物新品種、變異動物的研究等等訊息。

嚴非打開手機，看到幾條簡訊後微微挑眉，遞到羅勳面前。

羅勳接過來翻看了一下，發現有幾條是郭隊長發來的，是金屬系異能小隊接到任務要出基地參加任務，問嚴非要不要一起去，之後就再沒動靜了，估計人早就離開西南基地了。

此外，還有幾條是嚴非父親發來的。

羅動看到這幾條一開始似乎是在關係兒子生活好不好，後來變成了抱怨兒子怎麼不開機不回簡訊，到最後彷彿變得歇斯底里起來，指責兒子棄養父母，最後又變成了懷疑兒子是不是出基地找死去了，不願意聽他的話留在基地往上爬最好是真的死了，別回頭混得不好不願意理會他，不然就算還活著他以後也不會再關照嚴非云云……

總之這些暴躁的內容看得羅動一頭黑線，「你要不要封鎖他？」

嚴非冷笑一聲，「交給你之前就已經封鎖了，不過在那之前就收到了這幾條訊息。」他的本意是想讓羅動看看郭隊長的消息，結果忘記手機裡還有這幾條沒來得及刪掉的訊息。

宅男小隊的商品一擺上去，沒多久就有人過來圍著他們的攤位轉悠。

曬乾的蔬菜並不少見，但絕大多數都是變異植物，那味道……

可羅動他們這邊的蔬菜打著的卻是非變異植物的旗號，並且還堂而皇之拿出乾菜泡發給大家看，這在如今的世道裡可真是少見得很。

圍在宅男小隊周圍看熱鬧的人大多沒有把主要的精力都放在那些乾菜身上，而是默默觀察著羅動他們本人。

一個個乾乾淨淨的，手上沒有多少繭子，尤其是其中的兩個女人、孩子更是白淨，連被日曬後的辛苦模樣都沒有。所有人都紅光滿面，顯然吃得很好。

衣服也乾淨合宜，是末世前剪裁得當的正常衣服，沒有絲毫衣不遮體的窘狀。

武器雖然不顯眼，可每個人都帶著一支折疊弩，就連年紀最小的女孩都是如此，更不用說其他人的腰間鼓鼓囊囊，似乎還帶著什麼東西。

衝著這三點，所有在末世混了兩年的人便能判斷出，這個攤位的人不能惹，更不好惹。別看他們身上都帶著武器，可從他們那整齊乾淨的打扮，養尊處優的皮相上來看，恐怕這支隊伍中的人都是異能者，而且肯定有勢力，他們現在販賣的這些蔬菜水果之類的東西，多半也不是他們親手種的，他們只是代表他們身後的隊伍過來賣東西換物資的。

不得不說，地下種植間就是有這個好處，雖然每天都開著燈長時間照射農田，可所有在裡面忙碌的人都是怎麼都不會被曬黑的。

再加上羅勳他們更是連地面上都用暖房包裹起來了，雖然每天都會盡量曬曬太陽，可隔著玻璃站在窗前曬太陽和每天辛苦忙碌在農田裡的人看起來能一樣嗎？

再者，他們如今守著這麼好的一片地方，變異動物爭相過來喝水安居，他們不用費事就能吃到新鮮的肉類，水果蔬菜更是不間斷，可不就是一個個白白嫩嫩，看著就彷彿是養尊處優，從不為生計發愁的樣子。

還有那些衣服，除了羅勳自己的衣服是在末世前就大批量買回來的，剩下的可都是在末世才出去收集。在基地裡賺積分換回來的，也就只能保證衣服相對合身而已，但因為衣服保存得十分完好，這才一直堅持到現在。和那些掙扎在水平線之下，每天還要為了肚子發愁的人相比當然要好很多。與那些經過多場生死戰鬥，身上大傷小傷的人來說，更是強上許多。

就是這麼一些莫名其妙的緣故，愣是讓羅勳他們給人一種看起來很牛逼的樣子，反而唬住了圍觀的這群老油條。出基地前還在收拾種植間裡蔬菜的眾人，就這麼被當成了專業的戰鬥人員，不得不說也是很讓人無語的事了。

羅勳雖然知道周圍有不少人在打量自己一行人，但也沒太過在意，留下章溯看場子，其他人分成兩組，一組留下來賣菜，另一組去市場上逛逛，看有沒有他們用得上的東西。

這個市集很大，一列列劃分出擺攤的攤位，估計當初在設計的時候設計人員也清楚，來這裡賣東西、交換物品的人應該大多是開著車子來的，所以留出的「攤位」便是一個個畫出來的停車位。

這樣一來，車子停好後打開後車門，車裡的貨物便能供人觀看，上下搬運也很方便，而且一個個攤位兼具了停車位的功能，不用再考慮這些攤主們停車的問題。

現在這一列列的攤位足有二三十個，每一列兩邊的攤位相對，有人進來逛街，只要呈之字形一圈一圈地轉悠，就能將整個市場轉完。

羅勳他們的攤位相對靠裡面一些，可也有不少人不會從一進門的地方轉起，反而會從最後面開始轉悠，倒也方便他們賣東西。

這次來這裡，羅勳他們沒太關心自家的東西能不能全都賣出去，他們主要是來這裡是買東西的。東西賣不出去最後還能以物易物，更不用提他們還帶著大量的晶核，就是需要的東西再多也足夠他們使用了。

大家走回入口處，從最外側的那一列開始轉起來，一個攤位一個攤位看去。

來這裡賣東西的人還真是不少，有賣不值錢的零碎，從市區廢墟收集來的破爛，也有賣自家做的手工用品，類似於羅勳他們做的金屬鍋碗瓢盆、麥稈編製物。一些手藝人用弄來的木頭做成木碗木盆搓衣板，甚至還有一些給小孩子的玩具，也有人用不知名的藤蔓曬乾後，做成籮筐之類的東西。

羅勳覺得那些籮筐很實用，站在那兒研究了好一會兒，還買了兩個讓嚴非也一起背上，這才繼續閒逛。

這麼一逛，果然找到了不少他們需要的東西。

這次的商會幾大基地都參與進來了，正如有大量布匹的基地一樣，這次還有某個鄰著盛產煤礦的基地運來了許多煤炭，更有人在賣當地的特產作物。

羅勳他們先打聽了一下賣布匹的那些車隊，價格讓人忍不住直磨牙。現在的布人家可不論匹賣，人家論米，一米五顆一級晶核。

這價格讓包括羅勳在內的大多數人只站在一邊圍觀，並沒有上前購買的衝動。五顆晶核呢，這還是看起來就很薄的，不知什麼材料做的，不知道放了多久的布。要是那些品質好一點的，價格更貴。

圍觀了一會兒，羅勳皺眉退了出來，低聲和嚴非商量：「這布的價格太貴了，就算要買，咱們帶來的晶核也未必能買回去多少。」

他們家裡的晶核很多，可再多也沒到當冤大頭的地步。

就連那些做好的衣服成品也不過十來顆一級晶核就能買到，還節省了手工費呢。

嚴非思索了一下，「實在不行就先不買，咱們可以等兩天看看情況再說。」

如果大家都嫌貴不願意買的話，這個商隊離開之前肯定會降價處理，雖然羅勳他們原本沒打算在這裡耗太長的時間。

羅勳眼珠轉了轉，點頭低聲道：「這種交換商品的市集以後肯定還會舉辦，咱們家裡現在的布料足夠支撐一段時間，乾脆等等再說。」

兩人打定主意，這才放寬心思去逛其他攤位。

那些賣布的攤位是真貴，其他攤位就務實多了，比如煤炭攤位，價格貴些，可人家的煤炭品質確實好，用這東西生火做飯絕對比砍回來的木柴強。

羅勳他們看了看，確定沒有泡過水什麼的，當場就買了滿滿一拖車回去。

拉著這一堆煤炭往回走，兩人順路看看其他攤位有些什麼商品，果然如羅勳說的，有些攤位上就有成品衣服，雖然尺寸不齊全，可人家那衣服都是做好的，有些衣服的品質還很不錯，價格比之前那幾個攤位划算多了。

兩人回到自家攤位附近的時候，發現攤子前面圍著的人更多了。

對視一眼，繞到車子後面。

見羅勳兩人回來，李鐵幾個連忙幫忙將那些煤炭搬上卡車。

羅勳抬抬下巴，問道：「那是怎麼回事？」

李鐵低笑兩聲，「好像是有以前在基地裡面買過咱們乾菜的人也來逛街，他們一買東西，別人就都跟著買了。」

韓立幫著解釋：「而且咱們的乾菜也泡開了，有興趣的人確認過，一些認得的人說應該是正常的蔬菜。」

質疑聲當然有，畢竟商家拿來做樣品的東西一定會是最好的，而每顆蔬菜又不可能長得都一樣。不過宅男小隊的人並不介意，愛買不買，反正這次大家運來的東西就這麼多，有識貨的買了就買了，大不了他們拿回去自家吃，吃不完的餵鵪鶉。

倒是有以前曾經跟他們買過菜的人來買，確實帶動了一些銷量。

忽然有人對羅勳打招呼。

羅勳覺得那人有些眼熟，一時沒想起來在哪兒見過。

那人一臉興奮，對身邊的同伴指向羅勳這裡說了什麼，那幾個人才擠到前面。

「這是你家的菜？你家不賣新鮮蔬菜了？」

聽到這話，羅勳也想起來了，這是之前跟自己做過交易，某個小隊的採購人員，便也笑著對他點頭道：「新鮮蔬菜太不好種了，要是拿出來賣不掉，放久了會爛掉。」

「你們都好幾個月沒聯絡我們了，我還以為你們不賣菜了。」

「最近出去做任務了，實在沒空，現在才有時間來擺攤。」羅勳解釋一句，問道：「你們是要買乾菜嗎？」

「買。」乾菜可比普通蔬菜耐放，尤其是正常的純正的蔬菜曬乾後的乾菜，這樣一來，他們就算外出做任務也能吃到。這些東西既節省空間味道又好，比新鮮蔬菜方便。

有老主顧照顧，羅勳他們帶來的乾菜和瓜果一下子就賣掉了將近三分之一，剩下的也在其他確認了蔬菜真偽的人們哄搶下賣了個一乾二淨，最後整個架子上就只剩下一堆鍋碗瓢盆和麥稈工藝品了。

「早知道就多帶一些來了。」看到東西全都賣光後還有人過來詢問，王鐸嘀咕道。

「要不要咱們現在回去一趟，再拉點過來？」

因為怕家中蔬菜太多沒辦法處理，所以羅勳他們之前在種菜的時候就有意控制蔬菜的產量，倒是一些需要長期耕種的作物被他們種下了不少，現在還沒成熟呢。

那些東西耕種的時間更長，往往收穫後產物的保存時間也更長一些。

章溯在一旁給幾人潑涼水：「你們這是怕死得不夠快？現在急急忙忙回去拿，就不怕後面跟上一串尾巴？就算你們這次能拿回來賣，下次咱們一走，後面會跟上更多人。」

雖說來這裡擺攤的什麼人都有，可那些人都是好多車輛一起行動，人數多，車子多，聲勢浩大，就算有人想動那些人物資的主意也未必真敢出手。

宅男小隊就不一樣了，如果被發現他們的隊伍就這兩輛車，賣光商品後還能回去拉貨繼續補充著賣，偏偏人又沒住在西南基地裡，別說那些原有勢力的各個小隊，就連遠道而來的隊伍恐怕也會打起自家隊伍的注意。

聽到章溯的話，眾人果然蔫了下來，可不是嗎？他們哪能光想著賣東西卻不注意自身的安全問題呢？要是真的現在就跑回去拉貨回來賣，不是明擺著等人來打劫呢？

羅勳沒參與眾人的話題，他和剛剛做完一筆生意，以前合作過的，如今還在西南基地的人正套話呢。一邊和人聊天一邊套取西南基地裡的情況，略聊了一會兒，才和那幾人告別，轉而又和嚴非一起去逛街採買東西去了。

市集上的東西五花八門，比之前他們還沒搬出西南基地前種類繁複的多，如今逛起來，更是讓人眼花繚亂，一天之內想看遍所有的攤位幾乎是不太可能的事。除了那些遠遠就打著招牌做宣傳，或者整車都是某種商品離著老遠就能看到的之外，所有的攤位都要一家家轉，仔仔細細地辨別。

羅勳拉著嚴非轉悠了一個上午，背後的竹筐中裝了不少有的沒的東西，這才回到自家攤位上。大家輪流到車中吃了些東西，這才下車繼續看攤的看攤，逛街的逛街。

上午逛過街的人，下午就留在這裡顧攤，剩下的人則可以去市場上轉悠。

羅勳大致清點了一下剩下的貨物，感慨道：「咱們的東西銷路還算不錯。」帶來的所有乾菜和水果此時都已經賣掉了，就連他們金屬器皿、麥稈製品也賣了不少，照這樣下去，他們今天晚上閉市的時候就能收拾行李回家了。

「羅哥，那之後咱們怎麼辦？回家還是繼續再轉轉？」蹲在車旁陰影處免得被太陽曬黑的何乾坤，耷拉著腦袋詢問道。這些日子天氣又悶又熱，更可怕的是，在這裡露天擺攤還沒有空調。別說空調了，就連電風扇，他們就算有也不敢隨車帶出來用。

羅勳環視一圈，心中略帶惆悵地嘆息了一聲，「看情況吧。」

他們這次帶來的東西數量其實不少了，只是其中絕大多數都賣掉了，剩下的東西再堅持賣上一天的話，老實說很不划算，但如果他們還想在集市裡轉悠的話，明天把車子連裡面的東西都放到存車處，沒自己人看著的話又覺得不安心。

要是把車子放在市集外面留下一部分人看車，一旦發生意外……

再想想市集上雖然有不少東西，可真正值得買的都得細心挑選，這樣一來，就算再多待兩天也未必能夠看得完……

上面是大太陽曬著，羅勳腦子裡越轉越漿糊，覺得腦子裡的水分快被太陽蒸發乾了，腦漿都快結塊到無法轉動的地步了。

嚴非好笑地揉揉他的頭，「去車裡涼快涼快吧。」

其實車子裡還是有降溫設備的，他們之前去各處搜集物資時，曾經在一些小商店找到過手持的小電扇，可惜那些東西大多是要用電池的，末世裡的電池十分不好找更不好保存，車上帶來的小電扇是之前他們去電子商場時意外收穫的充電式風扇。

聽到他的話，何乾坤眼睛發亮地看向羅勳，他也想起那幾臺小電扇來了。

於是，羅勳和何乾坤爬上車子，躲在裝著煤炭的箱子後面，一人拿著一個外接電源的小電扇吹著，一邊靠在煤筐上恢復精神，然後羅勳無語地看看旁邊的胖子，覺得那邊的熱源威力堪比小太陽，小電扇吹過來的風似乎都是熱的，半點降溫效果都沒有。

隊伍中的水系異能者和風系異能者此時都不在，羅勳只能自食其力吹著手中的那個小破電扇。等了一會兒，他在這高溫中居然靠著一堆黑乎乎的煤就這麼睡著了。

嚴非上來找他的時候，看到羅勳連小呼嚕都打了起來，忍著好笑把他搖醒。

「怎麼了？」羅勳揉揉眼睛，覺得自己的衣服都黏到了身上，手邊的小電扇此時掉落在地，衝著正上方吹著。

「他們回來了，說看到一個攤位在賣種子，讓你去看看。」

別看大家種菜種了這麼久，已能辨別出一捧種子中哪顆是比較健康的，哪顆種下去也未必能發芽，可論起更專業的問題，就得指望著羅勳出馬去鑒定了。

比如說品種，比如說品質。

「什麼東西的種子？」羅勳來了精神，揉揉眼睛拍拍臉。

「聽說是南方一個基地的隊伍帶來的，好像有棉花種子。」嚴非的話成功讓羅勳徹底清醒過來。棉花種子……這可是好東西，如果是真的就好了。

懷著小激動，羅勳連忙下車找到剛剛回來的徐玫幾人。

徐玫指著一個方向：「就在那邊的攤子上，還有好幾種種子呢，我們都沒見過不敢亂買，他賣得挺貴的。」種子這東西不比別的，就算是基地中種子的價格也不便宜，何況這裡？

帶上一些晶核，羅勳和嚴非直奔那個攤位，找了一會兒就發現了目標。那個攤位附近還圍著幾個人，正躊躇不定地看著那個攤位上的東西。

種子這東西不試著種一種，誰都沒辦法確認到底能種出些什麼，尤其是在末世後。如今還活著的倖存者中有多少種過作物的？就算種過一些東西，也未必認識每一種作物本身和它們的種子。

羅勳不用費太大的力氣就走到攤位前面，彎腰仔細去看那幾小袋顏色各異的種子。顏色和樣子倒像是沒什麼錯，畢竟這些東西他在末世前收集資料的時候就曾經找到過相應的照片，也認真記過，可這些東西到底是不是真的……

羅勳看看每個小袋子後面擺著的價目牌，對攤主問道：「你的種子能試嗎？」

「試？你要怎麼試？」那人愣了一下，臉色有些不太好看，「愛買不買，不買就讓開，我還能在這兒等著你們種出來才賣啊？」

種子這東西不比其他，其他東西是真是假大多能當場看出來，就算是食物也可以先買一點，或者如羅動他們似的弄點樣品讓大家辨認真偽。種子這玩意兒，想要辨認真假的難度實在太大，所以這個攤子擺攤到如今，居然就只賣出過一點點，生意簡直差到極點。

羅動也不生氣，笑著指了指他面前的那些小袋子，說道：「我出一顆晶核，選幾種種子，一樣給我來一粒。」

那人再次愣住，有些狐疑地盯著羅動上下打量，這人莫非有辦法辨認出種子的真偽……難道這個世上真有植物系異能者？想著，他再次懷疑地問道：「你要怎麼辨別？」

「嘗嘗啊！」種子有沒有做過手腳，光靠看是看不出來的，羅動的方法也只能辨別這些種子有沒有被煮過，若是被冷凍過的可就沒法子了。沒想到他的話一出口，對方就黑了臉，立即擺手趕他，「去去去，別在這兒搗亂，要買就論兩買，不買就滾一邊去！」

見他這副態度，羅動不再詢問，冷笑一聲，「難怪呢，果然！」他就說哪有這麼好的事？連這種顯然沒便宜過的作物種子都有人賣？而且他這攤位上的種子種類齊全，就連小麥、水稻也全都有，生活所需的主要作物種子幾乎全囊括在內。

要知道，不少作物的種子可是十分珍貴的，不少人寧可留著自己種也不願意拿出來賣，普通和優質變異作物的種子尤其如此。

那人見羅動譏諷自己，臉色也變了，和他身邊的幾個人一起站起身來，當先的兩人手臂發出「劈啪」的聲響，以肉眼可見的速度變得粗壯起來，原來是力量系異能者，四級以上。

只是還沒等他們來得及動手，數把尖銳的金屬飛刀就憑空出現，正對著他們每個人的眼睛，只要他們一個沒看清撞上去，眼睛就會廢了……

齊刷刷的冷汗從那些人的頭上冒出來，這個異能者的速度未免太快了些。他們連動都沒動，這些武器就飛到了自己面前。

羅動瞥了那些人一眼，對嚴非道：「回去吧，早知道就不跑這趟了。」

兩人轉身離開，那些金屬刀就瞬間消失了。

「二哥，那是什麼異能？」

「……不知道。」

不知道，完全猜測不出，他們連那些刀是從什麼地方出現的，又是如何消失的都沒看清楚。就如水系、火系異能者一樣。這怎麼可能？聽都沒聽說過……

羅動覺得這次來西南基地的運氣不太好，他們準備採購一批布料，結果布料價格太貴，不想當冤大頭的話，還是老實收起自家晶核比較好。聽說有人在賣他們需要的種子，結果種子是假的不算，那些人還擺明一言不合就想掄拳頭。

嚴非見他一臉沮喪，安慰道：「就算買不到種子也沒關係，不然咱們就算買到了，還得想辦法去籽、紡棉花、織布，這些大家可都還不會呢。」當然，理論上的知識無論是嚴非還是羅動都了解，但在手中完全沒有相關設備的時候，他們怎麼可能空手紡線織布？

羅動被這麼一提醒也回過神來，深吸一口氣，總算將心裡的那點小憋悶都給揮散了，還沒等他和嚴非回到自家攤位，正好經過一個今天下午新進來的攤位前，發現那上面有著一根根長長的深色的竹竿一樣的東西。

「甘蔗？」

……

李鐵他們無聊地坐在自家攤位上打哈欠，時不時左右張望，看看羅勳他們有沒有回來。

「你說，他們會買種子回來嗎？」

「那些種子雖然貴，不過咱們還買得起，就是不知道那些種子是不是變異植物的……」

「咦，羅哥他們回來了，還拿著……甘蔗？」

羅勳和嚴非一人抱著一小捆甘蔗走回來，將東西放下後，羅勳甩甩手臂，對湊過來幫忙的李鐵幾人囑咐道：「小心點，別碰掉上面的芽。」

「芽？什麼芽？」

順著羅勳指出的地方，大家果然看到甘蔗結上有一些新鑽出來，有點發蔫的芽苗。

羅勳抖著領口給自己搧風，「我看過了，這些芽苗都還活著。記得要給它們的根部保持水分，等咱們回去就把它們切下來試試看能不能種活。」

這東西要是能種出來……自家可就不缺糖了。

雖然家中如今有各色水果，卻沒有能專門生產糖分的植物，這些甘蔗要是能種活了，可是能起到不小的作用。

眾人一聽，立即萬分小心地將這些甘蔗請進車廂。

徐玫看看兩人身後背著的空籮筐，問道：「你們沒買種子嗎？」

羅勳的表情有些無奈，「他們的種子恐怕都動過手腳，不許人驗貨，見我想驗那些種子，他們還要動手打人。」

其他人都覺得可惜，他們倒不是擔心羅勳和那些人發生衝突，沒見羅勳和嚴非都好好地回來了嗎？他們只是遺憾自家不能再增加一些經濟作物。

「棉花的事情倒也不急，咱們那邊本來就離農田近，回頭可以去附近的村子轉轉看有沒有以前種棉花的田。如果能找到的話，咱們再想辦法，而且……」羅勳咳了兩聲，「咱們就算能種出棉花來，也得能處理好棉花才行……」

徐玫愣了一下，才恍然理解羅勳的意思。

宋玲玲拍拍自己的頭，「對啊，還記得咱們出來前打的那兩隻山羊嗎？我本來還說那兩隻都是綿羊變異來的，回去後咱們可以把羊毛弄下來織毛衣，可咱們連紡線都不會紡……」

那兩隻羊的羊皮剝下來後直接被羅勳他們送回去晾了起來，雖然一般變異動物的皮毛都變厚了不少，毛髮也大多變粗變長，但顯然這兩隻羊的毛還是很綿軟的，大家當時就覺得回頭能有羊毛衣穿了。現在仔細想想，他們連要怎麼把羊毛紡成線還都不清楚，怎麼織毛衣？

一群人拋掉沒買到種子的怨念，見天色漸漸暗了下來，便將攤位上的東西收拾起來，鑽進卡車車廂開會。

會議的中心思想是，大家是今天回去？還是再在這裡逛兩天？

一群人頂著車廂的悶熱，一邊擦汗一邊商議，最終羅勳綜合大家的意見。

「先回去吧。這次算是所有基地頭一次舉行這種交流會，好多東西的價格偏高，品質也參差不齊，咱們來這兒也算是看看情況，真正迫切需要購買的東西並不多，有些東西保質期比較短，現在這個天氣也不好，所以咱們先回去，估計以後各大基地有了經驗，再辦起這種商品交易會就更得當了。」

這一決定得到了眾人一致贊同，最主要的原因就是太熱了。

這會兒正是八月初，A市這裡正是一年最熱的時候，再加上最近的天氣可不單單是熱這麼簡單，空氣中的水分含量很大，只要不起風，那簡直就像是身處蒸籠之中一樣難受。

別說如何乾坤這種苦夏的人，就連身材最苗條的兩位女士也受不了。

大家便趁著晚間市集關門前離開。

市集中的車輛和攤位可以留在這裡過夜，只是過一夜也要收二十顆晶核，如果明天還準備繼續擺攤就又是二十顆，而停車場不留車過夜，時間一到全都轟走，所以絕大多數來交換物品的商販都會選擇直接離開，在市集附近找上一塊空地過夜。

羅勳他們趁著大家都離開的時候開車出去，找到一處相對偏遠的地方升起火堆，準備忍過這一夜後明天再趕路。

周圍和羅勳他們一樣露營的車輛著實不少，有些是來擺攤賣東西的，也有一些是來大採購的。野營的車中可不僅僅是遠來這裡擺攤的人，更有一些雖然是西南基地的人，但怕次日搶不到好攤位，所以才特意留在城外沒回去的。

升起火堆，架起一個大鍋，一群人圍在火堆旁做晚飯外加打發時間。雖然今天肯定沒能把所有攤位上的東西都看個遍，但幾乎每個人都有所收穫。

比如車裡如今就多出了不少給小孩子穿的各種衣服，再比如羅勳他們還找到一個攤位在賣各種書本，從中挑選出了一些字帖。

不用提還有羅勳他們弄到的甘蔗，以及各種亂七八糟的小玩意兒。

徐玫與宋玲玲帶著于欣然逛街的時候，更是看到一個攤位上擺放了不少玩具，她們只花了三顆晶核就買回一大堆給小丫頭和小包子的玩具，于欣然現在正抱著兩個芭比娃娃呢，小包子的小床上也多掛上去了不少顏色各異的玩偶。就連兩位女士也抱回一大包鼓鼓囊囊的東西，堅決不給眾位男士看裡面到底是什麼。

大家正一邊說笑一邊等飯好，不遠處有個人走過來，見羅勳他們注意到了自己，那人對羅勳他們笑笑，「幾位，那邊車上有不少好東西，要過去看看嗎？」

把攤子擺進會場中的不是每一個都能賺回本錢的，有不少人進去試了一次，發現賺到的還沒入場費貴呢，就乾脆從第二天起在外面擺起了野攤，趁著夜晚這種絕大多數人都從會場退出來的時候四處拉人去買東西。

羅勳順著他指的方向看了看，搖頭道：「不要，有什麼等明天天亮之後再說吧。」

開玩笑，那人指的地方正是基地和會場的反方向，一堆殘垣斷壁外加雜草灌木叢生的地方，真跟他過去，誰知道那邊是在賣東西還是要打劫自家？

那人又說了幾次，見羅勳他們確實沒興致，這才悻悻地轉身離開。

李鐵他們見怪不怪，甚至在那人離開之後都沒分出多餘的精神去討論那個人。他們當初在基地裡的時候，都知道絕不能和上前搭訕的，自稱賣東西的人走，何況現在？

沒過多久，在羅勳他們吃晚飯的功夫裡，這樣過來賣東西的足足來了五六撥，其中還有推著小車站在不遠處等人過去看東西的。只是那些人如果帶著貨物卻是不敢靠近這裡，估計也是怕萬一帶著東西湊過來反被搶了怎麼辦？而且他們賣的東西通常都沒什麼價值，真正貴的、有價值的不會就這麼大咧咧拿出來送到其他小隊休息的營地。

買方不信任賣方，賣方同樣不信任買方，如此情況，讓雙方在交流大廳之外的地方更難做成交易。羅勳他們應付了一陣子後，覺得比在裡面擺攤更加煩人，乾脆定好守夜的輪班方式後各自休息去了。

這一夜過得並不舒坦，羅勳他們露營的地方靠近西南基地和新修建起來的交流大廳。西南基地為了安全著想，免得被喪屍、變異動物等突襲，乾脆將基地周圍高一些的樹木和房屋全都砍掉推平。如今建起的大廳附近也一樣處理，之後更遠些的地方才能見到昔日的殘垣斷壁，以及末世後肆意瘋長起來的樹木植物。

因為植被少，白天這塊地方本來就被太陽曝曬過，這會兒晚上也降不下多少溫度來，再加上空氣中的濕度很高，羅勳睡醒後覺得自己彷彿是被從水中撈出來似的。

用宋玲玲剛凝出來的還算冰涼的水洗了把臉，從車載冰箱中掏出一瓶冰凍著的水，也不喝，就這麼拿在手中降溫。

「怎麼樣？咱們準備回去？」沒多久大家紛紛爬了起來，何乾坤眼巴巴看著羅勳。

羅勳點頭，將半化了的冰水瓶貼到臉上，「走，吃完早點咱們就走。」

不多時，兩輛車子發動油門，向著來時的方向拐上一條大路。

車子沒還開出多久，對講機中傳來章溯的聲音：「後面大概有五輛車也上了這條路，距離咱們大約三四百米左右。」

羅勳瞇瞇眼睛，「繼續開，做好準備，也許只是順路的。」

今天是大多數基地車隊到達後的第三天，那些基地的車隊離開的話數量不會這麼少，西南基地外出的小隊未必會走這條路，若是周邊小基地裡的人，就算順路也只是一小段，所以只要略作觀察就能得出結果。

最好那些人真的只是單純順路……

陰霾的天空上看不到半點藍天，可這又沒有半點下雨的跡象，只是就這麼悶著，彷彿一個巨大的蓋子蓋在頭頂。雖然看不清太陽，但太陽的熱度絲毫不減地持續烘烤著這片大地，讓本就悶熱的天變得更加壓抑。

有呼吸類疾病、心臟類疾病的人，在這種日子裡待在沒有空調的房間恐怕會十分難熬，不過也不知該說是幸還是不幸，這類有著各種病症的病人，往往在末世之初就大多喪屍化，那些沒直接喪屍化的人，在末世之後能挨下來的也不算太多。時至今日，還能忍耐在這種天氣中的人，本身的身體素質經過末世的淬煉，已經變得十分堅韌。

羅勳很慶幸他們選擇回家，其中最大一個原因就是，離開西南基地的範圍後，他們終於敢打開空調了。

車廂中有空調，讓整個空間變得舒爽不少。其實空調的製冷功能反而不是最最重要的，最重要的是除濕，讓車廂內的濕氣減少些，再來點小涼風，這日子不要太愜意。

在如此舒暢的環境中，羅動他們連後面跟著的那幾輛車子都不如剛剛離開基地時看著那麼不順眼了。

「他們還跟著嗎？」羅動這次沒用對講機，因為車裡有空調，而後車廂裡又快能悶死人了，嚴非乾脆將車頭和車身打通，此時前後車廂全都連成了一體。

倒是另一輛電動車不用那麼麻煩，那個車子的車體和車頭本來就是連著的。

「嗯。」將頭靠在椅背上的章溯，一邊操控著小風將冷風盡量送到自己面前，一邊用半死不活的聲音哼了一聲。

羅動無奈回頭向車座後方掃了一眼，視線被擋住了，沒有看到那張死人臉，「我說你至於嗎？昨天不還好好的，今天怎麼就熱成這樣了？」

章美人抬手將一瓶冰水放到額頭上，繼續半死不活地哼哼，「中暑了……」

「你是風系異能者……」羅動已經無力吐槽，昨天自己熱成那樣到現在不還歡蹦亂跳地開車嗎？怎麼章溯就像被人抽掉了骨頭似的？

羅動吐槽章溯，可王鐸卻無比緊張地圍著自家老婆打轉，手裡拿著個板子似的東西給章溯從各個方向不停搧風，還擔心地嘀咕：「早知道就弄點藥回來了……羅哥，咱們家裡還有治中暑的藥嗎？」

「有藿香正氣水。」羅動想了想，然後提醒他：「肯定過期了，不過應該還能用吧？」

章溯鄙夷地哼了一聲，「中暑的話，喝點淡鹽水，吹吹風，好好休息一下就行。」

王鐸立即站起來，一臉興奮，「有鹽！有水！」說著就急急忙忙要給章溯準備東西，章溯卻瞪了他一眼，「你老實待著吧。」

「可是，老婆你病了。」

聽著後面一對白癡情侶在秀恩愛發狗糧，羅勳忍不住翻了個白眼，「說你傻你還真傻，他明顯沒中暑，就是懶得動彈。」

雖然羅勳說中了事實，可依舊不能阻止王鐸對於他家女王殿下的各種關心，兩人繼續在後面秀恩愛，再看看真正有中暑症狀的何乾坤，以及其他一些總算吹到了空調小涼風的人，他們全都或躺或靠在車廂裡玩掌機、看小說呢。

他們車後確實跟著一些人，而且那些人顯然是打定主意要跟在羅勳他們後面的。羅勳已經中途換過好幾次路線，可每一次對方都會立即跟上，而且他們的車子在離開西南基地附近後，就刻意拉開和羅勳他們之間的距離，現在已經離開羅勳他們能觀測到的視野範圍外，如果不是羅勳他們車上有章溯在的話，他們根本不知道後面還跟著一串車子。

羅勳猜測這些人就算想動手，至少也得等到半夜再說。要是他們耐心再好一點的話，就會把目標直指為一路跟著自家車隊到自家車隊所在的基地上了。

那些人中肯定有有著跟蹤技能的人，比如像章溯這樣可以通過風來探查敵情的異能者。所以，羅勳並不著急，反正現在他們開車的方向不是回自家的路，等到晚上休息的時候確認一下，就能大致知道這些人想要做什麼了。

整整一個白天都在向著正南方行駛，羅勳他們只要解決了這些後患，轉個彎，就能開向自家基地。傍晚宅男小隊停車準備露營，章溯探查了一下，發覺對方果然也停下來了。

低聲商量了幾句，嚴非就帶著于欣然一起去做準備工作。

他們這一路上因為對方都在視線範圍以外，所以羅勳他們一路行駛的時候，嚴非就毫不顧忌地收集了一堆金屬。只是這次他沒弄得那麼誇張，不過是盡量將這些金屬都加在車體後面，遠遠看起來就好像兩輛車子都變「長」了似的，但不仔細觀察的話是無法確定的。

升起火堆來，大家照舊該做飯的做飯，該布置陷阱的布置陷阱，所有的人做事時都井然有序，如往常每次大家露營休息時一樣。

定好輪值次序，直到夜色深沉，章溯仍是表示沒有發覺什麼動靜。

第一班守夜的人是李鐵和韓立，他們兩人守兩小時後換成何乾坤和吳鑫，再之後是王鐸和章溯、徐玫和宋玲玲、羅勳和嚴非。這是大家討論後覺得對方如果有什麼壞心思的話，前半夜動手的可能性不大，所以讓主戰鬥力都輪後半夜的班。

果然，羅勳兩口子爬起來值最後一班的時候，對方並沒有過什麼行動。

「昨晚有沒有什麼狀況？」所有人都簡單洗漱過後，湊到火堆旁交流意見。

「我們什麼都沒發現，也沒聽見什麼動靜。」李鐵他們表示沒發現異常。

「我起來的時候沒感覺到他們那邊有什麼狀況。」章溯表示自己也沒有新發現。

其他人更是如此，章溯好歹還能遠端探測，其他人就沒這個本事了。

「陷阱也跟昨晚一樣，地底應該也沒有人探查過的跡象。」嚴非檢查過于欣然和他昨天做的陷阱後，如此表示。

羅勳瞇起了眼睛，思索一陣道：「改路線，去之前去過那片城區，看他們會不會跟著。

如果他們一路跟進那片城區，咱們就動手。」

現在看來，這些人想要跟到自己一行人所在「基地」的可能性很大，既然如此，那就給他們一個目標基地。

站在原地等人打上門來不是羅動的行事風格，更不是宅男小隊的風格，他們雖然看起來都比較綿軟，但涉及到他們自身的安危，兔子急了還會咬人呢，何況他們？

斬草不除根，春風吹又生，他們可不傻，更沒那麼好心。

這次不讓這些人有去無回的話，以後他們就別想過安生日子了。

吃過早飯，宅男小隊再度啟程。

羅動他們這次沒有繼續向南行駛，而是轉彎，直直開向某個方向。

……

「他們又轉道了。」

「不會是還覺得後面有人跟著，所以想甩開人吧？」

「不確定，再跟著看看。」

……

等到下午的時候，確認了羅動他們一路直直向某個方向開去，跟在後面不遠處的車隊這才確定，前面的那個隊伍應該是要直接開回某個目標地點，而不是如頭一天似的轉來轉去，怕被人跟蹤。

「跟住，一定要跟住！」

「頭兒，就這麼確定他們那兒一定有能種出非變異植物的東西？」

「廢話！」被叫做頭兒的人用力拍了一下說話的那人的腦袋，「你不知道，之前在基地裡就聽說有人專門在賣非變異品種的植物，而且是長期給好幾個隊伍提供。他們肯定有特殊的種菜方法，可惜後來就不見他們的人了，現在看來，他們肯定另起爐灶……或者根本就不是在西南基地裡種這些東西。」

非變異蔬菜基地裡雖然也有人在賣，可數量稀少，還被某些大佬包圓，普通人根本吃不著。能種出普通植物或者優質變異植物的人或隊伍，如今不單單是能賺積分那麼簡單，有這門手藝還等於能在基地中占有一席之地，甚至會被某些大型隊伍、軍方包養。因此，發現羅動他們賣的蔬菜都是非變異植物曬出來的乾菜後，自然就有人動了心思。

再加上A市的一些當地勢力在確認過羅動他們就真的只有這兩輛車子，車上也就只有這些人後，就有了計量。

要是能找到他們種出普通作物的方法……如此誘人的念頭，沒人會不動心。

羅動他們沒想到引來那些人的居然是自家賣掉的非變異蔬菜，當然，這也不能怪羅動，最早發現變異蘑菇對空氣中病毒吸附的作用後，還是他報給那位專家的。他雖然知道非變異植物在基地中的價格依舊很高，卻也沒想到基地中的，在管理層沒有關係的人，居然還是這麼稀罕非變異植物。

他更沒想到，基地中正常蔬菜的價格和上輩子似的，依舊這麼貴。

基地中確實能種出非變異植物，可太過費事，不但需要專門的場地，場地也是需要符合一定要求的，所澆灌的水得有專門的水系異能者製作，更需要不少木頭安置在種植間中，照顧這些作物的麻煩可是不少，所以就算是基地，也只是單獨闢一棟大樓來種植，剩下的地方全都盡可能種變異的產量更大的作物。

只有少數高層能吃到普通的蔬菜，連優質變異植物的蹤影都極少出現。

幸虧羅動他們沒頭腦一時發熱就拿出家中的優質變異作物來賣，不然盯上他們的絕對不僅僅只有這麼一點人。

車子改道一路向東，朝著某個羅動他們曾經去過的地方前進著。後面那五輛車子組成的車隊一路緊緊跟隨在羅動他們的視野之外。中間又經過了一個晚上，對方依舊沒有動靜，就好像真的很湊巧同路似的。羅動出於安全考慮，特意檢查過所有裝有基地手機卡的手機，確認它們都是關機，或已經被取出，這才放心。

等到第三天中午，一行人的視野中漸漸出現了一些建築物，遠遠的還能看到有高樓大廈矗立在荒野上。

這裡就是羅動他們曾經來過，收集到于欣然那充氣城堡的小縣城。

車隊就這麼開到了昔日城市的一進城沒多遠的地方，羅動他們直接停下車子，先左右觀察過，確認附近沒有喪屍和變異動物才小心下車。

眾人並不清楚後面那個車隊裡有什麼辦法判斷自家車隊的行蹤，不過此時他們並不太在意。于欣然跟著嚴非一起，一大一小站在路邊抬起手來。

其他人紛紛拿出武器，連頭頂的太陽、悶熱的空氣都無視了。

羅動拿著望遠鏡觀察了一陣子，另一邊，章溯則放出旋風探查四周，等羅動觀察過後對他道：「附近沒什麼問題，那些車就停在咱們來時路上的拐彎處。」

羅動微微點頭，看向嚴非和于欣然那裡。

于欣然站在一塊被半掀起來的瀝青旁，那塊瀝青的裂縫中正有源源不斷的沙子從裡面鑽出來，彷彿活物似的，在于欣然的操控下飛到附近的地面上和草叢裡。

嚴非也正操控著異能，讓車上附著著的金屬變成細線鑽進那條裂縫。

別看他們兩人的異能造成的效果很不起眼，不過十來分鐘嚴非就表示已經搞定。

章溯指著一個方向的高樓道：「那裡應該沒什麼問題。」

羅動他們上次從這裡離開前曾經判斷出這裡應該有人住著，這次也是沒辦法才不得不把跟著他們的這夥人引到這裡來，不過章溯選擇的那棟樓不是上次他們懷疑有人的社區，而是另一側的社區。

一行人驅車進入那片社區後便立即選了一棟雖然沒靠著路邊，卻能清楚看到路上情況的樓房，將車子停在另一棟比較靠裡的樓中後他們才爬了上去，一口氣上到七樓，就安靜等待。

「我估計他們白天是不會過來的，咱們觀察一個小時，一個小時之後，如果他們沒有動靜，咱們就下去再布置一下，等晚上對方的行動。」羅動他們現在無法判斷對方是不是只能檢測到自家車輛的情況，如果他們連人的狀況都能檢測到，那反倒比較麻煩。

章溯的風系異能雖然有偵查的效果，卻沒有反偵察的作用，至少他無法判斷出眾人周圍的風有沒有被人控制住，這就是小隊成員太少，同系異能者太少，沒辦法做實驗的結果。再加上自家的異能者中又有超過半數都是非正常的異能者，就更加難以揣測其他異能者的狀況了。

一個小時過去了，對方依舊沒有動靜，恐怕是沒想到羅動他們這麼快就到了「目的地」，而且這個目的地還這麼接近城市入口。

見對方沒有行動，羅勳他們就老實不客氣開始行動了。借助周圍建築物的遮掩，他們在這片社區中來回轉了幾圈，嚴非順路一邊收集著附近的金屬，一邊將它們用到需要的地方，直到夜色再次降臨，才回到了臨時落腳處，吃過晚飯後就開始休息。

沒錯，除了何乾坤和吳鑫兩人之外，所有人都悶頭睡覺。如果對方想要偷襲他們，他們肯定會選在後半夜或者十二點前後，所以現在天色剛剛擦黑，傍晚八點多的時候，對方是絕對不會有動作的。

一覺過後，醒來時已經半夜兩點，羅動揉揉臉頰，推推章溯，「看看他們在哪兒？」

章溯半閉著眼睛打哈欠，「等著，剛放出去……」

過了一會兒，他微微睜開一點眼皮，「他們那邊還沒動靜。」

羅動舒出一口氣，老實說，這樣被動等著對方行動讓人很鬱悶，如果不是他們擔心對方有什麼自己這邊無法預測的殺手鐧，不知道對方是如何探測到自己這邊的行動，他肯定會提前在半路上就做手腳。

幾人爬起來略做準備並時不時觀察外面的動靜，羅動拿著望遠鏡在床邊留出的小窗眺望著。天很黑，但他不敢用紅外線望遠鏡來觀看，可勉強看看周圍的情況還是沒問題的。

確認路面沒有異狀，他就視線放到了對面的那些高樓上。

上次他們離開這裡的時候，發現對面似乎有人在，不過無論是上次還是這次，都沒有真的見到什麼人。

他現在只希望這個城市的其他人都別在這個時候出來添亂就好。

「有動靜了！」靠在牆邊彷彿又睡著了的章溯忽然出聲，他睜開眼睛，一雙桃花眼眯了起來，「他們沒開車，大概十六七個人下車後直奔咱們這兒來了。」

「車上有沒有留人？」羅勳不覺得奇怪，汽車行駛時總會發出聲音，尤其現在的路況這麼差，又是夜深人靜的時候。

「應該有吧，可能每輛車上都留了一兩個人左右。」

那就是這五輛車上一共留下了十來個人，這次對方一共來了三十人左右。

羅勳低聲吩咐：「拿好武器，盯住他們，我猜他們不會從大路過來，不過逃跑的時候倒是有可能，到時都給我盯住了。」

也就是如今街道上沒有喪屍在，這附近又比較安全，暫時沒什麼變異動物的蹤影，那些人才敢下車趁夜行動。

想到這裡，羅勳不由得抬頭看向對面高樓的樓頂。今天下午他們曾經看到過那上面的鷹在伸展翅膀，不過今天牠似乎沒有出去捕食。

「還有五分鐘，他們的速度很快，應該有不少速度系異能者。」章溯此時也站了起來，走到窗邊，「還有風系的，隊伍分成兩批人，當先那批大約六個人左右，都是速度系和風系的異能者，剩下十來個人在後面。」

羅動眼中閃過一絲殺氣，將手中早已拿起來的弩架在窗邊。

其他人也都警惕著，握緊各自的武器。

沒多久，在昏暗的月色中，路面上出現了一個小黑點。一如羅動預測的，對方並沒有直接從大路過來，而是選擇從社區的圍牆直接爬進來。

看著兩個人輕身跳起，身周還有著淡青色的光芒，羅動知道這兩個人就是先頭的風系異能者。等這兩人跳上圍牆後，他們迅速觀察社區裡的情況，然後放下繩子接應後面四個人。

後四個進來的速度系異能者爬下牆頭，小心翼翼地向著社區裡面摸來。

後面的人陸續到了，順著兩個風系異能者放下的繩子爬過圍牆。

章溯瞇了瞇眼睛，「他們當中有三個留在圍牆外。」

嚴非笑了起來，「那三個我來處理。」

羅動舉起了弩，心中很平靜，半點波瀾都沒有。

等當先那四個人來到社區的樓區中，俯身正在左右打量著什麼的時候，忽然有幾點寒芒猛然向他們的方向射去。那四個進來探路的人，只有兩個反應及時躲了過去，另外兩人則一個被射中肩膀，一個被射中臉頰。

「嗷」一聲，被射中臉頰的那人哀嚎一聲，剛剛躍下圍牆的人全都一驚，立即躲到樓房和圍牆之間的隱蔽處。

羅動再度射出一箭，躲過了第一次攻擊的速度系異能者露在遮蔽物外面的腳被射中。陰影處的那些人躲起來後屏氣凝神，羅動他們所在的房間內也寂靜無聲，每個人都靜靜地觀察著外面的狀況。

幾塊被打碎的大石頭陡然向上飛起，緊接在那之後的是連成一片的火牆。

徐玫覺得有點手癢，看向依舊穩穩端著弩的羅動。

羅動沒有被下面那些人利用異能造出的視覺阻礙影響判斷，在隱約火光的縫隙之間，看到幾個人影向一棟樓的大門方向跑去。他又是兩箭射去，也不管打沒打中，將弩收回，一口氣填充五根弩箭。

「他們要進大樓了，嚴非，你先解決圍牆外的那三個人。」

這些人既然沒在第一時間轉身離開，那就別怪自己這邊下死手了。

嚴非沒出聲，凝聚起異能遠端操控著他們今天下午布置在圍牆邊上的金屬。是的，在今天下午他們到達這個社區之後，就在所有有可能會被人襲擊的地方都做好了準備。

于欣然的沙洞陷阱和他的金屬陷阱。

聽到圍牆內的動靜，守在圍牆外的三人知道他們一行人的行蹤恐怕已經被人發現了，不過卻並不算太過擔心。自己這邊有辦法探測出對方的行蹤，在人家的地盤被人家發現蹤跡也不是什麼不可能事。這種暗中偷襲其他小隊殺人越貨的事情他們可沒少幹，每次行動後雖然自家隊伍都會有所損傷，可一旦成功，那收穫卻絕對是值得的。

尤其是這次，萬一能成功，說不準他們反而能收穫一個在西南基地之外的，完全屬於他們自己的新基地。

懷著這種期待，他們謹慎地聽著裡面的動靜，靠在牆根下左右警戒著。

圍牆裡面轟隆聲、爆炸聲、火燒聲響起，他們就知道自己這邊的人正在想辦法應付那些人，可就在這些巨大的聲響之中，誰都沒有注意到，自己身邊的圍牆有點古怪……

那些附著在圍牆縫隙裡的金屬不知什麼時候跑到了圍牆表面，給圍牆外側「穿」上了一層金屬衣服。那衣服從圍牆上、地面上猛地揭開，向著那三個人包覆而去。

來不及呼救，他們甚至還沒有反應過來，就被悶死了。

衝進圍牆中的人分成了兩撥，受傷的人被同伴攙扶著好不容易躲進其中一個大樓中，在轉移的過程中，還有人再次受了傷，其中有兩個人直接倒地不起，不知生死。另外一撥人直接從隔壁一棟大樓的窗子跳了進去，算是勉強躲過攻擊。

「點子太硬，他們恐怕已經有所防範了。」帶著傷患的那七八個人此時總算鬆了口氣，躲在房間中低聲商討起來。

「那咱們……還打嗎？」

「當然要打，看他們能這麼快就發現咱們，這個小城肯定有他們的據點。」那人正是這次行動小隊的頭頭，他眼中帶著狠厲，「點子硬又怎麼樣？咱們現在躲進來，之後的事就好辦了，只要讓老三打地洞……」

話音未落，忽然聽到轟隆幾聲響，隨即他們所在的地方居然山搖地動起來，大樓竟然要塌了似的。

那幾人頭皮發麻，才剛剛躲進這裡又慌不擇路地從窗子竄出去，只剩下幾個傷患被留在裡面，大聲呼喊也沒人敢回去救人。

才剛出來，就又是幾道寒芒射來。

「靠！哪來這麼多打黑槍的？」

這麼暗的天色那些人居然也能瞄得準？如果不是自己幾人戰鬥經驗豐富，能及時躲開，地上就又會多出幾具屍體了吧？

那個頭頭的腦筋還沒轉完，腳下一軟，跌落的瞬間還以為是地震引發的地裂，故而掉落進裂縫中去，可當摔落進去被裡面的鋼刺穿過的時候，他才意識到，這居然是陷阱，而他們剛剛棲身的大樓依舊完好無損……

另外一棟樓裡的人也被「地震」驚了出來，其中一部分人落入陷阱，兩個風系異能者卻借助著周圍的地勢幾個跳躍「飄」到了半空中。

窗邊的章溯見狀興奮地瞇起了眼睛，打開面前的窗子，居然直接躍了出去。

王鐸瞪大眼睛，想去伸手抓人，可他家女王殿下已經「飛」了起來。是的，是飛，真正意義上的飛，而不是如之前那樣「漂浮」在半空中。

羅勳無奈掃了眼興沖沖在半空中凝結風刃逗弄下面兩個風系異能者的章溯，只是囑咐了一聲：「都各自小心，想動手的就練練手吧。」

難得和異能者正面對戰，羅勳知道隊中幾個異能者都躍躍欲試，畢竟這種機會對於一向宅成習慣了的他們來說十分難得。

有他這句話，徐玫也盯上了下面那個並沒落入陷阱的火系異能者。

章溯飛到了半空中，風刃彷彿不要錢似的向下射著。不知道是幸還是不幸，他的主要目標是那兩個同為風系的異能者，只要別人沒惹到他，他就懶得去管其他人。

羅勳則將目標放到了別的事上——那五輛在半路接應的車子。他不確定那個能發覺自家車隊行動的人是跟在現在這些人中，還是留在了車子裡。不過從常理上來判斷，那個人的異能比較重要，卻又需要讓他來確定眾人的位置，所以跟著前面這撥人的可能性更大些。

正在琢磨要如何對付那幾輛車子，外面穿來一聲槍響。

羅勳猛然回神，連忙向外看去，章溯可還飛在半空中呢。

王鐸本來就在窗邊，聽到槍聲，更是緊張得差點抬腿往外邁，幸好被一旁的李鐵眼疾手快地拉住，「你瞎啊，你家那口子沒事！」

果然，章溯依舊飄在半空中，此時那兩個風系異能者早就被他削到了地上去。幸虧他在飛的時候習慣性給自己加了一層風盾護在周圍，讓剛剛那顆子彈在擊中風盾的時候改變了方向，不然……

眼中閃過一絲嗜血的殺意，章溯的身上鍍著一層淡白光芒，身邊緩緩凝結起了一個青色的風團。如羅勳他們之前見過的一樣，如他許久前大殺四方時的一樣。

羅勳不用去看，都知道下面那些人會變成什麼樣子。章溯的風系異能絕對不是簡單的正常的風系異能，光那殺傷力、那異能範圍就和普通同級異能者完全不一樣。

之前那兩個飄在半空中的風系異能者都是四級異能者，可他們的四級風系異能跟章溯的四級風系異能不同，如今章溯已經升至五級，對方根本無法支撐，使用出來的風系異能也遠遠沒有章溯四級時的那種殺傷力，所以他們死得真是一點都不冤。

徐玫表情略微扭曲地瞪著從她手下搶了那個火系異能者的章溯，那是她的目標好不好？不過發神經時的章溯誰都不能惹，自己人也不行，否則就等著被他遷怒吧。

「沒想到，許久沒動手，章大美人的攻擊力依舊這麼強悍……」不過短短十分鐘，整個社區就再度恢復了平靜，看看下面連石頭都被削爛的戰場，羅勳有些頭痛地琢磨著，這要怎麼收拾……等等！

「你沒留活口？」他還要審問一下那些人是怎麼跟著自己的，又為什麼會跟著自己，以及這些人背後還有沒有什麼麻煩呢。

章溯剛剛飛進窗子，拍拍自己的雙手，從口袋中施施然掏出幾顆風系晶核來吸收，「那邊的大樓裡還有幾個活的，應該是之前受傷沒能跑出來的。」

「那就好。」羅勳聞言連忙拉著嚴非下樓，其他人紛紛跟上。

地上到處散落鮮血，屍體也變得不成形，看起來有些噁心。

幸好在末世中混了這麼長時間的，再加上其實所有人……至少隊中的異能者中除了兩個最小的之外，手上都是有人命的，就算如此也沒有什麼不良反應。

來到對面的大樓底下，不等羅勳他們進入那棟樓，幾個被同伴丟下的傷患就被嚴非用早就隱藏在樓裡的金屬裹著抓了出來。

嚴非低聲對羅勳道：「左邊第二個是土系異能者，剛才在裡面要挖洞離開。」幸虧他們提前做了準備，就算這些樓裡也都留有不少金屬，這才被他直接抓住了。

被嚴非用金屬捆出來的一共有四個人，其中一個……已經傷重沒氣了。

無視那個沒氣的，羅勳他們開始簡單審問，當然，對方可不是那麼容易就開口交代的，他們很清楚這些人已經幹掉了除他們之外的所有人，那麼這件事就不可能善了，他們不可能留活口，所以這三個人都咬緊牙關，誰都不願意透露什麼消息。

章美人眼睛一瞇，拎起一個帶進旁邊的小黑屋……

「你們說，他得用多長時間？」羅勳無聊地抬頭在天空找星星。

「不知道，得看他想折騰多久了。」李鐵閒得無聊開始打蚊子。末世之中一樣有蚊子，幸好這些蚊子沒有喪屍化，不然人類就真的不用活了。當然，變異蚊子還是有的，之前他們在外面過夜的時候，曾經遇到過一隻足有男人巴掌大小的蚊子，害得大家做惡夢。

「喂，你不用跟著進去看看？萬一他看上了哪一個……咳咳，你頭上的帽子就……」韓立一臉猥瑣地用手肘去頂王鐸的腰。

王鐸瞪了韓立一眼，那眼神中全是鄙夷，根本懶得回答他的問題。他不是不想陪章溯，問題是……那場景他怕他看完會把隔夜飯吐出來。自家愛人自家知，如果那位要是玩出了興致，誰知道會出什麼事。

大約半小時後，章溯一臉意猶未盡地走了回來。

「怎麼樣？」

「都死了。」章溯無奈攤手。

羅動一陣無語，這還真是……

「問出來什麼了嗎？」

章溯解釋道：「那個能探查咱們行蹤的人也是風系異能者，已經死了。外面那五輛車上一共留著九個人，他們只在那邊等三個小時，如果三個小時之後沒有收到暗號，他們就立即連夜返回基地。」說著，眼中閃過一絲興奮，「他們是騰龍小隊的人，這次帶隊出來的是他們的二當家，是看到咱們小隊在賣非變異蔬菜的乾菜，又在以前就聽說過咱們在基地中專門給幾個小隊供給這種沒變異的蔬菜，猜測咱們在外面有基地，懷疑咱們有能種出非變異植物的辦法，所以……」

章溯聳肩，外加用戲謔的視線看向羅動。

他眼神裡的意思很明顯，這些人之所會找上門來全都得怪羅動「太能幹」了。

可不是嗎？能幹到能種出一堆非變異蔬菜。他們能拿出這麼多的乾菜來賣，指不定家裡還存著多少呢，難怪對方會盯上自家小隊。在那邊擺攤的零散小隊那麼多，這些人怎麼就專盯著自家？原來是隊長太能幹的鍋。

羅動無語，繼續抬頭仰望烏雲密布，半點星光都沒有的天空數星星。好半天，才又看向章溯，「他們的聯絡暗號是什麼？」他這才想起來，還有幾輛車子等在外面呢。既然現在都已經鬧成了這樣，那就只能斬草除根了。

「發射火球，紅色的那種，連發三顆。」章溯攤手表示：「雖然我覺得他們不會說謊……不過也許這是假的呢？」

雖然那三個人在分開單獨審問的時候都是這麼說的，但章溯依舊覺得得多個心眼。羅勳清楚這一點，卻準備試一試。成功引來人的話，正好一起解決。沒能引來，他們也會馬上轉移陣地。

羅勳轉頭看向徐玫，徐玫點頭道：「沒問題。」說著，抬手向著高高的夜空發射出了三個紅色的火球。她的火系異能等級比之前那個火系異能者要高，自然能發出效果相似的暗號。

羅勳再度看向章溯，「他們說他們是龍騰小隊的人？這次來的人是他們隊伍中的多少？他們隊伍的老大知不知道這次行動？」

章溯抬手打了個哈欠，「這次來的好像是他們三分之一的人手，車子倒是他們隊伍裡的一半。事兒他們頭兒也知道，還是他們二當家和他們隊長商量之後才制定的行動。應該和其他小隊、基地方面的人沒牽扯。」

其他具體的問題章溯不清楚，畢竟他在審問的時候也不可能面面俱到，但問出了如今基地中各個小隊的情況——絕大多數的小隊都選擇和基地官方合作。

他們這麼快就與官方合作的最大好處就是：身處內城，能在初始階段保證比較多的私有財產，並且共用軍方的內部消息。

章溯簡單打聽了一下，確認他們所謂的內部消息大抵都是一些自家能從衛星傳輸中得知的一些消息，以及市區有可能留有物資的分布情況。其中最為重要的就是，他們能得知市區哪些地方分布著大量的喪屍，以及喪屍潮的大致到達的時間、路線等等，這些顯然都是衛星照片所拍攝的內容，只是基地平時會定期以文字的方式對這些隊伍進行通知。

就在章溯說完他問到的所有消息後，忽然挑挑眉，指著外面道：「他們過來了。」

那三顆「暗號彈」果然好用，五輛車子看到居然就真的開了過來。

羅勳露出一個有些詭異的笑容，「走，咱們去打劫他們。」

既然抱著打劫別人的心思和準備來到了這裡，就別怪被自家反打劫了。

人可以繞開公路從圍牆爬進來，車子可就不行了，只能老老實實走大路，還得繞到社區門口開進來——這是為了以防萬一，怕如果這個社區中真的有什麼比較有價值的東西或者作物，破壞了圍牆的話，他們回頭還要費力重新修繕。

五輛車子連成一串開進縣城大路，向社區方向行來，還沒等他們開到社區門口，忽然覺得山搖地動，車子竟是掉落坑洞中。

開車的幾人先是以為自家是中了埋伏，隨後覺得未必，反而有可能是地震引發的地裂，不然為什麼前面的車子從這段路開過去都沒掉進陷阱，現在五輛車子卻都掉了下去呢？

不過，還沒等他們來得及自救，呼叫同伴，幾道銳利的風刃、金屬刃，甚至是車體上突然冒出來的尖刺就收割了他們的生命。

一道道汽油從幾輛汽車的車體中飛出，彙集到宋玲玲身邊的一個金屬桶中。李鐵幾人趁機去收撿幾輛車中攜帶著的東西，嚴非則在其他人忙完後抽取這幾輛車上的金屬部分，加入到他們身邊的一大團金屬中。

天色漸漸變亮，昏暗的天邊出現了一些迷濛般的色彩。

「老大，都搞定了！」

「他們的……咳咳，全都收到一起了！」

羅動左右看了一圈，五人組將染血的東西都丟到路邊的土坑中，那于欣然挖出來的。

「倒吧。」交戰過後一定要做的就是毀屍滅跡，他們有蘑菇汁在手，處理起這些東西來絕對得心應手，半點痕跡都留不下。昨晚戰鬥過的地方他們也都清掃過一次。

蘑菇汁倒入大坑中，白色的煙霧徐徐冒出。

幾人站在坑邊不遠處，等著這裡的事情完工後直接原地掩埋。

忽然「撲棱棱」的聲音響起，幾人連忙抬頭，就見對面大樓上有東西掉了下來。

「怎麼回事？」

「那不是鷹嗎？怎麼沒飛起來？」

眾人滿臉驚詫地抬頭看去，就見一個黑色的身影從樓頂飄飄忽忽，一邊在半空中撲騰著翅膀一邊飛了下來……

「牠的毛不全！」

「那不是大鷹，是剛孵化出來還沒長大的小鷹！」羅動回過神來，看清那隻馬上就要掉到地上的鷹，對一旁的章溯叫道：「章溯，托住牠！」

一團青色的風出現在小鷹墜落的正下方，小鷹拚命拍打翅膀，可惜牠的翅膀還沒長好，最多只能在半空中滑行兩下。好在有章溯的風在，拖著牠稍微漂移了一陣，卸掉墜落的力度後便帶著牠「飛」到了眾人身前不遠處。

那隻小鷹似乎之前沒見過人類，此時見到羅動幾人，拍動著翅膀，有些驚慌地張嘴叫了幾聲，而同時上方也傳來了類似的叫聲。

其他人下意識抬頭去看，然後就見到另一隻還帶著大半黃絨絨，比眼前這隻身上羽毛還少的肉團子也從屋頂上掉了下來……

「這麼蠢的鷹，還真是平生僅見。」羅勳看見章溯托著另一隻也落到眾人面前，這才忍不住開口吐槽。可不是嗎？第一隻掉下來還可以說是不小心，後面這隻……明顯就是追著第一隻的叫聲一起下來的，還真是傻大膽。

「羅哥，咱們怎麼辦？」那兩隻毛還沒長齊的鷹，一隻只有半人高，另一隻比那隻還要矮一頭，可不管怎麼說，這兩隻可都是大傢伙，體型和小傢伙蹲坐著的大小差不多。

羅勳抬頭看看樓頂，看看那棟樓中被從裡面用木板釘死的窗子，再看看緊緊靠在一起，醜乎乎的兩隻半大小鷹。老實說，飛禽類小時候長得萌，長大後要麼看起來比較帥，要麼就是長得比較好看，唯獨介於這二者之間的半大鳥正是鳥生中最醜的階段。

現在就是這麼兩隻處於「最醜」階段的飛禽正可憐兮兮，戰戰兢兢地擠在那裡，恐懼地盯著自己這一行「恐怖的生物」。

現在怎麼辦？羅勳很想說「涼拌」，不過，耳中滿是那兩隻小鷹的「啾啾」聲，讓羅勳抬頭再次去看那根本看不清情況的屋頂，然後對同伴們道：「要不要想辦法把牠們送上去？」

眾人面面相覷，倒是于欣然一臉不捨地看著兩隻依偎在一起的小鷹，問道：「咱們不能養著牠們嗎？」

羅勳的表情有點不忍加躊躇，轉頭看看那兩隻，又看看滿是期待的于欣然，以及好奇瞪大眼睛似乎隨時準備撲過去的小傢伙，「牠們的食量太大了……還不知道牠們會長多大。」

鳥可不比狗，家門口那兩隻傻狼他們還能偶爾幫忙打打獵什麼的，可就算如此也得有足夠的地方讓牠們放風，所以真的沒辦法養。這兩隻鷹就更不用提了，牠們不僅僅需要大量的鮮肉吃，還需要足夠的空間飛。如果是那種小小巧巧的可愛小鳥，小丫頭想養的話，他們基地中有足夠的地方可以養，但這兩隻……

于欣然滿眼都是遺憾，又去看那兩隻可憐的半大鷹。

章溯忽然皺眉問道：「牠們怎麼現在才長這麼大？」

「嗯？」羅勳一頭霧水。

章溯翻白眼，「這都已經八月多了，再過一兩個月鳥可就又要遷徙了，這兩隻現在連毛都沒長齊，等冬天一到，牠們怎麼可能跟得上那些鳥飛回南方？」

眾人張口結舌，又去看那兩隻明明體型已經很大，卻因為毛色斑駁顯得瘦弱的小鷹。

「……鷹是候鳥嗎？」王鐸忍不住提出疑問。

「你動動腦子，就去年咱們這那破天氣，就算牠們不是候鳥也抓不著動物吃。不跟著一起去南方，等著餓死啊？」章溯沒好氣地道，隨即看向樓頂，「上面現在沒有其他動物。」

羅勳糾結了一下，再度看看那些被封閉得嚴嚴實實的窗子……

「欣然？」

隨著羅勳的聲音，其他人也連忙左右張望，卻在看向那兩隻鷹的時候驚恐地發現，于欣然不知道什麼時候跑到牠們旁邊，從口袋裡掏出兩條羅勳之前在家用牛肉做的牛肉乾，正一手一個餵那兩隻鷹。

那鷹的嘴巴有多尖銳？還可能有異能呢。

要是被牠們啄一下……

于欣然成功引起了這兩隻鷹的注意，要是衝過去拉開她，指不定會發生什麼事。

大家的心都提到了喉嚨來，只有章溯和嚴非兩個能悄悄調動異能護在小丫頭的身周，更讓羅勳牙疼的是，小傢伙也跟在欣然身邊湊熱鬧，還用鼻子去嗅那兩隻鷹。

「來，吃吧。」小丫頭也不是真的傻大膽，她捏著肉條的尾端小心遞出去。

那兩隻鷹有些瑟縮，不過猛禽的本性還是占據了一定的優勢，那隻後面掉下來的，個頭要小些的鷹，先伸著脖子從小丫頭的手中叼走一塊肉條，另一隻見狀連忙將另一塊叼走。

看到自己餵的食物這兩隻鷹都吃了，小丫頭轉過頭來，笑嘻嘻地看著大家。

羅勳覺得自己的心一下子就軟了下來，忍不住點點頭，換來小丫頭興奮地蹦跳。

身後那兩隻鷹吃掉肉條後居然沒有半絲不良反應，繼續伸著脖子，往于欣然那裡湊。

掩埋掉那個倒入蘑菇汁專門用於毀屍滅跡的大坑，卡車車廂又被嚴非用金屬多接出來一截。于欣然此時沒在電動車上，而是坐了在卡車中，靠著車尾的大籠子邊上，將自己的零食一條條投餵給裡面那兩隻就算換了環境也沒覺出害怕的小鷹來。

前面的羅勳一邊開車一邊不時張望外面的天空，外加一直碎碎念地疑惑：「怎麼就不見那隻大鷹呢？」他們把人家的孩子帶走了，心裡多少還是內疚的。

出於安全考慮，他們並沒爬上那棟大樓的樓頂，一來是知道上面現在並沒有大鷹在，二來那棟大樓中可能有人住著呢。

只是羅勳他們也納悶，按理說幼鳥還沒長大的時候窩中總會留有一隻大鳥照料幼崽的，可這個窩中除了這兩隻小鷹之外，並沒有大鷹的蹤影。

「咱們先把牠們帶回去再說，那隻大的有可能會去咱們那邊抓獵物。」嚴非見他總往天上看，只得出言安慰道。

羅勳只能暫時放棄，雖然他就算現在在天上看到這兩隻小鷹的父母，也沒有把人家孩子還給對方的念頭，更沒有再接再厲勾搭走兩隻大鷹的想法，只是看不到那兩隻大鷹很納悶。

「算了，不想了，不過這兩隻鷹以後咱們怎麼養啊？」羅勳想起這事就覺得頭痛。家中的空間雖然不小，暖房高度也高，可怎麼說也才只有二層樓高，這兩隻小鷹現在不放飛時還無所謂，等牠們大些之後……要把牠們養在什麼地方？更何況周圍還有那麼多變異植物呢，真放出去他也不放心。

其他變異動物的幼崽好歹還有牠們的家長能帶一陣子，這兩隻小鷹……

這一次，羅勳他們離開自己的小基地，去西南基地的路上花費了將近兩天功夫。擺攤擺了一整天，離開時被人跟蹤，一路上繞路又繞了好幾天，等現在總算趕路回去時，大家算算日子，這次他們居然出來十多天了。

十多天啊，家裡的蔬菜又有好多快變老了吧？

等到他們開車回到自家附近，感受到那地動山搖的震動，以及對面跑來的一群變異兔子時，是的，是一群變異兔子，再看看兔子後面飛奔的那兩個熟悉的身影，那種莫名的既視感還真是讓人「感動」啊……

「怎麼每次回來都能遇到這一齣？」想想卡車後面那兩隻大胃王，羅勳雖然吐槽，但還是囑咐大家做好準備，開始打獵。

看到熟悉的紅色大卡車，聞到那熟悉的氣味，兩隻變異狼撒歡般趕著兔子往羅勳他們所在的方向而去。

羅勳看著這群不過普通牛羊高的變異兔子，靈光一閃，對正在準備陷阱的嚴非道：「盡量抓一些活的。」

嚴非略微一思索就明白了他的意思，當即將金屬陷阱改造了一下，于欣然也馬上在羅勳指出的位置沙化出一個大坑。

羅勳他們在某些方面十分信任那兩隻二貨狼，雖然還沒交戰，但他們已經猜出這群兔子十之八九都是一群沒有異能的變異兔子。

這樣的獵物多好，容易打，數量多，還不聰明，再沒有比這更好的狩獵目標了。

等那群兔子蹦躂到眾人跟前時，嚴非和于欣然聯手做出的陷阱立下了大功。除了繞過陷阱的、踩著同類腦袋跳出陷阱的、被其他人直接打死的之外，事後羅勳他們數了數，他們居然一口氣抓住了十一隻活的變異兔子。

只不過這十一隻兔子的體型可真不小，只好當場再讓嚴非臨時做籠子，拖在卡車後面，這才將這群新弄到的獵物一起裝車。

果然這群兔子都沒有異能，還真符合那兩隻變異狼的一貫行事風格。

將直接打死的四隻兔子剝皮取晶核後丟給那兩隻吐著舌頭蹲坐在路旁等飯吃的蠢狼，羅動他們這才帶上幾張兔皮一起開車回地道入口。

「這群兔子的體型比咱們之前遇到的那頭小多了，毛也綿軟很多，等回頭晾乾之後咱們可以做幾件毛外套。」羅動此時的心情不錯，他們才剛剛收穫了滿滿一車廂的兔子，這收穫可比去基地換東西差不了多少呢。

嚴非笑了起來，「這群兔子你準備養在什麼地方？」

見他要抓活的，嚴非就知道他打的什麼主意。家裡剛剛多出兩隻小鷹來，還有兩隻總來找自家求助吃肉的狼，養上一窩兔子再加上家中如今已經產量過剩的鵪鶉們，說不定就足夠供應給這幾個肉食大戶了。

羅動瞇起眼睛，笑得見牙不見眼，「咱們繼續挖坑吧，這次把養殖場弄大點，要不就乾脆再挖一層地下室連成一大片，裡面種上草和蔬菜什麼的。」

兔子和自家鵪鶉似的，只要吃喝供應好了，一年到頭都能生。再加上時不時出去打獵，他們只要應付過初期，之後就能擺脫擔心沒肉吃的窘境了。

羅動的心情很好，車上多出兩隻吃貨不算什麼大問題，誰讓他們剛剛搞定了一群有些暴力的大兔子呢？

將車子開進密道，一路行駛進去。

樓上樓下檢查一遍，將那些熟過了頭的蔬菜採摘下來丟進裝著兔子的籠子裡，再將兩隻小鷹用電梯運到暖房中。羅動他們家中現在還存著大量的稻稈、麥稈呢，這會兒正好加上一張兔子的毛皮給兩隻小鷹做一個窩出來。鷹窩暫時放在一片比較平整的，周圍沒什麼植物的地面上。這裡緊挨著葡萄架、鞦韆和石桌石椅，是羅勳他們平時用來曬太陽聊天的地方。

將這些搞定後，眾人這才一個個無比舒爽地感受著自家基地中的那不冷不熱的小風，忍不住發出感慨：「果然還是自家好啊！」

「就是就是，外面熱成那樣誰受得了？」

「咱們這兩天就直接挖坑吧，正好也不用出門了。」

「八月馬上就要過半了，到了九月可就涼快多了。」

「不對，挖地下三層的話，咱們基地的金屬是不是不夠用？」

說到這裡，眾人齊刷刷向嚴非看去。

嚴非表示：「之前已經陸續存下了不少，這次回來的路上我也盡可能收集了很多，建一個地下室應該差不多吧。」

不過等這次修整完地下室，之後他們出去的時候，還得繼續收集儲備金屬。

知道金屬夠用，大家暫時只用挖坑不用考慮出去的問題，這才放下心來。

基地中無論是地下室還是地面的暖房，此時的溫度、濕度可都比外面舒服，他們暫時是真的不想出去受罪了。

大家商量一下，暫時定下了一個悠閒的工作計畫表，就原地解散。

在一樓浴室痛快洗了個澡，羅勳回到自己房間中就直接打開電視機和遊戲主機，挑選了半天找出一張光碟塞進去，準備開玩。

同樣洗完澡回來正擦著頭髮的嚴非眉毛微挑，在羅勳身邊坐下。

「一起玩嗎？」羅勳選的是一款歐美大作，可以兩人一起端著槍四處「突突突」打打異形什麼的，他一邊玩還一邊開著腦洞，還好地球遇到的末世只是喪屍和本星球動物異變，要是再加上外形生物入侵，那就誰都別活了。

嚴非搖頭，羅勳見狀就興沖沖地自己開始掃地圖，並沒有看到坐在自己身邊那個男人的眼神往幽深方向發展……

半小時後，電視螢幕上顯示著「暫停」的畫面，而羅勳已經被某人扒了個乾淨按在床上了。羅勳咬著床單不能自已，腦子一時沒功夫想別的，等他能想到其他事情的時候，誰知道今天是不是已經過去了？到時沒玩成遊戲的某人又會不會抓狂？

次日早上，宅男小隊的全體成員不約而同起晚了，不過這一點大家提前就有所預料，而今天他們也都沒準備上午就開始忙活，工作都安排在了下午。

只不過每個人起晚的原因都是不同的，比如羅勳和章溯兩人起晚的原因基本相同，李鐵和何乾坤連同徐玫兩人起晚的原因基本相同。

勞動過度的羅勳，坐到桌邊都覺得腰痠，掃了一眼滿臉春色，全身上下都散發著被徹底滋潤過的那種耀眼光芒的章溯，羅勳很想去找面鏡子來看看自己身上是不是也這麼明顯。

沒看見羅勳的不自然，吳鑫坐到他旁邊後，一邊打哈欠一邊問道：「羅哥，你昨天晚上玩的哪款遊戲？」大家白天玩遊戲時，一般喜歡去遊戲室裡一起玩，但睡前的遊戲卻都愛回各自的臥室裡去享受。

羅勳的表情僵硬了一下，想起今天早上起來看到那倒楣的電視亮著的「暫停」畫面。

韓立賊兮兮地用手肘頂頂沒眼色的吳鑫，「傻子，人家兩口子玩什麼遊戲你也問？」

吳鑫這才反應過來，和韓立一起發出「嘿嘿嘿」的猥瑣笑聲。

羅勳無奈瞥了兩人一眼，接過嚴非幫他盛好的早飯，這群傢伙就是閒的。

幾個宅男現在有了遊戲，可以每天不限時隨便玩，連找個伴過日子的想法都淡了。之前在基地裡的時候他們還說過，要是過幾年沒找到合適的伴，乾脆內部消化攪攪基。

到了現在，遊戲完全可以填充上他們的休閒時間，他們恐怕連這個想頭都沒了吧？

吃過早午飯，眾人略微休息了一下，照看過暖房中的兩隻小鷹和花花草草的果樹後，羅勳他們跑到地下室去打理家中的作物，羅勳還將一間沒派上用場的小種植間也整理了一下，弄好架子填上了土，插苗種甘蔗。

這些之前在基地中換到的甘蔗，一路上羅勳他們都小心伺候著，每天給它們的根部灑水保持水分，這十來天中幾乎沒有一天不精心打理。現在回到家中清點，兩捆一共四十根甘蔗中只有兩株不能用了，剩下的都被他按著芽苗截成一段段栽種進了自家。

羅勳特意挑出一根砍斷後給大家當零食吃著玩，雖然水分有些不足，但這個滋味確實是沒變異的甘蔗無疑。

種下甘蔗，放好蘑菇木，羅勳他們又將昨天安置在地下室的兔子帶到地上暖棚中。嚴非造出一個大些的籠子，大家將蔬菜、乾草什麼的放進籠子裡就足夠牠們吃了。

嚴非特意將籠子下面做成可以拉出金屬抽屜的那種，畢竟兔子的糞便也能當作肥料。

處置完這些事情，羅勳他們又商議起來，最後決定將地下三樓挖成整個連通的地下室，專門用來養兔子。

慶幸的是，眾人這次去基地那邊換東西時，雖然有好多東西價格不合適，數量稀少，但他們找到了不少日光燈。當時大家的本意是怕家中的燈管壞了沒得替換，此時正好用於準備新挖出來的這一層地下室。

至於原來處於地下三樓的化糞池嘛……有嚴非在，將它們往下再移一層就是。

羅勳又定下了地下室的高度、泥土的厚度，以及要在地下一樓播種的作物種類後，時間已經到了傍晚。

吃過晚飯，一群人再次各回各房。

羅勳站到窗邊去看外面陰霾的天色，「又要下雨了吧？」

嚴非將小包子放到嬰兒床上，剛剛在下面大家一起吃飯的時候他就睡著了，聞言也湊過來往外看去，果然灰色的天空顯得十分壓抑，眼見就要有一場大雨，「這次運氣不錯，咱們回來後天才開始變陰。」

「希望水別漏到地底太多，不然這兩天咱們都沒辦法晾土……」羅勳忽然發現周圍的狀況有些不太對勁，他疑惑地用力眨眨眼，又抬手揉揉眼睛，然後拉住嚴非，「你看，那些變異植物是不是長高了一些？」

嚴非連忙去看，隨後他的臉色黑了下來。

還真的……長高了！

第七章

啥都有啥都不奇怪，我家變成動物園啦

羅勳和嚴非兩口子趴在窗邊看變異植物們揮舞著一條條觸手般的枝條，羅勳推推身邊的嚴非，讓他用異能實驗一下，看看那些變異植物能搆到屋頂的什麼位置。

嚴非用屋頂的金屬封住最靠邊的玻璃，免得被瘋狂的變異植物抽碎，這才用金屬逗弄那些枝條，看看它們現在的殺傷力和能觸及的位置……

當初建造這個暖房的時候，羅勳他們就刻意將建築物建得略微高出周邊的變異植物，可現在那一圈變異植物都已經長得超過自家暖房的高度了。幸好雖然高出了一些，可它們能搆到的位置不算太過深入，殺傷力也不能將嚴非弄出來的金屬破壞掉。

「咱們暫時可以不用理會它們，只要動靜不太大，它們是不會主動對咱們的基地發起攻擊的。」基地的牆壁都是金屬的，而且嚴非弄出來的金屬很厚實，還有不錯的隔音效果。這些植物只要感受不到，就不會對這些早已熟悉了的死物發起攻擊。

羅勳一直舉著望遠鏡觀察嚴非的實驗結果，聞言放鬆了半口氣，「我通知大家一聲，咱們先把養兔子的那一層地下室搞定，再弄回來用金屬加高咱們的暖房……」羅勳皺起眉頭，「它們要是一直長長長……怎麼辦？」

那些變異植物一直長高，自家難道還要跟著加高？這得加到哪輩子去？

「放心吧，它們畢竟是植物，總有個生長上限，難不成還能長到天上去？」嚴非無奈安慰著他，隨後想起另外一件事，提醒道：「不過咱們以後出門的時候得小心，路過外面那些變異植物的時候得更加遠離些，免得一個沒注意被它們拉進去。」

「沒錯，下次咱們出去的時候，再測算一下它們最長能伸到什麼位置。」羅勳點頭，轉身出門去通知其他人，畢竟他們可是有時會上屋頂去晾曬一些東西，或者清理屋頂的雜物，要是一個不小心被變異植物襲擊了，到時恐怕連屍骨都找不到。

變異植物二次生長的事情暫時放到一邊，眾人休息了一晚，次日清晨起來先去打理一圈所有的作物便準備去挖坑。

不過，還沒等他們進入地下室，天上就開始打雷，大風吹得四周的變異農田和樹木東倒西歪，大雨隨後傾盆落下。

「果然下雨了，還下得這麼大。」

出於安全考量，今天上午在羅動他們處理農作物的時候，嚴非就已經將屋頂整個封了起來，免得風雨太大把屋頂的玻璃打碎。

正說話間，外面忽然傳來「劈啪」聲響。

就在眾人愣神之際，那動靜變得更大，更密集了。

「……冰雹？」眾人目瞪口呆，紛紛擠到窗前向外看去。幸好他們窗外的鐵架子搭出去了一塊，上面還有金屬百葉作為防護，冰雹是不會打到玻璃的。

「嗚……嗚嗚……」小傢伙叼住羅動的褲管，不停拉扯著他。

羅動穿的是五分褲，被小傢伙這麼一拉，險些扯掉褲子。

「怎麼了？」羅動一手抓住褲腰，一邊摸著牠的腦袋安撫牠，可小傢伙卻依舊不安地嗚咽著，還在地上團團轉，用腦袋不時去頂羅動的腿。

「叔叔，牠是不是想把那兩隻大狗狗帶回來？」于欣然蹲在小傢伙旁邊幫著一起安撫，忽然抬頭對羅動問道。

「大狗狗？」羅動愣了一下，「那兩隻變異狼？」

地下通道雖然幾經擴建已經變得寬闊了不少，但真的能容納得下那兩隻變異狼嗎？何況雖然和那兩隻狼合作過不少回，可那是相互幫忙而已，真要把那兩個大傢伙弄進來嗎？

小傢伙焦急地求助，整個宅男小隊中居然沒有一個人狠得下心來說「不讓那兩隻變異狼進來」的話，就連一向最會給人潑冷水的章溯也閉口不言。

再加上于欣然……

這殺傷力絕對是呈幾何倍數成長的。

就這樣，羅動他們浩浩蕩蕩跑到了地道入口處，然後……

嚴非打開了金屬大門，宋玲玲負責清理雨水。

冰雹劈里啪啦敲打在地面上，讓眾人忍不住有些忐忑，那兩隻變異狼雖然看著皮糙肉厚的，可牠們真能經得住被這麼多的冰雹敲打嗎？

「汪！汪汪！」密道大門被打開，小傢伙就衝著外面咆哮起來。牠聰明得很，雖然朝外面叫喚卻絲毫要出去被冰雹砸的意思都沒有。就在羅動他們納悶就這麼「汪汪」幾聲那兩隻狼能不能聽到的時候，地動山搖的聲音響起，隨後兩隻被打得滿頭包的落湯狼的身影就出現在了眾人的視野中。

「快，讓路！」天啊，這要是被牠們撞一下，大家就都成肉餅了。

兩隻狼的身軀很龐大，其實沒有平時看起來的那麼……魁梧。

或者該這麼說，這兩隻狼的身高都在兩三米左右，平時看起來的「高大威猛」全都是牠們那一身軟綿綿的皮毛給大家的錯覺。是的，就是錯覺。

如今兩隻狼鑽進了地道之後居然都不用彎曲腿腳，只要低著腦袋別抬高頭就好。更因為身上的皮毛被打濕塌了下來……威猛的形象瞬間崩毀。

兩隻狼進來後居然還有足夠的空間給牠們甩乾身上的雨水。

幸好宋玲玲反應及時，幫牠們把皮毛上的水抽乾，順便把帶進來的雨水全都「送」出密道，這才沒讓眾人也跟著洗澡。

嚴非將密道入口封住，免得雨水漏進來。

然後眾人就面面相覷……他們就被這兩隻變異狼擠在邊上，想要回去還得從牠們的身邊經過。不過看到那兩隻落湯狼的模樣，沒誰再懼怕這兩個傢伙，現在的問題是……

「是不是只要外面還在下雨，咱們就得養著牠們？」王鐸抬手往斜上方指指，那是豐滿的狼屁屁，說話間一條毛絨絨的大尾巴從他面前甩過……

「……那就先養著吧。」羅勳只覺得有些無力，這兩條大傢伙占地方的問題先放一邊，只說牠們的胃口就絕對不小。應該說幸虧自家的鵪鶉數量已經多到可以暫時養著牠們了嗎？不對，還有兩隻等著吃飯的小鷹呢。這一個個的，可都是飯桶。

有這麼一個突發事件，羅勳忽然覺得自家是不是應該考慮把二樓教室裡的鵪鶉們也挪個地方？可要挪的話……這是不是意味著他們要再挖出兩層地下室？

看看那兩隻乖乖趴在地上的，行為模式越看越接近狗的……狼，是不是自家還得考慮要不要乾脆再多挖出一層空間，專門裝這兩隻？

好吧，其實這也不是不可以。當然，前提是這兩隻不知是狼還是狗的生物，真能養熟。正想著，羅勳身前這條狗已經半躺下來，四肢抬起，被于欣然咯咯笑著摸下巴時，居然把軟軟的肚皮露了出來。

這兩貨絕對是狗，是狗！

冰雹下得震天動地，打得基地外金屬殼子乒乓作響，打得周圍的變異植物彷彿群魔亂舞般一刻不停地胡亂揮舞著「手臂」。

羅勳他們觀察了半天，確認自家的基地足夠結實，才回到地下室去準備挖坑。外面的雨下得雖然大，可那些雨水一時半刻是不可能滲到基地下面來的。

眾人雖然打算打通地下三樓用來養兔子，可仔細想想，現在的兔子才多少？自家的鵪鶉又有多少？如果地下三樓的面積和上面幾層一樣大的話，那至少會有五畝還多的面積供他們使用呢。兩種動物一起養，或者分成兩部分各自養各自的也完全沒問題。等他們想要養滿整個地下室的話，誰知道需要多長時間。

至於那兩隻狼……還是等等吧，至少這次冰雹過後，他們還是會先放牠們出去的。如果牠們真的就此賴上自家，到時再在地下二樓橫向多挖出一間屋子就足夠讓牠們每天晚上和冬天大雪時住下來了。

這兩個二貨都是變異動物，要是真的圈在家中，以後就真的廢了。還有那兩隻小鷹，等牠們翅膀硬了，羅勳還是會想辦法讓牠們知道變異植物的危險後放牠們出去的。

看看自家小傢伙，他們現在哪裡敢放牠出去？幸好牠的體型比較小，養在家中也足夠牠撒歡的，他們可不敢再把這四隻養廢了。

再三確認過那兩隻剛剛鑽進來的狼或狗的生物不會惹什麼麻煩，羅勳他們便決定讓這兩個傢伙暫時留在地道入口。他們之前為了方便車子在入口倒車或轉向，特意修了一個圓形的空地，正方便讓兩隻狼在這裡待著，至於再往裡面……再往裡就是他們的種植間等地方，包括車庫在內，幾乎每個房間中都有東西，哪能讓這兩位進去亂跑？

好在等外面的雨停了，就能放牠們出去，現在嘛，先讓牠們將就著就是了。

兩隻大傢伙留在這兒，陪著牠們的還有小傢伙。

回到地下室後，羅勳琢磨了一下，「殺幾隻鵪鶉吧，一會兒殺完給牠們送過去。」

自家鵪鶉的產量絕對過剩，現在養在樓上那間教室中都有些擁擠了，大家之前就尋思著是不是要分出一部分來養到暖房去，現在看來還是等地下三樓挖好後，直接將牠們和兔子一起都養進去就算了。

於是乎，自家的兩隻小鷹要吃鵪鶉，那兩隻來蹭飯的大狼也要吃。

眾人估算了一下，一口氣殺掉了六隻，又從冰箱中凍著的豬肉中取出了半隻，將兩隻鵪鶉送到小鷹那裡，解凍後的豬肉略微煮熟後，連同鵪鶉一起送到了兩隻變異狼處去。

這件事是羅勳帶著章溯、徐玫他們一起忙活的，剩下的人都跟在于欣然和嚴非身邊進行挖坑的新任務。

這次挖坑的時候，嚴非他們發現，越深的泥土越肥沃濕潤，所幸外面的雨水還沒滲進泥土中來，再有宋玲玲在一旁幫忙處理沙化後留下的水分，三個人合作很愉快，至於沒有異能的李鐵幾人，當然是當仁不讓的苦力，負責拉著沙子暫時存到倉庫中，等外面天晴了再弄到屋頂之類的地方去晾曬。宋玲玲雖然能徹底弄乾泥土和沙子中的水分，可大家都覺得最好還是讓太陽曬曬比較好，至少能起到殺菌的作用。

一行人忙起來就沒了時間觀念，嚴非一邊協助于欣然挖坑，一邊先做出一個比較寬大的金屬樓梯，隨後暫時將沙化出來的空間的四周用金屬封死，讓于欣然向下挖掘，挖到足夠的深度再封住地板，接著他就將金屬探入泥土之中向著四面八方伸展去，與第二層的金屬圍牆上延伸下來的金屬連結到一起，選定要處理的範圍，這才將其中一個方向用極細的金屬絲線標記好，取消這個方向的金屬圍牆，最後讓小丫頭橫向沙化。

漸漸的，沙土越攢越多，羅勳他們因為身在地底，早就把外面的時間忘到腦後去了，等回過神來的時候才發現大家的肚子都餓了。左右一打量，發現兩位女士並不在，估計這兩位是發現時間不早，去廚房做飯了。

「先忙到這兒吧……都下午四點了，吃過晚飯咱們今天就先休息。」羅勳看看時間，對眾人道。灰頭土臉的一行人這才放下手下的工作，施施然回到樓上去。

上了樓，發現小傢伙不知什麼時候跑了回來，正在地下二樓大廳入口處連跑帶蹦躂。

「怎麼回來了？那兩隻……」羅勳的話說到一半，就見入口處有一隻大大的狗頭探了進來，牠的身邊還擠進來了另一個狗頭。見羅勳他們看過來，後面的那個狗頭猛地往回縮去，讓自己的難兄難弟擋在前面。

……

好吧，來了就來了，反正大廳中雖然有不少雜物，可那些雜物都是用金屬盒子裝著的，這兩個傢伙一時半刻弄不壞。

「咱們先去洗澡準備吃飯吧，至於這兩個……」羅勳這次的話又說到一半，隨後臉色古怪地嗅了嗅，「什麼味兒？」

「是啊，好像有怪味？」

「臭的。」

一行人聞著味道往地道方向走，兩隻大狼似乎意識到了什麼似的，尾巴甩成刷子狀，然後羅勳他們就在兩隻狼沒有遮擋的某個方向發現了……

「黃金？」

真是一大坨好肥料啊！

就是臭了點……靠！你們拉就拉吧，為什麼非得跑到這頭來拉？

羅勳滿頭黑線，自家小傢伙現在已經學會跑去暖房樹底下拉屎標地盤，可這兩個傢伙這麼大的體型……再想想以後說不準就得養著牠們，那樣的話，每天光是處理這些東西就有夠讓人頭痛的。

「得，先別洗澡了，先把這堆好東西收拾了吧。」

雖然大家每天都要處理鵪鶉房間，處理兔子窩，還有那兩隻小鷹的排泄物，但問題是那些都沒有這兩隻的這麼誇張，味道也不是一個等級的。

被熏陶得臭烘烘的一群人又忙活了半天，還拿水沖洗地面，好在地道中無論是牆壁還是地板都是嚴非弄出來的，如果大家真的覺得刷洗不乾淨，他只要重新將這些部分重塑，那些非金屬的物質就會脫落下來，更加容易處理。

等到他們完成了光榮的鏟屎官的工作，徐玫兩人正好做完晚飯，見狀連忙招呼大家：「飯做好了，可以吃了！」

「等等，等我們先洗個澡！」

兩位女士被飛速衝進浴室的一群男人驚呆住了，等回過神來才發現人都不見了，只剩下一個笑嘻嘻的于欣然。

「他們怎麼了？掉沙坑裡去了？」

于欣然得意洋洋地搖頭，高高抬著下巴，笑得壞兮兮的，「沒有，大狗狗拉臭臭了，他們收拾了好半天，身上都是臭臭的。」

兩位女士聞言噴笑起來，乾脆也脫下圍裙，拉著小丫頭去浴室洗了個澡再出來吃飯。

因為某些原因，今天男士們洗澡的時間都格外的長。

晚上這頓飯大家吃得都很香甜，這群人在末世中什麼噁心場景都見過了，誰都不會覺得收拾完糞便會有吃不下飯的後遺症。

吃過晚飯，回到自家房間中的羅勳，站在窗前觀察著外面的情況，確認現在雖然還在下雨，但冰雹都停了，且自家沒有什麼地方被打壞，這才鬆了口氣，「還是等雨停了再放牠們兩個出去吧。」今天在收拾那兩大坨糞便的時候，大家憤恨地吐槽過，洗澡時還紛紛表示這事不能忍，明天就要把牠們送出去，結果羅勳現在就變卦了。

嚴非含笑一邊換睡衣一邊看他，倒要看看他能在這件事上糾結多久。

羅勳沒糾結多久，抱怨了兩句，回頭就看到一個大帥哥衣衫半解，面帶誘惑的笑容看著自己，於是小心肝撲騰了幾下。明明天天在一起，都這麼長時間了，自己居然還會被他時不時電到，這怎麼能讓人輕易放過呢？

羅勳當場化身為狼，直接把人撲到。

小傢伙因為和兩隻大狗玩得很開心，壓根兒沒跟著一起上樓，此時就乾脆睡在了地下室中。羅勳兩人早就餵飽了小包子，本來說好回來後玩個遊戲再休息的，結果機子還沒打開，就滾到床上去了……今天還是算了吧。

自己作死的羅勳，次日起來再度享受了一把腰痠腿疼的待遇。看看外面依舊陰霾的天空以及那細密的雨簾，嘆息一聲，嘆出不能把那兩個只會吃的大傢伙趕出去的遺憾，這才爬下樓梯洗漱吃早飯，準備繼續今天的工作。

別說羅勳，就連其他人今天早上也沒再提起要把那兩隻大狼趕出的話。

外面的大雨下了整整三天，兩隻大狼也在基地裡白吃白住了三天，羅勳他們更是忙活了三天。他們將沙土堆滿了儲藏室和空地，最後挖出來的乾脆留在地下三樓中。

這次挖出來的地下室高度要高於上面兩層，因為羅勳他們決定在這裡鋪上一層土，裡面種上大量的草和蔬菜，這樣泥土肯定需要深度，順便還能考慮給兔子們做窩。

第四天清早，大家有更重要的事情要去做，那就是放狼，晾曬沙土。

外面的天終於放晴了。

看著兩個大傢伙依依不捨，一步三回頭的模樣，羅勳一邊覺得心裡有股淡淡的憂愁感，又一邊磨牙，這兩個傢伙絕對是在懷念有吃有喝，不用出去拚命的好日子。

這兩隻大狼在家中待了三天，把羅勳他們凍在冰箱裡的豬肉吃掉大半。

還有自家的鵪鶉……要不是羅勳怕自家鵪鶉被吃斷了頓，及時改變兩隻狼的菜譜，恐怕自家的鵪鶉到現在就真的剩不下幾隻了。

兩隻狼走了沒多久，就在羅勳他們準備回去接著收拾那些沙土的時候，就聽到不遠處傳來了牠們的嚎叫聲。

「怎麼了？」

「不會是遇到什麼人來打牠們吧？」

「過去看看。」

怎麼說也是自家養了三天，在附近住了那麼久的鄰居，就算羅勳他們再怎麼埋怨，也已經養出了感情，自家的狼自家還沒欺負呢，怎麼可能讓別人欺負上門來？

一群人封好大門，就急急忙忙衝了出去，等轉過一個彎，就見兩隻大狼回頭看來。

在一群人莫名其妙的時候讓開了道路，讓羅勳他們看到了讓兩隻變異狼狼嚎的原因，原來是變異動物，被三天前的冰雹打死的變異動物。

滿地「屍體」……不，算不上滿地，只是有幾頭動物的體型比較大，看起來比較誇張，而且不止是這附近，池塘邊，甚至池塘中都有不知死活的變異動物倒在那裡。

「天啊，這麼多肉！」這是兩眼發光的何乾坤幫著章溯一起說出了心裡話。

「這要是再放兩天，外面得臭得出不了門！」這是見狀就想到未來後果的羅勳。

兩個不約而同喊出心裡話的人對視一眼，隨即上前檢查這些屍體。

被砸死在野外，在八月天中放了三天，在雨水中沖刷了三天的動物屍體還能不能吃？

有些部分可以，但傷口處、內臟部分的肉就別想了。

有些死得比較早，在被冰雹砸到的當時就直接死了，有些只是被砸傷，又苟延殘喘了一兩天後才往生的就還好些。

幸好絕大多數的動物肉都不能吃了，他們卻可以挖出這些動物的晶核，並且能將一些皮毛保存完好的動物的皮毛剝下來。更讓羅勳他們覺得幸運的是，今天早上他們放這兩隻狼出來之前沒餵過牠們，所以這會兒找到了比較新鮮的動物肉後，這兩個傢伙就有得吃了。

羅勳他們挑挑撿撿，挖完晶核，也挑選了一些還算比較新鮮的肉割了下來，隨後便將剩下的屍體堆在不礙事的地方，畢竟還有些食腐動物會在附近出沒，這些肉他們雖然不吃，但那些動物卻是會吃的。這個位置礙不著他們什麼事，從基地中進出也不會路過，就算臭了、爛了，對他們的影響也不大。

等他們好不容易將這些動物都處理了個大概，又開車子出來將收穫到的晶核和肉運回去，還留在外面查看情況的羅勳，來到了池塘邊的位置，確認這附近沒有什麼危險動物、變異植物，這才第一次走到池塘邊。

這些原本的田地現在已經變成了真正的池塘，上面飄著幾隻死掉的動物，羅勳正和宋玲玲商量，看一會兒要怎麼把那些動物弄到岸上來。要是牠們爛在水中，可是會汙染整個水源的。他們雖然不用這裡面的水，可那兩隻狼說不定會在這裡喝水，要是喝壞肚子怎麼辦？

正說著，于欣然興奮地跳了起來，「魚，水裡有魚！」

聞言，眾人連忙往水中看去。

羅勳之前是推測這些水中可能有魚，但之前因為水邊的變異動物數量比較多，他們出於安全考量，一直沒主動接近過，居然把這件事給丟到一邊去了。

「試試看牠們有沒有異能。」羅勳的眼睛發亮，對幾個異能者道。

風刃、水系異能放出，水中的魚四處游動，並沒有什麼異常。徐玫又放出小火球在水面上漂浮，晃蕩了一會兒，也沒發現哪條魚有什麼異狀。

羅勳乾脆讓宋玲玲幫忙抓了一條出來，水系異能在水中抓魚還是很簡單的，她都不用攻擊，直接操作魚周圍的水，連水帶魚一起「托」了出來，就這麼飄到幾人面前。

魚出了水面顯然還是有些慌張的，畢竟牠活動的地方一下子變小了不少。章溯怕牠跑了還特意凝固住水球周圍的空氣，讓魚游不出來。

魚的外形正常，體型……也算正常，如果現在的體型是這條草魚已經長成後的大小，那麼就是正常的。如果牠還會無限制繼續長大，那可就不好說了。

「差不多有二斤左右吧，體型不算小。」羅勳摸摸下巴，左右看了看，「殺掉看看牠的腦袋裡有沒有晶核？」

話音剛落，章溯調動風刃將那條魚的腦袋切了下來……

無語看看挑眉看向自己的章溯，羅動無奈搖頭，將魚頭拿了過來，抽出隨身帶著的小刀撬開腦袋。果然，魚的腦袋裡也有晶核，只是很小顆，同樣是無色透明的。

「抓點帶回去，正好養在咱們的小溪中。」羅動心思活動了起來，轉頭對宋玲玲道：「咱們可以順便加寬暖房中的河道。家裡還剩著些鵝卵石呢，也能鋪進去。」

「對，咱們房子後面還有空地，正好能挖個小池子。」李鐵幾人興奮地出主意。

「羅哥，這條魚怎麼辦？」早已饞魚的何乾坤指著那條被章溯「一刀兩斷」的魚。

「帶回去，今天晚上做水煮魚。」

家裡那麼多辣椒呢，而且他們種下的花椒樹也長得很不錯，去年秋天就結了一些，今年過不了多久還會再結一次，家裡的花椒絕對夠用。

嚴非和其他幾人開著車子又回來了，本來他們是出來接眾人的。嚴非他們剛剛將收割的各種肉和皮子帶回去，沒想到他們趕過來之後又要忙起抓魚的事。

有宋玲玲和章溯在，捉起魚來十分容易。讓大家詫異的是，這水裡居然還有淡水蝦和小螃蟹。仔細研究了一下，他們在水邊發現了小龍蝦的蹤跡。

大家懷疑這些應該本來就是連同水稻一起養在裡面的，只是末世後農田荒蕪，下過幾次暴雨後，將幾個農田的水道連通了，原本可能分別養著的水產由此混居到了一起。

見到這些東西，羅動他們又跑到附近其他水田中找了找，果然，這附近幾乎所有的水田都有不少水生動物，難怪這裡的水鳥會越聚越多。

就在他們忙活著往家裡運送水產的功夫，小傢伙不知從什麼地方鑽了出來，興奮地衝羅動搖著尾巴，一邊往某個方向蹦躂，一邊叫喚著。

大家看到這副模樣，就知道牠肯定又發現了什麼。顧不上數落牠不知從哪兒蹭來的一身泥，跟在牠後面一起走去。

小傢伙帶著眾人來到兩隻大狼所在的地方，那兩隻狼見到眾人，和小傢伙如出一轍地搖晃著尾巴，在牠們旁邊，眾人看了幾隻瘸了腿的小羊和小鹿。

幾隻動物顯然是幼崽，畢竟牠們的外形和正常的羊和鹿還是有些區別的。剛才眾人在收拾眾多屍體的時候，也見到過羊和鹿，只是牠們的肉大多已經腐爛，估計就是這幾隻小東西的父母吧。

確認了牠們應該沒有危險性，羅勳他們乾脆將牠們裝車帶回去。

電動車來來回回來跑了四五趟，大家才停手回家，至於那兩隻變異狼，就讓牠們先在外面撒歡吧，要是真想回去的話，這兩隻可是會叫門的。倒是小傢伙跟著牠們有些玩瘋了，等眾人全都上車開回基地大門口後，牠才顛顛跑了回來，跟著一起鑽了進去。

「我還說牠要是不回來，就放牠在外面流浪呢。」羅勳剛才上車前找了小傢伙好半天都沒找到，沒想到牠居然自己回來了。

嚴非知道他嘴硬心軟，沒有拆穿他。

抓到的魚連著水放在了嚴非做出來的金屬水缸中，運到家中後，羅勳翻出了末世前弄到的大玻璃缸，將一部分魚蝦裝了進去。

至於他們抓到的小龍蝦、小螃蟹，都放到了麥稈編出來的簍子裡面。

現在他們得忙活暖房中那條不過是為了保濕的「小溪」，要加深加寬些。當然，這種人造小溪就算再深也不可能太深，最後不過弄了半米深，水底撒上些鵝卵石，免得水被魚們撲騰得太渾濁。又在屋後的空地上挖了個坑，將水引過去，將整個暖房造了個「護城河」出來。

空地的位置就在當初羅勳他們「吊」起農用車的正下方，那上面有好幾輛大車，大家就算知道不會有什麼問題，還是覺得心慌慌的，就是不敢在那下面活動，於是……就一直空了下來，正好派上用場。

建水池，放魚，忙完這些，大家爬上暖房屋頂，清乾淨上面的雨水後，將之前一直存在基地裡的沙土弄出一部分來晾曬。

傍晚時分，本來他們今天只是想著放出那兩隻變異狼，整整家裡的農田，晾曬一下沙土就休息的，結果被突然發現的魚占去了半天的時間，真是計畫趕不上變化。

不過，讓大家興奮的是，雖然耽誤了很長一段時間，可他們今天收穫頗豐，先不說那三隻小羊、兩隻小鹿，只說他今天抓回來的魚、蝦、蟹就足夠讓人興奮的了。

之前殺掉的那條草魚，再加上之後又殺掉的兩條，羅勳做出兩大鍋水煮魚，那鮮亮的紅油、白嫩的魚肉、鮮美的湯汁，讓兩年沒吃過魚肉的一群人差點吃到舔盤子。

今天抓到的魚，基本都是草魚、鯉魚、鯽魚、鰱魚這種草食性的魚，羅勳他們家中沒有別的，各種蔬菜植物應有盡有。趁著今天出去時，羅勳還特意挑選一些路邊可以用來餵兔子的雜草整株整株挖了出來，準備培養一下，既能種到地下三樓餵養兔子，還能餵那幾隻羊和小鹿，還有這些食草的魚也都可以吃。

吃飽喝足，天色已經擦黑，眾人正準備洗漱就回房休息，忽然聽到外面傳來狼叫聲。彼此對視一眼，辨別出那兩隻狼應該在地道入口，估計牠們是要回來「過夜」的。

「唉，家裡真成了動物園了！」羅勳無奈嘆息，卻只能認命去幫那兩位大爺開門。

當那兩個熟悉的巨大身影諂媚地搖晃著尾巴鑽進來時，包括羅勳在內的所有人森森地感覺到，他們將從此多出兩帖狗皮膏藥……這兩貨恐怕真是狗。

自從發現了那些池塘中的特產之後，飯桌上的伙食種類大大增加。頭一天吃了水煮魚，次日又搗鼓出糖醋魚片，第三天再幹掉一堆水煮蝦。這也幸虧他們家距離水池比較近，不捨得吃家裡食物，他們就趁著工作之餘時不時外出郊遊，正好一邊放鬆心情，一邊抓點水產回來打打牙祭。

暖房中的小河早已挖好，將魚散養進去後，大家又特意弄了一些蔬菜、草葉當成魚食，每天定期撒進水中，只等著牠們慢慢繁衍生長。

這三天中，眾人輪流將新挖出來的沙土晾曬過了，並將沙土搬運回地下三樓那新挖出來的地下室。地下室此時的通風設備、照明設備都安裝好。將泥土攙上肥料鋪灑好，澆過一次水，就將以前移植進來的，可以當作牧草用的草栽種上，再種一些兔子和鵪鶉們會吃的蔬菜進去，這才鬆了一口氣。

兔子和鵪鶉暫時不用轉移下來，畢竟兔子現在的數量不多，暫時養在暖房的籠子裡問題不大。鵪鶉們也可以暫時養在原來的屋子中。

至於上次弄回來的那幾隻受傷的小羊小鹿……大家紛紛表示，果然不能弄這種還沒長成的，繁衍速度比較慢的變異動物回來。那五隻小動物現在已經成了于欣然的寵物，自從把牠們帶回來簡單治療之後，她每天都要帶著同樣興奮無比的小傢伙去暖房瘋跑，成天跟那五隻外加兩隻小鷹在一起玩。這要是養大了，誰還敢殺？于欣然頭一個就會淚眼汪汪地對著大家放電。更讓人目瞪口呆的是，小丫頭這麼一折騰，居然害得那兩隻毛還沒長完的小鷹沒學會飛翔，就先學會平地跑步。

幸好那三隻小羊是綿羊，就算長大後不能吃，他們也有羊毛能收集，要不然就真的等同於養上一群寵物了。

等羅動他們將地下三樓也挖出一圈河道，並準備回頭將暖房中的魚蝦分出一半轉移到地下後，終於到了他們準備再次外出收集金屬的時候了。

將這段日子的衛星照片和基地訊息都整理出來，李鐵他們把資料分類丟進伺服器中，一群人再度坐回食堂的大桌子周圍開會。

雖然大家平日休閒的時候更喜歡去二樓的遊戲室，可說實話，待在那裡誰還有心思談正事？眼神時不時就會飄到那些遊戲上，根本靜不下心來。

「咳咳，那股從南面那些國家過來的喪屍潮現在都在這個位置……」李鐵核對了一下，在桌上鋪著的一張不知從什麼地方順手帶回來的國內大地圖上指了指，「從照片上看，它們已經圍在這個地方足足四天了，這裡好像是南面的一個大型基地。」

眾人三天前就知道這件事，此時不覺得意外，只是沒想到喪屍潮圍城的時間不短。

「現在還不知道這股喪屍潮會多久之後撤退，也不清楚那個基地能不能撐下去……」羅勳皺眉翻看著照片，「這麼看來，咱們得提前做打算。雖然上次運氣不錯，那些喪屍全都路過並沒攻擊過咱們的基地，可咱們這裡必須有足夠的金屬用來防禦。」說著，他看向嚴非。

嚴非對他點了下頭，說道：「我建議這次出去可以多弄些金屬回來，還可以在喪屍潮到來之前提前防範。」

「怎麼防範？」嚴非和羅勳兩人昨晚就在自家房間裡商量過了，所以這會兒提問的是並不清楚具體情況的韓立。

「陷阱。」嚴非看了看羅勳，「我和羅勳商量了一下，雖然咱們周圍有變異植物能協助防守，可這次的喪屍潮數量太大，要是真的一擁而上，保不準它們就能採用屍海戰術把變異植物徹底淹沒，這樣的話，總能攻到咱們基地裡面來，所以我們就想在喪屍來的前幾天再安置上一大圈陷阱，裡面倒滿蘑菇汁，這樣總能對它們有所消耗。」

羅勳補充解釋：「提前太早設陷阱，如果有人路過說不定會被發現，而且附近的變異動物也比較多，有可能誤傷。」說著看向窗外，「上次喪屍潮來之前，不知道是不是那些動物都能提前感知到，當時咱們附近可是幾乎沒有什麼變異動物出現的。等那些動物全都退走了後，咱們打個時間差把陷阱搞定就好。」

眾人聞言兩眼也亮了起來，畢竟晶核落在變異植物叢中，他們找起來也很費事，提前設上陷阱的話，總能多收穫一些的。

吳鑫忽然提議：「羅哥，咱們也能提前十天半個月的先把陷阱都挖好，只要蓋上蓋子別打開，裡面也先別倒蘑菇汁，等變異動物都跑了再倒不就好了？」

「這個主意不錯。」羅勳笑了起來，又和大家討論了一下要注意的事項，便敲定了陷阱分布的範圍和位置，隨後就是商量過兩天出去收集金屬的事。

這一回，大家再外出的目標就比較單純了，只收集金屬。

這陣子那個由眾多基地聯合搞出的商品交流會早已結束，各個車隊基本都回到了各家基地。尤其各個基地也通過衛星照片得知將有這麼一大股喪屍潮入境，其威力還要遠超過當初國內最大喪屍潮的那一次，自然要想辦法盡可能增強自家基地的實力，所以早在羅勳他們帶著那些尾巴到處亂轉的時候，商品交流會就已經結束了。

如今據羅勳他們從各個基地之間祕密交流的頻道中了解到，就連現在這個正受到喪屍圍攻的基地中，北上做生意的人也早在喪屍潮圍住他們基地前就已經回去了。

現在各個基地之間距離太遠，武器的產量也有限，喪屍潮又太過凶猛，各個基地就算真的頂不住而對外求救，別的基地也沒辦法派人過去支援，只能自家硬撐，於是從交流資訊中得知這次的喪屍果然分外凶殘之後，各個基地都收起其他有的沒的事情，全都在加緊建設自家基地，希望能撐過這一輪攻擊。

羅勳他們這次外出收集金屬的路程註定相對比較平靜，基地方面早已從礦區得到了他們所需的金屬，自然不用讓金屬系異能者費力不討好地滿市區轉悠。再加上市區中的物資畢竟有限，許多東西一旦放久了就真的徹底報廢，現在願意去相對偏遠的市區邊緣搜集物資的人也越來越少了。

因此，只在邊緣轉悠的羅勳他們，雖然沿著鐵路、高架橋等設施一口氣收集了好幾天的金屬，也半個人都沒碰到過。

將金屬陸續運送回自家基地，先填充到平時就當作儲藏備用金屬的房間中後，他們又多出去了幾天，直到九月到來，才終於心滿意足地表示收集得差不多了。

就在此時，家中有了讓大家欣喜的變化，今年春天移植回來的果樹終於結果了。

「不容易啊……有水果吃了！」看著蘋果樹上那小小的，半生不熟的小蘋果，王鐸的嘴巴險些咧到耳朵後面去。

「還得再等一陣子呢，都過來跟我一起摘杏子。」羅勳招呼那群圍著蘋果樹、梨樹、橘子樹直轉悠的人，沒好氣地指揮。

「杏子能吃了？不都還青著嗎？」眾人詫異地看著青色的杏子疑惑道。

「誰說青杏不能吃？你們嘗嘗不就知道了？」羅勳摘下一顆咬一口，酸酸甜甜的。

「居然甜了。」

「怎麼沒那麼酸啊？」

「還挺好吃的，我以前都沒吃過新鮮的杏子呢。」

羅勳翻白眼，「再等等青杏是能變紅，不過那會兒就會變軟，我愛吃青色的，更脆。」說著又吃掉一顆。按理說，這些青杏早就應該能採摘了，不過因為中間的移植導致它們的生物時鐘錯亂，這才一直等到現在。

「這東西能做成杏脯吧？」何乾坤一邊問一邊吃。

「能啊，不過量太少了，等明年的吧。」

可不是少嗎？他們統共沒移植回來幾棵杏樹，頭一年移植時還影響了它們的開花率，這會兒自然也沒結果多少。何況這些水果想要豐收還得授粉呢，想想明年花期時眾人需要忙活的工作量……看著那群吃得歡天喜地還暢想著明年豐收的一群人，羅勳很不懷好意地偷笑了起來，他決定等明年這些果樹掛上花苞後再提醒他們。

要知道，下面那些種植間裡就有不少需要人工授粉的作物，別看這項工作似乎不起眼，可每次到了花期的時候，都能瑣碎忙死大活人。等到告訴他們還有花樹需要忙的話……猜都知道這群人會有多抓狂。

家中的水果即將成熟，讓眾人更高興的是，一些週期較長的蔬菜也陸續成熟了。幸好這些蔬菜、糧食的收穫期沒有全都趕到一起，可從現在開始，就要忙了起來，偏偏外面的天氣陰兩天晴兩天，讓一群想要晾曬作物的人覺得很頭疼。要不是有宋玲玲幫著直接「抽乾」蔬菜中的水分，只靠著太陽來曬東西的話，指不定會有多少東西放過頭或者放爛了。

當然，抽乾水分的蔬菜和用陽光曬出來的味道還是有著不小的差別。大家將兩者分開存放，被宋玲玲抽乾水分的那些蔬菜，以後有機會還能拿到商品交流會去出售。有過上次的經驗，下次他們會更小心，而且這類蔬菜能留著做成魚食、家畜的糧食，不會浪費掉的。

九月的天氣依舊悶熱無比，所幸暖房中、樓房中都有降溫通風的設備，大家窩在基地裡的小日子過得很不快活。等採收完第一波蔬菜後，眾人再度湊到一起去研究那些新收到的衛星照片，小包子被放到了鋪上軟墊子的桌子上，正在爬爬爬爬……

沒錯，羅勳和嚴非的「兒子」此時正愉快地在桌子上爬來爬去。這孩子別看翻身的時間比一般孩子要晚的多，可他從翻身到坐著到爬行的進化速度進展神速。自從會爬之後，簡直變身成了另一個物種，經常把自己折騰得累得睡在爬行途中還樂此不疲。

于欣然脫下鞋子坐在桌上跟他玩，為了孩子們的安全，嚴非已經在桌邊上造了一圈金屬欄杆，還把一堆軟墊塞到了四面的欄杆處，免得孩子撞到頭。

「那波喪屍終於離開了……現在還沒找到那個基地的消息，不知道有沒有被攻破。」一眾人悶頭各自看著自己手中的平板電腦順便討論。

「要是還在的話，這一兩天就會有消息了。要是沒了的話，其他基地的人也會有動靜。現在喪屍潮朝著的方向……」羅勳翻了翻照片，放大縮小核對了一下，「是朝著這裡……南方的另一個基地，在之前那個基地東面……」說著，他詫異地抬起頭來隔著欄杆看向其他人，「它們是衝著南方另一個基地去的？」

李鐵茫然回看他，「好像是，怎麼了？」

「……喪屍潮一般會這麼幹嗎？一家挨一家去打？一般來說，它們不是會選定一條路走到黑，路上撞到了基地就過去圍攻一下，圍攻之後繼續向它們前進的方向行進嗎？」羅勳仔細思索了一下才總結道。

眾人面面相覷，都有些不太確定，「……可能這兩個基地的人肉味太重了吧？」

羅勳皺眉沉思，一旁的嚴非將手搭在他的肩膀上，「咱們之後可以仔細觀察這些喪屍的行動模式，看它們是只去那些大型基地，還是連小基地也去。」

聽到這話，大家全都惴惴不安，韓立舉手問道：「嚴哥，那咱們怎麼知道它們去沒去過官方都不知道的小型基地啊？」

「如果真有小型基地的話，就算軍方不知道，地圖上也看不出來，那些喪屍還是會圍攻的，看它們有沒有在一些不起眼的地方多做停留應該能找到規律。當然也不排除有些基地規模太小，它們只是路過就能把那些地方踩平。」

嚴非提出的確實是非常重要的一點，如果這些喪屍只是聞著人肉味道而獵食才會主要盯著一些大型基地倒還好說，要是這些喪屍們真是只要有活人的地方就要過去覓食一番，那很有可能它們也會來自家這裡。

雖然現在它們距離這裡還很遙遠，可如果它們真有可能會威脅到自家眾人的生命安全，那麼就絕對不能掉以輕心。

……

九月剛剛過去，十月候鳥遷徙，當初從南飛向北方的變異鳥大軍再度路過，從北向南，一路上浩浩蕩蕩，聲勢驚人地過境。

羅勳他們此時正坐在自家暖房葡萄架下的躺椅上悠哉悠哉地曬著太陽。

這一個多月的時間簡直能累死活人，因為有喪屍潮這麼一把利劍吊在頭上，大家將娛樂的心思暫且收緩，一邊應付那些陸續成熟的作物、果蔬，一邊加緊時間加固自家的基地，外出收集金屬。

這些日子，羅勳他們儼然已經快變成金屬控，四處奔波為的不是什麼吃吃喝喝，反而是這些啃不動咬不動消化不了的鐵疙瘩。

幸虧他們家的避雷針數量夠多，不然就憑這麼一大塊金屬疙瘩放在這兒，之前的雷雨天氣就能直接將他們整個劈飛。

現在總算偷得浮生半日閒的一群人，終於能坐在茂密的葡萄架下，一邊做著日光浴，一邊欣賞著飛鳥過境，一邊聊天吃葡萄了。

于欣然興高采烈地帶著小傢伙一起溜滑梯，雖然遊戲室裡也有，但那個比嚴非新做出來的這個小的多，還是玩這個比較痛快。

折騰累了的小包子正趴在羅動的懷裡睡得香，流出來的口水將羅動特意放在胸口的毛巾給打濕，怕自己一動這小子就鬧騰，羅動只能暫時讓他這麼睡著。

不遠處，兩隻小鷹身上的毛色大半褪換好了，可現在這兩個傢伙的個頭顯然小於外面飛過去的那群大傢伙，而且牠們兩個跟著于欣然雖然已經學會了跑跳、蹦躂，但飛行技術還不過關，牠們總不可能一路蹦躂著跟著那些候鳥飛到南方去，只能繼續留在自家當寵物了。

還有那兩隻傻狼，這會兒並沒在基地裡面，不知去哪裡遊蕩了，等傍晚的時候自然會回來，不用羅動他們操心。

「從這裡到咱們這兒……中間還有至少五個大型基地，它們過年之前應該到不了咱們這兒。」幾個人分析著那股喪屍潮的走勢。

喪屍潮的行動速度遠遠低於眾人的預料，他們本來以為這陣子那群喪屍就會走到A市附近了，誰知道它們一路走，一路直奔那些大小基地而去。自從入境到現在，它們已經逛蕩過了小半個中國，路過了六七個大型基地，其中更是有兩個在這次喪屍潮中被攻破……路過毀掉的小基地可能更多，但眾人實在找不到確切的證據證明，只能做簡單的推理猜測。

「它們在每一個大型基地至少會耽擱十來天左右，最長的一次將近二十天，最短的大約十一天……」何乾坤用手搔搔下巴，那裡這幾天有些癢癢的，冒出了幾根鬍子，「再加上趕路的時間，一個月能搞定一個基地就不錯了。」說著他眨巴著眼睛問道：「羅哥，咱們什麼時候開始設陷阱？」

羅勳琢磨了一下，抬頭看看天色，「這個月月底前吧……」

「這麼快？」眾人都愣住了，之前羅勳說過，最多是在喪屍來之前半個月弄好就行，怎麼現在要在喪屍潮距離他們還有至少四五個月的時候就要提前造出來？

羅勳沒好氣地道：「你們忘了現在是什麼時候？」說著，往天上指了指。

李鐵幾人抬頭，茫然地看著候鳥呱呱叫著從上空緩緩飛過。

章溯噴出鼻息，鄙視道：「是十月，下個月就十一月了。」

見那幾個傻子依舊一臉茫然的模樣，連嚴非都忍不住笑了起來，「去年十一月的天氣你們還記得嗎？」

「去年？」眾人這才恍然大悟，可不是嗎？去年十一月可是下過大雪的，那會兒大家還在西南基地裡呢，每天都要奔波著去上班……

「哎呀，都是今年太忙了，忙得忘了這件事。」眾人拍拍腦門，開始找藉口。

「就是說，你說就今年出來之後的這半年，怎麼再想起之前在西南基地裡的日子，就跟上輩子似的呢？」

「可不是？還記得嗎？去年那會兒，咱們去軍營時走的那路，那積雪……」

一群人開始嘮嘮叨叨地憶往昔，羅勳無奈咳嗽兩聲，「我說……咱們得在下雪前先將陷阱做好，陷阱中的五個面要做成夾心的，裡面要注水，等下了第一場大雪，咱們要再出去一次，把蘑菇汁倒進去，在喪屍潮來之前去掉上面的金屬蓋子，給夾心裡面的水加溫。」說著他微微皺眉，「這件事最好能遠端操控，可實現起來比較麻煩……」

蘑菇汁加熱後會解凍，解凍之後如果喪屍們沒能馬上掉進去，之後可還是會結冰的。除非喪屍們能在明年開春之後才來，但這個可就不是他們能控制的了。

嚴非見羅勳對於如何給陷阱中的蘑菇汁加熱這一問題頭痛，連忙勸他：「咱們還可以挖地道，具體情況回頭再商量，做起來難度並不大，咱們得先將陷阱挖好。」

「沒錯，等忙完這幾天，咱們先將陷阱挖好。」羅勳躊躇一會兒，很快就打起精神，「過幾天家裡的糧食就該大面積收割了，等忙完這件事，咱們就集中精力去設陷阱。」

最近的天氣一天比一天冷，自從過了九月，每下一場秋雨，颳一場秋風，外面的溫度就會降下來不少。到了十月，別看他們如今能坐在這裡曬太陽，可實際上外面的溫度很涼的。

候鳥們在頭頂飛了將近一個星期，後期天上的鳥群變得稀稀落落，而這一個星期中，那兩隻傻狼曾有兩次興沖沖叼回來過共計四隻變異鳥的屍體。

羅勳他們給鳥開顱，就幫忙把候鳥的屍體儲存起來。看到顏色各異的晶核，大家很懷疑這四隻大鳥是被這兩個笨蛋抓到的？還是死在其他動物手中，被牠們占便宜撿回來的？

不過因為獵物本身很新鮮，而獵物脖子上的致命傷也確實是牙印，或許這兩個傢伙長進了一些，能自己捕獵有異能的變異動物了也不一定。

懷著對兩隻蠢狼的懷疑，羅勳他們將幾隻大鳥分解後冷凍了起來——這兩個傢伙有時候回來時會順嘴叼著點獵物、皮毛，甚至一些稀奇古怪但牠們覺得很寶貝的東西回來，比如大骨頭什麼的。羅勳他們無可奈何，只能再在地道中給牠們特意單獨挖出一個「臥室」來，裡面允許牠們存放牠們喜歡的東西，晚上也好讓牠們在那裡睡覺。

當然，這個「臥室」是羅勳他們在金屬十分充裕，又確定需要增加一下自家地下室面積後順便給牠們挖出來的。

現在地下室中每一層又多出了一些「房間」，用來或裝東西，或耕種東西，畢竟家中的「成員」增加了嘛，對於蔬菜、糧食的需求自然也就增加了。

沒幾天，第一批糧食需要收割了。這一批都是當初離開西南基地時轉移出來的作物，雖然中間耽誤了幾天讓它們生長得並不算太好，可現在看來產量還是很不錯的。

之後的第二批糧食預計會在十一月，甚至十二月左右才能收割。幸好如今基地已經被他們改建得十分好，不怕馬上就要到來的冬季，他們基地的保溫功能絕對是杠杠的。

這次產出的作物中，一半左右是水稻，一半左右是小麥，還有一部分是優質變異水稻。金色的麥穗，糧食的清香充滿整個種植間，讓人看著就覺得心情大好。這兩種作物加在一起一共有一畝左右，他們將專用的收割機放到架子上通電打開，收割機就能自動收割，還能給稻稈、麥稈打包，真是要多方便有多方便。

要知道，之前蔬菜大豐收時還得靠著他們手動採摘呢。想想去年他們在基地中辛辛苦苦收穫糧食時的慘狀，再看看如今有了高科技機器的輔助，如今的情況簡直幸福到了極點。

不過，雖然收割收集麥稈等東西不需要他們動手處理，可將收穫好的糧食搬運下來，烘乾、去殼等工作還是需要他們動手。這些事情一旦忙起來，還是很費時的。

折騰過自家的糧食，將該磨粉的磨粉，該去殼的去殼，該發芽的發芽，等將新的幼苗發好，土壤全都更換施肥，再把空出來的架子種滿新的幼苗，時間來到了十月二十一日。

這天一大清早，在核對過最新的衛星照片，查看過附近的情況後，宅男小隊終於再次出門，踏上了去挖陷阱的旅程。

秋高氣爽……不，如今的氣溫已經很低了，尤其是秋風瑟瑟，吹得附近的樹木、花草紛紛枯黃凋零，路上到處都是金黃色的樹葉。羅勳他們路過池塘附近時，見那周圍現在已經沒有了水鳥們的蹤跡，就連變異動物的數量也大大減少。

眾人這次只開出了一輛電動車，他們在出門前就已經畫好了陷阱的範圍——圍著自家基地外的農田一大圈。對，沒錯，之前他們外出收集回來的金屬就是有這麼多。

只要時間充裕，嚴非表示能把周圍所有地方全都用陷阱圍滿，但考慮到怕萬一最近基地方面帶著金屬異能者出來度假什麼的，他們還是決定低調點，只把這附近圍上一圈就好。

雖然他們只開了一輛車子出來，卻跟上了足足四輛純金屬打造的「假車」，這些都是用來建造陷阱的必備材料。

到了目的地，于欣然就開始挖坑。

對於異能已經五級的于欣然來說，挖坑的工作簡直得不能再簡單。沒一會兒，一個深約三米，長寬各約六七米，方方正正的大坑就挖好了。嚴非迅速用一輛金屬車的金屬將裡面嚴絲合縫地做出一個大「箱子」，這箱子的金屬壁還是夾心的。

封上蓋子，鋪上沙土，澆上水，一個大金屬箱子就做好了。

這次的陷阱，嚴非並沒有弄什麼地刺之類的東西，因為經他們多次試驗證明，那些蘑菇汁只要接觸到皮膚就能開始腐蝕，沒有傷口也無所謂。這樣的話，他們還費那個事做什麼？回頭往裡面倒滿蘑菇汁不就好了？

一個陷阱從挖坑開始，到填土澆水結束，前後不過只花了半個小時、半輛金屬車子。羅動算了算效率，笑著對眾人道：「這樣看來，咱們只要一天做上十個左右，在十一月之前就能把所有的陷阱都布置完。」

「還能多做一些。」嚴非計算了一下他們收集回來備用的金屬後道。

「嗯，看情況吧，以後咱們每天上午、下午各過來一次，到十一月月底之前，能做多少就做多少。」畢竟進入十一月之後氣溫絕對會迅速轉冷，他們不再適合經常外出。沒有了路邊茂密樹木的遮擋，他們外出的行動將會變得十分顯眼，要是被衛星路過時順便拍到，保不準就會被人注意到。

之前羅動他們就在一張照片上發現過自家一行人的蹤影，當時的他們正去附近一個地方收集金屬。還好那張照片拍攝的時候，他們是在遠離自家基地的地方趕路，就算被人看到，問題也不大。

從這天開始，宅男小隊每天上午、下午出來一趟。上午的時候他們會在照料完自家作物後出來，一般待上兩個小時左右就會回去吃飯。下午兩點出來，三個小時後回去吃晚飯。

他們這一經常外出，倒引得那兩隻每天白天都會外出撒歡的變異狼也跟著一起來。小傢伙陪著這兩個傢伙在附近玩，其他人一邊負責警戒，一邊看于欣然和嚴非挖坑做陷阱，一邊時不時看看三條蠢狗在不遠處撒歡。

羅勳他們安置的陷阱大多集中在沒有變異植物的地方，有變異植物在後面的地方，他們雖然也會安置，但數量卻沒有其他部分的多。

說到這裡，羅勳又在發愁另一件事，那就是培育魔鬼藤。

這個想法從很早之前就有了，只是那會兒他們手中的糧食數量不多，自家吃還未必夠，何況是用來種魔鬼藤？

到了後來，需要忙活的事情更多，種這些東西又不是那麼容易的，還得隨時盯著，種的時候也得萬分小心，絕對不能太靠近野生的魔鬼藤，可離得遠了卻又失去了一部分效果。總之，直到如今，自家糧食再度豐收後，羅勳才興起了這個念頭——等明年開春的時候可以試試。只不過要想怎麼種？種在什麼地方既能保護自家基地又能不影響到變異動物？

十天過去，他們除了將周圍安置好了陷阱，正對著南方的位置還多增加了幾排出去。

只是這些陷阱最多能影響地面喪屍部隊，天上的還需要他們之後再想其他方向對付，如果這些喪屍真能聞著味道朝他們基地來的話。

天氣果然一天冷過一天，晚上的溫度都已經降到了零度以下，基地裡面如今也終於開始徹底啟動了水暖設備。

沒錯，整個基地的地下，甚至牆壁都鋪設有水管，足以給整個基地保持一定的溫度，絕對不會讓裡面的植物、動物受到外界冷空氣的影響。

老實說，這個新基地的調溫效果比當初他們在西南基地裡弄得還要好，畢竟除了他們居住的那棟樓之外，剩下的地方全都是一體成型的金屬房間，控制起溫度來很簡單。

當第一片雪花飄落的時候，宅男小隊基地外幾乎見不到任何一隻變異動物的蹤影了。

從小雪到大雪，入冬後的第一場雪結結實實下了四天都還沒有停下來。

原本羅勳他們還擔心自家基地太過溫暖，落在屋頂的雪會不會因為溫度高而融化，被衛星拍到後暴露行蹤？可事實告訴他們，就算他們家房子裡的溫度再高，也抵擋不住那飄飄灑灑，下了好幾天的大雪。雖然他們家屋頂的雪註定要比其他地方薄些，卻薄得有限。等整個大地都被白雪覆蓋住後，他們這裡也融入到了白色世界之中。

為了能源考慮，羅勳他們特意將太陽能板架到了三樓窗和牆壁外，這樣一來，雖然收集到的電量要少於每天消耗的，但加上他們入冬前積攢滿的那些蓄電池，度過這個冬天完全沒有任何壓力，而且還能富裕很多。

就算他們家中的電用光了，也能靠著柴火和稻稈麥稈之類的東西來維持溫度。

外面的雪飄飄灑灑地下著，一群人聚在遊戲室中，幾人湊在大電視前玩對打，幾人坐在電腦前連線玩戰略遊戲。于欣然陪著小包子，在兩位女士的照看下，在充氣城堡裡連爬帶滾玩得正歡。至於小包子，只會爬爬爬，啊啊啊。

羅勳則跟嚴非一起坐在沙發上，翻看著手中的平板電腦。那上面是最近一段時間，從衛星接收到的各種文字記錄。

翻了幾個西南基地的內部檔案，羅勳隨口評論：「有了去年大雪的經驗，今年西南基地的糧食全都提前收割，物資什麼的也都準備得差不多了，不過我總覺得這些物資有點少。」

嚴非也剛剛看完，隨手點開另一個基地給其他基地發的訊息，聞言思索了一下，「不會是西南基地裡人數變少了吧？」

「不對……」羅勳眼睛一亮，問道：「你說他們準備的會不會只是給內城的物資？」

「有可能。」那邊正在打遊戲的韓立叫了一聲，隨即繼續狂按手柄。

羅勳向那邊掃了一眼，繼續低頭看向手中的螢幕，「這麼算來的話，他們的這些東西倒是肯定夠內城用，不過外城那邊……」說著，搖頭微微嘆息了一聲。

嚴非摟住他的肩膀晃了晃，問道：「你說，等這場雪停了之後，咱們要出去給那些陷阱裡裝蘑菇汁嗎？」

之前他們在安置陷阱的時候就商議好，準備在下過第一場雪後去將蘑菇汁都填充進陷阱中，正好讓它們凍在裡面，外面的溫度這麼低應該不會壞。

羅勳再次看看窗外正想說什麼，那邊打完一局遊戲的何乾坤忽然問道：「老大，還記不記得去年下雪的時候，那群喪屍們有好多不都凍在雪地裡了嗎？你們說，喪屍潮在下雪之後會不會也被凍住？」

他的話一出口，眾人都是一愣，這件事他們之前倒是忽視了。

「對啊，而且就算那些喪屍沒被雪埋了，大雪也肯定會影響它們的速度。」

章溯哼了一聲，「我說，你們難道忘了，那群喪屍現在可還沒來北方呢，它們在的地方下沒下雪還不知道呢。」

聞言，一群人面面相覷。

「咳！」羅勳咳嗽了一聲，見眾人都看過來才笑道：「最近咱們還得關注衛星照片上的情況，至於蘑菇汁……」他思索了一下，「看情況吧。」

如果那些喪屍來得太晚，他們就算提前在陷阱中都準備上蘑菇汁，萬一它們到來的時候都已經春暖花開了，那些蘑菇汁說不定就全都浪費了，還不如先看看情況再說。

次日清晨，看著外面灰撲撲彷彿被鉛染過的天空，羅勳對著玻璃哈了一口氣，上面結了一層白色霧氣。房間中很暖和，不過因為外面的氣溫太低，所以玻璃結了層冰花。

小包子已經醒了，正十分精神地揮舞著小手臂。別看他剛出生的時候瘦巴巴的，彷彿隨時都可能沒了氣息的模樣，現在可是長得白白胖胖精神得很。至於他的體重和同齡孩子有沒有差別？羅勳他們現在沒地方去求證對比，實在不太清楚。

「你倒是精神，等著。」羅勳抱起沉甸甸的孩子，走到一旁放在溫水中溫著的奶瓶，試了試溫度，確認沒問題後才送到他嘴邊。小包子的營養不錯，現在口中已經有了兩顆牙，雖然早上依舊餵他吃奶油果沖泡的奶水，但白天的時候會給他吃些輔食。

嚴非剛剛回到房間中，見他正在餵孩子，湊過來看了看。

「給牠們送完吃的了？」羅勳順口問道。

「嗯，送去了，牠們兩個倒舒服，我估計一個冬天過去，明年開春，牠們恐怕更懶得出去自己抓吃的了。」

嚴非剛才去地下室給那兩隻蠢狼送食物。

他們建造陷阱的那幾天，為了兩隻變異狼的生命安全考慮，眾人決定讓嚴非和于欣然主要負責做陷阱，其他的人則四處探查變異動物的蹤影，著實搜尋了一些動物，在章溯的帶領下獵捕了不少回來。

在第一場雪開始下了之後，那兩隻狼就除了外出方便之外，再也不肯出去了。絕對是在嫌外面太冷。而小傢伙自從這兩隻來了之後，就跟著牠們長在地下室不肯回來睡了。

大家研究了一下，決定用肉混著雜糧、蔬菜給牠們做些沒加鹽的食物，本意只是想試試看牠們吃不吃，不然光餵肉，家中這些鵪鶉、兔子哪夠牠們吃？

結果很喜人，但也很愁人。那些食物牠們確實吃，而且似乎因為味道比較新鮮還挺喜歡的。由此眾人一致認定牠們是狗，但因為「蠢狼蠢狼」叫習慣了，所以大家乾脆給牠們起名為大狼和二狼。

愁人的地方在於，雖然牠們吃這種食物，可飯量太大了。還好大家搬到新基地之後用整整一畝的房間種了一堆玉米出來，眼見這個月就能收割了，再加上之前剩下的——大家搬出來後能打到更多的肉，所以糧食消耗反而慢了。總之，應該好歹能應付過去這個冬天，但這之後他們可就得加大各色雜糧的種植了。

辛辛苦苦種出來的作物，大家還以為從此就可以過上衣食不愁、糧食富裕的好日子，等到有商品交流會的時候，還能帶著貨物去換些其他用得上的東西，結果倒好，家裡多出這麼兩個吃貨，之前一年的辛苦全都填進牠們的胃裡。想想，羅勳都覺得悲哀。

羅勳磨牙道：「不行，不能光看著牠們吃，咱們今天吃涮鍋。」家裡那麼多的肉，那麼多的菜，那麼多的糧食，哪能看著牠們兩個禍害？自己不好好吃回本，簡直天理難容。

「剛才李鐵他們也商量，說今天外面還在下雪，這天氣最好吃涮鍋子呢。」嚴非看著羅勳磨牙的樣子，不由笑了起來。

「可不是嗎？這日子不吃涮鍋什麼時候吃？而且咱家還有好多羊肉。」

當初撿到那些羊肉的時候，他們刻意留著沒怎麼吃，平常日子吃飯的時候，大家大多吃的都是豬肉、各種飛禽的肉，如今到了冬天才正是舒舒服服吃燉牛肉、涮羊肉的日子呢。

「你把家裡的鍋子改造成鴛鴦鍋，我今天要做個特辣的湯底。」

羅勳的興致很高，下樓對眾人表達了今天改善伙食的意向，換得眾人齊聲歡呼。

這幾天家中第二波糧食還沒到收割的日子，家裡也早就改造好了，更加上大雪封門，他們連屋子都出不去，不在家裡貓冬玩遊戲吃好料，更待何時？

吃過早飯，一群人直奔地下室開始打理作物，等他們將三層地下室、地上暖房全都轉過一圈後，時間才剛剛到早上九點零七分。這群吃貨也不管現在時間會不會太早，胃裡的早飯有沒有消化，便直奔廚房忙活起來。

凍在冰箱中的羊肉不是那麼容易切片的，他們雖然在吃早飯時就把羊肉拿出來放在外面解凍，現在依舊是硬邦邦的。就算如此，也不能阻止他們對於涮羊肉的熱情。

幾個大男人在跟羊肉較勁，你切完了我切，我切沒了力氣換下一個。

剩下的人要麼幫著洗菜摘菜，要麼幫著羅勳準備鍋底小料。

羅勳弄了一大碗紅尖椒，還有之前辣椒收穫時醃漬的辣椒醬，以及家中新採摘下來，還沒曬乾的新鮮花椒。

不出五分鐘，原來跟他一起在廚房幫忙洗菜的一群人，捂著鼻子流著淚衝了出去，抓過坐在一邊玩掌機的章溯，請他老人家發動異能……抽油煙。

黑著臉當抽油煙機的章溯，掃了一眼放在案板上的羊腿，再看看旁邊已經切好的飛禽肉片，決定等會兒吃飯的時候把這兩種東西盡量包圓。

別看大家開始準備的時間很早，可等到東西全都弄好，小料也調好之後，時間已經到了中午十一點半，正好可以開吃。

新打造出來的鴛鴦火鍋中，一半是紅辣辣的湯底，另一半是用飛禽骨頭加上蘑菇熬出來的高湯。加上擺在周圍一圈的各色肉、內臟、蔬菜的盤子，看得人食指大動。

「開動吧。」等東西全都上桌，羅勳揮舞起筷子。

……

羅勳很想一腳把章溯踹飛，因為這已經是他從自己筷子底下搶走的第五塊肉了。

這貨連魚片魚丸都不搶，專門盯著肉。牛肉片、羊肉片、鳥肉片，更可氣的是，他不管是紅湯裡的還是白湯裡的，也不理會是誰放進去的，反正他的筷子從上桌後就沒停過。

羅勳搶肉搶得嘴角直抽，章溯這貨居然把風系異能加到了手臂上，王鐸也一副狗腿狀幫他往碗裡加肉。這對狗男男險些引起眾怒，幸虧他們在上桌前已經盡可能切出了一大堆羊肉片，此時都分裝好後凍到廚房裡的冰櫃中。

徐玫站了起來，擼起袖子，端起盛著羊肉片的盤子全都扒拉進鍋內，順手把盤子交給宋玲玲，「玲玲，再去端一盤回來。」

宋玲玲應了一聲，拿著盤子直奔冰櫃，還不忘囑咐：「徐姊，幫忙搶肉！」

切得薄薄的羊肉不用舉起來對著燈照都能透光，放進鍋裡之後涮一下就能撈出來吃了。眾人見徐玫如此豪邁，紛紛舉筷子準備開搶。於是，還沒等宋玲玲端著盤子回來，鍋裡的肉又瞬間見底了。

宋玲玲端著滿滿一盤羊肉片，見到自己和徐玫碗中只有幾小片，抱怨道：「我乾脆換個盆子來裝肉得了。」

「給我，妳去拿盆子。」徐玫將那滿滿一盤子的肉片分別倒進鴛鴦鍋兩側，直接把盤子收到一旁，指揮宋玲玲去拿個大點的盆子過來裝肉。

等宋玲玲裝了一盆羊肉片回來，鍋裡的肉又被撈個七七八八。

不過，這次之後大家就沒那麼瘋狂了。

有了羊肉墊肚子，眾人開始陸續涮起各自喜歡的材料。

羊肉倒飽，這句話之前羅動雖然聽說過，卻並沒有真正切身體會過，直到今天……

在他以為自己不過是簡單吃得略微有點撐的時候才停下筷子，然而等了半小時，胃的脹痛感讓他險些以為是不是辣椒吃多了……吃的也確實多了點。

於是，冬日下午，他只能挺著肚子半躺在躺椅上揉胃。

嚴非抱著小包子吃過午飯，又哄他睡著，等他徹底老實了之後才放進搖籃裡，過來關切看著羅勳的狀況，「還難受？」

「嗯……」羅勳哼了哼，「都怪那個混蛋，要不是他，我能吃撐嗎？」

吃飯也要看氣氛不是？當別人故意和自己搶奪某些食物的時候，自己當然也會跟著一起搶的對不對？所以順勢就吃撐了也是很正常的。

嚴非一臉無奈地把手覆在羅勳的手上，輕輕幫他揉著。

羅勳把腦袋靠在嚴非胸口，抬眼朝他眨巴著，「末世前我居然忘記在家裡預備消化藥了，還真是失策啊……」

誰能想到末世之中居然還能吃東西吃到撐？羅勳重生後做夢都沒想過有這麼一齣，畢竟上輩子就算自家蔬菜豐收多吃幾口，哪怕真的吃撐了，那也是菜，才占多少胃？可現在可是肉啊，實打實的肉。

嚴非笑道：「我想起來了，暖房的山楂樹不是結果了嗎？我下去給你摘幾個回來？」

「好啊好啊，我正想吃酸的呢。」

「那你乖乖在屋裡待著別亂動。」

兩人都沒注意到，羅勳現在這模樣怎麼看怎麼跟孕婦似的，挺著個肚子，鬧著要吃酸。

家裡的山楂樹只有一棵，和棗樹一樣都是外出時順路發現後移植來的。今年是頭一年，產量不咋地。不算茂密，不算高大的樹枝上零星結了幾十顆而已，現在的顏色也還不夠紅，本來說要再等上幾天才摘著吃的，沒想到現在就派上用場了。

嚴非下樓來，居然看到徐玫和李鐵正在摘果子，他們兩人摘的也是山楂。

「嚴哥，你怎麼來了？」李鐵愣了一下，手上還捧著十來顆山楂。

嚴非指指山楂樹，「摘山楂。你們不會也吃撐了吧？」

兩人對視一眼，一個捂著嘴巴，一個悶笑起來。

「何乾坤他們三個都吃撐了，撐得難受。」

「玲玲也吃撐了，欣然也鬧著要吃山楂。」

合著他們三個是沒吃撐的，才下來跑腿伺候那些吃多的……這真是何等的不公？

一頓涮鍋子鬧得宅男小隊全體成員的胃都撐了足足兩天，當天晚上，大家特意熬了一大鍋玉米渣粥專門用來解油膩，但第二天中午，這群不知悔改的傢伙便又吃了一頓，只是這一頓誰都沒再那麼沒出息地搶吃了。

冬日來臨，白雪覆蓋到大陸各處。

羅勳他們通過衛星照片仔細觀察著，監視著喪屍潮的動靜，果然，喪屍潮在離開上一個基地後走向下一個基地時的速度要比之前慢了不少。如果說以前它們一天能走五六十公里的話，那如今它們一天能走上十公里就不錯了。當然，喪屍的速度之前也達不到那麼快，畢竟它們會時不時走進昔日的城區，零星活人行動過而留下的氣味會影響到它們的速度，如今只是更慢一些而已。

喪屍潮雖然會受到天氣的影響導致速度減緩，卻沒有出現之前大家預計的，喪屍被大雪埋起來的情況。這場雪是全國範圍的，除了最南方的一些城市外，到處都被大雪覆蓋，只是南方的雪薄點，北方的雪更猛烈。

就在這場大雪將羅勳他們家基地的頂子覆蓋，章溯受命用風系異能將屋頂的雪吹薄了至少一多半後，家中的水果、糧食陸續成熟了。

羅勳他們先抓緊時間把那金燦燦的稻田、麥田收割搞定，才抽出時間來處理總算長成了的水果，如蘋果、梨子、桃子、櫻桃、李子和棗子，外加所剩無幾的山楂。

別看家中水果種類不算多，其實這些東西的數量還是很不少的，其中的蘋果相對耐放一些，棗子和山楂可以曬乾存放，剩下的東西，尤其桃子可是格外不耐放。

大家一邊摘一邊吃，一邊吐槽：「早知道就想辦法讓它們結果的時間分開些了，沒想到全都湊到一起了。」

本來嘛，如果讓這些果樹留在外面，它們肯定會根據自然界的規律不同前後成熟，可挪到自家暖房中之後，也不知怎麼搞的，花期有先有後不說，它們卻湊到一起結果了。

眾人商量了一下，決定用桃子、櫻桃試著做罐頭。梨子吃得了的就吃，吃不完的可以榨汁或者熬梨湯，而李子和桃子則可以曬乾做成果脯吃。

其實不止這兩種水果，其他的包括蘋果、梨子都能曬乾，但那樣一來，營養和水分都會大幅流失。他們可以先吃著，覺得吃不完再加工處理。

一群人在暖房中忙活收水果的時候，那兩隻翅膀上的羽毛豐滿了的小鷹就拍打著翅膀，一路追趕著騎小鹿的于欣然。現在小傢伙總和地下室那兩條蠢狼混在一起，小丫頭有了新玩伴後也不太寂寞，而且她有時還會到地下室陪著那三隻一起玩耍——給兩隻變異狼做的房間面積可不小，足夠小丫頭和牠們一起在裡面折騰了。

等這批水果採摘完，該烘乾的烘乾，該醃漬的醃漬，該儲存的儲存，羅勳又琢磨起了其他事：「我覺得咱們應該加種一些糧食……」說著，他的視線看向腳下，那兩隻狼在家中待得越來越舒坦，很顯然開春之後恐怕自家也很難轟走牠們。

「怎麼加？再挖地下室？」李鐵端著個杯子喝到一半，連忙放下問道。

「不用。」羅勳笑笑，「還記得之前在西南基地的事嗎？咱們做的架子不都是分層的？現在只要在種植架原有基礎上加上一層，把蔬菜的架子轉移到種糧食的房間就好，這樣咱們能至少節省出一倍的空間。」

尤其地下二樓的高度可要比地下一樓高多了，他們大可不用擔心種上兩排作物會不會有高度不夠的問題。

「行啊，這可比挖坑要省事，而且咱們家裡還留著不少土呢。」

上次挖出來的土他們可沒捨得丟掉，一部分填充回新的地下三樓，剩下的就留下了一大部分暫時放在空著的儲藏室中，這些可都是地底深層的泥土，還很肥沃，誰捨得丟？

「這幾天就開始弄嗎？」吳鑫問道。這幾天他們種莊稼的架子剛空出來，換過土，施了肥，正發著新一批糧食的幼苗呢，要是種的話，最好和這批糧食趕到一起。

「不急，咱們可以先弄好其中一間屋子，把蔬菜間的架子轉移過去就行，畢竟咱們的金屬現在大部分都用到陷阱上了，基地還得留下一些備用。」羅勳說著看向嚴非。

現在天氣寒冷，雖然他們家中存著的金屬著實不少，可這些都是預備著用來對付不久就要到來的喪屍潮，他們雖然能動，卻不敢動用太多。

「沒關係，做架子用不了太多金屬，如果只弄一兩個房間的話，沒有大問題。」嚴非見他看向自己，計算了一下說道。

「好，那就明天先轉移蔬菜的架子吧。」羅勳鬆了一口氣，暗自希望自家有吃貨屬性的動物們千萬別再多了……他們真心吃不消。

今年的冬天顯然比頭兩年都要冷的多，從十一月入冬開始，外面的大雪便飄飄揚揚下過一場又一場，幾乎平均每週下一次，一次持續要下上兩三天甚至更久。

大家派出了得力吃貨……啊，不，是得力隊員章溯同學，每週都得去屋頂上削個兩三回的雪，免得上面的雪太厚，把基地裡面的通氣口堵住。

家中植物雖然可以製造出氧氣，但他們總不能真的被這大雪封死在家裡吧？

值得眾人慶幸的是，他們經過長時間，在冬日不忙的日子中對於衛星照片的深入研究發現，喪屍們的行進速度果然越來越慢，路上耽誤的時間也越來越長，如今它們圍在A市以南的某基地外已經足足兩個星期了都沒什麼動靜。當然，這對於那個基地來說，肯定算是一場很大的災難，可對於其他基地來說，尤其是北面的數個大型基地，卻是得到喘息的時機。

就在這種大雪封山，喪屍未至的日子裡，整個國家迎來了新的一年。

沒有鞭炮，沒有煙火，卻依舊是新的一年。

這是自從進入末世後，羅勳他們度過的第三個新春，也是小包子出生後的第一個春節。

話說回來，這孩子是去年農曆大年初一出生的，正是陽曆一月的最後一天。現在當初那個紅通通，哭聲還沒有貓叫人的小孩子，已經能搖搖晃晃走上幾步。

小包子還能簡單發出一些單音來叫人，比如他看到羅勳就會「噗噗」叫，看到嚴非就會「啪啪」喊，看到小傢伙會「狗狗」叫……最後這個發音為什麼這麼精準？這是如今基地中所有人的不解之謎，因為就連于欣然在帶著小包子一起玩的時候，都會管小傢伙叫小傢伙，誰知道小包子是怎麼知道這東西是狗的？莫非是聽羅勳有時抱怨笨狗聽會的？

總之，孩子的事情先放到一邊，過年嘛，當然要有點過年的氣息了。

這一天又是例行的包餃子日。

眾人平時雖然可以吃的食材不少，也時不時琢磨些新奇的料理，但老實說，餃子這東西還真的不常做，畢竟這東西包起來有點麻煩，他們最多一個月吃上一兩次就很不錯了，平時的麵粉大多是用來烙餅、蒸饅頭吃。

宅男小隊的人不算少，負責包餃子的勞動力自然也不少，緊跟著的，大家準備的餡料種類也就多了起來。

一群吃貨大冬天出不了門，連金屬材料都不用出去收集了，成天窩在家裡，除了每天花上一兩個小時打理作物之外，不是閒得玩遊戲，就是琢磨著吃點什麼。

於是，眾人湊到一起商量後決定了好幾種餡料出來。

羊肉胡蘿蔔餡，這種口味一向很受大家歡迎。三鮮餡，基地中弄到不少魚蝦，基地裡暖和，很快暖房和地下三樓的「小溪」中就繁殖出了一大堆來，不怕沒得吃。豬肉白菜餡，很傳統的餡料，這個不用多說大家也明白。牛肉洋蔥餡，這是某幾個忽然想起牛肉餡餅從而饞蟲大發的傢伙提議的。蘑菇豬肉餡的，家裡的變異蘑菇產量不小，幾輪過後，普通蘑菇的產量也增加了，如今普通蘑菇和變異蘑菇的比例基本在十比一左右。想想他們家基地的種植面積有多大，就知道這些蘑菇的產量有多驚人了。

最後眾人暫時定下這五種，除此之外，羅勳的小本本上還有被人提起，可被劃掉的各種奇奇怪怪的口味，比如雞蛋番茄餡、黑胡椒牛肉餡、雞蛋黃瓜餡，以及雖然比較正常，但實在做不過來的，像是平時就大受歡迎但過年時卻不想吃的胡蘿蔔素餡、韭菜素餡。

眾人先去地下室檢查作物的情況，等會兒再回到食堂一起動手做飯。

羅勳和嚴非推著一輛小推車，上面放著一口巨大的圓桶。

他們坐電梯到地下二樓，推著這口「鍋」走進通道，過了一會兒才來到一處大門前。

大門是打開的，還沒等兩人進去，就聽到小傢伙歡蹦亂跳地吐著舌頭跑了出來，後頭跟著兩隻體型巨大的狗，這裡是大狼和二狼的狗窩，面積足有一畝大，高度更是連通了地下一二層，嚴非還特意給牠們建造成了雙層的，上下樓時順著靠牆的一圈坡道跑上去就行，上面鋪著幾大塊各類皮毛的褥子。

兩人拉著推車走到牆角，那邊放著兩大一小三個盆。羅勳兩人將大鍋蓋子打開，把裡面裝得滿滿的，用白麵粉、玉米粉、高粱粉等混合做成的雜糧饅頭與燉肉、胡蘿蔔等各色蔬菜弄碎攪拌到一起的狗食一大勺一大勺地盛進三個盆中。

看看旁邊的大水碗，水還算乾淨，上面有個水龍頭打開就能流出水來。這裡通著基地裡的大水箱，水箱是由宋玲玲負責打理的，每兩天檢查一次裡面的水位往裡面加水。

平時基地裡眾人用水都直接從那裡面接，水管是嚴非負責安置的，連通每個應該有水管的房間，還能定期用異能清理掉裡面的水鏽。

兩人將食物盛好，又給牠們三個換好乾淨的水，這才拍拍蹦躂著和自己撒嬌的小傢伙的腦袋，「好好待著，玩膩了就上去找我們。」

羅勳他們在做出這個房間後並沒有給這裡安上大門，一來兩隻大狗每天都需要足夠的運動量，比如在密道裡跑跑轉轉什麼的，此促進消化。二來小傢伙雖然也跟牠們兩個吃住在一起，但難保什麼時候就會自己跑上去找人玩。有時牠也會想要和于欣然一起去上面的暖房玩，可比那兩個因為體型巨大，進不去樓梯口的大傢伙舒坦多了。

小傢伙對兩人「汪」了一聲，算是答應，這才低頭吃飯。

兩人又推著車回到過道。

現在他們用來給兩隻蠢狗做飯時用的肉不是冰箱中凍著的，大家從以前就有將部分獵物直接風乾存放的習慣，自從這兩隻蠢狗準備長住之後，羅勳他們計算一下就知道冰櫃裡凍著的肉根本不夠牠們吃一冬天，何況自家人還要吃呢。

於是，他們先是試著用雜糧麵粉的饅頭摻進牠們的口糧中，後來又試著把風乾的，沒加過鹽的肉蒸熟後加進去，結果牠們居然吃得很香。

這就方便多了。

畢竟風乾的食物更節省空間，還更耐放，所以羅勳他們在弄到獵物後大多都會風乾一部分。認真算起來，久而久之存下的，平時消耗的又小，導致這類食物的數量其實比凍起來的還要多呢。如今這兩隻變異狗肯吃，那他們自然歡迎至極。

兩人回到地下二樓的大廳，見大家都在作物間忙碌，便先將車子放到一邊，帶上取鵪鶉蛋專用的筐子，直接從新建出來的樓梯下了地下三樓。

地下三樓後來又被擴充出了一大塊，那塊地方上面就是兩隻變異狼所在的房間。如今地下三樓裡面已經鬱鬱蔥蔥，種著各種綠葉蔬菜，還有大片的牧草。邊上有一圈小溪，溪水同樣只有半米深，就連鵪鶉、兔子掉進去都淹不死，裡面養著各種魚、蝦、螃蟹、小龍蝦。

從小溪引到中間部分的還有著兩個面積大，體積卻並不深的小水池，這些都是供養在這裡的兔子、鵪鶉們需要喝水的時候用的。

如今羅勳他們已經將所有的鵪鶉全都放了進來，草地上有著好幾排鵪鶉窩，其他的地方還有著半埋在土裡的兔子窩。

十三隻兔子已經住了進來，這會兒見到羅勳兩人下來，並不顯得害怕，依舊悠哉悠哉地蹦躂著吃草玩遊戲。

兩人走到鵪鶉窩那裡看看，又有一些鵪鶉下了蛋，將這些蛋分成受精卵和普通蛋放進兩個不同的筐中，受精卵回頭要放在上面的孵化室進行孵化。

隨後兩人來到兔子窩旁，扒開一個向裡面看了看，是空的。另一個……裡面有一隻大兔子窩在裡面，警惕地豎起耳朵。再一個……裡面有一群剛出生沒多久的小兔子。沒錯，這些被抓回來的兔子們抱窩了，而且每一窩下的還不少，最多的那窩足足有十二隻。

當大家得知兔子們抱窩時，紛紛下來圍觀，結果看到這驚人的數量後，都震驚地道：「難怪說兔子沒有天敵會成災，這麼能生呢。」

兩人在地下三樓轉悠了一圈，確認裡面動物的情況良好，作物的生長狀況也不錯，正準備上樓，就聽到口袋裡的手機響了起來。接通電話，是正在地上暖房進行檢查的何乾坤的聲音，剛一接通就聽他吼道：「羅哥、嚴哥快上來，那兩隻小鷹要把咱們家給拆了！」

「啊？」兩隻小鷹？拆家？牠們要怎麼拆？

「異能啊，牠們會異能，都是雷系的。剛才我們正檢查果樹呢，就聽見牠們把一個蘑菇箱子給電翻了。」

天啊，他們都忘了還有這件事！

羅動還記得之前他曾看到過大鷹抓起一隻變異動物，腳上會放電把獵物電麻，看來這兩隻小鷹果然是那隻鷹的種，連異能都是一脈相承的。

兩人推著車子帶著一堆鵪鶉蛋回到地下二樓，然後迫不及待走進電梯來到一樓。衝出大門，跑進暖房，離得還遠時就聽到那邊傳來亂七八糟的聲音。

兩隻小鷹拍著翅膀正在追著兩隻小鹿……

之前被羅動他們帶回來的，不小心被冰雹砸傷的小鹿小羊們沒多久就養好了身體，尤其是這兩隻鹿，或許之前就運動量滿滿，而且野性十足，經常在家裡的暖房中四處蹦躂到處跑跳，有時候于欣然還會騎著牠們在山坡上跑來跑去。

兩隻小鷹更是喜歡追在後面跑跑跳跳，算是自家寵物間的一種友情交流。

如今也不知道那兩隻小鷹是追著牠們玩？還是意外發現自己能使用異能了？反正就是兩隻鹿在前面蹦躂，兩隻鷹的兩條小短腿追不上，於是拍著翅膀在後面吐雷球……

「劈啪！」

「滋滋……」

「該死！啊啊啊，我的園子啊！」羅動聽到動靜，臉色都變了，氣得他恨不得現在就把那兩個禍害給丟出自家基地大門外。

那兩隻小鷹別看體型不算太大，牠們的殺傷力可一點都不小，吐出的雷球劈劈啪啪把地上砸出了好幾個大坑，還有兩個放在園子中，為了吸收有害物質而特意設立的金屬蘑菇箱子此時也被掀翻在地。

應該說幸虧牠們沒把花草樹木水果什麼的給電爛嗎？

幾個異能者費盡千辛萬苦，好不容易才把這兩個傢伙給制住——主要是他們並不想傷害這兩個傢伙，只是想讓牠們安靜下來，這才比較麻煩。

「到底是怎麼回事？」等將兩隻小鷹抓住，塞回牠們的窩裡，又把那兩隻鹿隔離，羅動才有力氣詢問。

「我們也不知道啊，等我們發現時，牠們已經打起來了。」何乾坤幾人也莫名其妙，他們只是在例行檢查花園，看有沒有什麼樹木出問題，有沒有什麼水果又要採摘了，誰能想到這兩撥傢伙居然打起來了？

沒有目擊證人，羅動他們只能祭出終極大殺器——監視器。

監視器那東西他們不能放得太遠，卻可以在基地內許多地方都架設上，一般也沒人會刻意去查看，只是在需要的時候用一用。

像現在這種剛剛發生事情的錄影還沒人去刪呢，自然還留著。

見小鷹終於安靜下來，羅勳他們回到地下室的機房檢查錄影畫面。調出拍攝花園，尤其是拍攝小鷹所在位置的錄影，大家就明白是怎麼一回事了。

兩隻小鹿如每天一樣，得瑟地滿院子蹦躂，展現矯健的身姿，外加鍛煉身體，結果蹦躂到了鷹窩旁。於是，如平時一樣，兩隻小鷹也很正常就追了出來。

一邊在跑，一邊在追，玩起了你是風兒我是沙的遊戲。這種遊戲每天都會上演，大家見怪不怪，怪就怪在其中一隻小鷹不小心摔倒了，撲街的時候吐出了一個雷球來……

發現自己居然能使用奇怪的能力，兩隻小鷹宛如打開了新世界的大門，當下一邊跑一邊噴雷，一個個雷球砸得到處都是。

要不是羅勳他們上來時，這兩貨的異能已經使用過度，牠們還不知道要折騰多久。

頭痛地揉揉自己的太陽穴，羅勳覺得心很累，自家的寵物全是會異能的，偏偏又溝通不能。這讓他們怎麼管理？

小傢伙和那兩隻大狗還好，小傢伙很懂事，平時不會亂用異能。那兩隻大狗在來基地之前就已經會自我控制不亂用異能了，但兩隻小鷹……毛才剛長齊就學著人家用異能？

大年三十，宅男小隊基地就在這種鷹撲騰鹿跳狗吠的日子裡度過著，最終他們想要吃到嘴的餃子倒是也包好了，可惜的是，他們本來想中午就吃的，卻被各種意外狀況鬧得下午才有了時間做，晚飯時才吃到口中。

這個冬天眾人過得很不錯，相比起地下室、暖房等地方，羅動他們平時居住的三樓漏風的可能性要更高些，不過嚴非當初在安裝水暖時按照羅動的要求，將所有的房間都設置成可以單獨控溫的，所以三樓的溫度調高就好。

吃的方面，早在入冬前大家就攢了一大批食物，還做了一堆臘肉香腸，吊在自家廚房等地方的天花板通風晾乾，再加上存在冰箱中的各種肉類、地下室種的各種蔬菜、暖房的各種水果，他們一個冬天過得那叫一個舒心愜意。

更有各種動物的皮毛做成地毯、被褥等東西，整個房間裡全都用這些東西鋪滿了也沒人管他們，誰讓他們不但能自家打獵，還有那兩隻變異狼在入冬前不遺餘力地總往家中叼各種東西回來呢？牠們叼的最多的就是動物的屍首或者皮毛，那些動物的屍體都給牠們做成吃的了，皮毛大家自然就老實不客氣地笑納了。

等小包子的一歲生日過去後，農曆新年也過了，眼見著那些南飛的候鳥大軍又快到北上的時候，就在二月底，冰雪消融的時候，那群姍姍來遲的喪屍大軍們終於要來了。

終章

這是新時代的結束，更是新時代的開始

趁著冰雪消融的時候，羅勳他們將蘑菇汁到進各個陷阱中，並在喪屍們馬上就要經過自家附近的頭一天，提前用通過去的金屬線導熱加溫，讓陷阱裡面的蘑菇汁融化。

嚴非在抽去金屬蓋子的時候，只是通過冰雪間的一個小口，所以遠遠看去，只要不接近那些陷阱，上面就還有一層冰雪殼留在原地，看不出任何異樣。

但當第一個喪屍經過，踩入那陷阱的範圍之後，整個冰殼掉落……戰鬥終於打響。

羅勳站在監視器前，默默看著那從遠到近，如烏雲般緩緩壓過來的喪屍大軍，默默吐出一口氣，終於還是來了。

這群喪屍就彷彿是一直提前預警，告訴你們要有危險了，卻遲遲不肯降下來的危險，而現在第二隻靴子總算落地，雖然前景堪憂，心卻算是落到地上了。

羅勳他們計算好時間後，提前避到地下室，盡可能不讓人留在地面上被喪屍聞到氣味，畢竟他們一直懷疑這群喪屍的鼻子靈敏，萬一順著味道過來找自家基地的麻煩可怎辦？他們雖然有一定的防守能力，但人數太少。

基地中所有對外對著喪屍潮過來方向的監視器都牢牢固定在金屬盒子中，金屬盒子上還鑲嵌著至少兩層小塊的玻璃用以保護。

最前方的喪屍們已經落入陷阱，後方的喪屍大軍卻依舊浩浩蕩蕩向這裡推進著。

眾人沉著臉看著畫面中那一眼看不到邊的黑色潮水，心中有些忐忑。等喪屍大軍再推進一些之後，這些喪屍們哪怕是踩著它們的同類，也能很輕易地走過陷阱。

今天一大早，眾人就匆匆檢查過各個房間的作物，之後就靜靜守在種植間。地面上除了留下了那些果樹、花草之外，他們早就把小羊小鹿帶入地下三樓和兔子鵪鶉放在一起。

兩隻總算學會不能亂噴雷球的小鷹，此時也老實地待在于欣然身邊，旁還蹲著小傢伙。

而地下二樓的那兩隻大狗，也都跑到了緊挨著地下大廳的地道口處。嚴非在今天一早就給地道也分段加上了幾堵金屬大門，以防路過的喪屍不小心把他們的地道毀了，從地道中跑進自家基地裡來。

那兩隻蠢狗和家中的小鷹、羊、鹿等動物一樣，從幾天前就變得格外老實，平時活潑的那些也都變得乖乖的，彷彿知道有什麼事要發生似的。

羅勳懷疑，如果牠們散養在外的話，這個時候是不是早就有多遠跑多遠去了？就如那兩隻蠢狗去年一樣？

「牠們已經過了第一層陷阱。」一直死死盯著螢幕的幾人忽然叫出了聲，讓原本安靜無比的房間內的氣氛瞬間變得緊張了起來。

果然如眾人所料，雖然他們挖的陷阱又深又大，還安排了好幾層，卻比不過那層層疊疊接連不斷的喪屍大軍。沒多久它們便以龐大的數量填滿了陷阱，向著基地的方向衝來。

「你說，它們是不是知道咱們在這兒？」看著畫面中越來越近的喪屍，李鐵忍不住提出一種可能性。

「有可能。」羅勳沒否認，只是提醒眾人：「隨時注意它們的行動，後面還有變異植物，能再抵擋一陣子。」

正說話間，那些喪屍已經走過陷阱與變異植物之間一半左右的距離，眾人心中越發沉重起來，就見那黑色的潮水，終於和一直隱藏在冰層下的變異植物對上了。

巨大的猙獰的枝條從冰雪下蘇醒，整整沉睡了一個冬天的變異植物，此時彷彿格外的飢餓，迫不及待向那些挑釁者纏去。

從雪中伸展出來的變異植物們，看起來竟然比入冬前還要粗壯了不止一倍。

當先的喪屍潮們從陷阱區上踏過，殺到變異植物前時，那些變異植物們如今的模樣就連羅動他們也是頭一次看到。

原本金色麥穗般顏色的變異植物，此時更添了一抹褐色，植物的藤條上更長出了恐怖的倒刺。這些東西每伸出去一次，就能死死拉住一個獵物再不放手。

看著喪屍與魔鬼藤纏鬥的畫面，眾人久久沒有吭聲，就連大氣都沒喘上一口，可就在那些喪屍潮的前鋒被魔鬼藤纏住的同時，天空大片陰影也趕到了，是飛行系喪屍。

「咚」一聲，不知什麼東西從天而降，砸到被冰雪覆蓋著金屬屋頂上。

羅動等人的臉色一變，他們雖然身處地下室，卻沒忘記在屋頂上留下收集聲音的喇叭，此時那聲音就是從那些設備傳進來的。

彷彿約定好的一樣，一聲又一聲，飛行系喪屍一邊攻擊著屋頂一邊在上方盤旋。

羅動和嚴非對視了一眼，無奈道：「只能按照備選計畫來了。」

嚴非起身走到房間的一角，抬手按住一邊牆壁。

嚴非可以操控金屬，尤其是在他的異能已經升級到五級之後更是如此，現在因為整個基地都是用金屬做成的，所以從概念上來說，只要他將手放到牆壁上便能很快就將整個基地，所有聯通的金屬牆壁探查清楚，確認它們有沒有損害，需不需要從新改造。

只是基地面積大，連接著的金屬數量多，真這麼來上一次，會十分消耗異能，實在得不償失，所以他們才一直沒有嘗試過。

眼下嚴非自然也不是去探查整個基地的損失情況，而是一束細小到肉眼幾乎無法辨別的金屬線從屋頂方向猛地射向天空。那細微的反光就連一直拍攝著那個方向的監視器都幾乎無法捕捉到。

一束又一束，那些金屬細線在飛到空中後，結成了一張張大網。從基地向上，網住那些飛在上空的喪屍們。

看似纖細得輕輕一扯就會斷掉的細線，卻能硬生生將罩住的喪屍切成細小的碎塊。

嚴非此前並沒有用過這麼凶殘的方式抓喪屍，主要是因為之前他們就算在地面上能遇到喪屍，可那些喪屍本身大多是具有各種異能的喪屍，尤其是那些有著肉體強化的，這些金屬線對付它們可就不夠看。

如今這些風系喪屍不一樣，它們大多不是力量系喪屍，皮膚的防禦能力相對較弱，特別是它們將全部注意力都放在如何攻破基地屋頂上，光顧著打屋頂，屋頂上的積雪反光更是讓它們忽視掉那微弱到完全不可察的金屬線，於是，一個個風系喪屍，異化出翅膀的喪屍，就這麼被嚴非活活幹掉了。

雖然嚴非的戰鬥力很強，那些金屬線的範圍、面積、高度也都很可觀，卻依舊改變不了對方數量眾多的問題。

聽著屋頂那接二連三收集到的聲音，眾人從一開始還會下意識去辨別那些聲音，到後來變得麻木起來，最後更是直接無視掉。

此時如果有衛星從這片區域上空飛過，拍下照片，一定能拍到十分震撼的照片——黑色的潮水與黃色的枝條糾纏在一起，雙方打得難解難分。

不過，羅勳他們此時沒功夫去注意這些東西，而西南基地等幾個基地的人雖然看到了喪屍大軍從羅勳他們所在位置推過，可喪屍潮這一路上路過的變異植物生長區不知凡幾，再加上一些其他的因素，竟然沒有人注意到這裡有什麼問題。

更重要的一點是，喪屍潮雖然從此經過，這裡確實也留下了數量眾多的喪屍，但相比起整片可以用「潮水」來形容的喪屍大軍來說，數量並不能算太多。加上還有讓西南基地的人應接不暇的就是，這些喪屍並沒有全都停留在這裡，喪屍潮最前端的喪屍可是呈長長一條，在經過了羅勳他們所在的宅男小隊基地的同時，其他位置的喪屍們一股腦兒奔向西南基地。

羅勳他們是第三天清晨，換班休息後起來，才從剛剛連上衛星收到部分訊號的電腦裡得知了這一消息。

衛星雖然拍到了他們基地被喪屍潮覆蓋的狀況，可因為周圍都是變異植物，那些被嚴非絞殺的喪屍即使落了一屋頂，但因為死在周圍、陷阱中的喪屍數量太多，而喪屍大軍一路行來，早就把地面踩得泥濘不堪，那些喪屍們的「血」不是紅色的，反而是褐紅色混合著墨綠色，與那被踐踏得失去了原本模樣的地面沒什麼太大的區別，居然就這麼輕易被看到的人全都忽視過去了。

如果不是周圍還有許多喪屍正圍攻著附近的變異植物，恐怕他們基地就如喪屍潮經過的所有普通地方一樣，不會在衛星照片留有什麼特殊的痕跡。

「……幸好它們沒有全都圍到咱們外面。」羅勳翻看了一下新收到的照片，發現絕大多數的喪屍都繞過這裡轉而去往西南基地那邊而去，可外面還留下的喪屍依舊數量可觀得可以輕易攻破一個小基地，之後更有一眼看不到尾的喪屍大軍不停地向他們所在的方向趕來，因此羅勳他們依舊不能放鬆戒心。

這兩天白天先是嚴非負責清理那些飛行喪屍，但他的異能是有限制的，一直用晶核來補充不是辦法，每次只能堅持三四個小時後便不得不躺到一邊休息，之後再由章溯接手。他老人家仗著自己的風系異能能隔絕一定的味道，居然跑到三樓一處留有透氣孔的房間，在那裡用風刃、空氣炮玩起了遠程射擊。

章溯的殺傷力在對付那些喪屍時明顯沒有嚴非那麼給力，如果再加上一個在一旁不停給他製造出砂礫充當彈藥的于欣然，那些「空氣炮」一樣的東西就很厲害了。

可惜的是，他一次只能射殺一隻，效率沒有嚴非那麼高。

其他人就算想去幫忙也沒有辦法，那些風系的，異化出翅膀來的喪屍鬼得很，都飛得很高，如果不能像嚴非一樣做得那麼隱蔽，像章溯一樣能打得那麼高，還能控制空氣炮的飛行軌跡，他們想用弩箭射殺那些喪屍的難度太大，也只有羅勳還算能勉強保證準頭，但他現在得留在地下室關注外面的狀況。

「喪屍潮已經推進到變異植物的後方了。」羅勳忽然開口提醒眾人。

正在看照片的人連忙放下手中的各類設備，全都湊到監控器前去看畫面。果然，那些如潮水圍繞在魔鬼藤四周的喪屍們終於靠著它們的絕對數量，突破了魔鬼藤最外圈，快殺到他們家基地外圍牆附近進了。

羅勳深吸一口氣，掃視眾人一圈，「準備斷電，隔離圍牆，放鷹。」

三個命令讓眾人全都肅穆起來。

喪屍的數量實在太多，最裡面的喪屍已經殺到圍牆邊，但魔鬼藤外圈還有不知多少喪屍沒衝進來。羅勳他們雖然還能從畫面中看到那一條條魔鬼藤的藤蔓揮舞著，每揮舞一次就能捲起一個喪屍拉進植物堆中，可這些魔鬼藤畢竟不是真的專門為了殺喪屍而存在的，它們之所以抓喪屍和一切誤闖進來的活物，目的只是為了吃。

就算它們不會被喪屍大軍踩踏死，就算它們能一直維持著戰鬥力，可它們畢竟是植物，吸收速度再快也是有上限的。

很顯然之前填進來的喪屍數量足夠多，多到讓那些魔鬼藤根本吃不過來，這麼一來，那些喪屍自然也就能順理成章殺進來了。

通過監視器確認所有牆壁外都有喪屍衝進來，羅勳當機立斷，切斷了基地內所有的供電設備，然後打開手電筒，帶著大家和兩隻小鷹來到地下室的某個單獨隔離出來的金屬牆前。

拍拍鷹頭，羅勳指著那面牆，「放電吧。」

自家這兩隻小鷹自從知道自己會異能之後，便會時不時噴噴雷火電花，幸虧當初眾人有先見之明，把牠們養在暖房中，暖房的天花板比較高，灑水設備等需要電控的東西距離牠們比較遠，這才只讓牠們偶爾撒歡的時候只能給地上留下幾個大坑。

羅勳他們既然知道這兩隻小鷹有了異能，自然也得想辦法盡量讓牠們的異能可控一些，至少得在能用得上的時候就能吐出來。

比如現在。

餵給兩隻小鷹肉乾，就見牠們拍拍翅膀，揚起脖子，黑暗中兩隻小鷹的嘴巴上冒出藍色的火花。那火花越來越亮，越來越大，劈啪聲越來越響。

「咯啦啦！」一藍色的電光先後擊打在金屬牆壁上，一瞬間，讓那堵牆整個都變得彷彿在散發藍光一般。

早在發現自家兩隻小鷹也是有異能之後，羅勳他們就研究過要如何善加利用。溝通不能，無法對牠們下達什麼具體的命令讓牠們按照自己的指揮靈活攻擊目標，卻可以讓牠們比較直白地傻傻攻擊某一處，這對於兩邊語言不通的先天劣勢來說，已經是十分了不得的一大進步了。

加上從以前得知這股喪屍潮很有可能會從他們家路過時，大家便明白不能單單只依靠那些變異植物來進行防守，他們還要如西南基地一樣，擁有更加有效的防禦工事。當初的陷阱是新防禦工事的一部分，如今這堵「牆」也是這個工事的一部分。

最早的時候，大家本來是想利用金屬的特性，用家中的蓄電池來通電進行防禦的，可家中的蓄電池數量有限，他們又剛剛度過漫長的冬日，外面的大雪一直遮擋在屋頂，家中無法補充電能。一旦形成了喪屍圍城的情勢，一旦外面的變異植物出現什麼問題的話，自家要怎麼收拾那些圍到圍牆下的喪屍？

幸好他們發現了這兩隻小鷹的異能。

現在手中沒有相應的設備來收集兩隻小鷹隨意亂吐出來的電能，但他們能夠在關鍵時刻利用牠們的異能來防守。在之前的試驗中，羅勳他們確認了，兩隻小鷹的異能完全可以通過這堵特殊的金屬牆傳導出去。

不知道是不是變異動物的後代的緣故，牠們的電能威力十分強大，單單一發就能造成很大的傷害。如今放到金屬牆上也是一樣，牠們兩個這一發便迅速傳遞到了四面八方，將所有來到牆壁下的喪屍全都電得頭上冒煙。

功率大些的電擊可以致人於死，就算功率不夠也會被電得渾身發麻，半天行動不了，這對於喪屍來說也是一樣，尤其是這麼大範圍的電擊，剛剛那兩個藍色光球足以讓第一波的，圍在四周的喪屍集體顫抖上半分鐘。

半分鐘後第二發也順勢來到，讓它們再度享受了一把電流過身的舒爽感覺。要知道它們如今可是踏著積雪站在圍牆邊上的，那半化不化的雪水，那濕潤泥濘的泥土，哪一個都是足以致命的助攻。

沒過多久，四周那些變異植物們消化完之前「抓」住的食物後，便再次伸出魔爪，揮舞著將落在自己身上的食物再度抓來……

陷阱、魔鬼藤、電擊，再加上嚴非每隔一段時間便操控著牆壁上的金屬弄出細網對周圍的喪屍進行一圈絞殺，以及章溯配合著徐玫、于欣然她們去圍牆方向對四周放一輪大招。幾種攻擊方式交替，大家彼此配合，靠著家中攢下的那許許多多的晶核，一天一天硬撐著。

應該慶幸天上飛著的喪屍從第四天起就不見了蹤影，那些之前衝著他們家基地來的，能飛的喪屍大部分都被章溯和嚴非兩人聯手幹掉了，剩下一些見久攻不下，而且下方人類的氣味又淡得很，便轉身拍拍翅膀跟上了喪屍大軍。

只剩下了那一群從地面進攻的喪屍，依舊前撲後繼地衝進魔鬼藤中。

羅勳他們只能咬牙撐著等著忍著，因為只要後退一步，面對他們的便是絕望，所以他們必須要撐下去，一定得撐下去。

「地底有動靜了。」一群人正駐守在地下室的機房中，此時家中已經恢復供電。昨天晚上幾番防守反擊都已經輪流使用過了，正在休息的嚴非忽然雙目一凝道。

「地底？土系喪屍？」羅勳立即坐起身來，「還是喪屍鼠？」這波喪屍大軍中也同樣除了人類喪屍外還帶著各種各樣的喪屍動物。如果是喪屍鼠的話，怎麼一開始沒出現？

「不確定，似乎是土系喪屍。」嚴非再度通過金屬牆壁的傳導感受了一下，「不過數量不算太多，我應該能處理。」

羅勳嘆息一聲，抱過一大塊白色的透明晶核交給嚴非，供他吸收著去處理地底的威脅。

現在還是夜晚，不，更正確的說，現在正是一天之中最黑暗前的黎明時分，結果那些該死的喪屍就鬧出了么蛾子，這會兒居然打起了地洞來。

幸好大家之前一直擔心的金屬系喪屍很少有能安然走到自家基地圍牆邊上來的，他們之前很確定從監視器中看到過有自帶著金屬護甲向基地圍牆邊殺來的喪屍，但那些喪屍大多都被半路上的魔鬼藤給幹掉了。

剩下的來到牆根邊的金屬系喪屍們在出現的第一時間，剛剛對金屬圍牆動手動腳就被一直小心警戒的嚴非先發制人放倒。

羅勳微微出神的時候，嚴非已經睜開眼睛，「幹掉了，一共四十多個。」

四十多個土系喪屍，不過還好，它們鑽進土中時沒帶著其他系的，比如金屬系的喪屍一起行動，不然還是會造成不小的影響。

至於外面堆積成山的那些喪屍屍體要怎麼處理？

現在誰還有功夫去理會那些，先把命保下來才是最重要的。

大約半個小時過後，外面終於破曉，天亮了起來。

在房間中休息的幾人被各自設定的手機鬧鐘吵醒，坐起身來後揉揉臉頰，不急著去洗漱便問負責最後一班守夜的羅勳：「外面的情況怎麼樣？」

羅勳指指幾個鏡頭，「還是那樣，再等二十分鐘可以讓小鷹們再來一輪。」

兩隻鷹畢竟是變異動物，不太會用晶核，想要恢復異能最多還是要靠著休息慢慢恢復，所以每天只能集中放電兩輪，每一輪過後就得歇著。

現在已經是他們家基地被喪屍潮圍住的第六天了，不得不說，要不是有那些變異植物不知疲倦，不分晝夜地攻擊闖入的喪屍，只有他們十來個人想要防守住如此眾多的喪屍，簡直就是癡人說夢。

徐玫起身道：「我和玲玲去弄點吃的。」

「好，妳們拿好手機。」

基地裡的面積可不小，他們必須保證聯絡暢通，所幸他們早在基地內各處布置好了訊號接收器，無論走到哪個房間都能相互聯絡到，不然光是那些金屬的強大隔絕效果，就足夠讓所有的現代設無線設備失靈。

確認過每堵牆外的狀況，羅勳他們在二十分鐘後再度給全基地斷電，隨後兩隻休息夠了的小鷹興奮地衝著牆壁吐雷球。

等這一輪防守反擊過後，基地再度恢復了供電，李鐵和韓立上去接徐玫二人，嚴非則開始繼續遠距離操控著最外層的金屬牆壁絞殺喪屍。

「收到最新的衛星照片了，我們檢查一下。」何乾坤和吳鑫負責檢查對外接收的消息，發現今天的照片已經發了過來，使對羅勳道。

「嗯，你們檢查吧，我繼續看監視器的畫面。」

眾人分工合作，王鐸在幫異能者們從倉庫搬運用得上的晶核過來，章溯正在閉目養神，好像還沒睡醒似的。于欣然摟著小傢伙的脖子，正嘀嘀咕咕和牠說著什麼。

沒一會兒去取食物的徐玫幾人回來了，她們並沒做什麼麻煩的東西，而是用之前基地原本就有的乾麵機做出的乾麵煮了一大鍋雞蛋番茄湯麵。

乾麵是羅勳他們很早就做出來的，本就是為了這次防守戰提前準備的。現在眾人忙不過來時，基本都靠著這些簡便的食物撐著。

「羅哥，快來看，看這張照片！」何乾坤的聲音忽然拔高，透著止不住的興奮和激動。

眾人也顧不上吃飯了，全都圍到了他的電腦前面。

「你們看！」

螢幕上只有一張放大的衛星照片，占據了整個螢幕，而這張照片對於羅勳他們來說卻是十分熟悉的，因為他們平時最為關注的就是自家附近的狀況，自然能一眼就認出。

圍繞在自家基地外的，一眼看不到邊際的喪屍潮，終於……能看到尾端了。

能看到隊尾了，那麼就證明他們的未來出現了曙光。只要堅持下去，再堅持幾天，等最後這一波喪屍全都走過去，或者被他們消滅掉之後，這一切就暫時結束了。

羅勳深吸一口氣，沒和周圍的人一起雀躍，而是仔細辨別了一下依舊圍在自家基地外的喪屍的情況。

別人看到這張照片還未必能看出什麼，最多只知道這裡有變異植物阻隔了喪屍大軍行進的道路，可羅勳卻能清晰地辨認出自家防禦工事的大小，周圍農田中有著變異植物田面積的大小，昔日那些陷阱所在的位置。

「這張照片是昨天下午衛星路過時拍到的，經過了一個晚上……它們的隊尾恐怕已經收縮到了當初咱們設立陷阱的內測。今天仔細注意外面的監視器，看看今天之內能不能從鏡頭中看到喪屍隊伍的尾巴。」羅勳的話音一落，房間中才終於爆出一陣歡呼聲。

羅勳他們這幾天真心不好過，雖然基地十分安全，但外面那些如同洪流一般的喪屍潮簡直讓人心塞。這次喪屍潮不同於上次，上次從此經過的喪屍們真的只是單純「路過」而已，它們並不知道這裡有人在，所以即使一開始有些喪屍圍攻了一下變異植物，在發現那些東西不是人，不能吃之後，後面的喪屍大軍便沒再圍著不放。

這次的喪屍卻不同，它們知道這裡有人，也沒有在發現這裡的城池難以攻破後繞路，反而留下了一大群喪屍死死圍著這裡，企圖攻破重重阻礙，好得以打破城牆吃掉裡面的人。

這兩種情況下，大家在基地中待著怎麼可能有相同的心情？

幸好現在大家總算看到曙光了。

調動著家中的監視器仔細觀察外面的情況，果然，他們在大約十點多的時候，終於從監視器中隱約能看出外面喪屍的潮的尾巴了。

最後的那些喪屍此時已經全線度過了最早挖掘出來的陷阱，將自家基地連同那些魔鬼藤團團圍住，開始了最後的總攻勢。

「再等一個小時，過了十一點半左右，咱們開始新一輪的反擊。」羅勳確認過外面的情況後長出一口氣，臉上帶著輕鬆的微笑對眾人道。

「好。」所有人全都帶著隱隱的興奮揮起拳頭大叫著。

之所以定在十一點半之後再進行反擊，那是因為羅勳他們經過長時間的觀察後發現，他們每次收到的衛星照片，拍攝到自己基地附近的那些照片基本都是在十點鐘左右拍的，其中時間最早的是在九點半之後，最晚也不過十點四十分。他們出於安全起見，從不敢在這個時間段裡在自家基地這裡有什麼大動作，不然萬一被看到照片的人發現什麼，那說不好之後他們都別想有什麼好日子過了。

現在他們的最後反擊，更不能讓人發現端倪。

雖然還需要一個多小時才會開始反擊，但現在可以開始準備上了。

除了留守在機房中觀察著外面情況的人之外，剩下的人全都來到了地下三樓，兔子等動物隔壁的，一個放置著大量冰塊的房間裡開始搬運東西。

這一層的房間與其他房間不同，這裡沒有什麼水暖，有的卻是借助之前在冬天凍住的大量冰塊。這些冰塊整齊放在地面，把整個房間整成了一個天然的冰窖。

羅動他們家中雖然有著大量的冰箱和冰櫃，可那些東西需要更多的能源來維持，且每一個冰箱冰櫃中存放的東西容量也有限，平時用來放放食物、獵物的肉還算夠用，但某些東西的數量一旦過多，可就沒那麼容易塞進去了。

所以，反而是這種天然的冰箱用起來更加省事省心，而如今這個「冰窖」中放著的，更都是同一種東西，那就是冷凍蘑菇汁。

在今天之前的防守戰中，不是羅動他們不想用蘑菇汁反擊，喪屍懼怕的，基地四周魔鬼藤喜歡的，有比這更加天然健康的生化武器嗎？

可他們不能這麼做。

之前他們在基地外挖出那麼一大圈的陷阱，每個陷阱中都倒入了至少半陷阱的蘑菇汁，當時就已經將基地中的蘑菇汁消耗掉了十之八九，如果不是今天他們發現喪屍大軍已經到了尾聲，他們今天依然不會動用這些存貨。這是他們最後的殺手鐧，家中雖然還有蘑菇在生長，卻不是短時間內就能再積攢出這麼多的。

而此時正是動用它們的時候，給這場戰鬥畫上一個最終的句號。

將一箱箱裝著冰凍蘑菇汁的箱子拉出來，搬運到地下二樓，再通過電梯運送到一樓大廳中，沒多久這一個個凍得整整齊齊的蘑菇汁便全都搬上去了。

此時除了留在地下室繼續監控情況的何乾坤和吳鑫外，其他人都來到了一樓大廳。

徐玫用火球開始一箱箱給這些金屬箱子加溫解凍，剩下的人觀察著外面的情況，並在倒數計時。章溯和宋玲玲兩人準備自己需要的晶核，聽羅勳對兩人解釋一會兒攻擊所需要照顧到的方向和範圍。

待徐玫那邊每解凍好幾箱，其他人便將一部分通過電梯運送到三樓的一個房間，直到最後一個箱子也搬上去，全體成員來到了三樓。

手握著武器，羅勳注意著外面的情況，從手機中與何乾坤兩人確認過外面的狀況，這才對兩位主攻手道：「準備開始。」

嚴非打開了被封死的金屬窗子，章溯站到窗邊封閉住那裡的空氣，等宋玲玲操控著其中一個箱子中的蘑菇汁飛出來後，他用風托著這些紅色汁液從窗子飛了出去，遠遠飛向圍牆之外，然後紅色的「雨」潑灑向四面八方。

紅色汁液接觸到下面那些猙獰的，形態各異的，聞著人肉味直奔而來的恐怖喪屍的身上後，一縷縷白煙冒了出來，接連不斷。

四周那些吃飽喝足彷彿進入消化不良狀態，攻擊力大為減低的魔鬼藤，忽然醒過來了一般，興奮地扭動起來。那些枝條如無數的觸手一般，衝著上空興奮地扭動揮舞著。

一陣又一陣的蘑菇雨灑下，將附近的喪屍幾乎全都淋透，而被蘑菇雨淋上的喪屍們對於周圍那些再度興奮起來的魔鬼藤們來說，就像是撒上孜然的烤羊肉般，本來就好吃的東西，現在居然一下子變成更加美味，散發出讓人口水橫流的香氣，讓它們忽視掉吃飽的肚子，越發瘋狂地扭動著。

看到比之前喪屍剛來襲時更興奮的魔鬼藤，羅勳他們全都十分意外。誰都沒想到，他們不過是想潑灑一點蘑菇汁好讓那些喪屍趕緊掛掉，沒想到這些蘑菇汁卻像是胃藥一樣，似乎一下子緩解了那些魔鬼藤消化不良的狀態，增加了它們的胃口。

「……早知道，之前就應該給它們灑點蘑菇汁了。」王鐸小聲嘀咕著，雖然他們手中現在存著的蘑菇汁數量不多了，可每天給那些魔鬼藤灑灑胃藥的數量還是有的。

羅勳咳嗽一聲，「之前是咱們不知道，另外，灑過蘑菇汁之後，它們雖然會興奮，但誰也不知道它們要是吃多了會不會有什麼反效果……」

確實，喪屍圍城可不是什麼好事，之前他們也只在這裡遇到過一回，沒有經驗很正常。這次圍攻結束後，看看那些魔鬼藤們的情況，要是狀況還好那還好說，以後就更能利用這一點來進行防守了。

要是這些東西吃過了頭，出現什麼不良反應……萬一吃得太多事後全都撐死了呢？到時他們還得培育些新的魔鬼藤補種進去。

一群人立即虛心接受，並表示吸取這次的經驗教訓，等下次再遇到這種事情時，一定要好好總結並且找到更得體的應對方法。

依舊是一波波紅色蘑菇汁雨向外面各個方向潑灑著，現在無論這些變異植物吸收到蘑菇汁後會不會有什麼不良反應，羅勳他們都無法理會，只能先應付過這一次之後再說，所以章溯和宋玲玲兩人要做的就是讓基地四周的變異植物盡可能被蘑菇汁淋到。

眾人從中午十一點多一直忙活到下午兩點多，死死包圍著基地的那片變異植物田終於全都被潑灑了一遍，而他們也終於用光了所有儲存下來的蘑菇汁。

章溯和宋玲玲兩人吸收晶核恢復著異能，等用光這些蘑菇汁之後，宋玲玲還問：「要不要去種植間把家裡還種著的蘑菇再弄些汁出來？」家中現在已經成熟了的變異蘑菇還是有一些的，之前那些不夠用，他們臨時吸取一些也來得及。

羅勳正拿著望遠鏡觀察外面的情況，聞言後微微搖頭，「暫時不用，咱們等等看。」外面尤其是緊緊靠著他們圍牆附近的，衝破魔鬼藤來到牆下的喪屍們已經又全都被興奮起來的魔鬼藤們拉住了。此時的他們只要靜靜地等待，等待著最終結果就好。

果然如羅勳之前所預料的一樣，在周圍的魔鬼藤全都瘋狂起來後，幾乎所有深入進來的喪屍們都陷入魔鬼藤們的纏繞之中，可因為對方的數量依舊很多，魔鬼藤們雖然將所有的喪屍都纏住，卻沒辦法一下子吃那麼多。

蘑菇汁對於喪屍們的殺傷力還是很不錯的，但因為數量稀少也只是對它們造成了一定程度上的損傷，並沒有傷筋動骨，於是乎直到傍晚雙方還都在僵持之中。

「有什麼事都等明天早上再說吧。」

最後確認過外面的情況後，所有人長出一口氣，暫時把心放回了肚子中。

可不是嗎？至少現在沒有喪屍跑到自家基地圍牆外來砸牆了不是？

◆ ◆ ◆

陽春三月，溫暖和煦的春風吹拂著大地，讓那被冰雪覆蓋著的山川大地慢慢融化。

西南基地的人們此時並沒有什麼心情去關注外面自然界的情況，他們已經在自家基地中艱難防守了足足半個多月，現在馬上就要到三月中旬了。

飛行喪屍、力量系喪屍、非人類外形的喪屍……

外面那黑壓壓的身影幾乎讓整個基地中的人感到絕望，這還是他們頭一次遇到持續這麼長時間的防守戰呢。更可怕的是，他們的外城城牆幾乎快要堅持不住了。

「快，土系異能者，圍牆！」

彷彿為了印證眾人這一擔心，幾處圍牆紛紛發出驚呼聲，那些負責防守的人們死命大喊著，要找尋基地中的土系異能者來修補那些搖搖欲墜的圍牆。

「不見了，他們都不見了！」

「誰不見了？」

「土系……不僅是土系，還有其他異能者小隊！」

似乎只是轉瞬之間，那些原本還駐守在外圍牆的軍隊、異能者小隊的成員們便集體消失了似的。那些守城的人心中茫然一片，心底卻有著一個聲音，讓他們下意識轉過頭去，看向身後不遠處，那比外圍牆更加高大，更加結實的內圍牆。

外城的圍牆轟隆一聲應聲而破，在發現那些戰鬥力比較強的異能者和軍方人員不知什麼時候撤離之後，那些依舊在防守著的普通人一個個都失去了希望。

一個人丟下手中的槍，臉上滿是絕望地癱坐在地，他如癲似狂地坐在那裡癡癡地笑著，口中還喃喃道：「還守什麼？還有什麼好守的？我的朋友、我的家人都在外城呢……」

這裡是他們的家沒錯，他們也願意為了自己的家園犧牲自己，可在外城被攻破，在此前飛行系喪屍們空襲時得知自己親友紛紛離世的現在，在發現之前還並肩戰鬥的戰友將自己拋下，躲進安全指數更高的內城後，他們便再也沒有防守下去的動力了。

內城城區早在一月的時候便加上了一層金屬蓋子，可以防守來自於天空的威脅，所以在之前飛行系喪屍空襲的時候，受損最大的就只有外城區。

在喪屍來襲之初，基地方面並沒有安排外城區沒有什麼戰鬥力的人撤離進內城區，他們抗議過，卻無人理會，只好先上圍牆進行防守再說，可等到了如今……

喪屍們順著圍牆上巨大的缺口衝了進去，它們終於打開了堅硬罐頭的盒子，現在正是飽餐一頓的幸福時光。

◆　◆　◆

每天避過九點到十一點半之間的時間，羅勳一行人利用上午的時間收拾自家的作物，下午的時候外出去清理那些陷阱盒子和周邊被喪屍毀得不成樣子的路面。

「沒想到咱們的收穫這麼多……」看著那一大堆剛剛被倒到地上的晶核，眾人眼中帶著感慨的光彩，一邊嘆息一邊清理那些還沾染著蘑菇汁、喪屍某些零碎肉塊的晶核們。

他們當初設下的那些陷阱盒子，此時幾乎每個裡面都裝得滿滿當當的，這裡頭至少有將近七八成都是晶核。

他們倒入陷阱中的蘑菇汁足有半個箱子之多，這些蘑菇汁在淹滿喪屍後自然會溢出一些來，這就導致就算是從上面踩著裡面死掉喪屍屍體路過的喪屍也會被腐蝕雙腳。

等之後下面的喪屍被腐蝕得差不多了，新落入的喪屍會繼續填充進去，再次被裡面的蘑菇汁腐蝕，於是無論是箱子裡還是箱子外，到處都能看到喪屍的屍體。

更不用說附近那些變異農田中，羅勳他們都不用靠近就能遠遠看到裡面那滿滿騰騰的，還沒被植物們消化完的喪屍屍體呢。

魔鬼藤中的喪屍屍體不用他們理會，晶核留在那裡比放在別的什麼地方都要省心，他們完全可以回頭慢慢收集著。

現在羅勳他們每清理出一個金屬箱子，就由宋玲玲用水清洗乾淨這堆晶核。無異能者負責撿晶核，嚴非再將金屬陷阱箱子「壓扁」後放回陷阱底部，由于欣然往上面添土。這些陷阱將來肯定還會再用到，金屬留在深層泥土中反而好，到時候就不用往外一趟趟找金屬。

光是這次外出撿晶核他們就足足撿了一個多星期，可卻還剩下一多半沒搞定。沒奈何，他們只能先讓嚴非順手將那些還沒弄完的盒子封上蓋子，他們一天挖出幾個慢慢撿。

讓眾人覺得有些遺憾的是，這次的收穫雖然不少，卻沒有發現任何一顆晶核是六級的，他們找到的晶核中，級別最高的也就只是五級的，恐怕五六級之間的差距會是一個坎。如此大的喪屍基數之下都沒有發現，將來的異能者們也很難升上去。

只是魔鬼藤那裡還有好多晶核等著他們呢，到時再看看情況就知道了。

這日忙碌到傍晚，羅勳他們拖著疲憊的身軀，回到自家基地後，一部分人去做晚飯，一部分人檢查今天收到的照片和各種訊息。

「咦，西南基地是不是被攻破了？」正在看衛星照片的李鐵忽然大叫。

「什麼什麼？」

「你們看這張照片……」

羅勳連忙找到照片打開，果然，照片中可以清楚地看到喪屍那黑壓壓的人頭似乎從西南基地的某幾個地方湧入，已經漸漸將內城圍牆圍住了。

「怎麼回事？西南基地怎麼可能這麼脆弱？」羅勳驚叫了一聲，連忙又去翻找這幾天西南基地的內部消息。他們這幾天比較忙，雖然每天都會去看看衛星照片，卻沒有太注意各個基地內部交流的訊息。

之前就連南方某幾個規模、人數和異能者數量都遠遠不如西南基地的中型基地都沒有被攻破，羅勳他們之前才完全沒擔心過西南基地的防禦問題。

可現在……

「找到了，你們看這個檔案！」

眾人的眉頭越皺越緊，神色也越來越難看。

原來從西南基地迎來這波喪屍潮後，他們的高層內便有了放棄外城固守內城的聲音，並且真的在喪屍剛剛圍城後就沒有派出所有內城兵力去全力防守，加上早在之前他們就將整個內城都罩在了金屬罩子下。隨著戰鬥的僵持，高層中這種放棄外城的聲音越來越響，相關的消息與討論也更加多了起來。

大約在喪屍圍城第十天左右，內城便真正通過了這一提議，而關於為什麼要放棄外城，檔案上是如此說明的，所有外城的居民都是不願意全力支援基地工作的，不願意服從基地管理的，戰鬥力低下的，甚至還有大部分是好吃懶做拉低整個基地防守效率的罪魁禍首，所以他們正好可以利用這次的喪屍圍城甩掉尾巴，重新洗牌，集中基地管理的力度。

於是，就在昨天，基地內部悄悄撤離外城駐守兵力，以最快速度撤回內城區並放棄了外城，外城圍牆果然如他們所料的應聲而破……

「混蛋！一群混蛋！」何乾坤紅著一雙眼睛，用力捶打桌面，「他們早就把基地裡絕大部分異能者都吸收進了小隊，又把大多數小隊都弄進了內城區，外面留下的就都是普通人，他們的戰鬥力當然不能和那些傢伙比。可沒有普通人，異能者光靠自己還能走多遠？普通人都死光了，之後被拋棄的，是不是就是那群異能不強的異能者了？」

所有人的眼中都冒著怒火、不甘與憤恨。

羅勳深吸一口氣，慢慢說道：「現在西南基地已經被攻破，我個人感覺，就算之後西南基地被保留了下來，以後如果沒必要，咱們也沒有必要再和西南基地保持什麼聯繫。」

他並不僅僅是因為這次西南基地高層決定拋棄普通人的做法而心寒才做出這一決定，而是因為之前的種種——西南基地中的氛圍從根上就有著很大的問題。萬一以後跟他們打交道的時候被他們懷疑，看上自家的什麼東西，從而對自己這邊產生了什麼想法怎麼辦？

西南基地可和上次遇到的那一小波車隊不同，他們的後臺也完全不可同日而語，羅勳可不想和這種一旦利用完就隨手拋棄的勢力有什麼合作關係。

如今的基地高層，比之以前的還不講規矩。

所有人都沉默地點點頭，他們也不想再和這樣的基地打交道，就算是不得不有所交流，也會讓他們心顫。

◆　◆　◆

三月的陽光正好，不會太熱也不會寒冷。

就在西南基地外城被攻破的第三天傍晚，從南往北，天空再次出現了一大片陰影。

羅勳他們正在一個陷阱邊忙活，準備弄好這個陷阱中的東西就趕緊回家去休息。三隻狗是頭一個發現這種狀況的，牠們看到那些「烏雲」向這邊覆蓋過來後，衝著南方汪汪直叫。

大家抬頭看過去，接著臉色人變，開車直奔自家大門口。

「那是什麼？」

「不知道，距離太遠，看不清，不會又是喪屍潮吧？」

「怎麼可能？之前那波就是附近最大的一撥了，這些不可能是喪屍！」

「那你說是什麼？」

章瀨忽然開口道：「別吵了，是鳥，候鳥！」

他也是剛剛收到風中傳回來的訊息再加以分析後才猜測應該是候鳥。

眾人靜默了一下，隨即一個個打著哈哈笑了起來，「哎呀，都忘記了，現在不就是候鳥該飛回來的時候了嗎？」

三月底，候鳥遷徙回北方。

宅男小隊基地附近的「池塘」，再度迎來這些曾經來過的季節性鄰居們。

接連三天，羅勳他們沒再出門，準備等這些候鳥飛過後再出去，至於那些留在附近的候鳥，牠們中的大部分都是去年就在這裡居住過的，也算是老鄰居了。

大狼和二狼自從發現這些候鳥，雖然明知道現在外面的候鳥太多，不是出去的好時機，可每天卻都要衝著大門方向舔舔嘴唇，一副饞肉的模樣。

更讓羅勳他們驚詫的是，候鳥飛來的第二天，他們從收到的衛星照片和基地的內部消息得知了一個消息，似乎是因為候鳥，喪屍潮才開始陸續離開……

雖然不知道具體原因，這卻是一件天大的好事，因為西南基地的外城並沒有完全淪陷。

是的，沒有。

在外城的圍牆被破後，那些留在地面上的，低層建築中的人，雖然有不少犧牲在喪屍潮裡。但剩下的絕大部分的人卻早已紛紛上了圍牆，其他人在得知圍牆被攻破的時候，也都飛速跑回屋裡躲了起來。

所幸早在喪屍圍城的一開始，不少飛行系喪屍就被眾人聯合消滅了，所以在沒有了飛行系喪屍的威脅後，那些躲進大樓裡、站在圍牆上的人們反而相對安全一些。只要還有一戰之力，他們就能勉強堅持下去。

更讓這些普通人覺得僥倖的是，這些喪屍似乎對於普通人、低級異能者的興趣不高，反而一個個直奔內城的方向而去，將內城牆那高大的建築團團圍住再度開始攻擊。

於是，等喪屍潮退去後，外城中的人們漸漸回過神來。

他們走下了圍牆，走出了屋子，劫後餘生地抱頭痛哭。

「這樣的地方我不想待了！」

「你要去哪兒？基地裡好歹還有圍牆可以防禦，能買到武器……」

「還待在這兒等著那群人再拋棄一次嗎？我有手有腳，現在市區裡雖然還有喪屍，可也不是完全打不過，遇到喪屍潮，我寧可自己搭建防禦工事也不願被人再在背後捅刀子。」

「沒錯，我知道市區裡還有不少小型基地，他們有的住在大樓裡，在樓頂種菜種糧食，有的乾脆挖地道住著，就是不知道這次挺沒挺過去……」

「我要出去看看，就算他們都沒挺過去，我也寧可死在自己能做主的地方，那樣就算為了自己的家拚到最後也比留在這兒給人做牛做馬，每次進來時還得把自己收入的大部分都交給那群最後會丟下咱們的人強！」

「就是，就算死在外面，我也不願意留在這兒了！」

「沒錯，沒錯！」

「我家裡的人都死光了，都是他們害死的！」

「我女兒被一個異能小隊的人拐走了，到現在都不知道她是死是活，我連要進去看看她過得好不好都不行……」

「呵，你這算什麼？我老婆可是被他們搶走的，現在還關在內城裡……」

……

憤怒的人群中傳出了不少類似的聲音，雖然依舊有些人不敢離開，覺得出去沒有活路，可如今外城活下來的至少一小半人都已經決定離開。

外城的圍牆早已被喪屍們攻破，這次不等內城的人有所反應，周邊的人便迅速出去，挖掘那些喪屍腦袋中的晶核。

這些人都不笨，他們每次都照準那些看著體型巨大、變異程度比較高的喪屍動手，每次去挖都能找到三級以上的晶核。等內城的人總算做出決策，覺得憑現在的兵力不必懼怕外面那些沒什麼戰鬥力的普通人後，才開著裝甲車，裝備著各種武器，浩浩蕩蕩地出城。

正在外面挖晶核的人們，早就有望風的人通知牆下的人們。

那些人一哄而散，跑回各自的家裡。

等基地的人發覺外面高級喪屍的晶核被人挖走，準備對外城的那些普通人進行搜索時，卻得知頭天半夜，建在外城幾家沒來得及搬進內城的工廠被人趁黑搬空，大量設備、儀器被盜。外城中至少一半左右的人連夜離開基地……

西南基地高層立即下達命令，搜查外城城區，一定要找到嫌疑犯。

這一決定讓那些還處於猶豫狀態的外城區居民徹底憤怒了，尤其是當有些人家中藏起來的，此前撿到的高級晶核被強行搜走後，雙方爆發了整整兩天的內部武力衝突。留下的那一多半中死傷大約四分之一的人後，剩下的人也都陸續離開了西南基地。

等到羅動他們從西南基地內部絕密檔案中看到相關消息時，西南基地已經只剩下了一個內城，昔日的外城，那個特意新建出來的外城區已經不復存在……

◆　◆　◆

自從那次西南基地大分裂後，已經過去了整整三年。

昔日的西南基地如今已將外城區域內的全部建築，如一定範圍內的其他建築一樣，全都徹底剷除了。地上鋪滿鋼針、陷阱，並且在不少地方還埋了地雷、電網等東西。那本來就已經十分高大的圍牆，如今變得更加堅固。

浴火重生的新基地依舊是如今國內最大的基地之一，它擁有最結實的城牆，最牢固的屋頂，以及最大的培育種植基地，還有各種資源和武器等東西。

可如今擺在西南基地面前的，還有個不容忽視的重要問題，亦即人口數量。當初分出內外城後，不少人藉著內城的一些特權或強娶或豪奪，總之，基地中不少外表中上的年輕女人都被忽悠進了內城。

雖然那些女人在一次次的喪屍圍城中都得以存活下來，可不知什麼原因，基地中的生育率卻差到了一定程度，整整三年間，出生的嬰兒數量一個巴掌就能數得過來。

另一方面，當初從西南基地離開的人們再次或回歸於昔日的城區，建立起了大大小小的基地。或者遠走荒野，重新搭建屬於自己的小窩。

這些大大小小的基地現在早已混合成了一股，肆意橫行在歐亞大陸上的喪屍潮中接受著一次又一次的洗禮，其中部分基地抵抗不住，最終徹底消失在這個末世之中。可同樣的，有不少基地一次次堅挺地度過了這些危機，一直保留至今。

而現在那股最大的喪屍潮經過了種種與變異動物的對戰，與變異植物的纏鬥，與倖存的人類的廝殺，數量早已沒有當初那麼多。只要不出什麼意外，人們建立起的基地大多都能夠在它們發瘋的時候度過這一艱難的日子。

……

春天的晨風吹拂在臉上，讓人感覺到微微的涼意。

羅勳伸了個懶腰，站在窗邊看向外面那藍色與金色混合的天空正在一點一點亮起。

「爸爸……」一個孩子從小床上坐起，對著羅勳這邊叫著。

「醒了？」羅勳回到小床旁，把孩子抱了起來，在他嫩嫩的小臉上啃了兩口。

孩子揉著眼睛，小腦袋在房間裡轉來轉去，「爸爸，爸爸呢？」

因為嚴非和羅勳誰都不願意被叫「媽媽」，爹爹這個詞也從小包子漸漸長大後被他丟到了一邊，結果就是，他管兩個人都叫爸爸。聽起來雖然有些混亂，可每次孩子說話叫人的時候，羅勳和嚴非都好像有心電感應似的，知道他叫的到底是哪一個。

「你嚴爸爸去放狗狗了，來，寶貝，咱們穿衣服嘍，等一下要出門。」

一大一小正在換衣服，嚴非已經開門走了進來，含笑在一大一小的臉上各親了一下，「我把東西都拿下去放到車裡了，咱們吃過早飯就能出發。」

「那三隻呢？」羅勳給懷裡的小包子穿小褲褲，順口問道。

「都在外面呢，待會兒跟車一起走。」

兩人檢查過孩子的衣服沒問題後，才抱著他去一樓的浴室那裡洗漱。

末世三年後，不少當初離開西南基地的人們為了生存，為了安全等原因，再度和那些似曾相識的變異動物們產生了交集。

變異動物們不但有著強大的單體作戰能力，還能幫忙打獵，打喪屍，關鍵時刻能帶著主人逃跑，所以如今的末世之中哪個基地有數量足夠多的變異動物也是一種實力的體現。

自從這一風氣在各個小型基地之間盛行之後，羅勳他們便會堂而皇之在外出的時候帶上自家的變異動物們一路護送車隊，今天也是這樣。

吃過早飯，檢查過家中的作物，大家這才拉著自家的一些貨物開車離開了地道。

如今宅男小隊的家園再度進行過大規模改建，外面的魔鬼藤種植範圍在這三年中擴充了足足一倍有餘，有些是羅勳他們特意培養出來的，有些則是魔鬼藤自己繁衍出來的。

這些魔鬼藤比之當初更是高了一倍，粗壯了兩倍，大家為了自家基地的安全著想，將地面的暖房也增高了些，現在與三樓基本持平。

幸好這些魔鬼藤們長到如今便不再生長了，不然他們總不能年年增高自家圍牆。

地下室又加了一層，並且向四周擴大了。某些房間變大不少，新擴增出來的那一層更是改建成了冰窖。冰窖分成兩個房間，一個裡面專門用來存放毒蘑菇汁，另一個裡面放著打回來的各種大型獵物，當作儲備糧。這兩個冰窖因為深入地底，又遠離其他房間，所以依舊是用冬天存下來的冰來降溫。這裡還放了製冷機，在某些需要降溫的時候使用。

車隊浩浩蕩蕩開出家園，旁邊跟車跑著兩隻大狗、天上飛著一對鷹。

說起這兩隻鷹，不知什麼原因，牠們雖然異能等級很高，體型卻始終沒有長得太大，至少比牠們的父母小的多……

說起牠們的父母，還得說說這次羅勳他們要去的地方，正是昔日他們得到這兩隻鷹，以前曾經在這裡找到過充氣城堡的城市。

在西南基地外城被破後，一部分人來到了這個小縣城，一年之後，這裡居然漸漸發展了起來，並且成功抵禦住了當年那股喪屍潮的襲擊，不少大大小小的基地也都靠近這片居住地安寨。時間一久，這裡形成了每年不定時三次左右的商品交易會，都是各個小型基地的人們自發來這裡擺攤的。

而在這裡，羅勳他們也認識了從末世初期就一直住在這裡，當初懷疑這裡有人的那些大樓中的居民。他們表示，他們認得這兩隻鷹，也知道牠們的父母，似乎是因為這兩隻鷹的體型比較小，所以在同窩中其他鷹長大後，牠們的父母和兄弟便拋棄了這兩隻出生晚，體型小又浪費糧食，恐怕養不大的小鷹，獨自帶著其他子女先一步飛回南方去了。

「啾……啾……」兩聲長鳴從天上傳來，不遠處那隱隱約約看到大片或高或矮的建築群已經出現在了眾人視野中。一頭行動輕盈的大貓背上載著一個人，從大樓方向朝羅勳他們的車隊跑來。到了車隊前面，白色的波斯貓甩著大尾巴在車隊周圍繞了兩圈，用臉蹭蹭當先的那輛電動車，討好地喵喵叫。

羅勳從包包裡掏出一塊曬乾的魚乾，這是家中那些肥魚晾乾的，拿來賄賂這隻貓正好。

大貓幸福地叼起小魚乾，瞇著眼睛一點一點嚼著，牠背上的那個人對車內的羅勳他們笑笑，說道：「人來得差不多了，你們的攤位給留出來了。」

「多謝。」羅勳對他笑了笑。

這個男人的外表和章溯、嚴非是同一級別的，但他和章溯卻更貼近些，簡單來說，就是個受。比起章溯的那種妖豔到彷彿妖精般的外貌，這個男人更加柔弱些，比一般男人骨架更纖細些，面部線條更柔和些，有一頭怎麼剪都會再長起來的長髮束在頸後，還有著一雙墨綠色的瞳孔。平時就算不笑，嘴角也是微微向上彎起的。

大貓吃過小魚乾，盯著自家主人拿上羅勳賄賂自己的一整袋小魚乾，這才滿意地讓開道路，得意地揚起毛絨絨的大尾巴，在兩隻蠢狗諂媚的追逐下，帶著自家同樣美麗得彷彿會發光的主人一起在前面帶路。

羅勳一邊開車一邊嘆息：「唉，也難怪他會在末世剛開始的時候一直躲在那棟大樓裡不出來，不然就他這個樣子，要是跑去西南基地……呵呵，比那些紅顏還禍水呢！」自己這輩子並沒待到基地中全體男人向基佬轉變的時候，不過如今的世道卻也和那時差不多。

從西南基地逃出來的人中沒有老弱婦孺，只有少數的幾個女人，還都是相貌普通，戰鬥力絕對是驚人的那種。

如今兩個男人在一起過日子反而是常態中的常態，倒是自家小隊中的兩位女士，再加上一個還沒長大的于欣然，成為了其中的亮點。

讓隊外那些人扼腕嘆息的是，徐玟在前年就和宅男小隊中的李鐵勾搭到了一起，兩人在自家小隊隊員的祝福下結婚了。之後，同樣單了下來的韓立開始拚命追求宋玲玲。

都說烈女怕纏郎，韓立開始一天二十小時的緊迫追人計畫，最後烈女被纏郎追上……

其實這不能說是隊中剩下的何乾坤與吳鑫兩個不上心，所以便宜給了韓立，而是因為減肥成功的何乾坤果然是潛力股，瘦下來後就是個小帥哥，而末世後吃的都是各色天然無毒害食物而消去一臉痘痘的吳鑫，同樣是個精神的俏青年。這兩個住在同一個房間的傢伙居然搞到了一起，追妹子的任務就落在了韓立身上。

那兩個傢伙一直住在一起，平時沒有黏糊的動作，其他人就都沒發現，直到去年入冬前的那次商會上，有其他基地的人對兩人獻殷勤，表示要追求他們時，大家才愕然聽說他倆搞到一起了。

好吧，這很正常，就和去年徐玟的女兒出生，五個月前宋玲玲也懷孕了一樣正常。

昔日的這片城區如今再次恢復了熱鬧，其中數個社區被幾個大大小小的隊伍占領，但在他們入住這裡之前，都和這裡的地主白貓傭兵團簽訂了一系列的協定，其中包括對於喪屍潮等突發事件的攻守同盟，加強對於這片城區的各種建設等等。

於是，除了小型基地之外，一些樓房也陸續住進了零星的倖存者。他們或許沒有特別強的實力，或許不那麼合群，或許脾氣古怪，但他們都有同一個特點，那就是如果居住地受到了威脅，他們也會付出自己的努力，和其他利益共同體一起維護住所的安全。

就這樣，這片看似散亂，各自為政的居住地，在末世中撐過了整整三年，而且現在還能順順利利存續下去。

昔日的商業街兩邊的商店大門大開，一個個來這裡的人不需要繳納什麼東西當作管理費就能擺攤，當然，他們也都承在這裡維護這些商店的幾個小隊的情，大家每次臨走前都會留下一些東西，物資、晶核等，只看各自的心意，實在沒有的也沒人會去追討。

羅動他們平時用來擺攤的一個商店占地不小，是末世前的一個餐廳。透明的玻璃被擦得乾乾淨淨的，裡面的櫃子、架子齊全，商品擺放進去後，外面就能看到裡面的東西。

店外的招牌寫著該商店小隊的名稱：宅男小隊。招牌上還印著幾個不同形狀的印章，這些印章是由本社區內的幾個比較有代表性的小隊做出的評判，其意思表示這家商店中的商品貨真價實有保障，說是什麼東西做的就是什麼東西做的。

宅男小隊的主打產品是各種乾菜、肉乾、魚乾、蘑菇乾，以及果醬，這些都是半加工商品，一眼看不出原材料。要不是有知名小隊做保證，一般人還真不敢輕易嘗試。

將從自家帶出來的各色商品擺出來，這次他們除了各種乾菜、肉乾之外，還帶了不少臘肉、香腸、果脯、罐頭等，都是大家最近嘗試做出來後拿來賣賣看的。

這裡的市集從次日開始就對外正式營業，附近還有不少空房子可供來這裡採購的小隊、單人倖存者們居住。條件好一些的要收取少許費用，這些「旅館」是由當地的幾個小隊各自維護經營的。條件比較差的，沒被整理過的房屋，大家可以隨便住，只是那裡的安全不做保證，且如果遇到下雨天的話，還可能漏雨。

如羅動他們這樣的商家，則能直接住在店中，既能看店又省錢。

本地的那些小隊還在商業街上開了幾家餐廳，他們就是靠著這個賺錢，生意很不錯。

次日清晨，所有預定要來擺攤的小隊紛紛到來，並且將自家的商店整理好準備開業。那些來此購買東西、換東西的客人們也開始行動。

開業的頭一天，各家商店基本上都只留下幾個負責看店的人，剩下的人則做為買家四處隨意走動，看看別家商店有沒有自家需要的物資。

常在這裡擺攤的人都是相互認識的，羅動他們幾乎每進一家店都會遇到跟他們打招呼的人，讓羅動吐血的是，這些人打過招呼，便會問一些相似的問題，比如：「你們家的丫頭已經十歲了吧？再等幾年就能嫁人了……對了，你們可要讓丫頭自己選老公，不能擅自幫她決定，像我這樣的十年之後還很年輕呢。」

或者：「你抱著的是你們的兒子吧？哎呀，這孩子長得可真好，和他爸真像，長大之後肯定也是個大美人……真可惜，太小了……」

這群狼一樣的混蛋們不僅僅盯上了他們家可愛的于欣然，還盯上只有四歲的嚴小包子。這娃才四歲，你們這群馬上就要步入中年的大叔就別想了。

更可氣的是，有不少人在打聽徐玫家剛滿一歲多的小丫頭，以及宋玲玲肚子裡的那個。這年頭，無論男女都可以在一起，尤其是現在新生兒這麼少，如果是個美少年當然很可以追追看，比如羅動牽著的那個。如果能有個美少女就更好了，等她們長大娶回家去還能生娃娃。

一路上嚴辭拒絕了一群賊心不死的混蛋，羅勳和嚴非身心俱疲地回到自家商店，卻見門口除了自家那三隻正在看門的大狗外，還有一隻白色的大貓正站在那裡。

「他們也來逛？」羅勳疑惑地嘟囔了一聲。嚴非聳肩，白貓的主人還是挺喜歡逛街買東西的，只是他家那口子卻頗不喜歡和人交流，除了跟自家的小包子……嗚，忘記說了，嚴小包子已經取好名字了，名叫「嚴新」。新，代表的是末世後的新生命、新紀元、新未來等等。他們將自己的希望寄託在孩子身上，希望他能迎來新的世界，並幸福地生活在這裡。

只是這個名字他們兩人也是討論好久才確定下來，因為羅勳雖然很喜歡這個名字，可嚴非的父親的名字裡有個「新」字，無奈其他的名字羅勳怎麼想都覺得不滿意。

嚴非表示：「他的名字是他自己的，我們孩子的名字代表的是我們的希望，就算字相同又怎麼樣？有我們在，我們是不會讓他成為跟我父親一樣的人。」

於是，嚴新這個名字就此敲定下來。

「白恩，你過來了？」進了店門，羅勳就見到那個發光體旁的人都在或偷偷，或明目張膽向那個發光體行注目禮，「你老公沒跟來？他放心你自己出來逛街？」

羅勳左右張望了一下，發現果然只有他自己在。

白恩對他笑笑，那笑容一下子迷住了整個房間中的大叔大伯，而在看到隨後進門的嚴非時，那群大叔大伯的兩眼再度迸射更驚人的光芒。

「來找你們呢。」白恩無視周遭人的眼神，逕自向兩人走來。

「怎麼了？」羅勳放下嚴新，讓他去後面的房間找于欣然玩。

「我們剛剛聽說那邊也派出車隊來了，想提醒你們一聲，別招惹他們。」白恩指指西北的方向，善意地說道。

羅勳眼中閃過一絲了然，白恩說完就又去下一家店通知了。

西北方來的人，除了西南基地之外，還能是哪兒？

這一消息立即傳遍整個商業街，不出半個小時的時間，所有身處商業街的人，無論是商家，還是來買東西的人就全都知道了。

去年下半年開始，偶爾就會有西南基地的人悄悄過來買賣一些東西，雖然他們的打扮、行動都很低調，架不住這裡的人大多是從西南基地裡出來的，自然有些人認識他們中的一些人，更加上某些小隊能打聽到內部消息，在他們過來之前就知道了他們會來這裡，所以大家都有了事先防備。

雖然對方手中的資源確實是眾人所需要的，可如果不是不買不行，一般沒人會主動和他們做交易，更不會給他們什麼好臉色看。

比如現在。

那個新來的車隊剛進入這片區域時，就明顯感覺到處處都有觀察著他們的視線。負責來這裡換取物資的隊長苦笑一聲，「真跟他們說的一樣，一到這來就成了過街老鼠。」

「頭兒，你說他們怎麼知道咱們是從哪裡來的？」

之前那次來這裡換東西的人回去後就和他們說過，他們一來這裡就被人發現是從西南基地來的。這可真是奇怪，總不能有人提前通知他們吧？

「誰知道？興許他們有什麼特殊的異能者？」隊長無奈表示：「咱們這次只買咱們需要的東西就行了，不用在這裡多待。」肯定也多待不下去，人家都防備著自己呢。

這群人帶著他們帶來的汽油、煤炭、布匹等東西來到市場，一邊找尋他們需要的產品，一邊用自家帶來的商品進行換購。他們不需要晶核（換也換不到），但他們需要許多其他的東西，比如變異動物的肉。

這群人去到哪家店，店裡的人，包括客人，便都停止交易，直到他們離開為止。

於是乎，不過剛到傍晚，這群過來採購的人便灰頭土臉地走了。本來他們還準備在這裡過一夜的，可城中無處不在的敵意實在讓他們如坐針氈。幸好要買的東西、能買到的東西，他們大多換購到了。

「走了？」

「嗯，出城了。」

羅勳聞言後聳聳肩，「走就走吧，省得留在這兒難受。」

所有基地都知道了西南基地當初幹的那個缺德事，雖然具體的消息知道的人並不多，可如今華北地區的情勢已經很明顯，在各大基地中的龍頭依舊是他們，但他們的龍頭地位卻不算穩固，如果不是他們掌握著某幾個重大能源點的開採權，基地本身又是最結實牢固的，其他基地還會不會聽他們的話都難說。

至於由各大基地自發組成的商品交易會……那更是一般人無法去也不敢去的。和如今A

市周邊定期的小商會不同，毫無意外的，幾乎在每一次大型商品交易會後都會有不止一個小隊會在事後被打劫。

因此，羅動他們參加的這個小型交易會並沒有擴大他們的交易範圍，只在A市附近定期舉辦，並不拉新人進來，也沒有向周圍其他城區進行宣傳，就是因為彼此全都知根知底，故而交易會結束後不會出現什麼意外情況。

這次的交易會足足持續了一星期，一個星期之後，各個小隊、散人紛紛帶著自己的物資再次離開了這裡。而國內其他地區，這類型的小型交易會、小型基地也彷彿遍地開花似的，漸漸在昔日的城市、村莊中悄然成形。

人們的生活環境雖然依舊艱困，物資匱乏，但日子總算沒有末世初期那麼難過了。

加上喪屍潮的逐漸減少，雖然喪屍們還是那麼厲害，但真正厲害的，五級以上的喪屍卻是鳳毛麟角。大家對待普通喪屍早有一套專業的應對之道，至少能維持過每一次的喪屍潮，然後繼續建設適合人類生存的家園。

眾人驅車回到通向自家密道的小路上，嚴新忽然指著外面的變異農田大叫起來。

「爸爸，它們說又抓到了一個大傢伙，有顆大晶核呢！」

「在哪兒呢？讓它們拿出來。」羅動聞聲打亮車燈，示意後面的車子停下。

嚴新將小頭從玻璃窗伸了出去，對路旁乖乖待在一邊的變異植物揮揮手，那些變異植物便扭動了起來，刷啦刷啦的聲音響起，一顆大大的灰色晶石就被依次傳遞運送出來，一直來到羅動他們的車門旁。

後面車裡的王鐸見狀抖了抖，說道：「雖然不知道見過多少次了，可每次看到這麼一幕，都會覺得心裡發寒，怎麼辦？」

章溯雙手支在頭後，沒好氣地道：「多穿點。」

王鐸把臉湊到他的面前，「親愛的，來個愛的親親我就暖和了！」

後車廂的幾人無力扶額：這貨真是越來越噁心了！

嚴非伸手接過那顆晶核，放到兒子懷裡，「你的。」

「嗯。」小包子用力點頭，笑咪咪地抱住那顆大大的晶核，對窗外的藤蔓們揮揮手。那些藤蔓彷彿活了過來似的，刷啦刷啦扭動著枝條。

植物系的精神力溝通者，羅勳他們從沒聽說過別人也有這種能力，只是白貓小隊的另一位老大的異能和自家兒子有些相似，區別是自家兒子能感知到變異植物的想法並且和它們溝通，控制它們，可那位就慘了點，他能感知到喪屍們的想法，並簡單控制它們。但這可不是什麼美妙的感覺，據說末世初期時，那位頭痛到連大門都不能出，天天和白恩窩在家裡，就差以頭撞地了。

如今他的異能升到五級後，連人類的情緒也能簡單感受到，所以他從不到人多的地方，不然那種亂七八糟的情緒足以讓他瘋狂。

十來天沒有回來的家園中依舊如昔，家中的一切都顯得那麼的溫馨與平和。

眾人簡單收拾一下帶回來的東西後便分工合作，或打理種植間，或去養著鵪鶉和兔子的房間查看，或檢查最近這幾天收到的衛星訊息。話說回來，當初離開西南基地的人中，有不少各方面的人才，其中就有幾位，不但會接收衛星訊號，還知道如何利用衛星傳輸訊息。

宅男小隊和他們合作，由嚴非提供「鍋」等設備，對方出方法，他們如今也能用衛星來交換各種消息了，每次的商品交易會就都是由這些管道敲定的。

「咦？西南基地給全國所有大小基地、所有能接受到衛星訊息的人發消息。」何乾坤忽然叫道，並把散落在各個房間的人都招呼過來。

一群人圍在電腦前查看起那份檔案。

內容很長，後面還帶有另一份說明報告，其中最主要的成果就是——

第一，經過長時間的研究後發現，末世後不僅僅只有異能者這一種人激發出了異能，經過測試，其實所有的人，就算沒有表現出異能的普通人，身體也與末世前的人體不同，有所改變。這種改變只體現在了體質上，雖然這類人不能使用異能，但長時間和晶核接觸的話，也能慢慢吸收晶核中的能量，這一點與變異動物有些相似。這些「普通人」的最大改變大多都是力氣變大，身體變好，只是表現得不明顯，基地也是經過長時間的驗證才發現的。

第二，經過長時間的實驗，終於找出了晶核的使用方法，如今已經推出了晶核的正確及安全的使用說明。衍生的設備可以做成晶核燈、晶核爐、使用晶核能源的各種高科技設備等等。西南基地對各個基地開放訂購，大家可以用晶核來購買相關設備。

第三，西南基地首倡，望各個基地可以共同參與，在下次喪屍潮入境前攜手合作，放下成見，將這股喪屍潮徹底消滅在入境之時。集全國之力，消滅這股威脅全體人類安全的巨大威脅。具體情況可在看到這份檔案後與西南基地的負責人聯絡。

大家面面相覷。

「他們要做什麼？」

「徹底消滅喪屍？怎麼消滅？」

「消滅之後呢？」

「等等，要是這是個陷阱怎麼辦？」

宅男小隊的懷疑其他基地的人也有，沒辦法，喪屍是會傷人性命，但人心才是傷害彼此信任關係最致命的事。

這件事誰出主要的力？如果事情沒成功的話，會不會被人拋棄，當作炮灰？如果成功之後，戰果如何瓜分？小基地會不會受到大基地的排擠打壓？這會不會是個陷阱，把人都騙過去，然後讓小基地的人和喪屍同歸於盡？

種種懷疑，種種疑慮，種種猜測。

幸好前一次喪屍潮才剛剛離開國境不過半年，所有歐亞大陸上的喪屍幾乎都彙集到了一起，等它們再回來，至少要到明年，甚至後年開春。

在此之前，國內各個基地進行了冗長的協商，會議開過一次又一次，可他們卻不知道，那些零散的，流落在外的各個小隊，形成了新的聯盟，共同抗衡國內各大基地，真正的成為了一股讓那些基地不得不正視的新興力量。

現在那些基地的領導者們已經知道，這些曾經被他們排擠過、陷害過的倖存者，早已不再是當初那些任人揉捏的弱者。

不，末世中沒有弱者。

讓人心驚的是，來自五湖四海，來自各個地區的零散小隊、散人們，就在這樣的情況下慢慢走到了一起。昔日被放棄了的A市，再次被倖存者收拾出來並住進去。他們利用舊時的建築物，學著那個距離A市有一些距離的小城一樣，建立起了雖然零散，但關鍵時刻卻可以相互支應的防禦工事。

他們開始在屋頂種植作物，在高樓中安裝生產設備，製作各種手工藝品，形成了真正意義上的末世後的小社會。

更讓大基地驚恐的是，他們居然在A市居住區周圍大面積種起了魔鬼藤。這種植物危險又具有攻擊性，無論是喪屍還是變異動物，甚至人類，都幾乎拿它們沒辦法，可這些人卻真的種出了這些東西，並且將它們當作自家的「看門狗」。

變異植物包圍著的各個社區中，又養著一些雖然有晶核產出但沒有異能的，被馴養著的變異動物……

這一切只花了不到半年的時間，就在各大基地間相互扯皮、商議殺死喪屍潮如何分配晶核的事情之時，他們就已經建立起了一個新城市。

末世後的第八年春天。

由國內全體倖存者們布置的一道道防線、一層層陷阱終於全部建好，那些從境外歸來的喪屍們，遇到了熱情的招待……

一排排陷阱中的蘑菇汁，一部分是由西南基地提供的，剩下的蘑菇汁百分之七十全都是由那些當初被驅逐走的普通人所供應的。

一層陷阱、一層變異植物，就這麼安排在一處隘口處，喪屍們只能從這裡經過。

遠端異能者們和手持重武器的人等在他們的後面，他們負責絞殺飛行系喪屍和突破層層陷阱的喪屍。

水系異能者守在一個個大箱子旁，站在高地上，一旦那些變異植物吃「飽」了，就需要他們用箱子中的蘑菇汁刺激那些植物的胃口。

戰鬥終於在這天的黎明之際打響，持續了整整五天。五天之後，只有少數根本沒有上前的喪屍原道返回，被追擊過去的異能者們擊殺了一部分，但對方的戰鬥力實在強得驚人，最終還是有一部分逃脫了。

即使如此，昔日威脅著所有人類的危險終於消失。

人們大聲歡呼，擁抱慶賀，可是大家回過神來之後卻發現，那些由各個零散小隊、普通人組成的隊伍離開了。

不能怪他們不告而別，不能怪他們取走了所有變異植物殺死的喪屍晶核，只因為他們與這些異能者、大型基地之間的信任關係十分微妙。被親人被朋友出賣過才知道這種傷痛有多重，或許在不久的將來，兩撥人會再度融合在一起，卻絕不是現在。

羅勳坐在自家的新能源車上，有些惆悵地拍拍車子，「可惜這種車的數量太少，之後想要還得從他們手裡買。」

嚴非開著車，輕聲笑了笑，「李鐵他們不是和楚教授正在研究嗎？應該很快就能仿製出這些設備了。李鐵他們還說，一定要做出能用晶核當能源的槍來呢。」

「這倒是，他們的話，就算速度慢點也能研究出來。楚教授在離開西南基地之前不就是主攻晶核研究這塊的嗎？要不是他當初被人排擠出來，哪能輪得到咱們占這個便宜？」羅勳打了個哈欠，「我得睡一會兒，之前一直撐著……」他的聲音越來越低……

兩個人的座位中間忽然探出一個小腦袋，笑嘻嘻地對著嚴非低聲道：「爸爸，咱們什麼時候能回到家啊？」

「得七八天吧，怎麼，想家了？」嚴非笑笑，摸摸他的頭。

「我想狗狗了，欣欣姊也想狗狗了。」

「咱們盡快回去，到家後要聽話，之前給你留的作業要繼續寫，知道嗎？」

「知道啦！」嚴新吐吐舌頭。

沒睡安穩的羅勳皺眉「唔」了一聲，換得嚴非轉頭瞪了臭小子一眼。

嚴新連忙把頭縮回去，和于欣然湊到一起嘀咕：「爸爸就會欺負我，還是羅爸爸好。」

于欣然已經有了點小淑女的風範，見他說嚴非的壞話，笑著去點他的鼻子，「被嚴叔叔聽見，小心他打你屁股。」

嚴新哼了一聲，「我找羅爸爸幫我擋著。」說著又皺起眉頭來，「不過羅爸爸肯定打不過爸爸，我有一次半夜起來尿尿，看見爸爸壓著羅爸爸欺負得他都哭了。」

就跟自己被嚴爸爸打屁股時一樣的哭。

于欣然愣了一下，隨即臉上莫名紅了起來，伸手去敲他的頭，「好好學寫字！」她見過李鐵偷偷親徐媽媽，雖然不太理解，卻隱約知道那是很私密的事。

嚴非聽到了一耳朵，額上蹦出一條青筋來。他就知道，早該讓這臭小子搬到隔壁的房間睡。這次回去就讓他搬，羅勳再不捨得也得讓他搬。

黑夜散去，一輪紅日躍出。

這是一個時代的結束，更是一個新時代的開始。

（全文完）

綺思館039

宅男的末世守則5（完）

國家圖書館出版品預行編目資料

宅男的末世守則5/ 暖荷著. -- 臺北市 : 晴空,
城邦文化出版 : 家庭傳媒城邦分公司發行,
2019.07
冊； 公分. --（綺思館039）

ISBN 978-957-9063-40-1（第5冊：平裝）

857.7　　108004660

城邦讀書花園
www.cite.com.tw

作　　者　暖　荷
封面繪圖　黑色豆腐
責任編輯　施雅棠
國際版權　吳玲緯
行　　銷　艾青荷　蘇莞婷　黃俊傑
業　　務　李再星　陳紫晴　陳美燕　馮逸華
編輯總監　劉麗真
總 經 理　陳逸瑛
發 行 人　涂玉雲
出　　版　晴空
城邦文化事業股份有限公司
104台北市中山區民生東路二段141號5樓
電話：（886）2-2500-7696　傳真：（886）2-2500-1966
發　　行　英屬蓋曼群島商家庭傳媒股份有限公司城邦分公司
104台北市中山區民生東路二段141號2樓
書虫客服服務專線：(886)2-2500-7718；2500-7719
24小時傳真服務：(886)2-2500-1990；2500-1991
服務時間：週一至週五09:30-12:00；13:30-17:00
郵撥帳號：19863813　戶名：書虫股份有限公司
讀者服務信箱E-mail：service@readingclub.com.tw
晴空部落格　http://sky.ryefield.com.tw
香港發行所　城邦（香港）出版集團有限公司
香港灣仔駱克道193號東超商業中心1樓
電話：852-2508-6231　傳真：852-2578-9337
E-mail：hkcite@biznetvigator.com
馬新發行所　城邦（馬新）出版集團【Cite(M)Sdn. Bhd.(45832U)】
411, Jalan 30D/146, Desa Tasik,Sungai Besi, 57000 Kuala Lumpur, Malaysia.
電話：(603) 9057-8822 傳真：(603) 9057-6622
Email：cite@cite.com.my
美術設計　洸譜創意設計股份有限公司
印　　刷　沐春行銷創意有限公司
初版一刷　2019年07月04日
定　　價　380元
I S B N　978-957-9063-40-1

原著書名：《重生宅男的末世守则》，由北京晉江原創網絡科技有限公司授權出版。